浦睿文化 出品

乌托有个帮 2

我们终将抵达

《文艺生活周刊》纪念版

米拉拉／编著

湖南文艺出版社
HUNAN LITERATURE AND ART PUBLISHING HOUSE

CONTE

INTERVIEW

人物专访

NTS

摄影

PHOTOGRAPHY

现场 LIVE

CONTENTS

INTERVIEW

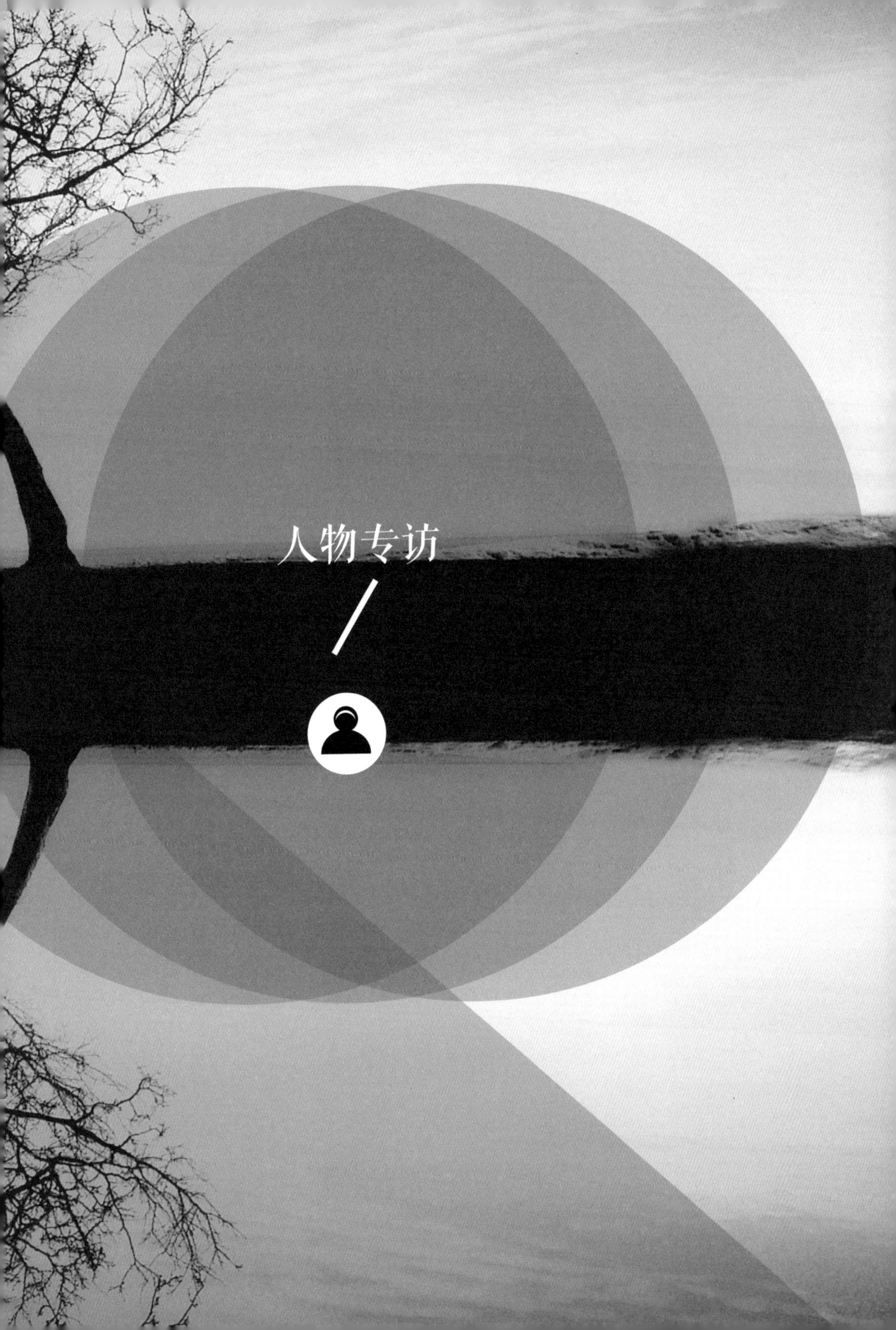
人物专访

宋冬野

我差一点儿就把《董小姐》给删了

北京民谣音乐人。2013 年 8 月由摩登天空发行首张个人专辑《安和桥北》。代表作品 :《斑马，斑马》《董小姐》《莉莉安》等。

AMSTERDAM
BIKETOWN

"连我都有人看呀……没品位。"

2015年5月的傍晚，宋冬野一个人站在重庆某音乐节的舞台上，拨弄着琴弦做最后的调试。灯亮了，他抬头看看台下，眼睛笑得弯弯的："你们好，我是口水民谣歌手宋冬野。"台下应声哗然，像潮水一样涌来。

他的笑让自嘲显得扑朔迷离。人们不知道，笑的背后是欢喜，还是匿于无形的悲伤。

当天的第二首歌是《鸽子》。人们听见他的嗓音在打颤，并突兀地升高了一个八度，他用很大的情绪和音量穿破一整个八度的危险和艰难，几乎要把歌词一句句喊出来。

他通常不会这样唱的，台上的这个人……好像来真的了。

射灯从他的背后打过来，在他的身前蒙上一层雾，而轮廓溢出光。透过那层雾，人们看不清他紧闭的眼、拧起的眉和脸上淌下来的汗水；人们只能隐约感受到，只有这么唱，他生活里翻涌着的种种隐秘的情绪才能冲到舞台的上空；只有独自站在这片空旷舞台的中央，他大大的身体才会变得很小很小，轻得几乎要飘起来。直到一曲终了，他和他的两千个秘密一起坠落到地面上。

宋冬野伸手抹一把脸上的汗，笑笑，接着唱下一首。这轻描淡写让人迷惑：这一切到底有没有发生过?

有人注意到，当晚他唱了一首以前没有听过的歌，第一句是"终究是为了造就一副生活而去死亡"。准确地说，那其实是半首歌，另半首还没写完呢。

没写完怎么就唱了呢?

一个月之后的6月16日，宋冬野在微博上发布了一条消息，说"去干该干的事儿了"，接着消失了十天；26日归来，发布了一篇名为"答问、抽风、散德行"的文章，坦诚而详细地回答了一些看似平常的问题：

为什么不出专辑?

为啥一个人演音乐节，不带乐队?

麻油叶只有尧十三和贰佰的歌能听。

宋冬野约炮之王。

……

这些问题有多残忍? 谁答谁知道。要平静地回应，他需要向他巨大的失败和恐惧摊开双手——这并不是谁都可以做到的，但宋冬野这么做了。

他承受的并不止这些。

宋冬野今年二十八岁。三年前，他在最潦倒时接到摩登天空的邀约电话；很快，《董小姐》

被翻唱，全国“南锣鼓巷”的咖啡馆里都开始“野马草原”，专辑《安和桥北》呼应了人们对于家、情感与归属的渴望；很快，宣传通告接踵而至，“百城巡演”因为观众人数太夸张惊动了警力而夭折……

这一切猝不及防，快得让这个年轻人根本没有时间停下来思考。

一部分人对他痴迷赞美，而戏剧化的是，另一部分人的厌恶也到了将他妖魔化的程度，从微博留言来看，这些人质疑他的创作能力，诟病他的言谈，攻击他对个人情绪和欲望的不加节制——像是在指责一只没有被阉割过的兽。

欲望迅速膨胀，又迅速破碎，留下的空洞巨大而漫长。

因为不堪忍受宣传通告的做作，他曾在被安排工作的电台里失声痛哭；因为不堪忍受两年来创作上遭遇的种种，人们看到了文章开头的一幕，听到了前面提到的，还没写完的半首新歌。他开了个酒吧，他说："我这点东西，估计用不了多久也就没人听了吧，总得有路可退吧。"

他希望这一切都来得迟一些，最好十年以后再发生。而现在，结婚是他最大的愿望。

7月末的一个下午，宋冬野在自己开张不久的“不在酒吧”里受访。问他这些日子里究竟发生了什么，他靠在卡座上，嘴上一句带过：

"可能就是心里太不好意思了。"

"真是体会到写不出歌的痛苦了"

《文周》：6月16号你发了一条微博说“去干该干的事了”，是去干什么了？

宋冬野：写歌儿呗。就天天闷在那儿写，还是写不出来。严格地说也不是写不出来，写出来了，删掉了。写出来的东西老觉得特空洞，什么“春色不过宛如江南，月色不过你。但愿不在此时此地，谁都不在意”。就觉得，（挠头）不知道在跟谁说话，不知道在对谁唱这个歌，唱出一句词，不再会自动浮现一段记忆，还需要去想象一下那是个什么画面……就不好了。

《文周》：闷在家里写歌的时候对自己采取了什么措施吗？

宋冬野：能采取什么措施啊。关门，而已。关门死磕。

《文周》：哭吗？

宋冬野：哭倒是不哭，就是难受。弹两个小时就觉得，“我靠，缓一缓，缓一缓”，然后再弹两个小时……周而复始。就好像那会儿最苦 × 的时候，天天醉生梦死地在家的那种感觉似的。

《文周》：你说过，判断一首歌好还是不好，就看能不能把自己唱得热泪盈眶。后来这段时间达到过这个标准吗？

宋冬野：有这种情况，但是老是推翻自己。写完了之后觉得“嗯……不错”，第二天觉得“都是什么呀”，然后就清空回收站。

《文周》：第二天推翻自己的时候是什么感觉？

宋冬野：巨沮丧，死了算了。

有一阵我特别抑郁，每天在思考同一个问题：人为什么活着呢？这个问题越想越可怕：为了爱情，那不早晚得死吗；为了亲情，那他们不早晚得死吗；为了开酒吧，那不早晚得死吗；为了钱吗？那不早晚得死吗……为什么大家都觉得死亡是一件不好的事情，我们要避讳这个？为什么死了大家都会伤心呢？我不知道，我没体验过，要不然就死一个试试。怎么死呢？

站在窗口往下看，思考……然后十三看见了：“你干吗呢！”（笑）那段时间特别不好。

《文周》：那大概是什么时候？

宋冬野：今年，四五月的时候。后来不知道怎么着，就好了。就觉得好像还是有点希望的。写呗，该干吗干吗。

《文周》：似乎早在两年前，你在跟前辈们聊天的时候，他们就说之后会面临一个写不出歌的过程。也就是说，之前你打过预防针，但真到这个时候还是觉得特别痛苦？

宋冬野：真是体会到这种痛苦了。（笑）

《文周》：从什么时候开始明显地体会到？

宋冬野：从去年就开始了，走了一大圈儿的巡演嘛，越演越觉得，不好意思。（笑）原因有很多：比以前有钱了，想要什么东西都能满足了；听的东西也多了，觉得这个也好，那个也好，不知道该怎么给自己定一个方向，或者说该不该给自己定个方向……不知道。没有人跟你真正地聊故事了。以前都是陌生人对陌生人，这样就可以聊得很深入；后来就都不是陌生人了，大家都是说，“哦，你是宋冬野，跟你聊一会儿”。你慢慢发现谁的故事都一样，会把故事伪装一下，把自己美化一下：“我经历的事情都是别人的错。”

《文周》：那你呢？你在讲自己经历的时候会认为都是别人的错吗？

宋冬野：我以前是这样。得看跟谁讲，或在谁面前你能拉得下脸来。你得知道聊天的这个人，你在他面前没有什么可装的，没有什么可藏的，才行。一旦你在他面前要顾及自己的形象，那就完了。我也会伪装一下，我不会说脏话，而是“你好你好”。很难真诚，很难坦诚，特别不好。

《文周》：你似乎并不是一个特别顾忌形象的人，在微博上会骂给所有人看，为什么觉得别人认识你了，你就不能说脏话了？

宋冬野：我可以啊，我会努力这样，但是需要一个漫长的过程。熟的人知道我这样，但更多的人认为，“你是一个柔情的小王子”，（笑）所以一旦你放纵一下，表达自己真实的另一面的时候，很多人就……

《文周》：“你怎么这样啊？”

宋冬野：对对对，很明显地看出来。也不能说歌和人它不是一回事，它是一回事，歌它可能还是太片面了。

“舍弃不了一个人站在台上的感觉”

《文周》：你会回看自己的演出视频吗？

宋冬野：如果演完了印象很深，我会看。重庆那场我看了，想看一看新歌唱出来怎么样。

《文周》：你觉得怎么样？

宋冬野：不好。凑词儿，特别装。

《文周》：看了之后会不会觉得“怎么演这样啊……”

宋冬野：每次都有，麻木了。一般都是皱着眉头看，就像教导主任在看自己的学生演摇滚一样。（笑）每个人对自己的要求都是很苛刻的，对别人一笑而过，不会去深究它，但放在自己身上就不行，就过不去。

《文周》：说一个人演出不带乐队的时候“会感到绝望、孤立无援、双腿发抖”，这是经常的事情吗？

宋冬野：每一次。最起码得有两首歌之后才能稳定下来。就是紧张，还有，不好意思。（笑）人家乐队咣当咣当的，又托运，又搬箱子，辛辛苦苦到这儿，头一天来试音，热得跟三孙子似的，演一场躁得一身汗，挣一万块钱，五个人分。我自己傻呵呵背着一把琴，走！走了，到这儿，演！演之前调五分钟，搞定！上台嘎嘎唱，嚯！挣十万，走了……特，别，不好意思。但是，你自己又舍弃不了那种，想一个人站在台上，看见台下边那帮人那种爽的感觉。

《文周》：给自己定下一条规矩，只要演音乐节就一个人演，就是因为特别想享受那种“爽”的感觉吗？

宋冬野：嗯……还有就是确实想一个人演，特别希望不管什么时候都有一个人演出的机会。

你知道《工体东路没有人》（2009 李志北京“单刀赴会”演出）吗？对我的触动特别大。我就觉得，想丰富自己的音乐，那是肯定的，要不然我也不会想去做专辑，加弦乐；但是如果丰富不好，那还不如不丰富，自己一个人演的感觉更对。

《文周》：回到更本质、更根源的东西上来？

宋冬野：对。我一直就在想象，下面有三万人，每一个人都是《工体东路没有人》的那个观众的状态，那该有多牛呀！（笑）

《文周》：你有达到过那种状态吗？

宋冬野：好像是没有。（大笑）反正……越来越坚持不下来了。现在对那个规定也放宽了许多，只要有能让我一个人演的时候就可以了。

《文周》：会有来自各方面的压力吗？还是自己的？

宋冬野：多数都是我自己的。也有别人，每次大家都会问：“哎，没带乐队啊？”我说：“啊，没有。”

带乐队也是一件很爽的事儿，比如说，之前演了一圈儿剧场带乐队，《斑马，斑马》到最后“浪迹天……”的时候，鼓手“嗒嗒嗒咿 ”就起来了，那种感觉就很爽；自己演的时候——哎呀我那个“叭咚咚”跑哪儿去了？（大笑）有时候自己演也爽，要是在台上觉得自己唱好了的话，也是很爽。

“说到底就是不好意思”

《文周》：重庆那次演出，要唱《董小姐》之前，你问观众“还听那首吗”，已经不想唱了吗？

宋冬野：首先，这首歌对我很重要，非常重要，我必须得承认这一点。然后呢，还是不好意思。

这个歌儿呢，你唱得也不是特别烦，也不是说一定要放大自己的情绪“哼，我这辈子再不唱这个歌儿了”怎样怎么样的——在我这儿不会有这种事情的，没说逼哥不好啊。（笑）说到底就是不好意思。

《文周》：你这个“不好意思”，好像可以有很多种解释……

宋冬野：怎么说呢？歌儿没变嘛，一直都没变，你凭什么对它变呢？就像人一样，你最开始见到他的时候，被他的某些行为所感动，多年以后，这个人还是没变，那你为什么要烦他呢？那是你自己的问题。

《文周》：你这样解释，听起来像是对歌不好意思——你觉得自己嫌弃它们，挺对不起它们的。

宋冬野：确实，确实有点。觉得挺对不起这歌儿的。

《文周》：“对不起”的情绪在你的歌里似乎也有所体现，比如《卡比巴拉的海》，“请你也把我遗弃在远方，让我承受那可怕的绝望”，似乎有一种自责在里面，想象着用某种方式去惩罚自己。

宋冬野：特别准确。还是自己性格原因吧，就是一个臭矫情的人。看起来好像不是很矫情，聊起天儿来也是“靠”、“去你妈 ×”那样，自己一待着就矫情了。

《文周》：怎么定义这个“矫情”？

宋冬野：想得多，心重。有点什么事儿就总琢磨着它，经常让自己陷入某一种情绪里面，比如说，莫名其妙地就烦躁起来了，对谁都是“靠”，来缓和自己的（烦躁）。其实解决起来还是很简单的，但是自己总是不愿意去面对好多事儿。比如说，我又想陪媳妇儿，又想去写歌，那我作为一个老板，完全可以说“我先走了”，但是我很难去这样说，一方面觉得不好意思，一方面我就是想在这儿待着。特别搞不清楚自己真正想干的是啥……这个是问题。

《文周》：是因为想要的太多了吗？

宋冬野：是因为想要的东西得到比较容易，比以前容易得太多了。其实更多事情还是钱能解决的，钱不能解决的事情我也不去憧憬它。比如我想干个酒吧，我就自个儿在家打打电话，联系一下装修什么的，过一阵儿来看一眼。咦？出来了！好简单呀。但是你又觉得特别没劲，对什么东西投入的感情都很浅，到不了能够触动自己的地步。

“那毕竟是你自己的过去嘛”

《文周》：你后来把豆瓣上一些删掉的老歌放出来了，说“真的男人，勇于面对傻 × 的过去”。

宋冬野：对，2014 年放出来的。我就是那么想的，“勇于面对傻 × 的过去”，我知道它傻 ×，我也不会再唱它们了，也不会说凑个数把它们放在下一张专辑里。但是，那毕竟是你自己的过去嘛，当时你也是很真心地在干这件事儿，所以，知道它有什么缺点，咱们尽量不去否定它。

《文周》：你怎么就想通这件事儿了？

宋冬野：我也不知道啊，可能就是觉得可惜了（liao'er）了吧。之前很多东西都删了，有些出于各种原因舍不得删，可能它在音乐上是不好的，但是有一些情感上的东西，很难割舍。

《文周》：比如说，你特别舍不得哪一首？

宋冬野：就比如说《远见西山》。那个歌我现在也觉得不好听，但就是特别舍不得那点劲儿，那种想爆粗口的感觉过去了——再让我激动一下，再骂一下什么的，就骂不出来了——哎呀，可惜了了。所以那首歌是最舍不得的，前两天排练还在排这首歌儿，排成了大朋克。（笑）那会儿选专辑就是这首在纠结，最后选了《梦遗少年》。但《梦遗少年》比《远见西山》柔了好多。

《文周》：说到《梦遗少年》，我们来说一说“约炮之王”的事儿？

宋冬野：写《梦遗少年》那首歌的时候，我对“果儿”这个概念还是一个憧憬而已……我靠，这个世界还有这样的人，她在哪里？这种人到底是什么样子的？（笑）还是这样一个状态。后来遇到了，但是那个词还是概括得太笼统了，不是大家说的那样。如果有人跟你侃侃而谈，果儿是什么什么样的，那他一定没见过。

《文周》：那“果儿”到底是什么样的？

宋冬野：很难说，什么样的都有。我也没碰见几个，真的，这个问题你去问马頔吧……（笑）

《文周》：除了《远见西山》，还有哪些歌让你觉得当时那个情绪还成立？

宋冬野：情绪都不成立了，都过去了，都觉得是很幼稚的情绪。但是有另一种舍不得。比如说以前在醉乐坊（早年演出的酒吧），不管下面怎么样，自己都能把那个歌儿唱得那么陶醉，觉得那个歌儿“特别牛，哼”的那种感觉。

"臭牛 × 是一个必经的过程"

《文周》：你最牛的时候得罪过朋友吗？

宋冬野：得罪啊，各种得罪。更多人还是不能理解你的工作。比如说，我跟你是朋友，我结婚，你为什么不能来唱歌？我跟你关系那么好，你为什么不能给我上个台？跟你关系那么好，你为什么不能给我个面儿，上我公司年会帮我唱一首？我在跟朋友们解释各种“为什么”的时候，他们不会理解，可能还是太想当然了，不太知道你的生活是个什么状态。

《文周》：作为职业音乐人，这种事情你觉得是不可以做的是吗？

宋冬野：是有人不让我做。（笑）公司那边我也不好意思，最早签约了之后，如果有什么小演出自个儿接了，钱全都归我，公司一分钱都不跟我分。后来就挺不好意思的，什么事情确实应该通过他们一下，毕竟他们对我很好。

《文周》：有没有在态度上得罪人？

宋冬野：有，很多很多事情。比如说在酒吧，大老远的我过来找你来了，你为什么连句话都不说？你为什么合影的时候还耷拉着脸？我也不想这样，你连续照 20 张相你肯定得耷拉着脸，都僵了，你不耷拉着你自个儿就不对了。（笑）……现在友善多了，尽量对谁都特别友善。之前不是，比如说去年、前年，就是一个骄傲的状态。

《文周》：当时是什么让你觉得特别骄傲？

宋冬野：一方面是自己看到的东西，比如说演出人很多啊，有钱挣啊，以前觉得你傻的人现在觉得你牛了……还有就是公司啊，经纪人啊，他们也会有一些手段。告诉你今天演出来了几万人，特别牛的人在台下看着你；专辑卖了好多，现在三万啦！超过周杰伦了！太牛了我靠！就像《鸟人》那个电影里面那种情节。在那种状态里，就特别容易让自己飘起来。有一阵儿觉得自己东西特好，还总结了哪儿好哪儿好，“哎呀，很难超越啊”什么的，特别浪催的。（笑）

《文周》：听说后来是被朋友们骂醒的？

宋冬野：没有吧，这个东西没人能了解。没人能知道是因为什么样的原因我才变得浮躁，变得骄傲。这个东西只能自己去调，只能自己一点儿一点儿地看明白才行。

《文周》：什么时候发现自己一点点看明白了？

宋冬野：自从我发微博发得少了，留下更多给自己思考的时间了之后，就慢慢明白了。不像以前发一条微博，很多人觉得你很忙，不会去看评论，其实那个时候会去看的，等，就在那

儿等，呗儿，刷一下，看两条，呗儿，再刷一下，看两条。

看评论的过程特痛苦："你世界上最牛 × ！""你世界上最傻 × ！"夸你的人会用世界上最美好的词汇夸你，让你觉得你就是个神；骂你的人会用最恶毒的语言攻击你，让你觉得你还是死了算了吧。所以每天都是"啊！""我靠……""啊！""我靠……"，但是还是忍不住看。现在是不看了，现在是着实不看了。我觉得啊，臭牛 × 是一个必经的过程。

"也许过两年就没人听了"

《文周》：你做电台宣传节目的时候，曾经在录音棚里哭了半个小时。后来有记者问原因，你说得很简短："当时身体难受负面情绪又大，把能看到的问题说了无数遍。"这个是偶然吗？只有这一次？

宋冬野：只有这一次崩溃了，之前都在忍。

那段时间就是"剧场巡演"在做前期的宣传，两天跑三个地儿，太装了，太演了。回答问题的时候都要顾及什么，不好。大家也都是那种走任务的状态，过来一个："哎你那个安雨桥真好听啊！""你那个蒋小姐，唱到我心里啦！""我跟你说，你所有的专辑我都买了，我们家里都堆了一摞！"哥，我一共就出过一张！

给你一个 ID："大家好，我是宋冬野，欢迎收听九十多点儿什么 FM，一定要看我的演唱会哟！"你这样录一遍之后，旁边的人居然说你要情绪高一点，你要活泼一点。我说我不会呀。"你需要做这个宣传啊。"我说我不需要。"你为什么不需要做这个宣传？你要开演唱会呀！"我说我不想宣传，不想"要看我的演唱会哟"，作践自己，为什么呢？！我当时在那个电台也说了一些不太好的话，漠视了人家的工作内容。

嗯，那次是挺痛苦的。后来坐在里面哭，越哭越不知道自己为什么哭。你之前想要的不就是这些吗？

《文周》：当时你想要的时候，没想到一些附带的东西是这样的？

宋冬野：知道会是这样的，但是当时觉得这些都不叫事儿，什么样的未来也挡不住那种想往出唱，想要挣钱的欲望。为什么那么多明星要自杀呀？为什么《甲方乙方》里面徐帆要那样呢？

为什么朴树会抑郁呢？当时不能理解，可能他们就是特例吧。我心这么大，开玩笑呢，什么都成！

结果傻 × 了……

《文周》：哭完之后呢？

宋冬野：接着录啊。还没录完呢还差一个节目。

《文周》：经过这次崩溃之后，有没有觉得这样的事情更能承受了？

宋冬野：对，肯定是更能了。因为这种事情会越来越多，越来越多……嗯，也许过两年就没有了，你就想着也许过两年就没人听了。

《文周》：你觉得今天的自己，应该在十年以后再出现？

宋冬野：最起码自己能稳一点，能知道自己到底是个啥东西。我特别浓缩，还没有给自己思考的时间就进入了下一个状态，该积累的东西都没有积累到。奋斗的过程太短暂了吧！

《文周》：在一篇关于你的访问里，沈黎晖的一句话让人印象特别深，他说“音乐是不是聪明，三十秒就听出来了”，他用的是“聪明”，这个词挺值得斟酌的，让人觉得好像用了什么技巧。

宋冬野：对对对，好像是这个意思。但是我一直以来的想法就是：没有人能预知市场，咔，造出来一个，火了……沈黎晖也不能，没有人有那么高的智商，能够控制生活的走向。不太相信。如果是大家理解的字面上的意思，“写歌聪明”什么的，也是后来总结的。有本事在我刚写出歌儿的时候说我聪明啊，没有人这么说，刚写出歌的时候没有人说这个歌会火，都是之后再往回找的。我就觉得市场就像翻牌一样，谁知道滑板鞋会不会是未来的主流呢？翻出来再说嘛……

《文周》：《安和桥北》的制作人韦伟说，当时他没有告诉你，他想把那张专辑做成最 Pop 的民谣专辑。

宋冬野：（大笑）最 Pop 的民谣专辑应该是马頔那张！

没有什么界限我觉得，当时录的时候考虑的是好听，歌儿就是奔着好听去的。别人说去吧，“哦，你这个是民谣”，哦，那好吧民谣，别人说是流行，那就流行吧。风格是听歌儿的人决定的，不是做歌儿的人决定的。到底什么是流行，什么是民谣，谁能说得清楚啊！

《文周》：韦伟当时对你的评价是“你愿意让别人去成就你”——有些音乐人很介意的改变，你可能并不是很介意。

宋冬野：因为我什么都不懂啊。一进录音棚我就：哦……原来是这个样子的啊。从来没有来过，从来都不知道什么叫制作人，哦，原来制作人是干这个的！我不可能自己去管，我管就出笑话啦。

"所有的愁都是强说愁"

《文周》：有没有和制作人的感受特别不一样、很抗拒的时候？

宋冬野：有这样的过程。比如说《六层楼》那首歌，刚出来的时候极度抗拒，我大，这首歌怎么能做成这样，太过分了，为什么？后来就接受了，而且觉得它特别好。韦伟给我解释了前面为什么要"嘣嘣嘣"，就是要把一件比较悲伤的事儿刻意地做得快乐一点。我觉得这么做是对的，好像更能隐藏自己的情绪，就觉得特别好。最开始写歌，老觉得必须要把什么东西都表达得特别细致，把故事描绘得特别清晰，让所有人都知道这是怎么回事儿；后来就学会了隐藏，学会了几个字出来，大家都不知道什么意思。

《文周》：之前努力去表达是为什么？后面去隐藏又是为什么？

宋冬野：想表达是因为，想让更多人听到这个歌儿，想让更多人喜欢它；不想表达就是因为不想让更多人听到那个歌儿了。

《文周》：最初特别"想让更多的人喜欢"这种想法大概是什么阶段？

宋冬野：倒霉的时候，穷的时候，演小酒吧的时候。那个时候你要说不想火，绝对是假话，就看你想火的心有多大了，或者说，你怎么表达想火的这种感觉。我觉得我那个时候还是没有太散德行，没有天天地捧谁的屁股，顶多是在歌儿里……很多歌后来没收到专辑里也是因为这个，凑词儿凑得太多了。比如说为了押韵，特地搞一个自己都不知道什么意义的词儿，像《六月末》，那首歌基本上都是凑词儿凑出来的。

《文周》："夏天的轮廓"。

宋冬野：对对对，对对对对对对！你完全不知道为什么要用那个词儿。

《文周》：什么时候觉得可以隐藏自己了？

宋冬野：《安和桥》之后。那首歌一直想写，一直写不出来，总结原因，我想把安和桥那点事儿全写出来，然后就真的写不出来了。后来就用了“那些夏天”，就过去了，回不来就回不来了，没有把它们表达出来也没觉得舍不得，反而觉得那是一件让自己很兴奋的事儿。

《文周》：用“那些夏天”把你所有想表达的那些事儿一笔带过了？

宋冬野：对对对。渐渐地明白，越看起来不知所云的歌，可能越有它的故事在里面，它可能更深。所有的愁都是强说愁。

《文周》：只要说出来就是强说愁，不说才是真的愁？

宋冬野：对。就像有时候聊猫，可能是我生活的一个借口。掩饰自己的假大空，掩饰自己生活的麻木，掩饰自己的懒惰，掩饰很多不想表现出来的东西。然后就，啪，放一张猫的照片，很美好很美好。

"我差一点儿就把《董小姐》给删了"

《文周》：2011 年尧十三来北京的第一场演出，你和他一起戴着墨镜唱了《瞎子》，下来有朋友半开玩笑说你贵州话发音不准，你的脸色立马就有变化，根本掩饰不住。

宋冬野：那个时候是因为什么呢？说得特别开啊，那个时候是因为嫉妒。

十三来北京了，大家都高高兴兴地为他办一场演出，来了八十个人呐！我什么时候能这样啊，赶紧上台当个嘉宾唱两首歌，就觉得特别荣幸。大家都说嫉妒心是人隐藏得最深的一种心理，现在想起来觉得那时候很嫉妒，非常嫉妒。就比如说，我写《董小姐》的那天晚上，十三也在写歌，他写了那首《旧情人，我是时间的新欢》，写完了是早上七八点，我就在 QQ 上把《董小姐》传给他，他就在 QQ 上把那首歌传给我。我差一点儿就把《董小姐》给删了。

《文周》：幸亏没删。

宋冬野：现在仍然嫉妒，如果让我说实话的话。不是说观众人数多少的问题，是真正的水平问题。生活上大家就是什么都可以聊，都无所谓。但是每一次听到他写的新歌，就靠！（大笑）差得太远了，很难让我不服气……没辙了，没谁了这个世界上。

尧十三的专辑将会在今年之内降生，首发单曲新编曲的《北方的女王》一经发布，宋冬

“不在酒吧”因宋冬野的微信名“宋不在”而得名，他说自己老不在，得罪人。英文可以理解为 not here（不是这儿），no there（那里没有），not there（不重复）。最初他想把酒吧命名为“安和酒家”，后来因“太装”而作罢。

每天六点到八点左右是粉丝探视时间

“喔！照相！签名！”

“……要一杯冰水”。

八点之后，真正的顾客和朋友们才会到来。

野就在微博上写下这样一段话：

“新的一轮‘没有原版好’‘麻油叶是傻 ×’‘你们互捧臭脚’‘约炮之王’‘果断取关’等攻势即将来袭，十三哥啊，扛住，数月之后砖会碎，玉会来的，这可是得来不易的乐观主义经验之谈。”

踏着前人的脚印，后人的艰难仍将艰难，但至少不那么孤独。

万晓利在“一席”的演讲中聊了自己创作的变化，和他遇到的难以突破的障碍，宋冬野转发时写下一行字：“永远是一盏明灯、一剂良药、一碗生存和生活最需要的水。”

“我记得很清楚，他说给自己设定一个方向。我觉得很受鼓励，自己可能也需要真正静下心来，给该去做的事儿定一个方向，或者标准，有一个明确一点儿的想法。需要这个过程。”当时宋冬野正处在最低落的时期。“我就觉得，啊，应该还是有希望的。就连万总都能在台上侃侃而谈，就连小河都开微博了，人烟都戒了，酒都戒了，还有什么事情很难呢？”

有人看见宋冬野的微信换了头像，一面飘飞的红色的旗，上面写着：“这个世界会好的。”

记者｜河不止

摄影｜河不止

2015 年 7 月采写

痛苦的信仰

我希望我的心
就是整个宇宙

摇滚乐队。成立于 1999 年。至今已发行六张专辑及 EP。2015 年 4 月签约摩登天空。乐队成员：高虎（主唱）、田然（吉他）、宋捷（吉他）、张静（贝司）、大伟（鼓手）。代表作品：《公路之歌》《再见杰克》《生命中最美丽的一天》《愿爱无忧》等。

今年的愚人节，痛仰乐队在微博上转发了去年的一个玩笑——正式签约摩登天空，并注明说"牛一定要吹，否则吹牛还有什么意义"，假作真时真亦假，重复的玩笑开第二次就很少有人愿意相信了。直到第二天，摩登天空发文证实这个消息，人们才正视了这个被人称作是中国摇滚史上"最不可思议的联合"的现实。

为什么是"最不可思议的联合"？在此之前，在外界看来含金量极高的痛仰保持了很长一段时间的独立性，其间不乏用心的说客投出橄榄枝。但在当时，以高虎为首的乐队成员态度非常坚决——不——就像专辑封面上那怒目的莲花童子。

如今的高虎蓄起长发，束着道士头，身穿印着佛陀图案的短袖和禅意布裤。乐队成员们的穿着也很有趣，除了"摇滚巴士"巡演宣传衫，还有不怒自威的佛眼图案印花T恤，手腕上也卷着佛珠。风尘仆仆的不只是外表，尖锐的摇滚少年已经经过了游历、沉淀和修行。

"什么东西是变的，什么东西是不变的。"高虎在山河之间问自己，"音乐风格的变化都是外在的，就像换一个发型，穿不一样的衣服，文不一样的文身，全都可以……不是最重要的，重要的是自己的内心。"

内心打开了，痛仰发现了自己从前的窄，也更相信，人的成长就是让自己越来越宽。成长的路没有边界和尽头，高虎说："我希望我的心就是整个宇宙。"

"好的商业不能失去人性的部分"

《文周》：去年愚人节的时候你们就开过一次玩笑，那时是不是已经有计划要和摩登签约了？

高虎：没有，那会儿就是想恶作剧一下，因为每年的愚人节我们都会来一次。记得还有一年我说我们马上要有演出，这次会有汪峰、白岩松、老崔跟姜文来做嘉宾，很多人也都信以为真了！但是这次没想到摩登他们的微博也转了，我们就觉得，挺有意思，挺open的。

《文周》：后来怎么就真签约了呢？

高虎：差不多聊了三四次吧，大家有一些对未来共同的展望，而且因为我们长期以来是一支比较独立的乐队，摩登也可以给予我们最大的自由。合适的时间碰到合适的人吧。合适的人非常关键，其实没有那么多想象中的偏差，我们在音乐上还是可以保持独立性的。

《文周》：你转发过一条吐槽采访的微博，那次采访问了很多关于收入、价格的问题，当时你对商业运作是有些抵触的。

高虎：肯定是有过抵触。过去对商业的了解比较少。但其实像我们听到的很多西方音乐也是通过商业才传播过来的，包括我们买的打口带，它是“洋垃圾”，是吧？包括后来的互联网传播。但这个行业一旦慢慢进入一个良性循环，大家会买正版碟，会付费下载，有品质好的体验，也有消费能力，为什么不能（商业）呢？好的商业应该有文化，不能丢失人性的部分，如果只为了利益，那样的商业我以后也会反对的。

以前有一些商业活儿，让你在大马路上，随便搭个台子，哥儿几个这么一演出，看的人也说，哦，像土八。其实如果用一个好的方式去嫁接，大家都对路子的时候，别人看了还会想，这个活动办得挺好的。这是一个过程，大家都交了很多学费，都坎坷过，这才意识到，哦，再不能那样玩儿了，我们应该换一个更好的方式，把品质做上来。

《文周》：你在发布会上说，中国摇滚跟中国足球到了一个比较类似的阶段，具体怎么解释？

高虎：足球已经更加职业化、市场化，越来越趋于规范，音乐也是；还有就是，我们都没有真正地冲出亚洲。

《文周》：你在说达成与摩登天空合作的时候，说你们有共同的野心，怎么解读“野心”？

高虎：今年10月我们会去纽约和西雅图。未来，大家都觉得音乐不应仅仅局限在国内，还可以往更多的地方去扩展。音乐本身是无国界的。另外，并不是说我们签摩登了，就只演一些高大上的节目，基层的推广也是很重要的。很多二三线城市没有那么好的条件，有时候也需要我们去带动一下，像音乐上的传教士一样。摩登也支持这个想法，我觉得这点非常好。

《文周》：说说你们“摇滚巴士，极客上路”全国巡演的路线？“从北往南方开”了？

高虎：去年我们出了一张《愿爱无忧》的专辑，去了很多地方，但是东北我们没有去，包括这次有些城市我都没有想到，比如淮安，我的青少年就是在那儿度过的，我完全没想到他们会安排这么一站。我说不要，能不能往后推一段时间再演，因为还是有一种回娘家的感觉，有点不好意思。这条线正好是从哈尔滨开始，最后一站到上海，就真是从北往南方开了。

“做摇滚乐，需要做自己的叛徒”

青春的躁动到底有多长的保质期？对于一个社会来说，代代更替的人群中永远不乏血脉贲张的年轻人，所以，它是永恒的；但对于成熟的个体而言，不可控的躁动至多不过十余载，再往后，总将归于平静。

2000 年，痛仰用一张极具代表性的说唱金属唱片《这是个问题》对视和抵抗着自己的迷茫与不安，它不但井喷式地宣泄了乐队对这个时代的愤怒情绪，更是帮助一整个群体点燃了心中的热血。

而十四年后的痛仰停止呐喊，平静地唱起"愿爱无忧"的时候，他们被这些信仰者们宣判成了离经叛道。

《文周》：在很多人看来，痛仰代表了一个时代，你对你们第一张专辑《这是个问题》怎么评价？

高虎：当然是有感情的，其中有些歌我们现在还在唱着。

做第一张专辑之前，我在工厂、在社会上经历过很多，有很多沉淀压抑的东西在里面，而且当时做那样的音乐对于我们来说也比较容易上手，表达的东西也是短平快，更直接和简单。那个时候，演出的环境和条件都非常恶劣，《哪里有压迫哪里就有反抗》这首歌第一次演出就被腰斩了，第二次也有各种状况，后来每次演出都会遇到不同的阻拦。当时那首歌本来没有词，就是因为一些突发状况，这个不可以，那个不可以。解放前不就有这个口号么，当时就借用了这句话，再后来觉得唱得还挺顺口的，后来又加了教育的元素在里面，因为棍棒教育对我们一路成长的摧残还真是挺深的。

《文周》：包括你吗？

高虎：当然包括。我是在棍棒教育下长大的。为什么说摇滚乐很好，我认识的太多朋友以前都是学校里调皮捣蛋的人，但接触到摇滚乐后就完全变了一个人。我们在反叛的年纪里有太多东西需要宣泄，其实自己也知道打架搞破坏不对，而音乐就能把这些情绪释放掉。摇滚乐是无害的，是挺具有建设性的，但它被误解被歪曲得太多，那么多人在扭曲摇滚乐，摇滚乐说什么了？什么都没说！

《文周》：《后革命时代》纪录片里你讲了当时那个年代的摇滚青年。

高虎：你知道吗，虽然那会儿音乐很躁，虽然物质条件非常差，每人都住着每月一百多块钱的平房，但是平时生活挺开心的，因为没有精神上的负担，我们什么话题都可以聊，包括以前自己挺压抑、挺自卑的一些事儿，因为发现大家都是一样的。我觉得那会儿我们都是精神上的百万富翁。

《文周》：很多不能接受痛仰后期作品的人可能觉得痛仰在退步，他们认为，痛仰从原本的独一无二的音乐变为大众喜闻乐见的音乐了。

高虎：我觉得恰恰相反。在做第一张专辑时，我们是在潮流的浪尖上，我们最早听到这样的音乐，就是想把它转化成中国人玩的方式，我们算是第一波儿做这件事的人。但它不是独一无二的。后来它变成潮流了，真的变成潮流了，我就觉得我们不要再继续了，我们再玩一种新的音乐吧，所以后来诞生了《请不要停止我的音乐》这样的专辑，慢慢地就形成痛仰的音乐了。大家可能很难用一种具体的风格来形容我们后来的音乐，但这才是独一无二的。

过去我喜欢听比较重型的乐队的音乐，但如果音乐一直保持失真、重节奏和嘶吼，它的表达就会慢慢变窄。表达愤怒的情绪我觉得在我的某个阶段已经做过了，我就没有遗憾了。有时候摇滚乐也需要自己做自己的叛徒，去反叛自己，对于我来讲就是去做我自己理解的摇滚乐，而不是人云亦云。

现在我再唱以前的歌就会加入一些新的东西，用新的方式去演绎，不知道大家有没有注意到，会有一些很中国式的五声音阶，像《不》那首歌中间有一段马头琴的旋律。

现在我们的音乐对于真正的主流音乐来说，还是相对要小众一些的，或者说也没有那么多渠道让更多人听到。流行音乐也有很多歌非常棒，摇滚乐就更不用说了。无论什么音乐，都一样有不好听的，也一样有好听的。

《文周》：一些摇滚音乐人，包括许巍、窦唯都是从“非常摇滚”到逐渐回归内心平静；而我们注意到，滚石、AC/DC，他们已经很老了，还是在唱那么重的摇滚。

高虎：滚石出来得有上百张专辑，AC/DC 是所有的唱片都是一种风格。我虽然也非常喜欢AC/DC，但是我做不到，我更喜欢的是各种各样的音乐风格。再比如像红辣椒，还有 U2，我觉得这样的乐队都是具有革命性的，而且一样非常有市场，商业化也做得非常好。

我们第一张唱片是简单粗暴的，稳准狠，那会儿也比较适合写这些东西。当时我们对节奏啊，律动、音色这些东西有考虑，但是对音乐本身忽略了一些，所以后来我们一直在找。在第二张专辑里我们已经把一些旋律的东西放进去了，但那个时候是一半一半的。而到了《请不要停止我的音乐》，就回归到了我最简单的状态。但不同时期对“简单”的理解不一样。有时候静静地听一首柔软的歌也一样可以击穿你。

《文周》：平静的音乐反能给人更多的力量。

高虎：是，像 Bob Marley 我很早就听到过，但是那个时候我不是很能接受。包括像猫王、红辣椒后来出的几张专辑，一开始我也不是特别能接受，但是后来就慢慢地越听越着迷。听进去之后发现它一样是有那种力量的。

《文周》：你觉得雷鬼吸引你的地方在哪里？

高虎：放松、温暖、有爱。但我从来没想做一支纯粹的雷鬼乐队。因为我觉得那是他们的文化，是他们根儿里的东西。我喜欢将不同的音乐元素通过我的方式理解消化，做出适合我们发声的方式。我听很多国外的音乐，几乎都听不懂，那就完全是靠音乐来吸引我。有时候通过视频看到真人，哎呀，喜欢啊！慢慢地到后来我发现有些歌我挺想知道歌词的，然后发现歌词我也很喜欢。

《文周》：*No Woman No Cry* 这首歌给你的感觉是什么样的？

高虎：那首歌我最熟悉的版本就是他们在一个现场的录音，有一种身临其境的感觉。至于歌词的意思，我知道它有十个不同的翻译，它也有断句嘛：no/woman no cry……我喜欢的一种翻译叫作“无爱无忧”，我们的《愿爱无忧》就是受到了这首歌的影响，而且这首歌主题的和声也是最基本的几个和声套路，但就是旋律什么的都不一样。《愿爱无忧》就是纪念我喜欢的音乐、喜欢的人。

"风景不只是在别处，或为细微万物"

1986 年之前，中国人对摇滚乐的认识基本处于空白状态，直到崔健挽着一低一高的裤腿在北京首体抛出那首颠覆传统民歌的《一无所有》之后，摇滚的浪潮便在短短的二十年里如巨浪一般铺卷而来。而西方用了五十年时间逐渐建立的各种摇滚风格也一股脑地涌入中国乐迷的耳朵，形式的多样给一直处于闭塞状态的人们带来了巨大的新鲜感。黑豹认领了"流行金属"，脑浊、诱导社拿到了"朋克"，唐朝开启"激进金属"，而痛仰，就像高虎说的，将"说唱金属"推向了潮流的浪尖。

乐评人李皖曾经这样评价九十年代中后期的中国摇滚："王朔式的小说和电视剧把主流意识形态完全拆卸，市场经济所蓬勃出的新富裕气息将中国人的政治母题和精神玩味完全架空抽离。摇滚乐的失语便开始降临了，轰动从此远离了中国摇滚……失语症剥去的并不是它的内容，而是那种深刻的苦闷感的消失，是压迫的渐渐松开，是反抗的骄傲不再。"

之所以乐队会取名"痛苦的信仰"，高虎说是因为当时他看到的东西都是黑色的。但经历过很多灰色和黑色时期的高虎，内心其实一直有个彩色的世界，所以后来的音乐才会有更多彩色的东西在里面。只是在那之前，他需要把灰色和黑色的东西先释放掉。

摇滚乐，替压抑的人找到发泄的出口，给迷茫的人以相互理解的机会，让躁动的心灵得到了另一种形式的皈依。就像痛仰在微博上说过的一句话：没有摇滚乐，生活将是一场错误。而当前进的障碍被粉碎，当大门打开后，视野渐宽，就该换一种语言，与更多的人对话了。

《文周》：《愿爱无忧》这张专辑封面上乐队的英文名改成 Tong Young 了，上一张还是 Miserable Faith。

高虎：是为了方便，后者太长了。Tong 代表"唐"，是中国人，Young 是一个年轻团队的概念。两个都可以用，现在我们又用回 Miserable Faith，觉得那个更有劲儿，更摇滚一些。

《文周》：之前的音乐在行动上简单自然一点，而新专辑《愿爱无忧》给人的感觉是达到了一个简单自然的效果，但是似乎做了一些跟之前不太一样的努力。

高虎：对，以前我们凭自己的感觉去做，差不多了就拿出来。这次不一样，我们引进了制作的概念。制作人可以从旁观者的角度提一些建议，在后期也给予了我们很多帮助。比方说在前期会录很多轨，这一轨是不是放到更合适的位置，那一轨是不是可以考虑去掉或者弱化；在唱的方面，尽量不用气声，穿透力会更强一些。

《文周》：新专辑给我两个感觉。一个是这种“在路上”已经不是地理上的在路上，因为我看到里面多次提到“我的神”和“神的孩子”，不止是往前走，还有往上走。这种接近自己的“神”是从什么时候产生的？

高虎：我觉得我跟“神”唯一最接近的就是神经病……（笑）“跟神接近”就是找到了内在的自己嘛。

2007年，我和张静从北京出发，分了东西两条线旅行，最后在云南会合。那次在路上的一些经历，让我觉得自己打开了很多。我回到了出生的地方——新疆甘河子，天山脚下一个非常小的地方。离开差不多二十年以后再回来，家乡的街道啊，房子啊，很多都已经不认识了。我发现，过去我无意中把一些东西放大了，现在看来它没有那么大。但是，唯一不变的就是山——天山，还有一路看的很多条河。以前的那些琐碎的压力、浮躁跟它们比起来，都不算事儿了！

像之前大家扎堆住在树村、火器营那些地方，觉得所有年轻人都应该听摇滚乐——但是实际上，你走出去后发现并不是，有些东西你自己把它放大了。我们在路上遇到一些人，发现他们对摇滚乐不理解，但他们有玩电影的、搞美术的、做话剧的、写文字的、玩极限的，他们在做很多一样有意思的事情。他们听摇滚乐可能没有我们听得多，但是他们的生活态度和生活方式是真实、自然和简单的。

《文周》：关于新专辑的另一种感觉是：现在的音乐更细致地在体察一些东西，像“风景不只在别处，或为细微万物”，让人想起佛经里的“恒河沙数”，人都像很小的沙粒，世事无常。

高虎：我觉得你是第二个关注到这句词的，他（乐队成员田然）是第一个。有一次我们去翡翠岛，夜晚的海边，当下和回忆交织成一种很抽象的感受，带着这种感觉，我们写出了那首歌。很多人认为看风景要去远方，要在路上，但在我们身边有很多细微之处，静下来就能体会到。

去书店的时候，好多书翻翻也就放下了；生活中的一幅画、一行文字，也常常会被忽略掉；音乐也是，有些播放器里明明有，但就像第一次听到，大量地听歌但囫囵吞枣。

《文周》：《野歌》引起了我们特别的注意，可以说更加靠近世界音乐的范畴。它的歌词是一种很诗化的语言，不能明确理解它的意义，但可以感知到某种辽阔感。

高虎：对，辽阔。词作者叫李兵，他是云南森吉梅朵慈善学校的校长，写过一本名叫“人如辽阔高原的一只虫”的书。我们去那个学校，给孩子送一些文具和口风琴，陪孩子待了一天。离开的时候，他把书送给我们，说我们要是喜欢就把它做成歌。我们说行，尽量保持他的作品的原貌。后来花了两三年做了出来，编曲是田然，非常棒，能让人静下来。我觉得里面的“野狼”指的是人性的一种东西。

《文周》：人性的欲望？

高虎：欲望，欲望。对，对。这是我个人的理解，完全没有跟他印证过。

“音乐的灵魂应该是通往地下的”

《文周》：这段时间世界音乐似乎对痛仰的音乐有着不小的影响。

高虎：我曾经非常喜欢一个蒙古乐队，因为他们都是在草原上、马背上到处游牧，所以悲伤的东西会多一些。马头琴一拉，就有很沧桑的感觉。我小时候是在新疆天山脚下长大的，在那儿待到十岁，我们有一首歌叫作“思疆调”，里面就有新疆音乐的元素。我喜欢很多民族音乐，特别是比较忧伤的、旋律好的。后来民谣都变成苦 × 民谣，我就有点烦。好的旋律击中你的时候会让你忘记所有的东西，就是什么都不用去想了，只管再喝一杯，挺舒服的！

非洲的打击乐、南美的很多音阶我很喜欢，印度、吉尔吉斯斯坦、亚美尼亚这些国家的音乐也非常好听。我原来喜欢重型音乐的时候，有个乐队翻译过来叫“体制崩溃”，他们是亚美尼亚裔的美国人，用了很多自己民族的三大件来玩音乐。我也想过，是不是每个民族就一定要用自己的民族乐器，比如爱尔兰都用风笛，日本都用尺八？其实不是这样的，做中国的音乐，也没有必要刻意放个琵琶和二胡在里边，自然而然的就好。德国战车唱德语，俄罗斯很多优秀乐队唱俄语，他们很多也是一样用三大件。我们可以共勉，这个东西是世界的。

《文周》：你认为世界音乐最让你着迷的地方在哪里？

高虎：它接地气，它是从根儿里出来的东西。歌词也许只是“啊，太阳”“啊，月亮”之类的，最简单最质朴的，但是我觉得用心歌唱的人，他可以突破那些外在的形式。现在很多流行音乐是通过工业技术包装制作出来的，但是音乐的灵魂应该还是通往地下的。

《文周》：让人想到西方的一句话：一棵树的树梢永远都不能触碰到天堂，除非它的树根扎到地狱。

高虎：哦，这个说得太好了，精辟。其实人的心也是一样的，人的想象力早就已经越过了冥王星，但是人还是有他的局限，想到头，头之外还有想不到的东西。

《文周》：你有一段时间不太想听音乐，但是会听一些别的声音？

高虎：每过几年都会这样。听再好听的音乐都会缺少新鲜感。只想听一些纯的声音，说话的声音、杂音……各种各样的。

这会让我突破一个旧有的观念。在喜欢听雷鬼之前我听另类的音乐，听新金属、工业，在迷笛学校时听 Fusion、Funk、Blues、爵士、电子，突然，欸，我对拉丁感兴趣了，对 Hip-hop、电子、民间音乐感兴趣了，我最近也听了很多吉普赛的音乐，我觉得我们这些人也挺像吉普赛的人，到处走来走去……每打开一扇新的窗户，就会发现有太多好听的音乐。练琴也会，练练练到一个阶段，练不下去，歇歇。再抱起琴，一下感觉上了一个台阶。

内心一打开，发现自己以前太窄了，人的成长就是让自己越来越“宽”。首先是一些观念的打开，再有就是行动及时地辅助它，还要去坚持。

“四十四岁以下都是青年！”

谈到动情处，高虎情不自禁地哼唱起来。心中有个彩色世界的高虎，梦想也一样五彩斑斓。他热衷滑板、滑雪、蹦极、跳伞、摩托艇等极限运动，自称“极客”，问他“是在年轻的时候玩的吗”，他马上郑重地强调：“前段时间报道说了，四十四岁以下都是青年！”

“我从小就接受不了特别规规矩矩的生活，我特别不喜欢考试，上课的时候我喜欢天马行空，想到了就想去做。当愿望和现实无法过多地交集的时候，摇滚乐出现了，它可以实现我很多想做的事儿！我一直觉得来地球一趟，很多地方不去会很遗憾，我特别想到处走走。我曾经想过，我如果不玩音乐了，我要当一个战地记者，或者当一个冒险家！”

《文周》：在音乐方面，你们会不断改变自己，寻找新鲜的东西，除此之外，在演出形式上，有没有一些跨界的想法？

高虎：我们曾经和话剧合作过。我其实挺想和舞剧合作的，我挺喜欢现代舞的，当然传统的也有很多非常棒的。

《文周》：还是负责音乐的部分？

高虎：除了音乐，我也可以去参与呀，当年我也跳过霹雳舞。

《文周》：你也想去尝试一下现代舞？

高虎：我演出的时候就是自己的现代舞，听到不同的音乐，身体自然而然会有不同的反应，但就不像编排过的那种，几乎都是一样的那种流程，我们就是根据环境和音乐随心而来。

《文周》：现在很多现代舞都追求即兴。

高虎：那特别好，我看过几次，很喜欢，我一直想能有机会合作。还有像影视配音的那种东西我以后可能也会去尝试一下。我也喜欢看电影，我觉得这几年接触的很多影视作品在音乐方面确实弱了一些。

1997年，自称喜欢“皮肉之痛”的高虎用文眉机在左手手臂上文了人生中第一个真正意义上的文身——一个破出圆圈的五角星。五角星象征了正义与革命，而突破出圆圈的五角星就象征着摇滚乐；顺着五角星往下的一整片祥云图腾，是他在半睡眠状态下文的，本来预想的一小片云最后变成了一整个黑色手臂；右手的手腕有一只红色气球，那是在飞机上文的，他说这象征着向上飞的希望，而图案，却是照着当时手机里的表情符号文的；最抢眼的，是文在右手臂上的一句英文：live，travel，adventure，bless and don't be sorry。这句话来自《在路上》的作者杰克·凯鲁亚克，也是高虎给自己的人生格言。

记者｜苏阳、河不止

摄影｜河不止

2015年7月采写

余秀华

怎样的一次意外
你才能抵达我

湖北"70后"女诗人。2015年出版作品集《摇摇晃晃的人间》和《月光落在左手上》。代表作品：《穿过大半个中国去睡你》《我爱你》《经过墓园》等。

去年夏天，余秀华的姨妈给余秀华拍了一张站在稻田边的照片，穿着绿色碎花连衣裙的她，与出现在媒体上的样子大相径庭——没有戴标志性的眼镜，而是倚靠在树下，头乖戾地偏向一边，刚好与一只手拉起的裙角达成画面中的某种平衡。像极了她的诗中总会提到的"小女子"的形象。

她自己说那是恶搞，纯粹为了好玩。所以，为了将"恶作剧"进行下去，她要在明年夏天拍一张更年轻的照片。

企图去抵达内心，这是自己也是别人的事。一边是躲进里面的人，正在进行的真实表达；另一边则是被挡在外面的人，随之而来的善意揣测。

可最让人着迷的，是这两者间相通却又未知的那部分。想要去探究这未知，多半是因为"未知的探险总能让人保持那份原始的热情"。

而这一场关乎抵达内心的对话，开始于4月初的一个清晨。阳光没那么耀眼，但也足以在春寒料峭的季节里，带来温暖。余秀华像是迎老朋友进门一样，说："来，你们坐。"

关于经历："我能做什么呢？我什么也做不了"

出生时的倒产缺氧，使余秀华的肢体平衡和语言表达变得困难。如果说这影响到了她日后的生活，那也可能只是正常人略带猎奇的猜测。

当她形容走路时摇摇晃晃的感觉，"像是走在高低不平的路面，深一脚浅一脚"，"也像喝醉了酒之后，重心不稳"，似乎打开了她与旁人相互感知的一条通道，企图到达的人也正在一脚浅一脚深地接近她的内心。

而铸成这条路的，正是她的诗歌——抽离出感性的表达，忘却经历本身。"写的时候没那么真实，会记起一些东西，现在放下，也就忘了。"

年少时的她，会主动找校长要求上学，校长同意后，她认为那是命运在那个时候的一声耳语，促成了她的心愿。于是爸爸骑着自行车，第一天送"这个不知天高地厚的小女子"去读高中，那是一种"被命运的双手握住的温暖"。

谈及这段她曾在自己博客上写过的经历时，余秀华来回拨弄着她的头发，靠在阳光照进来的座椅上，只说了句："我真的不记得我写过这些，我好像很习惯这样的表达方法。"

《文周》：有一段关于你小时候学走路时的描述：学会走路后，拄着拐棍，小朋友笑话拄拐棍不好看，你索性扔掉拐棍自己开始行走。小时候就是这种不服输的性格？

余秀华：人在这个状况下，你要生活，这是一种最基本的态度。不是说我一定要怎么样，这与倔强、精神没有任何关系，要活着你就要去做着。

《文周》：写字和敲键盘对你来说，是一件很吃力的事，必须一只手按住另一只手才能进行。为什么一定要去做？

余秀华：我能做什么呢？我什么也做不了。如果我不敲字，每天除了吃饭睡觉好像也没什么别的事做。

《文周》：一开始有没有想过做更简单一点的事？

余秀华：对我来说，没有比写字更简单的事。但也不算轻松，只是很愿意去做。比如说针线活、打毛衣之类的，根本都不是我干的事，我没有那个耐心也不愿意去做。

《文周》：写得多的时候，手会难受吗？

余秀华：我从来不让自己写很多字，每天都是固定的量。我也不着急，自己慢慢地去写，带着玩儿的心态。

关于创作："它就慢慢地，自己顺着就出来了，不一定要什么灵感"

《摇摇晃晃的人间》和《月光落在左手上》是余秀华2015年初出版的两本诗集，名字直指肢体的直观感受。前者是走路，后者是写字。她说因为残疾，她的身体束缚住了她的灵魂。

从2009年创作诗歌至今，余秀华写了上千首诗歌。手机与电脑成了她打破自身限制的最佳武器。

如果说对于童年最好的反抗就是长大，那么从十九岁便"在非自由恋爱下"嫁作人妇的余秀华，已经过早地完成了从童年到成人的转变。生活还在裹挟着这个女人前行，对于生活的反抗，无非是挣脱现实的束缚。她能想到的，只有不停地创作诗歌，"不写诗怎么办，找不到出口"。

没有笔名，因为太矫情；不写日记，因为没什么意思；钟爱的诗人也并非网上疯传的海子，"因为海子诗中的体悟终归过于年轻"。对于这个有了长年经验的写作者而言，创作更像是她对生活进行的一场复仇，力道精准，爱恨交织。

《文周》：创作时，是一刹那的表达还是沉淀之后的总结？

余秀华：都是一刹那的。我觉得写东西是越去写就越能写好。因为不写的时候你就不知道自己的心里有什么东西。每天都去写，它就慢慢地，自己顺着就出来了，不一定要什么灵感。

《文周》：灵感不重要吗？

余秀华：写的时候会产生一些火花，但并不是你想出来的，而是你写出来的。你会觉得，诶，我今天写的这个怎么会这么好。但是另一方面，突然冒出来的很多东西也要有选择，否则也写不好。

《文周》：写的时候，会被打断吗？

余秀华：打断了就重新写。有时候就接不上了，我经常干这样的事。写着写着手一抖没保存，下次再写就完全不一样了，前一秒和后一秒写的都不一样。我记忆力不好，有的人会记，我不行。有一次我在家里写小说，写了七千字，突然停电了，再写就完全对不上号了。

《文周》：你怎样评价自己现在的创作？

余秀华：我的诗歌以后写得会比现在好，还有进步的空间。

《文周》：进步的空间是指哪部分？

余秀华：综合的。遣词造句和思想性，都会有整体的提高。我现在写的诗歌是个屁，好多是半夜突然写的。那些人都没选好。

《文周》：偶尔也会写小说是吗？

余秀华：特别没事做的时候，会写小说。

《文周》：会不自觉地模仿谁吗？

余秀华：以后让谁模仿模仿我吧——开玩笑啦。我的小说写得都不像小说，我都不知道写的是什么，写不好。可能诗歌里面承载不了的东西，小说会作为补充，写散文也是。

关于诗歌："不是每一个诗歌都是宝贝，很多都是垃圾，是垃圾就应该扔掉"

余秀华试过外出打工，来换得在世俗生活的一席之地，但结果还是一次又一次地将她带回到诗歌身边。挣扎无果，那就专注诗歌。

"你什么都没有了你还有诗歌"，这是余秀华对于自己与诗歌之间的关系所给出的注脚。有诗歌这样的出口，让个体得以清晰有力地表达。能找到一个连结自身与世界最为契合的沟通方式，这无疑是幸运的，而大多数人并不具备这样的运气和本事。

"诗歌是内心的事，和外界没有任何联系。你看得懂是你的事，看不懂也是你的事，和我，和我的诗歌没有什么关系。"余秀华这样强调。但当她的诗集出现在书店最显眼的推荐位置时，她的诗歌还是一定会与另外的人发生着某种奇妙的联系，尽管她总会说："我写的是我自己，我不是为了给你看，是为了给我自己看。"

《文周》：如果诗歌是一扇窗，你是更愿意走出来跟别人交流，还是得到内心的安慰?

余秀华：你说错了，这个比喻是不恰当的。诗歌不是一扇窗，和你说的相反，打开窗子是向外走，而诗歌，是向内走的一个过程。

《文周》：所以算是一种安慰?

余秀华：对于个体来说是安慰。别人需要的是打麻将，诗歌有没有真的关系不大。有一种东西，不管是打麻将还是跟别人睡觉，只要能安慰你，就可以了。而诗歌呢，毕竟是从心里流出来的

东西，没有经过任何的包装，很真实。真实的东西无论是坏的还是好的，它总有动人的一部分。

《文周》：平时会看自己写过的诗歌吗？

余秀华：有时候会看也会修改，但改得很少。因为我写的诗歌太多了，写得不好的就不要了，重新写，这个过程也挺好的。并不是每个诗歌都是宝贝。我记得在网上我说别人诗歌写得不好，别人就会批评我说：“我每个诗歌都用心血写的，都是宝贝，你为什么说我写得不好？”但是很多时候一个人写的诗歌就是不好的，不是每一个诗歌都是宝贝，很多都是垃圾，是垃圾的就应该扔掉，为什么要当成宝贝？

《文周》：那你会在你写的诗歌中区分好坏吗？

余秀华：那肯定会。

《文周》：写得不好的也愿意拿出来给人看？

余秀华：不是因为写得好或者不好，只是放在那里，被人发现了而已。我写完诗，不是遇见什么人都给他看。我觉得到处给别人看你的诗歌，是一件很不可思议的事情，就好像到处求爱的感觉一样。

《文周》：心态上会有什么变化吗？

余秀华：基本上没有什么。看也罢，不看也罢，都没有什么关系。这是一个很自然的状态。

《文周》：以前，因为家里人或者同乡没人懂得你写的是什么，所以你的创作反而会非常自由？

余秀华：对，你说得很对。

《文周》：那现在你红了，怕不怕没那么自由了？

余秀华：我穿过大半个中国都去睡了别人了，还有什么好怕的，这些都不成问题了。

关于诗坛："我想当女神的时候就当女神，我想当婊子的时候就当婊子，你管得着吗"

余秀华的走红，不仅为她带来了大批读者，有关诗歌的大小奖项，也随之而来。这些荣誉更像是要颁给刚刚步入诗坛便成绩斐然的新人，但事实是，余秀华已经写了整整十六年的诗歌。

第一个官方荣誉来自余秀华的家乡，这个旨在宣传地方的文学奖，让她哭笑不得。"他们把第一名给了我，我该怎么办呢，这是别人看得起我对吧？"

古时诗人陶醉的是"日与诸耆旧徜徉于诗坛酒社，陶然有隐处之乐焉"。可文人墨客抱团的乐趣，显然还不属于这个新时代里被当作新人的诗作者。

在新时代里，个人的"隐处之乐"，会被要求让位给"众声喧哗"。而当一个新人，被认为是重振一个行业的救命稻草而出现时，谁又愿意轻易放过她？即使她想拒绝来自集体的绑架，即使她一再重申，这只是作为个体的表达权利。

《文周》：奖项上的肯定和来自读者的喜爱对你来说一样吗？

余秀华：我觉得是差不多的。评奖毕竟是人在评，又不是鬼评的，人评的也是一种肯定。我没出名什么事也轮不到我，包括我们钟祥市的那些文学奖。之前我的诗歌写得也挺好，但就是没人关心。现在反而让你感恩道谢，但是我就不。

《文周》：诗歌受关注度低、诗人被边缘化的今天，能因诗歌作品获得这么大的关注，在中国并不是件容易的事。

余秀华：对。但诗歌受不受关注，有什么关系呢？诗歌没有什么作用的，关注也好，不关注也好，社会照样进步。

《文周》：在北大和读者互动时，你说靠你拯救诗坛不靠谱。

余秀华：谁有能力来拯救诗坛？没有人能拯救，也不需要拯救，它就是很自然的一个发展过程。比如说，我想当女神的时候就当女神，我想当婊子的时候就当婊子，你管得着吗？我为什么要拯救你？诗歌本身又没有变化，怎么拯救呢？

《文周》：但正因为你的出现，大家会更关注诗歌这个文学类别，比如有的人看过你的诗歌，也有尝试创作的想法。

余秀华：从这个层面来讲，我的出现还是有意义的，诗歌应该感谢我。

《文周》：你现在的名气带来读者肯定的同时，会让你对诗坛多了一种责任感吗？

余秀华：我只为自己写，没有什么诗坛不诗坛的。

关于自己："稗子迟早是会被清除的，它会很提心吊胆地活着"

诗人朗读自己的作品在上世纪七十年代是一件时髦的事。诗人的诗句，诗人的语气，包括诗人脸上掠过的不经意间的表情，都成了他们对于自己作品最好的诠释。像是画家的自画像，总能引起围观者强烈的兴趣。

当余秀华一字一顿急促呜咽着朗读自己的诗时，莫名的触动总能让人不自觉地热泪盈眶。也许想到的是她生活的横店村，破败的村子其实跟大部分中国农村一样封闭；也许想到的是她抱憾的婚姻，她要的那一场爱恋或许终会出现；也许想到的是一个身有残疾的女人淹没在月夜高悬的寂静中，不甘心地依然尽力发出心底的密语。

余秀华给她近期的一篇博文起名"我们拥抱，却无法靠近"，她写道："我不过是想借助这虚拟的温柔覆盖人生沉重的伤痛。它是虚的，我要。是假的，我也要。"

《文周》：宣传新书时，你会在现场读诗，很多人认为你的诗歌和你的朗读是天衣无缝的。

余秀华：简直是扯淡。他们让我读诗，后来我自己听了一下，实在是难听，我对自己的声音很不满意。

《文周》：博客里有"不问前程凶吉，但求落幕无悔"的个人简介，是最近加进去的吗？

余秀华：嗯，鼓励自己一下。也许我自己是流氓，但是人出名了，还是少惹是非为好。这不是我说的，是我看《武媚娘传奇》，太子的老师说的。

《文周》：为什么会喜欢《巴黎圣母院》里的卡西莫多？

余秀华：没有原因，只是偶尔想到的一个比喻。

《文周》：是觉得他和自己很像？

余秀华：我长得有他那么丑吗？哈哈哈！只是联想到很小的一部分关系，就写出来了。诗歌在很多时候是不能仔细追究的，追究就错了，就不是那么回事儿了。

《文周》：为什么总认为自己像稗子而非稻子？

余秀华：稗子就是稗子，稻子就是稻子。种水稻的时候任何地方都有稗子，它是和稻子生在一起的。稻子是庄稼，稗子是野草，是要被拔出来的。稗子迟早是会被清除的，它会很提心吊胆地活着。

采访行将结束时，坐在一旁的余秀华低声哼唱起来，并不能听清里面的内容。后来翻开她的诗集，里面有一首名字叫"每个春天，我都会唱歌"的诗，写着："在春天里奔跑，一直跑到村外，而我的歌声他是听不到的……但是，每个春天我都会唱歌，歌声在风里摇曳的样子，忧伤又甜蜜。"

孤独的写作者们总是有本事在字里行间，留下一些于己于人的安慰。余秀华说，现在的幸运让她想要一点疏离感才感觉安心。即便媒体恨不能将下一个镜头直接伸向她的下巴，即便读者巴不得从她口中捕获到所有有关人生困惑的解答，而她，还是会不紧不慢地拿起话筒，一字一顿地说出所有问题的答案，她还是会在夜里、在诗歌中写下："假如你是沉默的，海水也会停止喧哗。"

记者｜Fay

摄影｜万云鸽

2015 年 7 月采写

田沁鑫

我还坚持着
像个女工一样

中国国家话剧院导演。代表作品：《生死场》《红玫瑰与白玫瑰》《四世同堂》《青蛇》等。

2015年7月，戏剧《生死场》在国家话剧院复排上演。这部作品首演于1999年，让时年二十九岁的导演田沁鑫"横空出世"，一剧成名。《读书》当时为《生死场》举办座谈会，钱理群、李陀、汪晖、赵元等学者悉数前往，盛赞其"满台游走的，是萧红的精魂"。

至此，十六年过去了，田沁鑫带领原班人马，重新集结，寻初心的冲动，感时光的飞逝，望容颜的老去，只为在这部戏的复排里，寻得那个纯粹的戏剧精神。

演出前几日，《北京晚报》刊登了导演田沁鑫的创作手记，题为"大神归来"，她说，当包括倪大红、韩童生、任程伟、李琳等演员重新回到排练场，"弹指一挥间，沧海笑平生，多了人生况味"。排练渐入深，"我恍惚看见了神的出现，角落里，水雾般的庞大和温暖"。

《生死场》的复排确也如其所料，在北京的戏剧界掀起了些许波澜。观众与业内人士的反响大多数是赞誉与感慨，其中也不乏对田沁鑫的期许与失望——正如这些年来一直发生在她身上的事情一般。毁誉参半。

演出落幕后数日，我们的采访在她的住所进行。她盘腿坐在落地窗边的沙发里，身后不远处，就是紫禁城的琉璃金顶，次第铺展于眼前。

她焚香、沏茶、点烟，然后言无不尽。

《文周》：复排《生死场》，你得到了什么，失去了什么？

田沁鑫：有缘起就有缘灭，好像这部戏，有生就有死，就像这个戏的主题。十六年前它曾经生发了我很大的创作激情，演完了，沉寂下来，就像死了一样。然后我让它复活，回到一个很强健的状态，非常短暂，就过去了。经历过了，很激烈，还是留下一个散去。戏落幕后第二天，韩童生老师和倪大红老师就回去拍影视剧了。我们以后有没有机会再合作，也不知道。如果没有这次《生死场》的复排，我看不到我过去的那份完全的纯净。人生真是需要苦难和打击，还有各种观照，才能看到更多的面向，能更清楚地剥离开，看到油是油，水是水。

那种纯粹的力量，这些年原来一直在我身上藏着，只是我忘了。

《文周》：怎么会忘了呢？

田沁鑫：忙忘了。

《文周》：你一直很高产，这十六年里做过的戏，风格、题材多样。

田沁鑫：《生死场》之后做过的戏，我想要认真提起的，其实就是《狂飙》《赵氏孤儿》《红玫

《生死场》剧照

摄影 / 柴美林

《狂飙》剧照
摄影 / 李晏

瑰与白玫瑰》《四世同堂》《青蛇》《一六九九·桃花扇》。后来我就老说，我这十六年确实是没干什么事。

《文周》：你的戏一直卖得不错，艺术创作和商业诉求，你更看重哪一个？

田沁鑫：长期以来，我知道我是非常疲累的，我感觉到了我的艺术表达和市场之间的拉力关系，我一直瞪着我的信仰，想用精神的意志去表达，要不然确实不会有《青蛇》这样的戏。你看，我甚至都拿出宗教的东西来做了。可以说这是一种牺牲式的坚持了，我也已经到这儿了，至于观众怎么骂我，说什么这个导演又商业了，或者说这个导演本来戏挺好的，非得在哪儿加点调侃，那真是对不起，那也不是我的初衷。

《文周》：你对商业妥协过吗，做过自己不想做的戏吗？

田沁鑫：这事是中国式的，包括中国电影。在中国目前的这种市场化的整体运作中，陈凯歌、张艺谋这样的导演固然是走在前列的，然而消耗，我觉得也是巨大的，甚至有裂变在他们身上。

我也看《小时代》，有这么多的非议也有这么多的人喜欢，它是为市场去做的，而且是年轻人做的，大家就不会从文化思想上去批判它。但是过去的那些导演，有文化含量、俗世层面管他们叫“大师”的人，大家见不得他们走纯的市场化道路，其实这个也有不公平在里面。

戏剧也一样，商业化的进程不可逆，滚滚车轮碾过来，我就是赶上这拨儿了。我也看了评论说《生死场》。大家一直觉得田沁鑫应该做得好，因为我知道《生死场》啊，我看过《生死场》啊，十六年后我再看《生死场》还是失望。这种舆论我听完了，你说怎么办呢？那个是我用纯净身心做的，还是让人诟病。另一边，还有整个市场的大潮在冲击我。我真没妥协，就还坚持着，像个女工人一样。

《文周》：这些年面对商业，你是怎么做的？

田沁鑫：我的戏和市场之间，一直是一个拉扯的关系，一边在坚持，一边在消耗。市场，像疯了的战车似的。我就一直还在坚持原本那个东西，像一个拉力赛，体力和精力的消耗都太大了，常常觉得，快要坚持不住了。我生活中所有做市场的朋友们，谈的全都是要怎么拓展市场，想的事情都是怎么帮老田把戏卖出去，赚回成本。但是在艺术上，几乎没有人可以帮我分担，与我共谈。在这一点上，我现在是非常孤独的，非常。

《文周》：你的出发点其实不低。

田沁鑫：我起初就是带着哲学思考出来的导演。《生死场》触及生命的终极问题；《狂飙》是对中国艺术精神的一次回望；到《赵氏孤儿》，是对中国的忠义精神的追索。这是我的导演生涯富有思想性的一种证据。

后面，你说我在做市场，但《红玫瑰与白玫瑰》，我觉得也不能低估它的艺术想象力，它的结构是非常严谨的，一直是在现在发生时和过去时两个时空里面平衡的运作。那次工作，我的导演功夫几乎全部都用在数学上，在过去时和现在时的平衡上面。这么严格的戏剧结构，我到现在没有在其他的中国话剧里面看到。

我的一位英国导演朋友在看过这部剧的光盘后专门找到我，说如果这部戏有机会在国外演出，是会让欧洲的观众承认中国导演的。这部戏非常好看，技术性和艺术性达到了一定高度，同时又有市场的承认，这本来是好事，但是这些都被票房淹没掉了，一千七百多万的收入最后换来外界一句潦草的评价：田沁鑫市场化了。

《文周》：你这些年最痛苦的阶段是在什么时候？

田沁鑫：《四世同堂》之后。按说《四世同堂》票房也那么好，演这么多场，还有各种明星加入，应该是最开心的事，但是那时恰恰是我人生比较低潮和黑暗的时候，想出家的念头，就是那时候冒出来的。《四世同堂》当时全国大规模巡演，演出质量没有办法保证。

我刚才跟你说的这几部，是我能提得上台面说的。我还有提不上台说的戏，做得挺差的戏，就是我自己都看不过去的戏，我并不喜欢的戏，但是由于市场、由于你的影响力，好多人找你，消耗巨大。

我个人一直保持着一个清爽的状态，也没有经纪人可以帮我推阻，这些年找到我的人，能面见他们的我一般都见。我还没有完全学会拒绝，而且是那种不怕得罪人的拒绝。十七年年如一日，我没休过假，一个事没完，另一个事就开始了。

我再能掌控自己的命运，也挡不住那些来拉拽着我的外界的人和事。那些不容置疑的要求，你要再不拦着，他们就直接敲你家门了。你在中国，越温和，有些东西越变本加厉，如果我愤怒，也行，但我又做不到。

我只知道我热爱戏剧，可我就这么看着自己那戏剧朋友也跟病了似的，我因为忙，也没有能够好好去善待它。所以这个真是很大的痛苦。

《文周》：这么多年迎来送往面见的这些人，他们关心的是什么？

田沁鑫：他们都是为了投资来的，投资的本质还是要求收益。到现在没有人赞助我，赞助我做纯粹的我想做的戏剧。我从拿两个亿到拿四十个亿的投资，都谈过，后来我跟一些非常有钱的朋友聊过这个问题，我说，如果我是你的话，我就不投资了，我赞助，一年两千万我赞助这个艺术家，就让她做她自己喜欢的作品。

中国的商人们很难一下子改变他们对文化的态度。希望工程、贫困儿童、绿色环保……这些方面的慈善都开始做了，但是艺术，尤其是戏剧艺术，也是需要被“资助”的。

当下，愚昧还是依然存在的，对人本身的尊重是一个最本质的问题，当对人真正有尊重的时候，中国的艺术家才能真正出现，不然中国的艺术家若要在自己的社会里边生存，必须是顽强的刻苦的和承受所有非议和苦难的状态坚挺不倒的，那就得要出圣人，但是圣人还没有，全是被拉下马的英雄。

《文周》：你刚才说一度想出家，但你现在还在尘世里，甚至后来还做了《青蛇》。

田沁鑫：戏剧是我特温暖的朋友，在我少年向青年过渡期间，给过我关爱，当我有能力长大了回馈它的时候，我对不住谁也不想对不住它。我不想对不住戏剧。

《四世同堂》之后，我到寺庙去待了半年，听闻佛法，我开始引导自己。最后唯一还能牵

《四世同堂》剧照
摄影/李晏

《红玫瑰与白玫瑰》剧照
摄影/李晏

《青蛇》剧照
摄影 / 解飞

动我的，让我有点舍不得的，尘缘未了的，还是戏剧，就是舍不得。可能有事没办完，就是还得继续受点苦，还得干。戏剧滋养过我，也拯救过我。给我带来的那点欢愉，让我那么肆意地贪恋过，这就是“报应”，我只能做下去。

就是在那半年里，写作了《青蛇》，第一次在舞台上有宗教、禅意的述说，然后很奇妙的，就是这出戏得到了那么多观众的喜欢，也没有被禁。它是一个完全慈悲的礼仪，做得也比较精华、圆润。

《文周》：从《青蛇》里，能看出你其实很有幽默感，有一些有趣的段落，尺度也拿捏得当。很难想象你平日里会这么苦痛。

田沁鑫：这辈子来了我其实不想当一个悲剧的人，我是挺想做一个幸福的人的。小时候明明特别开心，现在是怎么了？我小时候特别快乐，没什么心眼儿，现在也是，一点心眼儿都没了。

所以活得比较真性情，也不太设防，我不太想，人是不是坏人，人有什么目的，这些都不知道，也不去想，因为看谁都是好人。

《文周》：其实从《生死场》的效果看，当时你的创作状态，其实是很释放的。但现在的你，一直说自己在担当、承担、忍辱。从释放到承担，这个变化挺大的。为什么不肆意表达了？

田沁鑫：《青蛇》还可以吧？可能我，还不够厉害。只能在作品里霸道。有一些朋友到排练场看我排戏就吓一跳，说老田你能这样啊，这么准确和肯定，非常不犹豫。但我生活里边就比较抽离、犹疑。

《文周》：现在你怎么看待批评？

田沁鑫：你看我手上戴着的这串珠子，是个老物件，你见一眼少一眼，因为少、珍贵。这个是有缘分得来的手钏，自打我知道它稀罕，我就戴着不摘了，人也一样。人世间，有的是水晶，挺好挺干净，但是多；有的是钻石；有的是很罕见的古物。但是再好的物件，如果你不识它，就会当破烂儿扔了。人也是这样，不可能让人人都识到你，你的珍贵、你的坚持。

《文周》：有什么建议给现在的年轻的戏剧人、艺术家？

田沁鑫：还是要想办法保全自己，保全自己的表达。李叔同先生说过一句话：身披忍辱甲，手提智慧剑。如果对外界的意见真的上心了，被左右了，你就会呈现出异样的状态。

《文周》：你认为艺术家最好的生存状态是怎样的？

田沁鑫：我喜欢侯孝贤、伍迪·艾伦、侯麦。他们都达到了在自己的创作领域里保持常态化运转。一个国家的文明程度越高，就越会形成常态化运转，大家不会一窝蜂。一窝蜂有什么好呢？历次的一窝蜂都是失败的。但是市场化在今天依然是个驱动力很强的战车，大家都要上去。今天，一个电影无论赚五个亿还是十个亿，对不起，依然是自给自足，也没能把战车开到国际市场上。戏剧也是一样的道理。

《文周》：那些来找你的人，你现在能分辨出他们的用意吗？

田沁鑫：大概有点儿，完全是利益驱使的那种人，我能感觉得到。

记者｜吕彦妮

图片由田沁鑫工作室提供

2015 年 7 月采写

简媜

生老病死
如我如你

台湾宜兰人，生于六十年代。当代散文名家，也是台湾文坛最无争议的实力派女作家。2015 年 4 月出版作品《谁在银闪闪的地方，等你：老年书写与凋零幻想》。代表作品：《水问》《只缘身在此山中》《女儿红》《四月裂帛》等。

"左脚跨出的黎明总是被右脚跨出的黄昏赶上"

1961 年，简媜出生在台湾宜兰，与很多文人出身名门世家不同，简媜家世代务农。从小生活在农村的她虽未经受文学的早期启蒙，但自然及周遭的一切使得她从小就早熟并且敏感。十六岁那年，简媜只身前往台北读高中，由于想法和背景的不同，未能遇到知交好友，埋首用功之余，拼命地看书，"书读得多了有很多话想要讲"，便开始了她的写作生涯。

1979 年刚刚考入台大哲学系的简媜只过了一年就转入了中文系，用她的话来说："进入台大中文系，我的生命之页自此真正开启。"

简媜的第一本书《水问》，便是那段时间作品的集合。

与很多作家对自己处女作表现出的那种"不忍卒读"的态度不同，《水问》问世近三十年后，当我在采访中再次谈起关于这部作品的问题时，简媜没有丝毫的不愉，在她眼中，"左脚跨出的黎明总是被右脚跨出的黄昏赶上，生命必须向前行，这是永恒的律则，无须抗拒。人生的每一个阶段都是唯一的，稍纵即逝，欢喜地领取属于我的童年，青年，壮年，中年，老年……在每一个阶段活出精彩与丰富，这就是我的最高指导原则"。

"写完《谁在银闪闪的地方，等你》这本书，再回过去看《水问》，有什么感受？"我问她。

"回首前尘，我颇欣慰自己并未辜负青春，正因为《水问》时期如此渴切地追求文学，打下基础，我才能持续地朝真善美的国度前进。这是我特别要与年轻朋友共勉的地方，正因为青春会消逝，所以我们要努力将青春打造成人生的第一面金牌。"简媜说。

"四月裂帛，天书终于被自己参破"

如果说 1985 年在台湾出版的《水问》讲的多是简媜的闺阁心事，那么其后的《胭脂盆地》与《女儿红》则构成了互补，对女人的成长及蜕变有了更多的反思。尤其是《女儿红》中的名篇《四月裂帛》，诗一样的语言写就的这篇散文，让许多读者惊叹为"现代诗经"。简媜的写作风格，在那时便已形成。

简媜的作品大多喜欢使用各种意象，并且天马行空不受拘束，这也导致她的很多作品初读会觉得比较晦涩。但她说，这样的写作风格并非是刻意为之。

"我是中文系出身的，对文字很敏感，中国文字形音义合一，具有非常独特的美感。有时，会刻意使用诗化语言达到铿锵有力或绵远悠长的书写效果。譬如，在《天涯海角》书中有一篇就叫"天涯海角——写给福尔摩沙",我全篇用白话歌赋体来写,完全可以高声朗诵的。所以,我看待文字、文类是自由的,能展现出独特美感的,都是好的。"

与很多成名作家在成名后无法跳脱自己成名之时的作品框架不同,时至今日,简媜的作品中仍有新的尝试。在她的眼里,所谓"创新",不过是"针对不同题材寻求最合适的表现方式,包括文字、结构、叙述策略、情感基调等"。

而 2015 年出版的这本《谁在银闪闪的地方,等你》也与简媜以往的作品有很大的不同。在形式上,她用了书中书这种新的概念,甚至还有自我对话的部分,她将主内容与自我对话进行两条线安排,"能让叙述者有较自由、立体的叙述效果,也能引导读者产生自我诘问,针对所探讨的课题进行自我思考。譬如,《晚秋絮语》写给晚年的自己,期许自己做一个睿智者,我也希望读者看完这篇后想一想,期待自己变成什么样的银发人"。

"生命总有微光黎明的时刻"

从 1999 年出版《红婴仔》开始,简媜的作品中,对于生命的表达愈加丰富,也开始慢慢涉及亲子等诸多方面。然而,她对生命的表达并非都是礼赞,创作的母题在不同的作品里承载了不同的意义,对于生命的探讨在书写里得到了延续。

诚如简媜所说:"其实每一本书中都内含了残酷面的描写,幻灭与消逝,是我作品的重要成分。但我不耽溺在悲伤幽怀之中,生命总有微光黎明的时刻,照见种种美好,那是最吸引我的,我相信也是读者从我的作品中感受到最强烈的部分。"

年过五十后,简媜"观察到台湾社会老化的脚步日趋快速,心中引以为忧",开始将更多的目光投向"生老病死"这个"不能回避的重大课题"。她的作品也开始变得更加厚重,更加贴近社会现实。这时的简媜,笔法依旧是浪漫的,但谈及生命中的衰老,谈及死亡,所书所写越发厚重。作为散文作家,对"所有社会课题的观察都想用文学的方式来呈现,解决,自然而然就会从文学的角度进行书写"。

在诸多台湾作家的作品中,简媜对齐邦媛女士的作品《巨流河》十分推崇,她评价这本书为"齐老师的生命之书",并说:"她在八十多岁的年纪写出巨著,可想见这书若不写出是会死不瞑目的!她为经历抗战、渡海来台的那一代发声,甚至是呐喊!让年轻世代重视历史与传承。"而某种意义上来说,简媜与齐邦媛有很大的相似之处,当齐邦媛以《巨流河》为台湾社会里的一代人发声时,简媜也在为另一群人寻找生命的出口。

"死亡，让我们失去也让我们相遇"

2010 年至 2012 年间，简媜面临了家人的生死交关之事，这段经历让她对生命残酷而幻灭的一面有了更多思考，而这种思考也一定程度上反映在她近年的创作中。

"随着年龄的增长，人生越过某一条线之后，该来的都会来。到了我的年纪，已经无法再躲入繁花盛放的花园吟唱青春歌谣，我们听到的，恐怕是病榻上长辈因病呻吟的声音。作为子女，又怎能于父母老病的现场置之不理呢？而病，有长有短，有难缠的有易理的，有碰到良医的有遇到庸医的，有花钱的有便宜的。病人，有修养好的有难伺候的。家人，有明理的有离谱的。家中有长辈病倒了，有的是真金不怕火炼，有的像一桶冰激凌放在太阳下，融得一塌糊涂。"

很多时候，人们在讨论跟老年人有关的话题时都不免沉重，而在《谁在银闪闪的地方，等你》这本书里我感受到一种淡然，这种淡然从某种意义上来说也是一种勇敢，当我说到此时，简媜句句平静地说："我的想法其实很简单，如果死是每个人最后的归宿，作为一个愿意为自己的人生负责的人就必须勇敢地面对曲终人散的事实，而且趁着天色未晚，做好这一道课题，才能优雅地老去、尊贵地离席。我很幸运能陪伴长辈走完他们的最后一里路，启发了我对生死学的思索，获得感悟，使写作这本书时充满了勇气与温暖。死亡，让我们永远失去一些，却也获得从未体验的生命滋味。"

"青春太珍贵，所以一次就够了"

在采访中，我们数度谈及"衰老"这个话题，简媜的态度积极而又慎重。

"一个人老了，不是一个人的事，是一个家、一个社会的事，若不做准备，其产生的难题最后仍需动用到社会资源加以解决，若遇到经济不景气，政府财政困难（譬如希腊），更可能造成世代对立、社会动荡，与其如此，不如提前规划，尽早准备。"

"对于很多女人来说，五十岁好像是一个有些可怕的年纪，那么对您来说，五十岁之后的生活有什么变化么？"我问。

"等着吧，时间不会放过每一个人，管你叫秦始皇、慈禧太后还是乡下种田的文盲老阿公。如果你见过我三十出头就开始与白头发奋战，至今完全让一头花发无法无天，自生自灭，你当明白，外貌早已不能干扰我了。肉身是一具独木舟，我们用它来航行五湖四海，筑梦打造自己的传奇，结交知音共谱高谊，返航时与家人、社群分享渔获，传达知识，分赠智慧。这些，都不是二十岁的人能做到的。每个阶段，都是人生中不可替代的独特时光，认真体会，就能获得独特的滋味与感悟。”简媜的回答耐人寻味。

“但对于很多人来说，衰老意味着退居二线，怎样才能把老年生活过得有品质？”

“六十五到七十五岁，若体能不错还是可以有作为的，端看每个人安排。在台湾，有些人很会安排退休生活，重新去学习年轻时无法选择的那条路，有的抱持回馈社会的心态去做志工，这些都是积极有意义的事。”

“那你愿不愿意返回二十几岁？”

“抵死不从。”

“为什么？”

“因为青春太珍贵，所以一次就够了。”

“读者知道有人了解其痛楚，这是最宝贵的”

《谁在银光闪闪的地方，等你》这本书于2013年在台湾出版，2015年引进大陆，简媜也办了很多次的签售分享会，这次的读者跟以往不同，有许多都是头发灰白的中老年人。

“这本书引起了很多中年读者的注意与共鸣，他们正在经历父母老病所带来的老年版‘亲子危机’——不要以为青少年才有叛逆、说谎、逃课等行为问题，会引发家庭革命，有的人到老了才开始叛逆，譬如患了失智，谎话连篇，还在亲戚面前指控你这个不孝子不给他饭吃，你怎么办呢？”

“读书会，有什么让你记忆深刻的事情么？”我问。

“在台湾，读书会很风行，一二十个或更多人组成一个读书会，会员每个月读一本书互相讨论，参加的有些是同事有的是朋友。有一次，一个读书会主要是中年妇女，我这个作者坐在那边只能听他们抒发老甘苦谈，好几个谈得哽咽抹泪，同病相怜者相互拥抱、鼓励。我觉得很安慰，我写了一本当他们陷于水深火热之中时，让他们觉得有人了解其痛楚的书。文学的力量就在这里，读者觉得他的心声被说出来了。”

“有年轻人看过这本书吗？他们有什么反馈？”

“我本来很担心高中生看了这本书会减损斗志、快速苍老。后来发觉，我太小看他们了。有一次演讲后，有个高中生站起来说，他看了这书很感动，知道怎么跟老人家相处，听了演讲更感动，决定回家后要抱一下奶奶。”

“对年轻的读者也有启发。”

“年轻孩子或许还读不出硝烟之后那痛了眼的涩、割着喉的酸，但若能起一点提醒，对长者彬彬有礼，过马路时、搭车时，打声招呼、让一让他们，打从心底知道他们是为这社会拼掉了青春年华的人而起了敬意，那就是让我无上欢喜的回报了。在台湾，曾有年轻孩子们趁暑假去做一点公益，在火车站扶长者爬楼梯替他们提行李，我觉得这些都是善的种子，看了很高兴。”

【记者后记】

我高中时读简媜，读的是她诗一样的散文，不沾一点灰尘的空灵心境。我大学时再读简媜，却读出了诗意后面的厚重、幻灭背后的生死。而现在，当采访简媜的时候，我却意外地发现，这个曾经怀着一颗赤子之心行走世间山涧河流的女子，现在怀着同样的赤子之心在红尘中修炼。或许空灵之气不再，但如今的简媜更让人能读到心底里，心脏的血管连着大地，好像尘埃落在羽毛里。

再多的语言在简媜面前都是苍白的，只觉得自己幸运，此生能与自己最爱的文字创造者共叙一席。希望简媜的这席谈话能让你有兴趣去读一读她的新作《谁在银光闪闪的地方，等你》，毕竟，这世界上的种种，无非生死往复，活明白了的，如简媜，还在红尘中修炼的，如你我。

记者丨夏晏

图片由简媜提供

2015 年 7 月采写

大冰

我是归人
不是浪客

1980 年出生于山东烟台，主持人、民谣歌手、作家。2013 到 2015 年先后出版作品《他们最幸福》《乖，摸摸头》和《阿弥陀佛么么哒》。

最初凭借主持人的身份为人熟知的大冰，几年前出版了他的第一本书《他们最幸福》。不同于其他演艺圈名人出书的套路，那是一本实实在在的文学作品。那本书之后，大冰一炮走红，在文坛的身价与日俱增，第二本书《乖，摸摸头》销量更上一层楼。于是，他身上多了更多标签：酒吧老板、民谣歌手、禅宗弟子、背包客……每一个身份拿出来都可以做很多文章。

2015 年夏天，大冰的新书《阿弥陀佛么么哒》出版，我们的采访就从旅行说起。

"既可以朝九晚五，又能够浪迹天涯"

《文周》：你好像经常会去丽江、拉萨这些地方。

大冰：其实只是这几本书里讲这两个地方的故事多一些，将来也会讲别的地方的故事。但这两个地方去得早，有感情了，的确是我最喜欢的地方。丽江、大理这些地方，我 2000 年开始就去了。到了非典前后，我开始混西藏，到现在来看，有十几年的跨度了，自然会有感情在其中，有很多故事在那里发生，而且那时候我有很多职业身份。

《文周》：比如酒吧老板。

大冰：对，酒吧老板、乐手，我还开过银匠店。所以说有那么两年时间，也没人知道我是主持人，也没人知道我后来写书，也没人知道我是歌手，甚至我开酒吧的时候朋友们也不知道，你问他们大冰是干吗的，他们可能会问，卖银的么?

《文周》：现在，丽江和那时候不太一样了。

大冰：生活在那边越来越便利了，求医问药越来越便利，买东西也越来越便利，不是一个坏事。

《文周》：你认为现在那里的商业化不是坏事?

大冰：游客可能会觉得太商业化了、太失望了，但是站在一个居住者的角度来看，商业化是一个好事，但是商业化肯定得有一个从虚到实的过程。你想要一个原始的、古朴的丽江，如果你 2000 年前后来的话，很多地方没有抽水马桶，你愿意来吗？自来水都没有，你愿意来吗?所以，你可以说丽江政府规划有问题，但是你说丽江商业化不好，这个概念是不成立的。

《文周》：很多作者写到丽江的时候会说，到那边反而生活会变得很颓废，天天在一起喝酒、抱头痛哭什么的。

大冰：有这样的人，但是是很少的一部分。而这帮人往往是去的时间很短，还没有真正获得丽江的精髓。因为像我们这帮人在丽江生活了很多年之后，网上才开始出现一种论调，说“城里开咖啡馆、辞职去西藏、丽江开客栈、骑行 318”是新四大俗。说这些话的人应该是后来者，不是我们这帮人。我们在那里做生意也好、工作也好，都是朝九晚五，很认真地生活。说那些话的人，只是被一种自我改造的氛围所蒙蔽了。北京有的东西那里基本都有。那边的房租比北京的还要贵。

《文周》：其实大部分人是做不到像你那样去一个陌生城市体验生活的。

大冰：我的感受应该是一句话，也是我第三本书里强调的一句话，我倡导的是“既可以朝九晚五，又能够浪迹天涯”。我是坚决反对那种“一门心思流浪”的观点的，如果我们既可以有稳定的收入，又可以有向往的生活，何乐不为呢？平衡好了就行了。一个人的生命体验要有个出口，而且体验的方式要对自己负责。旅行并不是生活的唯一，也没有必要把它上升到一个多么高的高度，它并不是包治百病的万能金丹，它和我们的正常社交和日常生活没什么区别。

“平行世界，多元生活”

关于旅行，我原以为大冰对自己身份的概括会是“流浪者”，毕竟这是一个曾经徒步去往拉萨的男人，然而出乎意料的是，他对自己的身份认知竟然只是“居住者”。

大冰说，旅行的过程中没有人知道他是谁，也没有人关心他是谁，人来人往都是过客。在大冰的小屋里，他就是一个酒吧老板兼民谣歌手，仅此而已。

“平行世界，多元生活”这句话在采访中被大冰屡次提及，他将自己身上的每一个角色都演绎得风生水起。

《文周》：媒体介绍你的时候，给你安了很多个身份，其中有哪个身份是你觉得最重要的？

大冰：我倡导的是八个字：平行世界，多元生活。我认为在一个人心智成熟、智力结构也相对完善的情况下，他应该尽量多地有平行的身份和平行的世界，每一个身份都应该有独立的经济来源，独特的朋友圈子，乃至独立的生活方式。

《文周》：忙得过来吗？

大冰：完全忙得过来，但也要有作为工作的切换，他们是平行关系而不是寄生关系，以此理由来讲的话，它们没有哪一个是最重要的，干哪件事时哪件事就是最重要的。

《文周》：为什么会坚持“平行身份”这个观点？

大冰：有很多平行身份，就不会受制于任何一种身份，并且你的经济来源会多一点，做得不开心大可以放弃这个身份，没必要受制于人。所以说我前几天在微博上跟出版社有争论，我也一点都不怕。

《文周》：和出版社有争论？

大冰：对，因为上一本《乖，摸摸头》在8月份破了百万销量，而出版社在我这一次交完稿后有点生气，因为这一本里心情故事太多，爱情故事只有一两篇，他们觉得这个是违背市场的，希望有所调整。并且我每次交稿的字数太多，一般是到十万字左右就可以交稿了，我每次要写到二十几万字，他们就希望删掉一些，这样就显得爱情故事多一些，我不认可。我说每个人对市场的判断不一样。所以我就说，要删的话，我就不出了呗。我说得很明白，我不指望这个吃饭。

《文周》：做民谣歌手也是，我记得你有一次旅行就是身无分文边弹唱边流浪的。

大冰：还是“平行世界，多元生活”。当主持人，挣再多的钱，那也只是你在这个世界的事情，这个世界的钱是不能拿到另一个世界去的。

《文周》：你到那个世界，就要从零开始。

大冰：对，在另外一个世界，你找到一种谋生手段，就要严格按照那种谋生手段往前走。这么多年，在我酒吧最窘迫的时候，交不起房租的时候，我都不动用我做生意挣来的钱、做服装挣来的钱、做主持挣来的钱。后来我酒吧生意做得非常好，我用酒吧挣来的钱，可以在丽江给我爸买别墅，但不会用来买上台服装，至少我现在出书挣来的钱，我只用在这个领域，比如差旅。

《文周》：你刚刚讲到酒吧生意最窘迫的时候都不会动别的款，这个是很难的。

大冰：其实很简单。我们大部分人在生活中都有这样的生活经验，就是专款专用。那是独立的一个世界，你要在那个世界对自己负责，不要牵扯到其他的。这样的话很多年下来，彼此之间就会平衡，但是一旦搞乱了的话，就很乱了。前年的时候我朋友翻我钱包，吓了一大跳。

他问我："你有多少钱？"我说："我真没多少钱。"他问我："为什么有十张卡？""因为每张卡里都是不同的收入。"

《文周》：我看你微博里的简介写的是"二流作家、二流民谣歌手"，这么多身份会不会导致你很难成为某一方面的"一流"？

大冰：我也不想成为一流。

《文周》：是吗？

大冰：有两个原因，一个是现实中其实没有所谓的"一流"；第二就是，"二流"表示你还是有进步空间的，我现在三十多岁、四十岁不到，我说我自己是"一流"，也太不知道自己的斤两了。

"我记录下来的故事都值得写"

明星出书更多时候是一种噱头，并不是每一位主持人在转行写书之后都能取得像大冰这样的成就。书中的故事大多取材真实人事，过往的人生经历为大冰提供了足够的素材。

这些年，书出版着，书里的故事演绎着，大冰说，有些故事终于水落石出了，也有一些故事无疾而终了，然而，人生就是如此，并不是每一个故事都有一个结局放在你面前。

《文周》：你开始写书是有一个什么样的契机？

大冰：当时我临时被抓上场顶场，做了"一席"的一场演讲，讲了我故事素材里的歌手，流浪歌手群里的一小部分人，没想到点击量几天就破了两百多万，然后就有出版社联系到我说要约书嘛，就让我写那些故事，我很高兴就写了，写完之后他们又不要了，因为他们觉得第一本书不会畅销。后来中信出版社出了那本书，卖得还不错，近三十万本。

《文周》：你是禅宗的弟子？

大冰：禅宗临济宗的弟子。

《文周》：学佛学到了什么？

大冰：我在西藏居住了六年，在我们佛弟子眼中，学佛是一种寻求生活的道路，是一套学习方法。其实我接触佛学并不是从宗教这个角度，我是觉得人到了一定的年纪，需要一套价值体系、一套逻辑思维体系、一套哲学体系，来服务乃至用于你的行为模式，我们都需要这样的一套东西。

《文周》：新书的名字“阿弥陀佛么么哒”很有意思啊，怎么起的？

大冰：我受禅宗的影响挺深的，所以在我这三本书里，佛家的价值观和佛家的哲学提到了很多。《阿弥陀佛么么哒》这本书有点去宗教化的意味，从某种意义上来说，代表着另外一种指向。在佛教里面，“阿弥陀佛”其实是指一种没有人际关系的单纯并和谐的完美社会，是人类所想象出来最完美的一种生活状态。所以古往今来人们说“阿弥陀佛”是往生到那样的一个世界再修行。

用“阿弥陀佛么么哒”的第一层意思是喻往生，我书中所写的每一个人到最后都体现出人性当中的善良面，但一个自然人肯定有负面的、阴暗的东西，但这些东西不构成阻碍他脚步的最大障碍，到最后那个出口是光明的就好了；另外一层，“阿弥陀佛”是信佛者之间的一声问候，一种祝福，甚至是一种喜悦，也是一种慰藉。

《文周》：“么么哒”呢？

大冰：“么么哒”是我用了好几年的口头禅。再就是我可能有点叛逆吧，现在书要畅销的话，名字都要很长，要体现你的中心思想，我是不大愿意的，我觉得书名越随意越好。

《文周》：那这本书的封面呢？

大冰：封面是我一个僧人朋友拍的一张照片，是一个四岁的孤儿。他是甘肃天水净土寺的一个小和尚，他的神情像小大人一样，很可爱。之所以用孩子来当封面主题，是因为我觉得我到了三十五六岁，从我的审美出发，我能想象到的最美好的就是小孩子。这是我当下的一个认知，折射我生命里最美好的一次诠释。

《文周》：什么样的故事值得写出来？

大冰：我但凡记录下来的故事都值得写。因为基本的人性是相同的，立足于人性的角度来书写一些具体人物的话，最后无非就是几大类。

《文周》：我记得之前你讲过，你有一个名单，里面列了几百个人都是打算要写的？

大冰：对，我才写了十分之一，这个名单在不停地增加。当时列这个名单的时候是三十二岁，已经是三年以前的事情了，这三年很多事情已经水落石出、尘埃落定，最后画上了句号。这三年重新出来的故事又有大几十个，我这一辈子可能都写不完，写书随时会终止。

《文周》：平时看谁的书比较多？

大冰：严歌苓。她是我女神，我一直很好奇为什么她生活得这么好，还能写出这么好的文章来。

《文周》：你现在生活得也很好啊。

大冰：我写的都是别人的，人家写的是自己的。

《文周》：我之前听很多作者讲过，写别人，是让自己的写作寿命保持长久的一个方法，写自己写不长久。

大冰：其实也不怕写自己，写自己的话可能素材更多，但是还没有到结案陈词的时候，三十多岁就来标榜或者总结自己的人生太早了。

浏览大冰的微博或者相关报道，很容易感受到他身上的江湖气息，这种气息既包括“和别人赌自己书中故事的真实性”这样的狠劲，也包括“对待自己的读者常常推心置腹心怀感恩”的柔情，大抵江湖儿女都是如此，仗剑天涯，鲜衣怒马，为的就是那点仗义执言、自在潇洒。

今天，大冰已经很少出现在镜头前，那个身着西装的大冰慢慢消失在公众视野中，替而代之的是一个扎着小辫子，不怎么刮胡子的浪客形象。他拿起话筒不再主持而是唱歌，拾起笔不再改脚本而是写故事。

采访结束后我去看了一场大冰和他朋友们的演唱会，蓦然想起一句话："愿注定成为斗战胜佛的你，盛名之下仍是一只自在逍遥的野猴子。"

所谓流浪，不过是把路当成了故乡，是归人不是浪客。

记者｜夏晏

图片由大冰提供

2015 年 8 月采写

桑格格

不拘一格
自成一派

作家。上世纪七十年代末生于成都。2007 年出版首部小说《小时候》,2009 年出版第二本作品《黑花黄》,2014 年出版作品《不留心，看不见》。

桑格格。听到这个名字，你的脑海中先浮现出了什么？

是幼儿园的女霸王？是跟随黑社会闯江湖的女魔头？是微博上风趣平和的女作家？

在文字中，我们将她在心里描绘了千遍万遍，都不及一面。她是复杂的、思辨的、拥有质朴灵魂，却又纯真无邪的。若是抽丝剥茧，可以窥视她内心的一角，那花上几年的时间，怕也不够。

"有趣就可以了"

她进屋的时候，戴了一个巨大的墨镜。你想象不出在北京这样没有太阳却闷热至极的天气里，戴墨镜干什么。我提出质疑，她却振振有词："这样的天气对于我来说就是太阳天——尤其是在成都！"并且还反过来嘲笑我的大惊小怪："唉，你是不知道什么叫阴天。"

她说起话来，声音轻柔得很，毫无疑问，她与她文中塑造的自己相差甚远。但仔细看来，又有着很多的相似之处。

她说："费里尼在《我是说谎者》里说'所有的写作者都是说谎者'，而我却喜欢纯自然的东西，想到真正的生活里去。我要真正到粗粝的东西里头去吸收养分。所以读者会觉得我好亲切，像一个没有什么头脑的、欢天喜地的傻大姐一样的人物。像《小时候》就不是以一个怀旧的姿态去写的，而是直接切入。好像我真是那个小孩，还那么大，没有时间和身份上的差别，这样才能消除年代的距离。那个时候，你要把自己融到那个角色里头，脱胎换骨。"

"这很难啊。"

"难道你不记得你小学时候的样子吗？"她快速地反问我，见我愣神儿，接着说，"对我来说，两岁、四岁、六岁，这些记忆都在，这是我自己走过的路，回去一下还不容易吗？那就是你，昨天的你而已，有什么回不去的。"她说这些话的样子，好像这是个多么轻而易举的事。她的朋友也曾笑她，说她就像竹子里的小虫。"旁人削竹子，是一节一节地次第向上削，而我只在中间咬了一个洞，就钻出去了。"

她停下来，自己想了想，也笑了："对我来说，小时候做的事情，都是那么地重要，这一点要归功于我妈给我的盲目自信——就像慈禧太后一样——关于太后的事没小事。所以我写了好多细碎的，看似没有意义的，孩子无意识呓语一样的文字。比如我写：把胶水涂在手上，等它干了再慢慢撕下来。这真的好有趣啊！但是为什么没有人写呢？"想来，人们都会想从"意义”出发，像小学生作文一样总结中心思想，好像没有意义，就不值得被记住一样。"意义是个抽象而宏大的概念，会有企图地扭曲人的记忆，因此我写作，一定要去意义化，”她说，"有趣就可以了。”

"别做意义的囚徒。”她说完这句话，自己就陷入了沉思，忽然又说起故事来。"你知道吗，如果要放老鼠药，是不能说出来的。一旦说出来，老鼠就会知道了。有一次，我妈放老鼠药，我不懂，非要问她那是什么。她就是不说。最后我威胁她：你不说我就要吃了！她这才很沮丧地告诉我事实。”在她看来，“概念”"意义”就像是老鼠药，一旦把它说出来，压在身上，反而失去了本来的用意。这世界上有太多的道理，看上去特别对，事实上是模棱两可，最后答案都得自己去找。找不到，也就算了。

"写作成了对生活的绞杀"

聊到一半，有熟人和她打招呼。"你常来这儿吗？”我好奇，这家社区咖啡馆的隔壁还有一个小小的书吧，非会员不得入内，且里间禁止交谈。她显然是这里的常客，连老板也与她熟稔得很。

"当我特别懒惰、想给自己一点压力的时候就来这儿，这样就切断了家里那些琐事的干扰，在这儿你只能干一件事。”

事实上，在出版了《小时候》和《黑花黄》后，时隔四年，她才再度出现在读者的视线中。随着写作和阅读在她生活中的比重越来越大，压力也随之而来。从前那些自由而随性的写作，渐渐地变成了对生活的"绞杀"。

"绞杀"，是的，是这样一个残忍而无可奈何的暴力词汇。她说，在那段时间里，她那热爱自由起舞的双脚，像裹上了有些沉重而炽热的红舞鞋，停不下来，也不能停下。

在这四年难挨的日子里，她去"吃了点苦头，找了点乐子，发了一下呆，就唯独不敢提起笔"。而在这四年当中，她坦言，大概有两年时间甚至是非常忧郁的。

她并不忌讳说起那场病："说到底是感受力失衡的问题。我是很'真'的人，'真'到可能会变成'敏感'，这样就没办法去调试自己了。一些感受太扎实，我没有技巧去平衡，也没有办法说出来，就累积得越来越多。刚开始还想去做一些尝试——求救，或者自救——但后来，就被它完全压倒，整个被它吞噬了。”

如今说起来，她还是有种欲言又止的沉静。我看着她覆在两眼上如蝉翼般微微颤抖的睫毛，等着她，不说话。果然，不过是几秒钟，她又释然了。"这也是一种体验吧，至少我现在知道了，人要死是个很困难的事，那么就好好地活着。这下反而就放松了，大不了就是这样，你还怕什么，怕别人不喜欢你吗？"她说着说着，自己笑出声来，"有句话叫：还能有什么更糟的吗？这句话让人好放松啊！"

有人会说，像格格这样乐观的人，怎会得抑郁症呢？她反驳，只有乐观的人，才会对人生的黑暗没有心理准备，才会被击倒。对她而言，抑郁症这玩意儿，似乎就像感冒，不能根治，也不必害怕。"我会小心地驾着自己的小船，不管它驶向的是大江大河，还是小溪小河，都不必太担心。"

"写作里面，哪有小事"

经过了四年的积淀，桑格格重新出发，再次从她的生活中汲取新的养分。而与之前不同的是，四年后的她更加自由了，找到了那种能够把话说清楚、说舒服，把一口气吐得很长的状态。2013 年，她出版了第三本书《不留心，看不见》。她自己回过头去评价自己的作品：从一个作家的成熟度来看，第三本书才像是她的第一本书。这一次，她开始虚构了，将那些原浆一样质朴的记忆，提炼出一些有计划、有着文学企图的故事。

其实，我称那些为故事，她是不同意的："它们是从我自己的真正经历中脱胎而来的，就是我生活质地里的事情，不能完全算作故事。虽然我现在开始虚构，但是也不能纯粹虚构，它们也要有一个根扎在那里，才能吸取营养，长出花朵。不然的话，那种无根之木是很难看的。"

对她而言，那些花朵下面流动的水才是真挚的、基础的，至于上面爱开什么花，爱长什么果。"随它去吧"，她笑着说。

桑格格谈起写作的时候，表情是严肃而认真的，像个苦心孤诣的老学究。我忍不住调侃她，这些若是做成语录，还可以教导一些年轻气盛的作家。她赶忙坐直了，直摆手："可千万不能，会惹祸的。"

经过几年的成长，她在作品中塑造的形象也在逐渐改变。相较而言，《不留心，看不见》中的形象，或许更接近她自己本身的样子。从前那些迷茫而冲撞的孩子，在这本书中，逐渐清晰，从水中半浮出来。用她的话来讲，是"更愿意把感情藏在文字里了"。

前段时间，她写了一段见爸爸的场景。"我跟我爸爸是从小分开生活的，父女间的交流很少，也没有什么共同语言，到最后都没话讲了。这时候他突然问我，你还爱国吗？我说还挺爱的。说完这句话，我们也不知道再说什么，然后他坐了一会儿说好，那我就走了。"之后放到网上，评论中，有人哈哈大笑，有人却觉得好辛酸。她显得有些小得意："这个就是我藏起来的东西。你看，冬天阳气是内藏的，夏天很热，阳气恰恰是外浮的，热一定要用冷来制，伤心的事，不妨用快乐的语调去写，这是一种更有力量的表达。"

作为一个写作者，她特别看重孤独和封闭的距离，认为那些大哭大喊的人，表现出的更多是失控，而非悲伤。她自觉力量有限，就更想将它们拧成一股绳，有力地打出去。"说到底，写作不是一个目的，我的目的是充分地生活。更接地气地、更爽地生活。"

整个采访过程中，她不止一次地用到了"爽"这个简单而不可替代的形容词，吃东西要爽、读书要爽、写作要爽，就连布置屋子也要爽。这种追求极致痛快的态度，也算是她的一种生活准则吧。

自然，她也有力所不能及的时候。如她微博介绍的那样，她总是想要严肃地表达自己，然而有时却做不到。说起这些来，她显得执着且无奈："一些事情在我心里是那么地重要，可当功力不到的时候，我就是没有办法复述出来的。哪怕一颗纽扣，掉在地上滚动的姿态，能看到，写不出，我好着急。这就是所谓的'人人心中有，人人笔下无'。"她停了停，像感叹，又像羡慕地叫道："能拥有这种表达能力的人太幸福了！"

这时，她又找到了一些捷径："喝茶对我是有一点帮助的，茶是一个非常丰富、敏锐、有灵性的东西，但人的味觉是不能分享的，所以文字也许可以去做一些尝试。你要问我是怎么做到的，那就是抓住那些感动你的东西，然后停下来去想想这是什么，接着把自己像擀面皮那样，擀得平平的、大大的，用你所有的能量，能调动起来的一切感官，去包裹它。你把自己变成一个胃，把它丢进去，你的理解就是胃酸，然后把它化成液体吸收，全力以赴，短兵相接。"

听上去有些夸张吗？有些可怕吗？但她就是这样严肃却智慧地对待着写作这件事。她揣度到了这样的道理，便用大量的写作去实践，去冲撞，最后冲刷出一条最通畅的道路，这才是她真正需要的方式。

"在写作里面，哪里有小事。"她饱含着崇敬的热情这样说，"就像那颗纽扣，只有在可以称为大师的人的作品中，才能看到它真正的滚动。当一个写作者的世界里没有自我的傲慢，愿意用他整个心灵去包裹一颗纽扣的时候，真正的杰作才能诞生出来。"

而对于一个写作者来说，读这样的作品，才是高手间的对决，才会让她发自内心地臣服："那真是一个伟大的灵魂和一个细微的灵魂，上帝就是在这样一些细节当中闪现的。"

"这不是勇气，这是本能"

离家数年，她谈起老家来，却并没有想象中的那样思乡。

"可我们都知道，你对童年是如此珍重啊，你难道不怀念那个充满着海椒香味和工人喧闹声的家乡吗？"我不禁问。

"不，真的不。恐怕我老家的父老乡亲听了要伤心，但是真的不。"她的回答令人小吃了一惊。

回到老家去，住在家里，对爸爸妈妈装乖。今天去看这个亲戚，明天去陪那个饭局。若是没有约，睡到上午起来，去街边的茶馆喝一天的茶，摆龙门阵（聊天），晚上吃吃火锅打麻将。这是一个标准成都人的一天。

她不喜欢。

她不喜欢别人像观赏一缸金鱼一样看她：哦，你成为了一名作家；她不喜欢成天无所事事，和这个聚会，与那个攀谈；她不喜欢被亲情牵绊；她不喜欢没有阳光……说到底，她只有离开了家乡，才能从远方去眺望，去报以更深沉的爱意，爱那个幼时的自己和家乡。

所以逃离成都，她从来不后悔。"这不是勇气，这是本能。"

甚至于朋友，她也不再愿意结交新的。"有那几个留下来就够了。豆豆、张敏、小展……也不想再去结什么缘分，现有的，圆满了就好。甚至现有的朋友我也不怎么依赖了。"

"因为精神世界足够满足，所以不再需要外部的帮助了吧？"我问。

她想了想，又否定了我："也不是。我有时也会孤独啊！可我不愿意去寻求别人的慰藉，这样会让我很愧疚的。"

愧疚、歉意，桑格格是这样小心翼翼地对待着这个世界，满怀温柔地、婉转地爱着生活。她敏感，却异常坚韧，面对自我，也总是思辨的，常常听她提出一种观点，很快又驳倒自己。她的思维总是新鲜的，而观点，又常常是传统的，叫人在短短的几个小时、一个下午、一整个傍晚的相处中，都无法擅自揣摩。

桑格格。

现在听来，这个名字，是流动的、活泼的、粗放的，也是沉静的、柔婉的、细腻的，用她自己的话来说，她是个"野生的作者"。这注定了，她绝不同俗流，也不拘风格，只是自成一格，以求淋漓尽致。

记者丨朝海

摄影丨王晓峰

图片由桑格格提供

2015 年 7 月采写

声音玩具

爱是昂贵的信仰

成都独立摇滚乐队。由主唱、吉他手及词曲作者欧珈源于 1999 年创建。2003 年发行 demo《最美妙的旅行》，2015 年 4 月发行首张正式专辑《爱是昂贵的》。代表作品：《秘密的爱》《艾玲》《和那些人一样》等。

合肥 on the way 现场
摄影 / 李孟轲

十二年前，一张叫作"最美妙的旅行"的 demo 意外轰炸了当时的中国摇滚乐坛，文青们开始津津乐道他们的旋律、他们的歌词，无数的标签向这个乐队涌来——迷幻的，后摇的，艺术摇滚的，浪漫主义的，诗意的……

从那以后，"声音玩具"这个名字便在中国的摇滚乐圈里有了分量。

那时的声音玩具看起来是那样地充满希望，像一个满腹才华的诗人即将要用思想改变这个世界。可是现实和命运却给了他们更多的波折和考验。经历过巅峰、波折、解散、重组、成员更替的声音玩具，其中的故事或许就像那首《秘密的爱》中唱的那样：青春的人儿啊 / 想想一个人的十年会怎样 / 足够让许多选择发生 / 许多人事来来往往……

我曾经无数次想象对声音玩具的采访会是什么样子——那应该是在成都星期天的午后，和主创欧珈源，坐在一个天台上，喝着茶，听他说着他的音乐和人生——但现实往往非同想象——谁能想到这次采访竟成了《文艺生活周刊》最深夜的，也是最后一期封面人物的采访。

"从某种意义上来讲，是作品选择了我"

2015 年 4 月，成立十六年的声音玩具终于通过虾米音乐的"寻光计划"发行了他们的第一张正式专辑《爱是昂贵的》。以饱满而细腻的情绪和充满画面感的歌词而著称的声音玩具，似乎从此开始了一段全新而美妙的旅行。

《文周》：其实这张专辑里的音乐几乎之前都和大家见过面，但是也有很多不一样的地方，感觉是你们在无尽地打磨每一首歌，这是让我们等了这么久的原因吗？

欧珈源：拖了这么久，主要原因在我。这些作品其实在 2012 年就已经基本定型了，但由于成都整个录音环境、对程序的把握，以及制作经验的欠缺，导致了录音周期无限地拉长。还有就是，待在成都，在没有公司没有任何推动力的情况下，人总是处于一种完全放松的状态。再加上我自己的性格可能也比较追求所谓的完美吧。

《文周》：和成都这个环境有关？

欧珈源：其实完全是个人原因。环境永远不是你拿来说问题的关键，而往往会成为挡箭牌。

《文周》：如果是说体会的话，我想《最美妙的旅行》可能会感觉特别"成都"，而今年推出的《爱是昂贵的》，可能空间感会强很多，显得比较宏大，有一点在探索更大问题的感觉，比如说宇宙、时间、空间……你在做这张专辑的时候有没有一些偏向这方面的想法?

欧珈源：每一张专辑其实从本身来说就是创作者的一个阶段。专辑有点像日记，它记录下的是你那个阶段的状态和真实的内心想法。上一张 demo 为什么大家对它的印象会比较深，是因为它是经过优选的，它并不是声音玩具的全部，包括不是我全部审美的表现。而《爱是昂贵的》专辑里所体现出来的，更像是声音玩具多种不同风格的表达。它不是刻意要表现什么宇宙或别的更宏大的主题，它表现的就是声音玩具的常态。

《文周》：说到日记，在这张专辑里《请问哪里才能买到晶体管收音机》这首歌，感觉特别怀旧。这首歌是完全你自己的体验，还是经历了一些迷茫后，回到了一种特别单纯的状态而写的?

欧珈源：我觉得一个艺术家在创造作品时，有时会出现一个很尴尬的情况，就是你不一定真正了解你所创造的作品。我敢打赌这个世界上有百分之八十的艺术家并不清楚一些作品为什么会诞生在他的手上，或者说作品真正要表达的是什么。而我在这方面一直有这样的感觉，从某种意义上来讲，是作品选择了我，而并不是我选择了作品。

你说的这首歌，其实我仅仅只是觉得这个名字很酷。但可能我想表达的，并不仅仅是字面意思，和观众体会到的东西或许也有偏差。换别人写出来的有可能是，请问哪里才能买到什么样的自行车，仅此而已。

《文周》：那《抚琴小夜曲》这首歌，这个歌名你更多地是从地名还是从一个动词的角度来考虑的?（注：抚琴，即抚琴小区，成都区域名，欧珈源婚前居住过多年的地方，《抚琴小夜曲》便诞生于该时期。）

欧珈源：应该说，我用这个名字就是因为它兼具两者，可以说它是暧昧的。而且它还可以上升到历史的高度，因为“抚琴”又可以指司马相如和卓文君的爱情故事，历史悠久。但这首歌其实又无关爱情。在我看来，这首歌讲的只是一个人面对失落、恐惧的情绪。

《文周》：声音玩具的歌大多都挺有电影画面感的，像《抚琴小夜曲》里唱到“再不想此刻谁在身边，悲伤地坐在我的床前”。这样的歌词，是在什么状态下写出来的?

欧珈源：每一个艺术家在创作一个作品的时候，不可能完全来自于他有限的人生经历。这时候灵感和故事就很可能从电影、从周遭的生活，以及从别人的生活、别人的艺术作品里得到。而艺术作品的感染力恰恰来自未知和想象，来自不是所有人都能经历的东西。

《文周》：就是说写这首歌的时候，实际上是和自身没有太大的关系的？

欧珈源：应该说，绝对是有关系的，只是说你不一定会处于这样的一个场景。比如说你在想象一个心理上已经未老先衰的人，他对过去充满怀念，他无法面对新的每一天，每一天都令他感到恐惧。而有这样问题的人可能不会太多，但是拥有这样瞬间情绪的人，我觉得就太多了。所以说，只是表达一个情绪，就是任何人都会有惧怕未来、惧怕老去、惧怕失去、惧怕一无所有那一天到来的情绪。我写《抚琴小夜曲》的时候，可能我本身正处于一个非常大的危机阶段。

《文周》：非常大的危机？

欧珈源：就是我对我的生命有了怀疑，对所从事的所有事情，甚至包括过去，都怀疑。怀疑它的价值，怀疑它的意义，也怀疑未来。在那个阶段，我认为我的生命是虚幻的、不存在的、不成立的，可以被否定的东西。当这一切压抑突然出现在我头上的时候，我确实有点难以接受。

"'爱是昂贵的'对于我来说有血淋淋的体验"

《文周》：这张专辑里歌曲的排序是有意的吗？

欧珈源：肯定是有意的，因为声玩的专辑以后可能都会这样：第一张专辑的名字可能就是下一张专辑的一首歌。这张专辑，第一首是《最美妙的旅行》，很明显是继承上一张。至于为什么以《时间》结束，是因为它像是一个了断，或像是一个新生，意味着我们唱这首歌的时候，我在这个阶段对世界的认知就已经结束了。

《文周》：十六年了，说说"爱是昂贵的"这种体验？

欧珈源：我觉得"爱是昂贵的"对于我来说绝对是血淋淋的体验。我经历的好多事情都像是行为艺术一样。因为想要获取某个东西，所以付出，所以做必要的放弃，所以忍耐，甚至必须犯错。这些有时都是单方面的。当你付出十多年的时间去承受一个也许你无法接受的结果时，你就会知道"爱是昂贵的"——它是一个太复杂的事情了，甚至我现在很可能都不理解。

《文周》：这些其实还挺有关于宿命的。谈起宿命，在你这个年纪会不会更随和，更能坦然接受？

欧珈源：你信它，那是因为你在里面了。你知道你花了十二年的时间，你肯定是遭了一个魔障，

合肥 on the way 现场

摄影 / 李孟轲

它怎么就……爱，其实和信仰没什么区别，爱本身就是一种信仰。

《文周》：这些年声音玩具的人员变动很大，你会想对曾经的队友说点什么吗？

欧珈源：我是一个不善于表达的人，所有的一切，我觉得说得再好听都没用。而且我一直觉得作为音乐人，还是尽量少说多唱，我想说的东西都在歌里面。比如说《最美妙的旅行》，就把我想说的都说完了。人生就是这样，所有的事情都是这样。坦然接受分离，珍惜美好的回忆，人生最需要学会的就是告别。

【一年前的采访】

2014 年 4 月，声音玩具来到北京，参加"影响城市之声"音乐节的演出。演出后，我们在 live house 的后台和主唱欧珈源进行了一次对话。那时，经历过若干年困顿、混乱、贫穷和迷茫的欧珈源把声音玩具当作一支新的乐队，以一种更加坦然的心态来看待这一切。不管环境是好是坏，观众对于他们有怎样的评价，欧珈源说他都在坚持表达自己的东西，只给那些他在意的人看和听。

由于专辑发布的一再延迟，这篇采访也随之被搁置了一年。

《文周》：这么多年，媒体、乐评人、还有听众都把声音玩具放在一个很高的位置，甚至有人认为声音玩具最能够代表中国的独立摇滚乐，这样的评价会对你产生什么样的影响？

欧珈源：如果说完全没有感觉肯定是假的，它对我的确产生了影响。我在做这张专辑的过程中，一直到最后做缩混的阶段，才慢慢把这个东西给放下。当然最后我想通了，这个事情就是——你们怎么想关我什么事？我才不会为这个东西去埋单。我因为外界的评价去改变我的生活，改变我的价值观，这是不可能的事情。

《文周》：或者说可能更多的是责任？

欧珈源：但是我在这件事上没有任何责任感。在这件事上我永远是自私的，我一定是遵从我自己的感受。过我自己这一关比过任何人的关都重要。

《文周》：这么多年，相比其他比你们晚出道的乐队，声音玩具得到的评价和回报或许与付出并不成正比，这点你会不会有一些心理上的不平衡？

欧珈源：不会，我觉得这是我最大的优点。

《文周》：不在意这些？

欧珈源：对，如果我真的在意，我不可能十几年才做一张唱片。我现在觉得，所谓的民谣也好或别的什么也好，我觉得牛 × 啊，是他们该得到的，他们找到时代的点了。我们这帮人为什么不能证明我们会做得更好呢？其实没有任何可以抱怨的。某些东西别人确实比我们做得好。这方面我心态太好了！

《文周》：乐队里的其他人都是和你一样的心态？

欧珈源：不一定，这点我不能代表别人说话。但就我自己来说我觉得太 OK 了，我每次都和别人说，声音玩具现在算是一个新乐队，巡演有一百人我就觉得不错了，有一百五十人就觉得今天可以喝酒吃肉了。就你现在的音乐，现在这样的状态，你就应该是小众的，除非你做得更好。

《文周》：这点你想得很明白。

欧珈源：可能是我本身性格决定的，如果我不是这样的人，我也熬不过这十多年。

《文周》：现在国内音乐的大环境其实已经和十二年前完全不一样了，不管是演出质量还是音乐人的实力。关于这一点你怎么看？你认为独立音乐的黄金时代来临了吗？

欧珈源：这件事情我觉得是最简单的。对音乐人来说很现实，什么叫黄金时代？赚钱多，社会地位高，这是标志。你说这个时代是不是一个好的时代，十个音乐人有九个都说这是一个好的时代。但我觉得黄金时代根本就没有来，对中国音乐圈来讲，黄金时代就是：不再谈论什么是地下音乐，什么是摇滚乐，大家都能够从容地生活，音乐人能够很从容地创造自己觉得好的音乐，并且能够很容易地接触到会接受自己的群体。而这些现在才是一个刚刚开始的阶段。中国现在是一个很魔幻现实主义的环境，但我们心态大都很坦然。

《文周》：谈到专辑的制作，乐队成员在这件事情上是一起投入资金吗？

欧珈源：对，比如我们演出挣一笔钱，录音费如果不够了，大家就把钱拿出来。制作专辑根本就没定过预算，而是有多少钱花多少钱。

《文周》：就是不停地修改 deadline，不停地花钱？

欧珈源：差不多。

《文周》：乐队成员除了演出，平时主要的收入来源于哪里？

欧珈源：我们乐队这两人（指着吉他手龚鹤龄和贝斯手胡凯）实力挺雄厚的。（众人大笑）这位是“蒸汽旅社”老板（龚鹤龄）；黄景现在在教人打鼓，他的目标是两千名学生，现在已经有二十个了。（大笑）李哲在教吉他。胡凯在做文化公司。

《文周》：这样看来，各位平时可以自给自足，包括创作和生活都能够满足了？

欧珈源：满足的定义是什么这很重要，就说你是简单的吃住行的话可以满足，但如果要生孩子、买房、买车的话，现阶段大家还是要努力的。

《文周》：声音玩具现在每一场演出都能赚钱吗？

欧珈源：我们巡演算是能赚钱的，是不会亏的。

《文周》：因为听说你们对音乐的要求很高，对设备的要求想必也会很严格。会用一些非常贵的设备？

欧珈源：我们不是唯一对设备要求严格的乐队。可能相对来讲，我们的设备比较复杂，人比较多，要求会高一点。我们尽可能想的是尊重观众的耳朵和音乐修养。你不能想着别人不一定能分清贝斯是什么、吉他发出什么样的声音，我们要真诚地对待观众，把我们最好的状态呈现给他们，那你肯定会要求设备好一点，这主要是指音响器材方面，国内 live house 的条件一般来讲还谈不上对灯光设备的要求。

《文周》：声音玩具的推广是如何进行的？

欧珈源：我们目前没有人来专门做推广。我们乐队算是国内少数的没有任何经营的乐队，我们只有一些很原生态的东西，比如看到别的乐队有微博，我们也注册个微博，演出信息也在微博上发。这样就很被动。

《文周》：你们不愿意主动做推广么？

欧珈源：不是不愿意，以后做音乐要求更专业，因为这个行业只留给杰出的人。而推广这方面也应该是各司其职，而不能够由乐队的人来负责。

《文周》：所以未来会请一个人来专门负责推广吗？

欧珈源：我们现在是独立乐队，但不是说不签公司、不考虑跟公司合作，现在我们其实已经在跟各种公司谈合作，这更能帮助一个乐队良性发展。

《文周》：你以前学过画画，现在还在画吗？

欧珈源：现在没有，但是以后我可能会画画，因为我发现画画没准儿比音乐挣得更多。（笑）

《文周》：比较喜欢谁的作品？比如什么流派？

欧珈源：我是学油画的，比较喜欢蒙克和莫迪利亚尼。莫迪利亚尼走线条造型，有很多人物肖像非常漂亮；蒙克是表现主义，打破了学院派的光影造型，走情绪性的线条，更摇滚。

《文周》：声音玩具的音乐好像也是在追求一种情绪感？

欧珈源：其实摇滚乐的价值，它跟流行音乐最不一样的就是它的情绪，power。

《文周》：我在看你们现场、听你们歌的时候，包括拍出来的照片，我更深的感触是那种烟雾般朦胧的感觉，更像是印象派的风格，有一种迷幻色彩。

欧珈源：影楼都喜欢喷那个，烟啊雾啊之类的。（笑）有一次烟雾喷得太多连效果器都看不见了……从美感的角度上谁都希望自己有神秘感。

《文周》：提到绘画的表现主义、印象派，如果用类似的方式，声音玩具的音乐应该怎么形容？

欧珈源：我觉得我们算是古典主义的，因为我们有清晰的结构、清晰的旋律、清晰的歌词，我们是有实体的。虽然我们强调情绪，但不会把情绪视为音乐里唯一的价值，而情绪是这个音乐发挥一百倍力量最重要的东西，如果没有情绪，无法击中目标。比如上一张专辑里的歌，就像你说的烟雾慢慢慢慢将你包裹……

《文周》：刚刚你在台上唱了四首，你的情绪怎么形容？

欧珈源：好的音乐应该具有戏剧感，就是你的音乐不应该是纯粹直线型的，应该是有起伏的，百转千回、起承转合。一个人怎么可能一直在同一种情绪里呢？比如玩朋克的人可能在台上很“愤怒”，在台下抱着孩子却是挺开心的。所以在舞台上不同的歌有不同的状态。

《文周》：除了音乐、绘画，你们平时有没有钟情于其他的艺术形式？

龚鹤龄：应该是这样，我们乐队里的人都是诗人，兴趣爱好都很广泛，从天文地理到风土人情，从现实到科幻，从哲学到 whisky 等。

欧珈源：这就是四川人的特点，就是那种世俗的生活状态。但它也有缺陷，就是如果他没法儿去深究的话，可能会变得过于安逸，流于肤浅，因为深究是很痛苦的事情。

《文周》：你在创作当中最痛苦的是什么？

欧珈源：我最痛苦的是自己写不出好歌。每个人都不一样，比如说毛老板（龚鹤龄）有可能就是吉他效果器突然出问题了。

《文周》：说说你喜欢的乐队？

欧珈源：每个人都有，理出来会有一大堆吧，说一个都是对另一个的不尊重。我肯定更感兴趣诗人型的音乐，还有艺术摇滚。我喜欢两种极致，一种是我们别谈什么音乐形式，就拿一把箱琴或一台钢琴我就打动你了，我用这歌就把你“杀”了；另一种是极为考究、极为有意境的，而且要你有极强的美学修养才能达到的东西。

《文周》：最后，说说你最喜欢自己的哪一首歌，包括老歌和新歌。

欧珈源：新专辑里我可能会喜欢《抚琴小夜曲》，老歌是《不朽》。抚琴是成都的一个地方，我在那儿居住了大概六七年，那个名字我觉得特有诗意，也代表了一个时代，写完这首歌我整个人就解脱了。做音乐最有意思的就是，当你完成一首歌，你就和一种状态告别了，你的人生的一部分也就完整了，特别是你能写出一首能打动自己的歌。

采访前一天与老欧确定时间地点时他说，就约家里吧，边喝边聊。我说行啊，备一瓶朗姆，一瓶金酒，我带青柠和薄荷，给你们调酒。一拍即合。老欧马上上网采购。

那是个周六，到老欧家已经过了下午五点，满屋香，他在家卤了牛肉，炖了虫草花草菇土鸡汤，餐桌上已经开了一瓶红酒，四个大红酒杯，一个难得一见的已经定居大理的圈内传奇朋友也刚好在。我们开始闲扯，等繁繁（美丽温柔的欧夫人）从菜市买配菜回来。

欧珈源家中
摄影 / 袁野

晚上的主菜是老欧拿手的子姜麻椒烧菜，当晚烧的是他预订的不知名的大海鱼。喝得高兴了，老欧依次拿出了自己酿的石榴酒、苹果酒和一瓶珍藏的白酒，喝到第六种酒时，已经快零点，趁大家还没完全醉，开始了这次采访。

交谈中，老欧习惯在说自己或乐队问题时称自己为“你”或“你们”，或许这有意无意的表达方式，也正说明了，他是一个习惯以旁观者角度审视自己或命运的人，而或许只有这样的人，才会写出“城市的夜空绽放灿烂的烟火 / 何处映前尘每段荣耀与落寞 / 人们沉默着相拥什么也不说 / 看命运随司南转动……明月依旧洗净关山又万里 / 魂牵梦扰忆今夕在何地 / 扑朔迷离就清茶中问泡影 / 上下翻腾如指间一曲……”这样的词曲来。

《爱是昂贵的》发行后，乐迷反应不一，有人借此感怀万千追忆十年，有人失望于新的唱腔不再平实感人。但如老欧所言，有些东西，只是一个阶段的一种表象，好坏与否众说纷纭并不那么重要，真正昂贵的，其实只有时间，而时间，在每个人面前都一般肃穆，一样公平，爱自己所爱，时间有限，哪儿需要在乎那么多旁的。

末了，老欧再三确定说："明年，下张专辑，就明年。我确定。"

记者｜林二、袁野、肖潇

2015 年 7 月 1 日

总第 134 期

严歌苓

一个小说家的自我修养

当代著名中、英双语作家，好莱坞专业编剧。2015年出版长篇小说《床畔》。代表作品 :《金陵十三钗》《少女小渔》《天浴》《扶桑》《小姨多鹤》《陆犯焉识》等。

华语文坛很少有这样的作家：用中文写作，几乎拿下国内所有文学类的大奖；用英文写作，在美国也可以很畅销；多部作品都被改编为影视剧，被媒体评论为"李安、张艺谋等大导演的缪斯"；其编剧的作品《梅兰芳》让陈凯歌"找回了《霸王别姬》时的感觉"。谈起她的个人经历，也是一段传奇：年少时进过军队，上个世纪孤身一人去海外求学，在美国邂逅外交官丈夫，两人伉俪情深……她就是当代著名的华语作家——严歌苓。

"女性的坚韧是最宝贵的美德，但现代女性正在逐渐失去这些美德"

在中国的作家中，严歌苓是很特别的一位，她的大部分作品都以女性为主角，探讨的话题也多与女性相关，但又非小情小爱。恰恰相反，她的作品大多有着宏大的格局，新书《床畔》（原名"护士万红"）也是如此。

《文周》：说说你的新书《床畔》吧。

严歌苓：这本书原名叫"护士万红"，写一个军队的护士护理一个植物人的故事，算是一部超现实主义作品，她一直不相信他是植物人，她相信他是活着的。

《文周》：为什么会写这个题材？

严歌苓：现代人对英雄的价值观不同，每个时代都有每个时代的英雄，我们那个时代就是舍己救人、为国家去牺牲的英雄，后来就是研究生、博士生是英雄，渐渐的又是歌星、明星等。在这本书里护士非常坚信她内心中英雄的观念，因为这个植物人是个英雄，从最开始大家都涌上来跟他合影，一直到最后谁也不理他了，这个护士用了二三十年来护理他。这么一个故事，我是想说是否有一种永恒的价值观存在。

现代的价值观非常混乱，不断在换，不断在淘汰过去的英雄，甚至会认为"超女"是英雄……现在再说你是一个舍己救人的人，人家不会给你多大的肯定，而且这种肯定是非常短暂的，很快就过去了，不再会有人记得你。但是舍己救人这种行为应该永远都是伟大的，值得讴歌的，只有这个护士看到了这一点，坚持下来了，我写的就是这样一种价值观。

《文周》：你写的很多故事都是以女性为主题，非常英雄主义，例如《金陵十三钗》《一个女人的史诗》等，女性身上有哪些特质是你觉得非常宝贵并值得一直讴歌的？

严歌苓：坚韧，有韧性。比如说这个护士，从一开始到最后，护士对弱势的生命有一种非常复杂的爱，融合了母性、爱情和友情的爱。我觉得我的长辈们，她们身上的这种品质比较持久，而现在有这种美德的女性在逐渐消失。现在的女性非常功利、势利，很多喜欢和爱、崇拜跟利益都是有关系的。

"对我而言，爱是必需，是空气和水"

严歌苓爱写女性，写女性在大时代背景下的爱与恨，也写女性在琐碎时日间的笑与愁，她无疑是爱女性的，尽管她笔下也有梅晓鸥这样并不那么可爱的女性角色，但如她所说，坚韧这种品德是她一以贯之始终推崇的女性特质。我突然很理解她在聊到这里时表现出的沉默，当"坚韧"逐渐从现代女性身上褪去，当爱不再纯粹，那剩下的还有什么呢？

《文周》：杜拉斯说爱情是平凡人生中的英雄梦想，在你这里，爱情是什么？

严歌苓：爱情是必需，是空气和水，我认为。

《文周》：在你的各种访谈中，你强调了多次，在你与你先生的相处过程中，爱情元素会存在于生活的每一个细节中，现在依然是这样吗？

严歌苓：对，人生从一开始的情窦初开，到后代逐渐成人，这种男女之间的爱经过太多阶段，有人说七年之痒，就是说两性化学不转换的话，就不能进入成熟期。有很多东西决定了两个人能不能建立相互吸引的价值观和文化，最终决定能不能形成稳定的婚姻关系。像我们走过很多阶段，现在的爱情变成了一种骨肉情。

《文周》：在小说中，护士对植物人有崇拜的感情，你对你的先生也会有崇拜吗？

严歌苓：我崇拜他的博学，他是从一个学者家庭出来的，本身也是学者型的人，他懂得十一国的语言，这些我都是崇拜的。

《文周》：你的作品中很少以男性为主角，那你最欣赏的男性类型是哪种？

严歌苓：我觉得应该是有担当的。

《文周》：文学史或是现实社会中有你欣赏的那种人吗？

严歌苓：比较少，总是有缺失，忠诚的太难找。现代社会中想要找一个对爱情忠贞的男性非常难。

"想象力是小说家的必备修养，语言是小说家最大的难关"

与严歌苓有过许多私下接触的人都喜欢用"单纯"来描述她，我反而觉得这种单纯是一种"世故的单纯"。一个写出那么多优秀作品的作家一定不是一个思维简单不谙世事的女人，这从她对许多问题的回答中可见一斑。但恰恰是因为懂得，因为了解，反而可以做到不在意，这放在生活里是"返璞归真"，放在写作上叫"大巧不工"。

《文周》：你写过一本有关赌场的书，当时你说你特地去赌场体验了赌徒的生活，那写现在这本书有没有也去考察下护士的生活？

严歌苓：军队的护士生活我是比较了解的。我在成都军区的时候，"自卫反击战"打起来以后，我到过前线包扎所，所以非常熟悉，还排过护士的舞蹈，后来还有一个特别好的女伴也是护士，在成都军区跟我在一个创作组里，这个故事也听她给我讲了许多。当时的一个护士去护理好几个部队中因公受伤的植物人，从中我也获得了一些知识。

《文周》：这种基于你自身生活体验的故事，你可以体会这些人物的感受，但你也写过一些不同历史阶段的人物，你是怎么做到和他们隔空对话的？

严歌苓：我觉得作家最重要的就是想象力，想象出各种人物的心理，把自己变成他们，去经历他们的内心活动，这是一个必要的素质。不是说你经历的就能写，没经历的就不能写，要是这样就不能做作家了，去写日记好了。

《文周》：那应该叫散文，散文家可能写自身经历多一些，小说家需要想象力。

严歌苓：对呀。

《文周》：在创作过程中会有很多事情发生，有没有哪部作品或者人物会让你觉得那部作品是最特别的？

严歌苓：我很喜欢我写的《妈阁是座城》里的梅晓鸥，她不是一个完全的正面人物，她有负面的因素；我也很喜欢长篇小说里的扶桑，特别代表中国的那种可以从苦难里坚强地活下去，宽容的女性；我也很喜欢刚刚创作出来的这个护士，那种单纯的对自己价值观的坚守。我觉得每个作品中的女主人公我都喜欢，要不然也不会写。

《文周》：你过去的很多采访中都提到你去美国留学的经历，每次提起的时候你都说得很简单，就是考个托福就出去读书了，但其中想必也经历了很多困难和挫折？

严歌苓：我觉得最大的困难是语言。考完托福并不能证明你能自然地应用英文，很多海外留学归来的人英文照样很差。现在回想那时的坚强和信心让我非常吃惊，让我重新回到那个时候我未必能那样，我同学一小时可以读三十多页英文书，我一小时最多能读五六页，不断地要停下来查字典。老师给每个人都开了很长的书单，文学作品和作家的资料你都要去读，在这种情况下我能完成跟他们一样的阅读量，可想而知会多艰难，经常晚上都不能睡觉。

《文周》：之后花了多长时间才可以用英文进行创作？

严歌苓：我一开始进学校就要用英文创作，你要有很好的 idea，我们要写长篇小说，也要写短篇的段落，老师一看你，就知道你是知道怎么去组织一个故事结构的，就知道你是一个成熟的出版过小说的作家，但是英语的语言是很有限的、很幼稚的。到了 2006 年我拿英文来创作小说，书名翻译成中文叫“赴宴者”，我的出版社对这部英文小说的评价是“好像我又看到了约瑟夫·康拉德”（注：一位知名作家，英语不是他的母语，他二十七岁才开始学英文）。

《文周》：你很多部作品都有不同的方言，不同的书需要不同的语言体系，国外的求学和学习语言的经历，会让你对语言把握得更得心应手一些吗？

严歌苓：我是对语言非常敏感的人，我学方言很快，我会讲四川话、上海话，天生对方言很敏感，觉得不同的方言里面有特别好的表达方式，是别的语言没有的。英文中也有很多好的表达是汉语里面没有的。

《文周》：你尝试过翻译吗？

严歌苓：我翻译过我教授的两部短篇小说，在国内发表过。

《文周》：你的作品在国外出版时，会自己翻译吗？

严歌苓：我不翻译。我不管怎么翻译，都不如美国人地道，要不就只能重写。你知道有的表达是英文里最好的，有的是中文里最好的，你觉得翻译不过去，你就只能重写。

"我一直争取不做编剧，我很挣扎"

聊到这里，严歌苓突然问我："你饿不饿？我想吃点东西。"我一愣："好啊！"她起身拿起桌上的坚果，然后盘着腿坐回了沙发上。

这一刻我突然意识到，如果没有见过她，你大概很难想象一个年过五旬的女人可以保持如此年轻态的面貌和身材，采访前她的助理一直跟我说："严老师就像一个落入凡间的精灵。"起初我只当作是溢美之词，直到此刻。

《文周》：你在演讲时说自己不是好的编剧，为什么会这么说呢？

严歌苓：我的藏书里有好莱坞最棒的编剧的作品，你跟他们的剧本比，你什么时候能达到这种水平？他们写得太好了，写《马拉松》的编剧叫威廉姆·高德曼，是好莱坞教父级的编剧，还有罗伯特·唐尼的*Chinatown*，也是很棒的作品。

我是"最佳电影剧本奖"的评委，编剧协会会寄给我每年最好的剧本浏览一遍。我觉得国内很多的作品跟国外有差距，由于写作技巧、导演要求、社会环境，你很多时候不能完全施展，你的脑子会有禁锢，你会下意识走一条最窄的路。

《文周》：《归来》这部电影，有人说这种只截取了其中一段的改编方式，会破坏原著的整体感、避重就轻，你怎么看？

严歌苓：原著全部拍出来，不就得四部曲啊。那么长的一本书，导演只能截取最让他激动的部分。没有关系，每个导演从书里看到的东西是不同的，张艺谋也想过拍成上下集，后来觉得可以用一集拍出他最感兴趣的部分，这一集能够用电影手法来暗示没有写到的部分，这种改编，我很满意。

我一直争取不做编剧，我很挣扎，我觉得好的编剧能把自己的智慧和才华再显现出来，两个人的力量加在一起会带给人新鲜感，比自己编剧更好。

摄影 / 王伟

"《陆犯焉识》我删掉了十万字"

无论是对严歌苓的前期了解还是在采访过程中她给人的直观感受，"克制"成为我对她印象最深刻的地方——克制的情感表达，克制的行文线索，每天固定写作的进度。我也同时在想，对自己的克制是会带来规律的创作，还是会扼杀掉来之不易的灵感，这种克制，对于创作者而言真的是必要的么？

《文周》：你是一个接受过专业培训的作家，出了这么多书，现在，你在创作过程中还会特别重视技巧性的东西吗？

严歌苓：我在学校时也没有多少技巧训练，学校就是让我们大量读文学作品，大量写作，作家要靠大量的读和写来提高自己，不能够说因为没有灵感就少写一点，那是胡说。写作本身就是对作家很好的自我训练，很多作家的失败在于没有自我纪律，坚持写作本身会是一种自律，我的舞蹈演员的经历会帮助我，教会我自律。

《文周》：一个作家自律比灵感更重要？

严歌苓：灵感是一个非常空，非常俗套的借口。灵感降临于有准备之人，你铺开了纸，说不定哪天灵感降临你就写出神来之笔，如果你整天就在那儿混，瞎扯，那个灵感就错过了。

《文周》：感觉你不管是写作过程，写作用词，个人生活，还是作品创作，都很克制，你不会大篇幅地去宣泄感情，这是一个小说家的必备修养还是仅仅是你个人的特质？

严歌苓：我读书的时候就读名著，没有多少作品是我没读过的，一有好的作品出来我就会买来看。我觉得小说家很重要的一点就是要有理性，艺术创作是很感性的，但如果你不克制、很滥情的话，艺术表达就不会很准确。有时候我也抒情，但是之后会觉得不好意思就把它删掉。

《文周》：先过把瘾再删掉？

严歌苓：对。《陆犯焉识》我删掉十万字。原来四十多万字，后来变成三十多万字。我看好的小说，从《红楼梦》到国外的很多优秀作品都是有节制的。

《文周》：我觉得创作中理性和感性的把握是很难的，你去写一个故事的时候会有架构么？写作的过程中会不会出现失控的状态？

严歌苓：我有一些原则，第一天写，第二天改，改完再接着往下写，改的时候会删掉很多。第一次写你要很奔放，第二次你要尽量精简，比如三句话来形容，如果每句话没有渐进，都在一个层次上表达，那么就要把另外的话剪掉，选择一个最准确的表达办法。

像海明威，他不是我最喜欢的作家，但是他讲了两句话，你可以看出来他怎么形成这种最凝练的表达，他说："我是站着写，所以没有时间写废话；我是坐着改，所以可以把所有的废话都改掉。"你可以想象他们是多么讨厌 wordy，wordy 就是拉拉杂杂全是语言的感觉，很多翻译家觉得中国作家太wordy，废话很多，哇啦啦一堆，讲了半天有多少可以取出来的呢？要不你就像唐诗宋词那样情绪写得那么好也行，没有在叙事也可以。

"文学家的责任，就是把祖国的语言变得更美更丰富"

可能是生活在国外的缘故，严歌苓给我的感觉不像其他同代的作家。她爱去俱乐部喝酒见朋友，常年在各国旅行，说一口流利的英语，我们的聊天也很少涉及故乡或者土地这样的情结。这样的"洋派"区别于王安忆那样的"海派"，也区别于贾平凹那样的"乡土"，她没有生活在这片土地上，却从这片土地上不断汲取营养，她一样深刻，并且动人。

《文周》：现在"90 后"看的书大都是郭敬明和韩寒，看严肃文学作品的年轻人越来越少，你有没有想过创作一些更符合新生代读者口味的作品？

严歌苓：我迎合不了。缴枪不杀是不可能的。缴了枪我还得杀，一直就是这种结局，艺术创作者只能创作生命里有的东西，没有的是创作不出来的。

《文周》：没有必要去迎合读者？

严歌苓：我觉得我的读者已经很多了，《陆犯焉识》有七十多万册书可以卖掉，网上也有我的盗版，我的很多熟人都是看的盗版。（笑）

《文周》：很多作家会强调作品对历史的传承意义，你的作品也写过一些敏感的历史时期，是出于这种考虑么？

严歌苓：任何东西能存在和流传的结果，你人为控制不了，你想要去控制的话，想得太多会让你的文学价值和艺术价值都没有了。我想的就是怎么样用中国语言把我的故事变得更好，我觉得现在中国的语言令人担忧，文学家有一个很重要的责任，就是把祖国的语言变得更美更丰富，其他的历史责任、社会责任、政治责任那不是艺术应该承担的责任。

《文周》：你认为中国的语言变得越来越令人担忧了？

严歌苓：大量的手机、博客、网络写作造成我们的语言丢失了。我们的古汉语、我们的诗词里面有很多极其美的语言都消失了。“五四”的时候，用白话文其实已经使得很多传统断裂了，汉语感觉是注水了一次似的。你看《红楼梦》当年写白描是多么美，虽然也是白话，“五四”以后的作家非常好的没有见过，没有让我觉得特别棒的；“文革”又造成了人们讲套话的习惯，我们的语言又被破坏了一次；现在信息时代人们讲很多似是而非的语言，很多语言都不准确——喜欢在网络上用谐音字，虽然很聪明，但是我觉得语言最重要的是怎么传神怎么优美，怎么让每个字有含金量。不要讲废话，一句话写出来的文字有多大的信息量，你形容的东西要有多准确，这些都是古汉语里面最好的东西。现在讲一句话，那句话可以不在那儿，一句话可以拧掉很多水分，讲了一大堆也没有讲出来他到底想要讲什么。这都是我非常伤心的地方，我希望我的故事、我的小说能把汉语写得更好一些。小说，说到底就是语言的艺术，就是用语言来创作，来表达你的思想，讲你的故事、民族的故事，我觉得语言是我非常重视的部分。

《文周》：说说你最喜欢的作家吧。

严歌苓：分阶段吧，我年轻的时候喜欢罗曼·罗兰，像是交响乐，后来喜欢托马斯·曼，还有一个后来变成美国人的俄国人，叫弗拉基米尔·纳博科夫，写《洛丽塔》的，这是他对英文的贡献，英文不是他的母语，但他把英文写得比美国人还要好。这是我刚才的观点，好作家应该把语言写得更美更好。

《文周》：托马斯·曼和纳博科夫这两个人，你喜欢的原因是同一个吗？

严歌苓：对啊，托马斯·曼的德文写得非常好，当然一定要我挑一个的话，那就是加西亚·马尔克斯，不光是《百年孤独》《霍乱时期的爱情》，还包括他的中短篇小说集，你看我床头放的就是。难得的想象力，他的思想、意象非常棒。

《文周》：国内的小说家你欣赏谁？

严歌苓：王安忆、贾平凹。我最近在读贾平凹的《老生》。

《文周》：互联网时代会影响你的创作方式吗？

严歌苓：我从用铅笔变成了用电脑，但这个其实非常可恶。之前有一次我丢了一个礼拜写的东西，我一发现没了就赶紧把电脑拿去修，可也没找到，这让我非常痛苦，因为都是意识流的东西，再也找不回来了。艺术和科学的不同在于，一个必须能够重复，一个绝对是偶然的。

在这个时代，我们习惯去接受快餐文化，却依然有作家愿意坚守职责，不迎合市场，不谄媚读者，不阿谀奉承，并且，我们的市场和读者依然愿意接纳他们。用实际销量来支持这样的作家，这大概是对创作者而言，最好的福音。

我们常说出版业在走下坡路，写作在互联网时代已经不再是一个好的选择，越来越多的畅销书出现，却鲜有能留存于历史的，而我所见到的严歌苓给了我最大的安慰。

采访的最后，我问严歌苓："对青年作家们说点什么吧？"

她想了想说："多读经典，争取写出经典。"

"这是最坏的时代，也是最好的时代"，狄更斯的名言放在今天，恰是华语文坛的最好写照。

记者 | 夏晏

2015年6月1日 总第133期

摄影 / 何脑斯

李志

别把我和他们扯在一起

南京独立音乐人。至今发行过七张录音室专辑。代表作品：《定西》《关于郑州的记忆》《天空之城》《被禁忌的游戏》《梵高先生》等。

“如果没有人看着我 / 那该多快乐” ——《黑色信封》

2015年4月15日，李志及其团队在北京为2015年巡演“看见”举行新闻发布会，这次巡演将要走进国内一二线城市的五千人以上的大场馆，发布会标题甚至采用了“巡回演唱会”这种常见于流行乐宣发的措辞。从来不喜欢被过度消费的李志抱着一款代表南京的盐水鸭抱枕，略显拘谨地坐在大幅喷绘下，面对着前来助阵的朋友和数十家媒体。

关于参与大规模演出所必须的宣传，李志在他所能接受的范围内做出了最大程度的妥协。“现在的‘不要脸’都是为了今后更加地‘要脸’。”他说。

从单刀赴会，到携乐队“罢演”音乐节的一呼百应；从放个盒子随意收费，到跨年演出一票难求；从借钱发唱片、烧唱片到再发唱片；从被左小祖咒放炮，到批评好妹妹和马頔的音乐；从豆瓣月亮小组被扒皮到大规模新闻发布会，十年间，李志背负着“民谣一哥”“民谣诗人”和“行业标杆”的呼声，被顶礼膜拜，被争议诋毁，被一次次推到了独立音乐圈的风口浪尖。

“太吵了。太吵了”

2012年11月的一个凌晨，南京的冬天还有蚊子在吵。在微博上被“脑残粉”的“虚荣和无知”烦到极度疲乏的李志睡不着，他想问很多为什么，为什么把自己推进一个漩涡而又无法获利让生活更好？为什么要承受那么多？他在自己墙外的社交网络上写下“如果你关心我，就让我安静地待着。如果你爱我，就让我安静地待着”。过了一会儿，他又写下“我恨南京”，把自己无处宣泄的感情磨成一把尖刀，捅向了他扎根的、深爱的城市。

那几乎可以算作李志最后一次强烈地表达自己情绪的崩溃。往后的日子，他依然不定期在微博“开骂”，却都是理智的观点表达：炮轰不专业的同行，批评没头脑的粉丝，讨论社会现状。像他饱受争议的朋友罗永浩一般，在别人认为他们总是到处点火的时候，理性地与你讨论，力求用自己的认真和固执，把自己做好，也期望把所在的行业变得更好一点。

“看见”巡演发布会一周后，铺天盖地的专访和报道出现在过去少有涉足独立音乐的媒体上。此时的李志似乎并不激动于自己成为热点事件，他悠闲地贴出一张煮面的照片，呼应在兰州巡演的老周（周云蓬）吃牛肉面的微博。

因为面条被 Hello Kitty 卡通彩纸包着，微博下整齐地评论了一排"Hello 你妈 × 的 Kitty"，这是李志曾经写在《下雨》里的歌词。其实，李志煮的这款面条与他的歌没有什么关系，这款来自日本的宝宝营养蔬菜面条，多半是女儿的早餐。

2013 年，李志娶了一名圈外女子，并在 2014 年成为人父，他为女儿多多写了一首《不多》，收录在 2015 年的新专辑《1701》里，欢快温情的曲调夹杂着聊天的背景声，一幅家常画面。

人生走到这个阶段，曾经动不动就在歌词里愤怒爆粗的李志，也把音乐做出了一个新的可能。在业界热烈讨论李志为行业树立起标杆的时候，他终于鼓起勇气向父母摊牌自己其实一直在做音乐，他希望在家庭和事业上都给盼子成龙的农民父母一份踏实："我做这次演唱会是为了让家人放心。"

"这么多年你一个人一直在走 / 方向和天气的节奏会让你忧愁"
——《定西》

2007 年，也是北京柳絮纷飞的 4 月，星光现场"将进酒"专场演出前，李志接受了电台节目近一个小时的专访，那是他在今年之前最正式的一次公开受访。他回忆自己从中学时代开始对吉他萌发的热情，谈到喜欢的 Pink Floyd、罗大佑和崔健，谈到自己从朋克、金属到民谣的转变中对情感表达方式的摸索。

"很长一段时间，失落的感觉总会有，只不过有的时候来得频繁一点，有的时候来得稍微少一点。落寞我也不知道怎么去说，落魄倒是很像。一直很穷困。"他说，"靠音乐赚钱的都被骂得很厉害。"

那时候，李志从来没有期待过未来自己将会举办多大规模的演出，"将进酒"专场结束后，他回到成都工作，凭借 2004 年到 2006 年个人制作的三张非常粗糙的专辑，不时到酒吧和 live house 演出。其中前两张由口袋唱片以"被禁忌的游戏"和"梵高先生"为名发行，第三张《这个世界会好吗》没有再版。

直到 2009 年 9 月，借钱完成第四张专辑《我爱南京》的录制后，李志历时七十天进行

摄影 / 王伟

了三十四场凶猛的巡演。因为这次大面积的巡演，隐约听说过李志的歌迷多了起来，但在网上搜索他写的《天空之城》，结果显示全部都是宫崎骏和久石让。现在李志的《天空之城》已经有了自己的百度百科条目，最近一次更新于 2015 年 4 月，当然，这都已是后话。

许多人感慨婚后的李志从"民谣诗人"的神坛跌落，殊不知工科大学肄业搞音乐的个体户李志，在做独立音乐的十年中挣扎在温饱线上，挣扎在赔本与回本的赌注中，从来就没有走上过任何虚浮的神坛，"所有在神坛上的人都不是他站得高，而是你们趴着看他"，他说。

最潦倒的时候，李志的朋友来访，一开门就看到他极端的生存状态，屋子里什么东西都没有，吃不饱穿不暖。朋友问："你这是何苦呢？"

2010 年，李志发行了一套明信片，他把这件事情写在其中一张明信片上：

"你这是何苦呢？"

2010 年第五张专辑《你好，郑州》发行实体唱片后，李志把所有的音频上传网站，开展了"自由下载，自由定价"的活动，这个创新的做法，随着李志官方网站在中国大陆地区无法正常访问而不了了之。来年还未开春，李志把滞销的唱片全部整理出来，扔到野外放了一把火。整个过程被朋友拍成视频，配乐是齐秦的《把梦烧光》。

"其实我本来就有这个习惯，过一段时间就把旧东西整理出来烧掉，那些唱片也是旧东西的一部分，所以烧掉它们只是顺其自然。"采访中李志提起这件事的语气很平淡，"不过也确实有过把这个过程记录下来的想法，当时刚好有一个朋友想拍下这个过程，于是就有了整个事件的记录，没什么特别的。"

那一年，他觉得很多事情都很傻 ×，很荒诞，于是写了一本叫作"你妈 ×"的书，作为一直以来愤怒的表达。书印了一百本，他给每个买书的人都送了一本《空谷幽兰》。

那一年是个节点。

随着第六张专辑《F》的发行和团队的日趋成熟，李志的音乐正式开始实现从野路子到专业化的转变。他在团队的协助下，开始形成独树一帜的"音乐个体户"作风，从巡演路线定制、门票发行、宣传到周边产品的售卖，甚至是入场检票都由自己的团队制定方案并执行。这种操作很快就在当年的跨年演出和 2012 年的巡演中展现出了优势。

随后的故事正如大家所看到的那样，李志保持着一定的巡演节奏和一年一次的跨年演出频率，在各大音乐节中从跑龙套到压轴大场，微博的粉丝从当时的两三万涨到了今天的十八万。他对行业契约精神的恪守所引起的赞同与非议，也在 2013 年"梦象音乐节"主办方未能如约支付费用时拒绝参演而得到了最集中的爆发。

"我自己做想做的东西，是对我自己的一个交代，跟别人怎么看我没有什么关系。"这是李志早在 2007 年的电台访谈里就说过的话，也是他一直践行的信条。

"只不过是一场生活 /
只不过是一场游戏"
——《结婚》

但事实上，生活并没有因为声名大噪而变得更加容易。2014 年的跨年演出前，李志依然不知道此番是赚是赔。赔本做音乐的事，这些年他经历得太多了，但这一年，他格外希望过个好年。

死理性派李志过去总是试图去和别人辩驳那些关于他本人的不实，去解释自己与团队的努力，公开自己的财务状况，现在的他更愿意跟人谈行业，谈普世价值观，谈赚钱对音乐的重要。

近两个月，李志在微博上批评一些同行音乐质量的事沸沸扬扬。有人骂他是民谣圈的独裁者，只许自己挣钱，别人挣钱就不高兴。他开始不定时地刷屏，一条条回复那些询问、质疑和诋毁。

"任何一个国家，音乐市场的繁荣都是由于唱片或演出市场的成熟。所以赚钱很重要……音乐人自觉地努力起来，光明正大地赚钱，再把钱投入音乐，让年轻人看到希望。而不是事不关己，闷声发大财。"

"音乐没有贵贱但有真假。"

"做 live house 就是做生意，不是做梦。"

他苦口婆心有条有理地阐述自己的观点，不是为了洗白自己，也不争输赢。他认为，讨论最大的意义在于让双方和围观者有所思考，公开讨论，是目前开启民智最好的方法。至于从前的歌里那些让无数听众共鸣而痛哭的青春、理想和信仰，他现在几乎不再谈起。

"理想和信仰其实从来就是有的，没有变化过。"只是现在的他"想换一种表达方式"。

于是 2014 年末发行的唱片《1701》格外成熟，这种成熟不仅体现在音乐制作的技巧方面，也体现在李志入行十年来看待这个世界的角度所发生的变化。

但音乐作为一种艺术，总归是有感情和温度的，李志会比从前更加冷静和克制，却无法规避情绪的展现，"你没有办法像做数学题一样用很直观的逻辑去判断这个词表达什么意思那个词表达什么意思"。而且音乐里随机的变化太多了，比如他在《定西》里唱的，"我多想和你一样臭不要脸"，李志一开始写的是"嘻嘻哈哈"，录的时候一张嘴就唱"臭不要脸"，他觉得"欸，也蛮好的，就用它吧"。

音乐好也罢歹也罢，创作本身，一定还是自由随性有乐趣的事情，否则何苦十年的坚持。

乐评人张晓舟和李志是不错的朋友，他说，刚认识李志是在一个饭局上，当时他一言不发，突然就拿起吉他唱起歌来，然后放声痛哭，"当时的感觉特别像八十年代一些青年，会在集会上突然站起来说我给大家朗诵一首诗歌吧。这就是当年的逼仔成为现在的工体巨星的原因"。

说到底，一切执着都是对情怀最好的解释。

然而，当李志成为一种现象而不仅是一名歌手之后，卖弄情怀已经不是他会做的事情。他现在所做的，是把自己从 2012 年 11 月的凌晨那个困扰着他的漩涡中拔出来，在风起云涌的音乐圈沉浮中，保持一份独立的意志和精神。

又或者不必去谈以上任何一条假大空，歌手李志，也不过就是一个普普通通发了福的中年男人，下班以后在家给女儿煮碗面条，用柴米油盐过日子的点滴，诠释着"只不过是一场生活"的唯一真谛。

现场采访实录

谈音乐

《文周》：李志你好，我是《文艺生活周刊》的记者，我叫何脑斯。

李志：你是不是给我拍过照片?

《文周》：(完全意外)你居然记得我？对，2010 年"单刀赴会"巡演石家庄站的时候就拍过你。

李志：还有天津的时候。你的照片我在很多地方见过，所以有一些印象。

《文周》：先问你一些我们事先准备的问题。去年年底的《1701》这张专辑，是继上一张电子版专辑之后出的第一张实体版唱片，卖得怎么样?

李志：首先这个实体版不是我想出的，跟之前的那些实体版，比如《勾三搭四》和《F》一个性质，是京东出的。为什么我同意做这件事呢？其实我决定不做实体唱片的原因并不是因为我不喜欢或者怎么样，是因为从我的工作角度而言，需要耗费的人力和财力太大了，同时没有一个很明显的物质回报，那就不上算；从传播角度上看，做电子版的音乐是主流嘛。但京东既然要做这个事情，不用我们付出任何劳动，那我们就做咯！没有风险，不用劳动，我又可以收一点小的版税，那我就做吧，本质上并不违背我的一些想法。对，就是，你弄就弄，

我无所谓。

《文周》：以前你的专辑更多是偏即兴、偏情绪化一点的，但现在似乎往职业音乐人的方向多走了一步，大概从什么时候开始这种变化的？

李志：我从2009年开始决定把音乐当成一个工作来做，就是常说的要“职业化”。我们一直在努力，只不过到了这张唱片，或者说去年跨年的演出才是我们在职业化上做得比较好的。这个职业上的好并不是说你歌写得进步了，没有，而是歌曲之外的制作，比如编曲、录音、混音、母带这一些，是可以通过努力来做到的。但那些歌，你再努力你也写不出*Hey Jude*、写不出*Hotel California*对吧，那个是属于才华的东西。但是才华之外的事情，你是可以通过努力做到的，这是我的观点。

《文周》：这张专辑在音乐风格上变化也很大，以前很多都在描写爱情等直接而感性的东西，但这张专辑感觉内容都相对晦涩，或者说更多地关注社会和世界，这是你自己心态的变化导致的吗？

李志：也不是。这个原因很简单，首先以前写歌我很明确地想表达一个什么情绪，是伤心的还是开心的，或者是愤怒的。但是到了《1701》的时候我不知道想表达什么东西了，或者不知道该怎样表达。同时，从歌词上更难描述，因为我的语言已经枯竭了。我不想用以前那些词汇，那种造句的结构，但又没有找到一个新的表达方式，所以当时——对，就在这个房间录的人声，在录人声的两个小时以前，我在三楼的阳台上写歌词，随便瞎写，想到哪儿写到哪儿，所以就没有什么逻辑性，很多人觉得晦涩，因为它确实是瞎写出来的，这是完全可以理解的事情。

《文周》：但是我看到乐队以前在排练时，你会把每个乐手排练的部分都在黑板上规划得非常严谨，是不允许他们有这种即兴发挥的，但你却在创作的时候加入即兴的部分？

李志：我不是不允许他们有即兴的发挥，但是我会给他们一个框架。就是比如，在这四个小时里面你是一级和声，正常情况下你不会弹到“re”或者“la”这样的音，但是只要你能加进去，听起来很舒服，那也不是不可以的。只不过是，大部分的时候你加的那些乱七八糟的音是不好的，偶尔才会有一些好的东西。但我不能为了那偶尔的一下，就把整个过程搞得杂乱无章。降低风险和不可控的因素。理科生搞音乐，有点讨厌哦！

《文周》：这张专辑，你从歌迷和业界都收到了一些什么样的反馈？

李志：我大概看了一下网易跟虾米的评论，实际上我只是随便看看，对我来说并不重要。我个人任何音乐上的东西，一场演出也好一张专辑也好，任何人都有权力去评价的。而且，我不会因为他们好的评价而高兴，也不会因为他们不好的评价而伤心。我认为这是一张很普通的唱片，就跟我以前一贯的一样。我是音乐上很普通的人，没有什么特别的，不是说大家都说好，它就是好。

《文周》：针对这张专辑跟你近两年的一些表现，有些人会说是不是逼哥结婚了于是不再愤怒了？

李志：我一直在愤怒。

《文周》：就是昨天微博里写的一句“这个世界在惹你愤怒”？

李志：对啊！我总觉得，只要是一个理性的人，一个会思考的人，你每天都在想问题，你怎么可能不愤怒呢？因为这个世界太糟糕了，这个行业太糟糕了！

《文周》：只是表达愤怒的方式不太一样了？不像以前那样激烈？

李志：对。

《文周》：过去你曾说过自己“自私”“有原则”，不会去满足别人的愿望，因此得罪了很多人，现在还是这样吗？

摄影 / 何脑斯

李志：是。

《文周》：但是歌迷喜欢看到你“单刀赴会”巡演的时候，一个人抱着吉他，苦哈哈地弹唱。比如说2010年在石家庄，你还放了一个琴盒在门口，让大家随便往里面扔钱，我当时扔了五十元，但我看到好多人没交钱就走了，于是大家把这当成了一个谈资，说有个叫李志的歌手，他是这样的。但你现在不这样做了。

李志：对。首先你在任何时候的选择都是对你当下最有利的，这是肯定的，这个没有好坏；其次，演出形式的话，现在没法做到一把琴弹唱，你往上面一坐，下面肯定是嘻嘻哈哈一片吵闹，各种插科打诨，出风头，插些蠢话，很讨厌。以乐队的形式，我就不在乎那些，台上轰起来，你的声音我听不见。我以前经常会在一些演出场合不高兴，其实就是因为舞台下面太吵了！我虽然可以理解，但是当我在投入情绪做一件事情的时候，对吧，简单来讲就是你跟女朋友在做爱的时候，你妈给你打个电话……靠，太扫兴了！对，就这个情况。

《文周》：当时我还记得台下有酒鬼，大声喊说李志你能给我唱个什么什么歌吗。

李志：对，没错，现在都是谈资，但当时你知道我在台上有多么沮丧。

《文周》：你说“音乐没有贵贱只有真假”，今天你在发布会上也一再谈到“真假”的问题。你认为这个“真”是音乐质量的“真”还是音乐态度的“真”？

李志：感情。音乐是什么嘛，我不知道你们知不知道，《新华字典》的解释是“音乐：人类在长期劳动的过程中表达感情的工具”。首先它是个工具，它是表达感情的。如果你表达的感情是假的，那就不是音乐了。但是音乐本身没有好坏，这是客套话，这是对民众说的，对从业者来说，它是有好坏的，是有底线的，不然为什么你会唱他的歌而不唱他的歌呢？你喜欢这个歌不就因为这个歌好吗？可能说得严重一点，就像冯唐会有写作的金线，音乐也是有的。

那么“贵贱”是没有的，不是说搞流行音乐就贱，搞摇滚乐就多么牛，我不这么认为。现在我经常说，主流音乐跟非主流音乐，它的差别是什么，其实就是因为非主流音乐的情感更真一点，主流音乐相对而言假的东西太多了。举个最简单的例子，前段时间经常说的，李宗盛演唱会的时候，每次唱到那首歌都会哭，那可能是真的吗？

非主流音乐也是一样，我写了一首非常伤心的歌，但那是多少年前的事情了，我今天门票卖得非常好，我唱这首歌，我有可能伤心吗？但有时候作为从业人员，我们会觉得“哦你喜欢我这样伤心那我就装一个给你看，你们喜欢愤怒我就装个愤怒给你看”，这就是假的。

你的感情都是假的，那还扯什么呢？在我看来这就是界定装跟不装最重要的标准。所以我说他们全都是网络歌手，不是什么独立歌手。

《文周》：所以你不“装”，你是真的。

李志：我很清楚这一点。

《文周》：今天一上台的时候你说你“不希望别人喜欢你的音乐”，但你现在把音乐表述得这么清楚，你做的音乐是真的，虽然一开始可能唱功不太行，录音质量不太好，但灌注了真的感情，那我认为大家应该喜欢你的音乐。

李志：对，我认为我的音乐是真的，但不是所有的场合我都在表达真的情绪，比如说我也会控制，但是我认为音乐是有好坏的，我认为我的音乐不是好的，所以我认为大家应该去喜欢Beatles、Pink Floyd 那样的音乐，喜欢罗大佑、崔健，而不是我们这样的音乐。但是我们这样的音乐也没有说会给整个音乐环境带来多坏的影响。但是作为一个从业人员你至少要知道哪个是不好的、哪个是好的，观众无所谓，你喜欢哪个就哪个嘛，你又不伤害谁。

谈表达

《文周》：清楚地认识自己是你一个很大的特点。

李志：你如果不清楚地认识自己，你只会是喷，而不是我所说的讨论。

《文周》：所以你最近在微博上的很多言论都是你所认为的讨论。

李志：对啊，因为我讨论的这些观点都不是最近才有的，只是以前删得比较快，影响没那么大。十年前我没红的时候，没从事这个行业的时候，我就在一直骂这个骂那个。因为大家都习惯了被吹捧嘛，但实际上既然是表达嘛，它肯定就涉及好跟坏。一个人怎么可能全是优点？就喜欢一团和气，嘻嘻哈哈，但实际上如果你真是一团和气还好，到了背后全在说脏话，那有逑劲呢？我对我自己的要求就像我对媒体一样，我可以不把全部的实话说了，但我也不会去说假话。把一个不喜欢的说成是我喜欢的，或者我喜欢的说成不喜欢的，那是完全没有人性的。

《文周》：最近你更加频繁地在微博上跟人讨论问题，从歌迷的提问来看，认真讨论的似乎比那些“傻 ×”的问题要少，是你有针对性地把“傻 ×”的问题转出来，还是“傻 ×”的数量真的太多了？

李志：都有。首先傻 × 的比例肯定是大的，我也承认很多人会逐渐趋于理性，但歌迷的群体在变大，那数量肯定会越来越多，这是一方面；另外我认为一个理性的人跟我没什么好讨论的，就算我们的观点不一样，他的观点也肯定思考很久了，他也看到我的观点是思考很久的，如果我们要讨论的话，不是一两条微博就能讨论完的，于是那些人就不会问什么问题，问那些问题的人就是喜欢冒一冒的，一般来说都比较傻。

《文周》：你界定“傻 ×”的标准是什么？

李志：我不喜欢披萨，因为我觉得它是垃圾，但我不认为喜欢吃披萨的人是垃圾。但如果你不懂我刚才说的，那我觉得你挺傻的。再简单一点，没有理性吗？不会去思考么？其实这是最简单的逻辑了。

《文周》：还有粉丝说，曾经他只是因为过于活跃，觉得自己并不“傻 ×”，但是被你给拉黑了，有这样的现象吗？

李志：有啊。

《文周》：活跃跟“傻 ×”是一样的吗？

李志：没有没有，每个人都会这样啊，你在街上走，突然看到一个人，你就是不喜欢他，这是很正常的。那我看到你整天在我微博里上蹿下跳，我就是不喜欢你，当然我也不会认为你多傻。我做的又不是公共事业又不是慈善事业，我这是私人行为。

《文周》：那你觉得歌手应该帮助听众变得理性吗？

李志：这不是歌手的职责，这是每个人的职责。举一个极端的例子，有一个人在街上闯红灯，你应不应该说？当然应该说嘛！为什么说极端，因为这是有明显对错的，如果大家都不说，那永远好不了咯！

谈态度

《文周》：你今年鼓起勇气要走进更大的场馆，对于音乐表演来说，挑战有哪些呢？

李志：有很多，比如乐队的水准，一首歌的编配是不是合理，你的表演是不是稳定。

《文周》：但是以前不也是一直这么一以贯之地要求下来的吗？

李志：现在这个标准会更高一点。比如以前会允许两首歌之间有个三十秒甚至一分钟的空隙，现在不行，要控制在五秒之内。这个需要的不仅是一个清醒的脑子，还要不停地磨炼。最后一个鼓点打下去，“砰”，立刻先把节拍器调到另外一个节奏，然后键盘要换音色，吉他可能要调一个弦，一切这些东西五秒钟之内搞定的话，要不停地训练、训练、训练才能熟练的。

《文周》：这儿个标准是跟跨年一样衔接下来的吗？

李志：比跨年要求更高。把跨年搬到场馆只是硬件上的搬，比如音响、乐器等。

《文周》：这又谈到对乐队的要求上来了。之前我看到说你对乐队的管理非常严格，包括考勤之类的，还会跟他们说如果发现有更好的乐手就会替换。你跟乐队成员之间也应该是一种兄弟的感情吧，但“工作就是工作”？

李志：对。所以我不认为你开一个企业，你的表弟表妹都应该来，一码归一码。因为我们一直在贯彻嘛，经常换乐手，换下来的乐手，其实关系还是很好的，我们可以在其他事情上正常玩，只不过我从事这个工作的时候，我觉得你不合适而已。

《文周》：近些年你在跨年演出上的很多歌都是改编的，但是改编过的版本并没有得到很多听众的喜爱，很多人还是喜欢原来的那种感觉，这肯定会出现一个矛盾，你如何调节这个矛盾？

李志：没错。这个不用调节啊，我们所有做的事情都是我喜欢的，如果我无所谓那么我为什么要考虑你的感受？

《文周》：前几天你在微博说“适度消费”你，能不能说说怎样叫作“适度”？

李志：今天这样吧，我抱着盐水鸭，坐在台上，现在接受你们的采访。现在的“不要脸”都是为了今后更加地“要脸”。

《文周》：你认为自己是个理想主义者吗？还会做梦吗？

李志：是啊，我认为自己还是个很理想的人。还是会做梦。

《文周》：但你以往的歌里常常唱到青春、理想、信仰这些意象，现在的歌里几乎不出现这些词儿了，是因为看待生活的角度和方式发生了变化？

李志：理想跟信仰其实从来就是有的，没有变化过，但一个人看世界的角度和方式一定会随着年纪的增长而发生变化。而且我现在创作当中已经词穷了，我想换一种表达方式。

《文周》：命运几番让你与音乐行业错过，然而你还是一直走下来了，涉足这个行业的十年来，你会不会想“如果我没有做音乐”这个问题？如果没有做音乐，你觉得自己会是什么样？

李志：如果不做音乐，那我可能还是会从事一些自由的职业，比如画画、写诗等。

《文周》：也就是说还会从事跟文化艺术相关的行业?

李志：不不，不一定，我只是会坚持一个自由而独立的状态，并不一定从事什么行业。

【记者后记】

我就一直坐在紧挨着嘉宾席的第三排，眼看着李志的衬衫一点点被汗水浸透，再被他把扣子大幅解开。这是他自己的新闻发布会，为了启动接下来一系列已经创造历史的属于中国民谣歌手的场馆级演唱会。

在这场发布会之前，李志已经破天荒地连续接受了《南方人物》《南都周刊》、澎湃新闻等多家主流媒体对他的专访以及大书特书，让本不知悉他的普通民众和持续观望他的文艺青年都尽享欢愉，领略了这位在豆瓣月亮小组领衔多年的"民谣一哥"的风采。那些文章深入浅出轻车熟路,用主流文化多年积累的能量,仿佛把李志的根底都挖成了一株白胖的人参一般。

新锐或不再新锐的网络媒体社交平台们也在地毯式轰炸连珠炮呐喊，多种主动的被动的主角与龙套们的言论竞相你方唱罢我登场，再搭上独立音乐圈和文化界各路名流的或红脸或白脸的唱腔，就这样在舆论上先演上了一出民谣圈一统江湖的草台春晚。

熙熙攘攘之际，再配上李志本尊的一炮"这个行业都是一些什么人啊"，将整场晚会推向了高潮。于是大家一起倒计时，来到了这场发布会上，十年磨一"见"，看见了这位基本上肯定重塑了金身的工体巨星——李志。

但台上羞赧着流汗的这个人，我敢肯定，跟我五年前在石家庄一家小酒吧里看到的那个抱着吉他声嘶力竭，抽着红梅不停擦着琴把上汗水的年轻人，是同一个人。他依然对人群不熟练，不野蛮，不亲近，依然对自己很残忍，很霸道，很执着。彼时他抱着吉他，跟此刻抱着那只南京盐水鸭毛绒玩具，在某种意义上是同构的。这个人仍然坚持在自己的世界里，短暂地娱乐你们。

发布会在喜悦而隆重的氛围里进行，从主持人到台下嘉宾到参加的媒体代表都游刃有余，只有李志自己是游离的。这样的游离很快传染给了更多人，比如以下这些我努力在手机记事本上记下来的只言片语，它们就代表了某种真情流露：

"知道哪些人比我强，
这样才能看不起一些人。"——李志

"我不希望自己的音乐被喜欢，
被喜欢的应该是我的价值观，因为那些只是常识。"——李志

"我们没有独立音乐人，都是网络歌手。
独立音乐人应该精神是独立的，意志是独立的。"——李志

"李志是一朵野花，长在了温室里，
这跟左小老师不同，他是温室里的花却长在了野外。"——木玛

"人缘臭一点好，朋友精一点。"——左小祖咒

"我们经常说真善美，
有真才有善和美。"——李志

"我今天在做的事情都是手段，
核心是我想做我想做的事情，
并不断进步。"——李志

在这场暗流涌动的发布会之后，我对李志进行了以上持续了四十分钟的专访。他出人意料也意料之中地畅所欲言。

记者丨何脑斯、Afra

2015年5月1日 总第132期

万晓利

音乐不是我的
我也不是她的了

独立音乐人。2015 年 3 月发行第四张专辑《太阳看起来圆圆的》。代表作品：《狐狸》《陀螺》《达摩流浪者》《这一切没有想象的那么糟》《孤独鸟》等。

“对我来说，音乐是一种麻烦。对，音乐是我的全部，但你要知道，当它是你全部的时候，它就是负担了。它现在已经出来了，我可以去享受它了。我们双方都自由了。”

“我从没有跟别人这么细地说过这个梦”

北京，麻雀瓦舍二楼卡座，白昼若夜。在昏黄的灯光中，无论是眼前的万晓利，还是万晓利眼里的两个记者，或许都更像是若有似无的轮廓，这像极了他在 2015 年 3 月发行的专辑《太阳看起来圆圆的》同名歌曲谜一般的歌词。

万晓利在采访中解开了这个谜，他详尽地道出了一个梦境的细节，有氛围，有情节，有色彩。

《文周》：《太阳看起来圆圆的》的歌词是怎样一个创作过程呢？它的语言非常碎片化，连贯性不强，很多人不明白它到底在说什么。

万晓利：那真是一个梦，是挺奇怪的一个连续的故事。我做了一个倒叙手法，并没有从梦的开始去叙述——这个是我控制的。第一段就是梦的结尾，然后通过结尾往回推那个梦，最后

发现是什么导致了这样的结局。

《文周》：所以开头第一句的“你，怎么是你”，是终于揭开了一个人身份的恍然大悟？

万晓利：对对对，那个其实是梦的结尾。结尾我驾驶着一架飞机。正开着，旁边出现了另一个开飞机的人，那个人的飞机比我的好多了，可以控制我的飞机，他强迫性地截住我，我不得不停下来。哎？怎么你把我拦下来了，什么意思啊？

《文周》：这个梦是什么样的色调和节奏？

万晓利：就有点像吉它旋律的色调和节奏。包括后来一些噪音的运用，失真吉他，还有一些特别强的音，听起来挺激烈的，现在回想起来，那个梦在那段时间也是挺激烈的，有些争斗，有手枪。我们是去执行任务。

《文周》：什么任务？

万晓利：就是，就是……特别机密的任务。执行任务的过程中，突然发生了内讧，打起来了。当时我正开着飞机呢，突然一个人看到他拿枪指着我，知道不对了，就来制止他，一制止两个人就扭打起来，一下就掉出飞机，变成两只鸟了。

《文周》：其实他们是不是真的变成鸟你也不知道，你只是想象他们变成鸟？

万晓利：对，我希望他们会飞。

《文周》：这样他们就可以安全着陆了，不要是最坏的结果？

万晓利：对！

《文周》：好善良啊……

万晓利：没有。（害羞地笑了）稀里糊涂地就四分五裂了，还没开始干呢，就已经这样了，任务明显就完成不了了。外面也乱了，整个形势大变，天蒙蒙亮，太阳看起来圆圆的。

《文周》：啊，终于点题了。太阳是在梦里还是醒了之后看到的？

万晓利：在梦里。当时是一个早晨，有雾有露，雾是蓝色的，烟雾缭绕，像硝烟一样，不是灰色的。到这儿就醒了。我开始胡思乱想：难道任务失败是跟某人有关系？在不同时间地点出现的人之间有没有关联？有没有可能他们看似伙伴，实际上反目为仇？……

《文周》：醒来的现实生活是什么样的？

万晓利：应该是早晨。那段时间我正在写歌词，练习一种手感。

《文周》：什么手感？

万晓利：就是随手瞎写一些东西。我就随手把梦记了一个大概，想能不能试图用在一首歌里，别浪费啊，对吧，这么好的一个梦。然后我就拿出一首歌，咦？一对，对上了。

《文周》：所以是先有曲吗？

万晓利：对，然后做了梦，这个词就拽进去了。

《文周》：那这个曲又是怎么来的？

万晓利：两年前，我记得下着小雨，当时我跟朋友回家，聊天，尤克里里在身边，随手就这样弹。欸？这个挺好，录下后就扔那儿了。这次录音的时候觉得这首歌还挺不错的，就选中了。

《文周》：梦是什么时候做的？

万晓利：梦是在杭州做的，中间隔了一年多。（注：万晓利现简居杭州，保持运动，调节身心。）

《文周》：知道这是梦的话，一切就能明白了，不然用逻辑性的思维去解释，就会解释不通。

万晓利：对对对，很难解释，但是在梦里它太千真万确了！

这个环节的对话太有意思了。两个姑娘一个扮演着福尔摩斯，一个扮演着弗洛伊德，一个想彻查神秘"劫机事件"的幕后黑手，一个试图挖掘出梦境底层不为人知的潜意识活动。原本惜字如金的万晓利开始兴奋起来，不由得手舞足蹈，他努力回想着，分析着，不断重复着"欸？怎么是你""这是什么意思啊"，我们也被这重重迷雾惹得眉头紧锁，紧张又兴奋。

"我从没有跟别人这么细地说过这个梦。"这反馈令我们欣喜，同时，它在我们眼里也成了一个嘱托，这就像是在说，我把我的秘密交给你们了，你们要好好待它。

写稿的时候，看着大篇幅的琐碎梦境，不禁去想：一个梦，对于做梦者来说，它的细枝末节尽是肺腑之言，可对于读者来说呢，会不会索然无味？那么这算不算辜负了他的梦？把谜一样的歌词翻译成白话，像不像为舞蹈加字幕那样多此一举？人们懂了又如何，这个层面的懂得是创作者所期待的吗？

诗歌何以为诗歌，沉默者因何而沉默，或许原因就在这儿了。这让人想起另外一句歌词："世间没人明白我，我就孤独着。"而那甜蜜的孤独，是从不会让人伤心的。

再后来，我们忘记了这个梦。只是每次看到初升的太阳，脑袋里都会蹦出这句话——太阳看起来圆圆的。这时候，这句话就是它本身，没有附加的含义，就像一个微型的真理，真理是不必被解释和证明的。

"打坐可以让精神不疼"

北京站演出开始前半小时左右，摄影师像往常一样想潜入后台。后台的门关着，她用力推开一条缝，听见门里挡着的椅子与地面摩擦的咯吱声。从那条缝里，她看到房间里只有万晓利一个人，他闭着眼睛盘腿坐着，安静得让人无法打扰。她不忍心按下快门，而是关门退了出去。

万晓利的助理告诉我们，晓利现在演出前都要打坐，后台都会只留他自己一个人。这让人联想到在采访的过程中，当被问到某些需要想一想的问题时，他会忽然闭上眼，低下头，那一刻似乎从有我们的世界消失了，问他："你还好吗？" 他说："嗯，我在想呢。"

打坐是什么感觉？我们托助理问万晓利，他说："现在最大的麻烦就是思绪一直散乱着，打坐就是在试图入定，从情绪里面跳出来，让自己放空、松弛，就像睡了一觉，精力充沛。" "从情绪里面跳出来"，让人想起他在采访时说的话——酒是拽进去，茶是拔出来。

《文周》：《孤独鸟》这首歌的人声是失真的，好像用大声公或者收音机发出来的声音，这是故意的吗？为什么？

万晓利：嗯，对，是故意的。那个歌词写出来呢，我觉得在我的能力下也算成立了吧，还能要求怎么样，就它吧。但当你真正唱的时候，你就觉得，“甜蜜的孤独”，有些字眼啊，有点难为情。

《文周》：我们看来很正常啊，为什么你会难为情呢？

万晓利：也说不清，我就觉得挺矫情的吧。特别是这个年龄，四十多了，孤独还不够，还甜蜜的孤独，我一下就受不了了。

《文周》：那为什么敢写呢？敢写怎么就不敢唱呢？

万晓利：对啊，这不就是纠结嘛。这就是我的病，这不就去杭州治了嘛！

《文周》：写出来和唱出来有什么不一样呢？

万晓利：我自己写出来还说得过去，我甜蜜就甜蜜了，反正没人知道。但你要让我唱出来，别人把歌词安到我身上之后，别人就会觉得这家伙太没样儿了。

《文周》：世上真的会有那个“别人”吗？因为一句歌词就觉得你“没样儿”？

万晓利：自己会臆想嘛。自己还是会有个标准——就是所谓的底线，有些方面我不愿意展露。比如我这儿有个痦子，我就不愿意这样（伸脖子给人看），我就愿意这样看人（缩脖子藏起来）。

《文周》：其实作为听者是很宽容的，只是你自己不这么觉得。

万晓利：对，就是不好意思，有点难为情。现在又把酒戒了，也挺清醒的。

《文周》：对你来说，清醒和不清醒有什么区别？

万晓利：时间变多了，多了一个上午。以前一直是醉眼看世界，宿醉不太容易醒来，醒来以后也头昏脑涨的，一天什么都别干了——以前几乎没有一天不是这种状态。其实一直也没想着怎么戒酒，一直掉在酒里面，你不会觉得难受有多难受，你会一直扛着，你以为不过是晕点儿嘛，一直这样持续了十年，终于有一天你就觉得顶不住了，太累了，什么都干不了了。比如出专辑，还有你的正常生活、朋友交往都受影响。

《文周》：戒烟也是这样吗？

万晓利：对，戒烟也是，干脆就一起吧。

《文周》：清醒以后最大的变化是什么？

万晓利：现在突然看得更清楚了，世界没有变，但你的感觉会变。你会怀疑之前很多的做法、说法，还有所谓的世界观。你会发现以前很多你认为正常的、对的事，现在觉得，哎呀，这

样做真的很不好。一些行为，以前你认为是大大咧咧，现在就觉得对自己和别人都是一种障碍。

《文周》：比如哪些行为呢？

万晓利：比如，喝醉的时候，以前在公众场合我会故意大喊大叫，故意做一些事，觉得没什么。但如果你特别清醒的话，就能感受到周围的环境不适合这样做。

《文周》：那你觉得是大喊大叫舒服，还是清醒的时候为别人考虑舒服？

万晓利：当然是清醒的时候舒服。你在醉酒的状态，那样做就是一种发泄，带着很多自己的情绪在做事情。

《文周》：但发泄不也是你的需要吗？

万晓利：发泄可能就是长期喝酒的结果，在酒的痛苦中抑郁啊什么的，导致对别人造成一些特别生硬的做法。你把酒去了之后，你并不需要发泄。

《文周》：但醉酒创作的作品，有给你带来过意外的惊喜吗？

万晓利：有时候有，但往往在录的时候，就把这种东西给消灭了。正式录的时候会非常清醒，如果它被选中的话，最后也还是在清醒的状态下做的选择。

《文周》：但有时候一些闪光点是不是在醉酒的状态下才会有？

万晓利：对，这是必须要承认的一点。包括有时候在那种状态中，发音的无拘无束，还有情绪，都是有可取之处的。

戒了烟酒的万晓利说自己还是像过去一样会头疼，巡演到厦门时，第一次一早上都没有头疼，就萌生了搬去厦门的想法。他说头疼的位置像开关一样，想通过打坐随时关掉那个开关。打坐可以让精神不疼，只剩身体的疼。在他身上，似乎可以看到一场发生在精神意志与痛苦之间的旷日持久的战争，而身体是这场战争的焦土。

即便如此，演出时他的状态已经足够说明问题，不再埋着头，而是由内到外散发出一种舒畅的气息。新的状态告诉我们，他似乎已经艰难地摸索出了清醒与和平之间的关系。

"对，就是不控制"

从 2002 年到 2015 年，万晓利每四五年跟音乐生一个孩子，每个孩子都跟前一个大不相同，却都在用自己的语言说话，性格迥异而鲜明。《走过来，走过去》里那个嬉皮笑脸的醉汉在《这一切没有想象的那么糟》中开始给出诚恳的安慰，而在《北方的北方》里，那些诚恳也安慰不了的东西开始占据整个身体，像一颗冰冷而孤绝的心脏，进得了心脏的人，陷进去就爬不出来，进不了心脏的人，也会因着它周身散发的寒气而窒息。

《太阳看起来圆圆的》又不一样了，太不一样了。它让人脑海中浮现一个溺水的人，在临死的前一秒，全身亿万个毛孔同时学会了呼吸，他忘掉了所有游泳的技巧，游得毫无章法却又欢畅自在。

《文周》：你会在这张专辑里刻意避免《北方的北方》里的那种情绪吗？

万晓利：《北方的北方》是在故意营造一种所谓的冷也好，没有起伏也好的情绪。但这张呢，就没有顾虑那么多，是什么样也就什么样地拿出来了。就像《太阳看起来圆圆的》，它就是在下着雨的夜晚，雨水打在阳台，随手弹出来的旋律，手机录下来再回放。别的歌，像《夏末》这首是在另外一个情绪下，比较跳跃，向外。然后我就觉得，欸？这也行啊。只要当时的那个情绪成立，只要好，我就拿过来。它不像《北方的北方》那么控制着，不会偏向于某种风格，或者说主观上的某种控制。对，就是不控制。

《文周》：你会不会觉得《太阳看起来圆圆的》不像前几张专辑，每张都有自己的风格？

万晓利：我瞬间就说服了自己，它的散就是它的风格。我曾经想到过这个问题，到《北方的北方》，我已经有能力去控制一种风格。但我还想做一种特别乱的音乐，什么都有，大杂烩，其实这是在做《北方的北方》之前就已经有过的想法，但这张明显做得还不够。但是它本身也成立，为什么呢？因为它都是在这个时间段完成的，你用的同样一台电脑、同样几把乐器，这本身就是一个统一。

《文周》：之前想过做这种风格，为什么到现在做出来了？

万晓利：我想做的很多，但没有那么多时间和能力。看起来我的每张专辑都有差别，但对我来说，不是轻易说变就变的，每次转变都是学会一种新的表达方式，要花很多时间去找到它的语境。大家说《北方的北方》不好，但即便是那种气质，你也真的要入到那个境里面才能做出来。包括这张也是，看起来轻松随意，但是要让每首歌都揉好，又有起伏又有空间，还有变化，做得让你满意，也不是一件容易的事情。有时候你感觉能做，但当你真正去做的时候，是需要时间的，这也是我出专辑这么慢的一个原因，需要时间来磨。

《文周》：这张专辑你会去突破一些东西吗？

万晓利：对，这次的突破点可能就是在空间、音色和乐器的运用上。

《文周》：之前我们采访张玮玮和郭龙时，他们提到你在为他们制作《白银饭店》时也非常强调空间，这样看来，空间是你一直都很重视的元素，为什么说是这次的突破？

万晓利：这么说吧。《北方的北方》是特别单线条的，甚至一个音持续五个小节。但现在呢，通过混响的不同，让远近更分明了。我会运用不同的乐器营造不同的空间。比如钢琴，给它来一个房间混响，听起来就像在琴房里面；人声就好像对着墙唱，会反射；再来个电吉他，感觉是在浴室里；最后再来个弦乐，是在一个大厅里面——这样听觉上会比较丰富。然后比如在 C 段的地方，某些乐器突然消失，你会一下子感觉到整个世界特别清静——《夏末》就有这种感觉。这是在我以前几乎没有做过的，但在这张专辑里面处处都有这样的文章，小东西、小感觉，所以听起来不累。你会觉得，欸？好像听起来不一样了，但你不知道怎么回事，就是因为它里面有变化和组合，导致这种生理上的变化。

《文周》：是不是有些人头脑并不理解，但他的身体理解了。

万晓利：我觉得够了呀，身体理解最好了。

《文周》：所以这也是为什么这次会选择用乐队吗？为了呈现空间的感觉？

万晓利：对，就是这个原因。

半遮半掩地把自己交出去一部分

巡演出发往上海前，万晓利的工作人员在讨论怎么把专辑弄过去的问题。"一张《太阳看起来圆圆的》等于五张普通专辑，但是更重。"它是一本日记，但更像一本沉甸甸的精装书，黑色丝绒封面烫了金灿灿的手书，里面散乱地涂写着他思想的碎片，抑或是灵魂的碎片。

当你正拿着它触摸它的温柔，竟会不由得缩回手，因为在某个瞬间，你忽然觉得自己的手像是伸进了《北方的北方》封面那件海魂衫上被烫穿的洞，直接触碰到了内里更敏感而滚烫的部分。

《文周》：这张专辑的封面，那个金色的圈圈是怎么来的？

万晓利：我们在做封面的时候，编辑说，你来一笔，我说怎么来啊？随意！真的随意吗？好！我就随手画了。

《文周》：你当时的心情是怎样的？是乱画的，还是想要潇洒一点？

万晓利：那肯定要潇洒啊，多潇洒啊！我在画的过程中就感觉到那种律动，那种流畅线条运行的连贯性。哦对，当时还有一个提示。因为这次的专辑是一个三百六十五页的日记本，里面有一大部分是我喝酒的时候写的，我都不知道写的是什么，现在想起来都是当时的一些烦恼，一些疑惑，完全不是歌词，也不是诗，反正就是一些乱七八糟的东西。

我记得当时在本子里写过一句话：双声道和立体声有什么不同？我就写了一段自我的阐述，写得乱七八糟的，我现在也不知道什么意思。编辑就问我，我说双声道牵涉到左耳朵和右耳朵。他问，左耳朵听到的是什么声音？我说就这个声音啊，就用左手画了一个。那右耳朵呢？我又用右手画了一个。

《文周》：所以你在画这个的时候，其实是想制造一个声音？

万晓利：应该说那是一个耳朵，它的口越开越大，其实是一只右耳朵，你可以这样理解。

《文周》：刚才你说有些方面不愿意展露，那为什么会愿意把日记本公开出来呢？

万晓利：对，所以非常纠结，但现在也不管了。好在它全都是自我的纠结，也没有牵扯到别的什么。

《文周》：所以是半遮半掩的，但也是把自己交出一部分了是吗？

万晓利：对，差不多吧。有时候是因为字写得不好看，有时候是觉得某些词或者那个话根本就不通，就涂掉了。后来那个编辑说，你知道吗，光是涂几层，拿起来对在一起都特别好看，因为涂的时候，他不想把我的原稿破坏，就用一种半透明的硫酸纸盖上去再涂，然后再把硫酸纸扫描出来，要什么颜色有什么颜色。甚至到后来我越涂越想涂出个形状来，涂着涂着干脆就画两笔算了。我从来没画过画，但有时候突然画了个老鼠，最后就玩起来了。

《文周》：你画封面的过程和这张专辑呈现的状态挺像的，都很随意。你觉得这是一个巧合吗？

万晓利：我觉得是巧合。但也是必然的，因为它是唯一的。就是你不可能活第二遍，也没有另外一种可能。

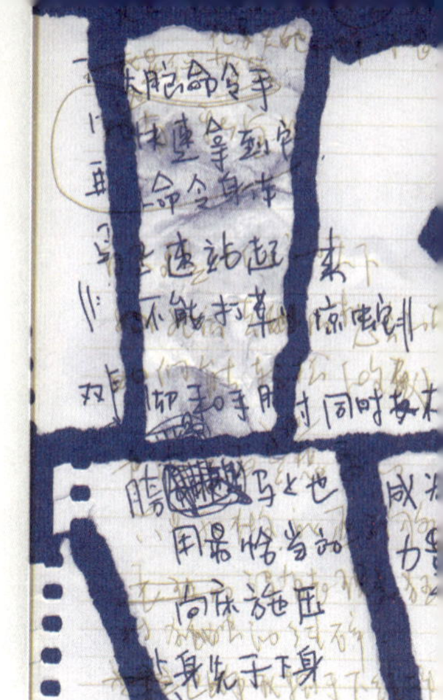

"是时候让音乐带给我欢乐了"

一把吉他，一支口琴，一片舞台，一束光，一种孤独的嗓音，一个空空如也的眼神——记忆里的万晓利是这样的。但今年，这只孤独鸟不但带上了乐队，还要飞向全国十多个城市。"之前我有意减少演出，是想静心做音乐。如今突然想多演一些，也是这个原因，用现场演出治音乐的病。"

《文周》：你说“让现场来治音乐的病”，该怎么理解这句话的意思？

万晓利：对我来说，音乐是一种麻烦。对，音乐是我的全部，但你要知道，当它是你的全部的时候，它就是负担了。你所有的心思，所有的情绪都在里面，被它控制。

《文周》：就像你改编《后会无期》里的台词说“爱就是要恨”。

万晓利：对对，我现在主要调节的就是在这点上，就是任何事情都是要有个度的，你要控制这个强烈的欲望，因为它到一定程度的时候，就会物极必反，这是一个恒定不变的道理，就像阴阳的交界点。

《文周》：那这个跟现场的关系是？

万晓利：我想现场走起来，是时候让这些音乐带给我欢乐了。因为它带给我太多负担，我自

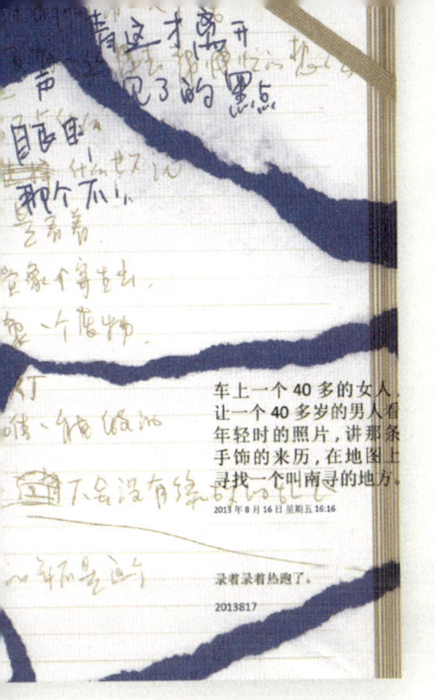

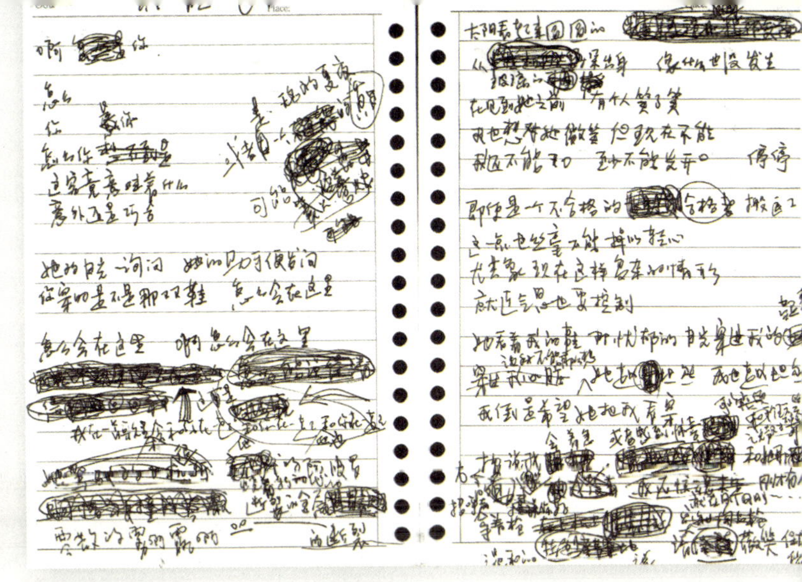

己天天单打独斗的，整天受它的控制，为它愁眉不展的，为一个音符能调上半个月，为一个效果器调音色，在身体不舒服的情况下，它对我来说确实是一个负担了，已经成恨了，到那种地步了。所以我想如果真正地在台上表现音乐，让它还原成它的本来面目，我就不用再为它纠结。它现在已经出来了，我可以去享受它了，让它去它应该去的地方，把它唱出去，让它自由，让它从我的控制中出去。

《文周》：所以你也自由了。

万晓利：我们双方都自由了，音乐不是我的，我也不是她的了。就像现在很多人问我对《陀螺》《女儿情》有什么感想——我能有什么感想，它早就不是我的了，我控制不了它了。

记者丨苏阳、河不止

摄影丨河不止

2015 年 4 月 15 日 总第 131 期

摄影 / 韩硕

陈明昊

戏剧是我生存的
唯一方式

中国国家话剧院青年演员。戏剧代表作品 :《两只狗的生活意见》《开膛手杰克》《红色》等；影视代表作品 :《像鸡毛一样飞》(电影)《嘿，老头！》(电视剧) 等。

陈明昊最近出现在大众视线中，是在热播电视剧《嘿，老头！》里，那位被人形容是“胖成了高晓松的李亚鹏”的演员。而与此同时，由他主演的托尼奖名剧《红色》刚刚进行了两轮演出。自中戏毕业以来，陈明昊一直活跃在戏剧的舞台上，曾与孟京辉、林兆华、王晓鹰、田沁鑫等多位国内知名导演合作。随着表演风格和观念的不断成熟，陈明昊对戏剧表演方式、观演关系等问题产生了独特的认识和理解。他说，戏剧是他生存下去的唯一方式，没有别的可以选择。

“有人说这太自我，太像陈明昊了，但这是真实的”

2010 年，由美国著名剧作家约翰·洛根编剧的《红色》赢得托尼奖六项大奖。2014 年底，《红色》首次被中国国家话剧院搬上国内的舞台。我们现在看到的《红色》，是在非常短的时间内完成的作品，演员连合成带排练也就二十天。这对于一个相对更生活化一些的戏来说都已经非常紧张，更何况是这样一部台词很难消化，涉及哲学、历史和艺术史的大戏。陈明昊说，虽然很难，但还是完成了，“这对于演员、艺术家的创作都非常痛苦，感觉吃了很多坚硬的东西还要瞬间消化掉”。

《文周》：你是怎么决定出演《红色》并饰演罗斯科这个角色的？这个剧本和这个角色在哪些方面吸引到了你？

陈明昊：几年前我就知道了这个本子，那时是我们剧院的罗大军老师找到我和小陶虹，我们当时就在先锋剧场做了一次朗读，网上还有一些视频。我和小陶虹老师碰了几次，对了对词，互相交流了一下感受，就在这儿（先锋剧场）给读了，那天来的人还挺多。那天读得我浑身发麻，在台上，放着音乐，抽了有一盒烟，那个感觉有一段儿时间就过不去了。包括我的一些朋友，画画的、搞艺术的，他们来看，都感触特别深。如果从那时候开始算的话，这个戏就已经准备了好几年了。

《红色》吸引我的可能不仅是艺术史、罗斯科的艺术哲学和艺术观念等等，更多的是这种舞台形式传达出来的一种感觉。就这两个人，在一个封闭的空间里，看似是一个特别小的状态，但感觉就全被包裹住了。我觉得从事艺术工作的人都应该去看看这个戏，并不是说非要来看我演的这个戏，哪怕你找一个旮旯儿，花一两个小时的时间，把手机关了，静下心来读读这个本子，里面提到的那些人、那些书是不是也该去看看。这些都是我们创作之前应该去做的，但是时间不够，很遗憾……

《文周》：你之前饰演过各种类型的角色，你觉得这个戏和这个角色有没有给你带来一些新的体验？你的表演观念是如何在角色身上体现的？

陈明昊：这个角色更强烈。在排练过程中，我们反复读剧本是想让角色越来越具体，等到了极致的时候，角色的能量突然就化掉了，变得不止一个角色了。演员创造一个角色的时候就想成为这个角色，假如成为了这个角色，似乎就是成功了，完成了这个角色。但其实我觉得更应该是成为自己、找到自己。角色只是一个帮手、催化剂，他刺激到你了。

所以演员得有自己的生活，得看书，得多了解一些跟演戏无关的东西。演员可能需要技术和台词、表演的一些技巧，但是别的一些看不见摸不着的东西，每时每刻都在帮你，它们是武器库。所以我也很幸运，碰到这样一个角色。这个角色跟我产生某些关联并刺激到了我，把我牢牢地定在了舞台上，让我产生信念感，让我有一种莫名的能量，让我敢十几天就站在这儿，替他说话、替他表达！但其实，你们最终看到的那个形象是我，不是罗斯科，也不是剧作家，就是我。一贯以来我的创作都是这样的。有人说这太自我，太像陈明昊了，但这是真实的。

《文周》：有人说你有一种“怪诞的创作气质”，你是不是更喜欢演一些性格特别鲜明、身上有一种标签的人物？

陈明昊：这不好说。就像我们刚才讨论的角色和演员的关系一样，有可能是我给演成这样了。在我心里面，我可能更希望他是这样一种极端的形象。在现在这个社会，我身边、我看到的这些人，这么极端的不多，或者说没有。我可能更希望能够有这样的人存在，能给我力量。这可能是我潜意识里的一些东西，现实生活中我做不到，我可能只能在舞台——这个又安全又危险的一个地儿，让他瞬间出现一下。但是又留不住，就那么一会儿，就过去了。所以每次还都挺失落的，这种失落又没法补救，只能带着这个心情到下一次创作。

《文周》：你是怎么体验角色的？

陈明昊：我其实是拿自己在做实验。我得到的不是理论的东西，而就是身体的一些感受，我觉得只有感受是离真实最近的。说出来、总结出来就都损失掉了。不管你做什么。演员更是这样，你演这个戏的时候不可能去干别的，得把自己放在这儿，没有保留的，没有捷径可言。

“不谦虚地说，《两只狗的生活意见》是一个惊艳之作”

陈明昊刚毕业时，进到了作为国家话剧院前身之一的“青艺”，第一个戏就是跟王晓鹰导演合作的。那部描写兵团故事的戏《第十七棵黑杨》，排练场就在先锋剧场马路对面的大庙里。而这一次的《红色》，是他们的二度合作。陈明昊也感叹，这一下就过去了十多年。

《文周》：这次和王晓鹰导演合作感觉如何？

陈明昊：第一次合作时，我演的是一个小角色，就我自己闷头琢磨，也没建立自己对戏剧的

摄影 / 曾剑

这些东西，全是使点混劲儿，在旁边看着。晓鹰导演顾不过来我，那时的我和他也对不上话。现在我觉得晓鹰导演还保持着他那种状态，非常有激情，对细节很敏感，包括台词的一个字儿的感觉会对一场戏、对某几分钟的戏产生一个什么样的影响，马上就能给你抓出来。而且现在我可以跟他有戏剧、创作上的交流了。

《文周》：你已经与多位优秀的导演合作过了，有什么不同的感受？

陈明昊：我觉得我还是挺幸运的，当然，也是因为我把时间都搁这儿了，没干别的去，就一直演，人家不找你找谁啊，对吧。

和多个导演合作的感觉很奇妙，每个导演有他坚定的美学风格，不同的方法、不同的理解，还有各种各样的脾气秉性。我记得特别清楚，前年我有一个礼拜在三个地儿同时演了三个导演的戏，跟赖声川演《暗恋桃花源》里面的老陶，在厦门或是福州演出；演完以后，第二天一大早儿的飞机飞到新疆乌鲁木齐，刘晓晔他们在那儿等着我呢，演《两只狗的生活意见》；演两场以后，第二天一大早又飞青岛，演田沁鑫导演的《四世同堂》，在里面演钱诗人。

《文周》：你在和谁合作的时候更自在，更能成为你自己？

陈明昊：这可真不好说，我觉得可能还没有。

我跟孟京辉导演合作的时间最长，跟打日本的时间一样，八年。刚开始合作的时候，我就发现孟京辉导演很鼓励青年演员，比如正踢着球儿呢，就跟我说，弄一戏吧。我说行，我还以为得多聊会儿，结果他说，行，那就这么着了，踢球儿去了啊，就不说了。（笑）其实老孟对我影响是最大的，他那种需要演员平地把能量聚集起来的那种爆发力对我很有帮助。原来我上高中的时候挺喜欢体育的，对瞬间爆发身体极限的体验，特别有快感。

后来跟田沁鑫导演合作时，慢慢也找到了一些柔和的东西。如果说跟孟京辉是喝酒，跟田导就是喝喝茶，但也非常有味道。她把我身体里一些中国传统文化所具有的那种力量激发了出来，这个和出猛拳不一样，但也是挺舒服的一种感觉。

我非常感谢和这些导演的合作经历，很享受，很美妙。

《文周》：说说对你影响最大的剧本或者角色吧？

陈明昊：有一些，就比如说《两只狗的生活意见》吧。1996 年我认识了一个胖子，刘晓晔，2007 年我俩一块儿弄了这个戏。先锋剧场的傅老师（傅维伯）说这是第一个在先锋剧场完成一百场演出的戏。在我们演这个戏之前先锋剧场没有票贩子，后来就有驻扎在这儿的票贩子

了。一个戏可以让一个剧场像是着了一把火一样。从我开始知道戏剧，到 2007 年，一共是十年，这个戏就是我十年的一个总结。我 1996 年上中戏之前还不知道什么是戏剧呢！这十年就是跟戏剧有关系的混、思考和玩闹。

《文周》：现在又过了快十年了。

陈明昊：对，我感觉，可能又得出来一个什么东西了。我不谦虚地说，《两只狗的生活意见》是一个惊艳之作。当时我记得有一个美国老头，全世界看了一年戏，又回到北京先锋剧场看第二遍这个戏。他说："我有发言权，我全世界看戏，看了俩很好的戏，以色列有一个戏，打仗的，全是男的，在战壕里拿着机关枪突突，然后就是你俩的这个戏，站在这儿像两杆机关枪一样。"这当然也有他个人喜好的问题。但是说白了为什么是这样，还是我把自己搁在这儿了，我可能能量有限，就这么一点儿，但这就是全部，把这个全部作为一个引子，让它产生更大的能量，让它翻滚起来，不断地燃烧、再燃烧，这个引子点燃了很多东西，变成一场火灾。但我觉得《两只狗的生活意见》以后没有出现过什么惊艳之作。有好作品，但没有这么不讲理的。我感觉这个东西，它是怪胎但又有它的道理，挺奇妙的。但创作这种事儿，不是靠想出来的，是需要时间的，是不知道要动了多少脑子、攒了多少有才华的人，一块儿天天商量才能出来的。我也在等，可能快了。

"突然想表达了，我就站在这个位置上表达一下"

2014 年，陈明昊和梅婷一起创建了"蛇槃兔剧场"，排演了《第二次别离》。"蛇槃兔剧场艺术总监"这个头衔，对于陈明昊来说，又是一个新的身份。他身上的这种艺术风格，可能就是蛇槃兔剧场未来的艺术风格，也有可能不是，但整个团队都希望这是一种充满能量的戏剧表达，可能跟别人都不太一样。

《文周》：去年你排了《第二次别离》，讲讲你和梅婷的合作？

陈明昊：《第二次别离》是和梅婷合作创作的，她是演员。我在这儿（蛇槃兔剧场）就是混，也能演，也能导，但是要导肯定得是我感兴趣的。我对当导演没什么野心，就是做我感兴趣的东西，这个时候我突然想表达了，我就站在导演的位置上表达一下。我和梅婷也好久没在

舞台上合作了，这次可能是我们私底下的一个积累，一直想做这么一件事情，就感性地决定了。所以我们产量没那么高，不能一天一个想法，我们可能得在底下让很多看不见的东西生长，让那个感性的东西变成一种必然。你要问我下一个戏我们会弄成什么样，我也没法说。

《文周》：你提到过“做这个戏剧团体是有野心的，我们希望创造新的观演关系，有新的演剧方式，但前提是建立在非常好的文本之上”。你对这几方面具体是怎么考虑的？

储智勇（蛇槃兔剧场宣传总监）：他是演员出身，他在表演上已经有他独特的气质，而且非常强烈，如果你看过他的戏的话就会有这种感觉。陈明昊的艺术探索，从他身边的朋友看，他挖掘的一直是以表演为核心支点的舞台空间的可能性。看戏看人嘛，不管是导演、编剧，最终呈现出来的、和观众直接交流的还是演员。所以他最终落脚点还是在表演上。

陈明昊：没错，他挺了解的。文本是骨头架子，但演员是血液，任何好的文本在找到好的演员之前都是不完美的，就是这样，再好的文本都是这样。我之所以享受舞台生活的陪伴，就是觉得它是演员的福地，是属于演员的空间。你如果从演员这个人的角度、从呼吸的角度关注舞台，你会发现这个舞台的空间非常大，可以装下很多东西。

记者 | 一颗流

2015 年 4 月 15 日

总第 131 期

不只是战争

著名摄影师。曾在叙利亚、伊拉克、埃及等战乱地区拍摄。代表作品：《阿拉伯之春》系列等。

近年来关注国内纪实摄影的朋友，对韩冲这个名字应该不会感到陌生。身为新华社记者的他，常年奔走在世界各地，用自己的镜头直面了许多战争与冲突，也记录下不同国度的风土人情。在一张张震撼的战地和精彩的人文作品背后，我们可以阅读到摄影师内在的真诚、执着，以及在摄影和人生方面的思考与沉淀。

《文周》：严格地讲，你不完全是一名“战地摄影师”，但你的工作环境也经常是战地，这对处于和平年代的国人来说，是个有点遥远的职业。是什么影响你成了这个角色？

韩冲：罗伯特·卡帕、唐·麦库宁、詹姆斯·纳切威……这些战地摄影师的名字，我在没接触摄影的时候就耳熟能详。我中学有一段时间，非常喜欢泡在书店看书，尤其是历史相关的图书，在那段时间就看到了不少珍贵的老照片，非常直观地为我展示了一个个重要的历史时刻，当时给我带来的震撼可想而知。随着以后的学习，对于“二战”以来的战争史有了更多了解，对那些冒着生命危险工作的战地摄影师也更加敬仰。我以前从来没想过自己能和“战地摄影师”这个名字联系在一起，直到我去了几次战地进行采访，有很多朋友开始用这个名称称呼我的时候，我觉得这是一种我背负不起的荣耀。

《文周》：20 世纪匈牙利著名的战地摄影师罗伯特·卡帕有一句名言，“如果你的照片拍得不够好，那是因为你靠得不够近”，你会去实践这句话吗？在面对极度危险情形的时候，你如何选择？你觉得自己有冒险家的情怀吗？

韩冲：这句话我完全认同。我自己就有切身的体会。2011 年底在开罗解放广场的一次骚乱中，我拍摄了不少照片。回到办公室以后，看到了马格南摄影师 Moises Saman 的照片，我们拍的是同一件事情，但是他比我更靠近冲突的中心，短短几十米的距离，我们两人的照片看着就像是完全不同的两条新闻。他的照片所表现出来的视觉冲击和对冲突的描述，是非常到位的。那件事对我影响很大，在以后的采访中，我都会尽可能地冲进事件发生的中心去实践这句话。在两年前，面对极度危险的情况时，我都是毫不犹豫地冲进现场。直到我的一位好朋友在叙利亚牺牲之后，我开始思考自己当初冒的险到底值不值得。现在我虽然还是会不顾危险地去采访，但是一旦完成了任务，我就立即离开，降低发生危险的几率。我有冒险家的情怀，这一点我自己深信不疑，但是我现在成熟了，不再去冒无谓的险。

《文周》：不再去冒无谓的险，这很真实。

韩冲：在战地采访时，我结识了一位利比亚当地的记者。我们去前线的时候都穿着防弹衣，戴着头盔，而他什么防护设备都没有。我们问他："你不觉得危险吗？"他指着天空说："安拉就是我的防弹衣。"确实，在中东、北非等一些冲突地区，往往是当地记者跑在最前面，遇到的危险也最多，但是很多记者除了自己的新闻理想之外，还有虔诚的宗教信仰，不管信仰如何，都能使他们在面对危险时从容不惧，这一点我很钦佩。

《文周》：谈到这里，你有没有宗教信仰？支撑你"更靠近一步、从容不惧"的精神力量是什么？

韩冲：我没有宗教信仰。说来不怕笑话，我出国前同事送了我一个礼物，是一尊石敢当，鸡蛋大小。我每次去战乱国家出差时都带着，放在床头，这样我就觉得我不会出危险了。其实我也知道这只是个心理安慰。所谓的精神力量，其实没有多么高贵，就是我面对冲突或者骚乱的时候会比较亢奋，会忘记危险。随着采访次数的增多，兴奋劲儿下去以后，再支撑我的就是对好照片或者好的视频画面的期待了。

《文周》：在战地拍摄，除了会遇到的危险外，还有没有令你印象深刻的事？

韩冲：我在大马士革拍到过一位女士，她正在给路边摆摊的孩子一些钱，但是并没有要他的东西。当时已经是深夜了，看到这一幕场景，让我心里很温暖。虽然这种场景是很常见的，但是在大马士革四面硝烟弥漫的环境下，这种人们互相帮助、互相扶持的场面，更让人感动。在中东的开斋节，也会给穷人施舍斋饭，这些饱受磨难的国家，并没有因为战争或者动荡的局势，就忘记了人和人之间的善意，这能让人看到希望。

还有一次采访让我很难忘。在利比亚的黎波里，我们采访过一位母亲，她的儿子在战争期间不顾家里的反对，投身反对卡扎菲的战斗中，之后一直没有和家里联系，直到战争结束后，她才知道儿子已经在战争中死去。当诉说到这里的时候，她就痛哭起来，这时我就拍下了她哭泣的画面。当时的快门声听着极其刺耳，我内心是觉得不应该在这个时候用相机去攫取稿件所需要的苦难，而手指却必须要按下快门。一直到现在我还在为当时的拍摄感到不安。

《文周》：但是作为摄影记者，这是你的工作。这种心理上的矛盾你一般如何化解？

韩冲：我在采访时就是扮演一个记者的角色，而记者就要记录现实并且传播出去，现实悲惨就记录悲惨，现实欢乐就记录欢乐，我尽可能做到不被现实的情绪所干扰，这样才能更加冷静和客观地对待一个新闻事件。这样表现出来的类似"冷漠"的态度，确实会和自己内心有矛盾，但这是每一个记者都需要承受的。

《文周》：如果有机会，你想去深度了解哪个国家或者地区？

韩冲：我特别想深入了解伊拉克的生活和文化。2012 年的时候因为工作去过巴格达一个星期，在那里，我感受到的是无处不在的恐怖气息，随时有可能发生的爆炸袭击事件让人感到非常压抑。因为时间紧，所以没有深入。这是一个历史悠久的古老国家，先民曾经在此创造了辉煌的文明，而如今这片美丽的两河流域却被战火蹂躏，实在让人痛心。如果可能，我希望用两年左右的时间走遍这个国家，去亲眼看看不同地区、不同宗教信仰、不同民族的人们在这个战火纷飞的国家的生活状态。

《文周》：在战地，“带着摄影任务”和“不带摄影任务”的拍摄，这两种情况下拍出来的作品最根本的区别是什么？

韩冲：带任务拍摄，受到的限制很多，往往需要你用一组照片来讲述整个新闻事件，因此需要拍摄的新闻要素就得齐全，还要更多地考虑事件的意义、图片的质量和对事件的还原程度

等要素。而没有任务的时候，拍摄的画面纯粹是自己感兴趣的东西，对于照片的要求也不会特别高，有些画面实在拍不到也就不勉强了。

《文周》：可以晒出一组你拍摄并且经过挑选后的照片，并且从摄影师的角度阐释一下你的思路吗?

韩冲：这五张照片，是我在利比亚班加西拍的，那天是胜利的士兵回家的日子，他们受到了民众的夹道欢迎。我蹲在正在行驶的皮卡的前车盖上，拍一个士兵，他手里的枪已经换成了玫瑰。一个孩子也跳上车，和他一起享受民众的欢迎，我连拍了好几张，并选定了最后一张，士兵的眼神坚毅，望向远方，仿佛在憧憬着这个国家的未来，而一旁的孩子，则忘我地庆祝着。我被这个画面打动了，一直到现在，这张照片还是我相当喜欢的照片之一。

《文周》：那么在不用工作的时候，你喜欢去哪些地方旅游，以什么样的方式？

韩冲：因为中东离欧洲比较近，所以在休假的时候，我大部分都是去了欧洲，去感受那里的风土人情。一般我到一个国家，并不急于去看这个国家或地区的名胜，而喜欢走在街上去观察那里人们的状态。我比较喜欢去菜市场，看看当地人主要吃些什么，有机会的话，去学校看看孩子们……我把大部分时间花在街头巷尾，这样能更好地体验他们的生活。我会交一些当地的朋友，他们会带我去一般游客不会去的地方，在那里又能看到更多精彩的故事。即使是旅游，我也基本只在一个城市待着，十天走三四个国家这样的旅游，对我来说意义不大。

《文周》：也会随身带着相机吗？

韩冲：也会。但我以前都是带着一堆器材去，结果玩也玩不好，拍也拍不好，后来就尽量少带相机，用眼睛去看，用心去感受，这样的感觉很好。

《文周》：尝试过极限运动或具有冒险性质的摄影方式吗？

韩冲：这些确实我也体验过，比如深潜到海底去拍摄，或者坐滑翔伞航拍，但是我发现自己不太喜欢这样的冒险，一次两次还可以，以后应该不会了。我还是比较喜欢安安静静地边走边拍，至于极限状态下的影像，我更愿意欣赏别人拍的作品。

《文周》：你认为什么样的照片具有强大感染力？

韩冲：一张照片想要有强大的感染力从而脱颖而出，必须简单有力。所谓的简单就是画面不花哨，也没有太多炫技的成分；有力，就是画面有内容、有故事，发人深思、有嚼头。就是在画面简单的基础上做到内容有力。

《文周》：能具体说说对你产生了重大影响的摄影师和他的作品吗？

韩冲：捷克摄影师约瑟夫·寇德卡，他对我的影响最大。最初喜欢他的照片是因为一组《布拉格之春》的照片。他以无畏的精神拍下的照片，不仅生动记录了那一段历史，更以他独特的视角，带给了我极大的震撼，让我仿佛身临其境，又仿佛听到了他对入侵者的控诉。当然，这些只是我自己在欣赏照片时的感觉。后来再看他的《吉普赛》系列时，我觉得这是他最好的作品，他能以一个流浪者的姿态去拍摄一个流浪的民族，在记录他们生活的同时，其实也是在记录自己。照片中并没有硝烟弥漫，也没有情绪的高潮，有的只是日常生活，但是每一张照片流露出来的都不只是日常点滴那么简单，而是直戳心灵，让人感觉这里面还有更多的故事要讲，还有更多的情绪要发泄，这就是他作品的魅力。他的作品不单单是照片，而更像是一本诗集。直到现在，我还在不断学习他的作品，从中品味更多的内容。

《文周》：这些年你经历了战地和异国他乡，你镜头面对的主体以及拍摄心态发生了些什么变化吗？

韩冲：这些经历对我的拍摄是有影响的，也就是我的风格基本定下来了，照片从形式上变化不大了。以前我在拍摄的时候，总是想找一些新奇的题材去拍摄，找一些奇奇怪怪的角度，去模仿前辈们的作品，但是现在我把镜头更多地对准了日常的生活场景，我想在日常的生活中，找到有趣的内容，并抓住它们。

《文周》：拍摄平凡的日常生活，会不会有激情、灵感和拍摄素材枯竭的时候？你怎么培养自己对日常生活的观察力？

韩冲：激情、素材和灵感枯竭的时候其实经常发生，一般这个时候我就做一些别的，比如看看文章或者整理一下以前的照片。而积累对日常生活的观察力，主要是靠平时的练习，即使不拍照，也要想象眼前的哪些画面和瞬间是值得拍下来的。多看看电影，一部电影看好几遍，不再受剧情的吸引，而是学习里面某些图片拍摄的方法，我觉得这也是个好办法。

《文周》：能以一两张你自己比较满意的“日常生活的”照片为例，谈谈你的创作灵感吗？

韩冲：这一张照片，是我在耶路撒冷圣墓教堂拍的。当时，这位游客正在排队准备进入耶稣墓参观，在等待的时候，她的神情十分平静安详，我就在这一刻拍下了这张照片。因为她的前后也都是排队的游客，所以我透过耶稣墓室外面的孔洞来拍，用孔洞来突出她，同时把前后的游客都遮挡住，这样的话，整个画面的重点就都转向她，而且更能体现出当时我所感受到的宁静安详的气氛。

这张照片是在街头的一个邂逅。我当时看到这个孩子准备拉他的狗的时候，就已经把镜头对准了他，我选择在他的动作最夸张的那一刻按下快门。强壮的狗一动不动，而孩子却已经使出了吃奶的劲儿，这一幕看起来温馨而滑稽。而左侧有位路人也看到了这一幕，也被逗乐了，我把他也留在了画面中，我觉得这样可以让这张照片的每个角落都充满快乐的气氛。

《文周》：摄影之外的你是什么样子的？

韩冲：摄影之外的我其实算是比较宅的，而且我是没有什么常性的人，做很多事情都是三分钟热度，经常半途而废。不过我却对摄影保持了长久的兴趣，并且不断能从中找到刺激。

《文周》：给你的摄影包来个晒物照吧！

韩冲：这张，这是装得最多的时候，平时出去基本就是这些。相机选其中两台，一台背在身上，一台放包里备用。水壶是必不可少的，另外就是一些证件和日常用品了。现在胶卷拍得也少了，主要还是用数码相机来拍，有的时候相机也只带一台，因为手机有时也是很好用的相机。

《文周》：有没有想对热爱摄影艺术的年轻人说的话？

韩冲：我觉得每一个对自己理想负责的人，都应该把头扎进现实中，只有认清了现实，才有实现理想的力量。多看看自己周围的生活，伟大的艺术全部来源于此。

记者 | 鱼子、米拉拉

2015 年 4 月 15 日 总第 131 期

陈粒

一夜之间火起来的“老公”

独立音乐人、唱作人，原空想家乐队主唱。2015 年 2 月独立发行个人首张专辑《如也》，同年 7 月发行 EP《远辰》。代表作品：《奇妙能力歌》《历历万乡》等。

摄影 / 何脑斯

仿佛是在一夜之间，一位名叫陈粒的女歌手火了。她的歌在微博、朋友圈里被大家争相转发，没赶上趟儿的朋友们也立马跟上探问，咦，这妮子是谁？

其实这一切的最初也吓了陈粒一跳。作为主唱与空想家乐队相携三年，其间她也一直在网上发表着个人的作品，但陈粒这个名字并未广为人知。可就从去年 10 月起她意外地发现，自己的作品竟开始荣登豆瓣音乐排行榜。"怎么会有这种事，不花钱也能上（榜）！"

再往后，一首首"陈粒制造"的热单在各大排行榜接力出现；今年 2 月 1 日，陈粒首张个人专辑《如也》发行后，"陈粒"成为了 2015 年上半年独立音乐圈最"易燃易爆"的话题；3 月 7 日，北京 MAO Live house，陈粒"第一张自己的专辑的第一场演出"，狭小的场地竟挤进六百余人，使得她自己都无法再把很多前辈"塞"进去。而就在去年 10 月她和乐队来北京演出时，台下只有二百多观众，其中还包括她朋友拉来的七十多人。

演出现场，台下的粉丝们齐声喊着"老公"，表达着对陈粒的爱。这个本该专属于她女友对她的称呼，现在似乎已经成了陈粒与歌迷们心照不宣的情话。

"老公"写歌很怪很妖，有乐评人说"她的歌声里掺杂了巫气、鬼魅、冥想，像一杯明晃晃的妖艳毒酒，明知有毒你也会一口气喝下去"；"老公"谈天很贫很逗，看她微博，晒字，爆照，当然最关键的——炫妻，还和歌迷打得好不热闹。但不私约一次陈粒，仍然无以真正感受 90 年生人她的……网友怎么说的来着？对，"江湖英气"！

在 MAO 演出之后的第二天，"三八"妇女节，我们与陈粒约在北锣鼓巷的 Spring Cameras，未曾想她人未现，专辑先"到"，就那么旁若无人地被放在面对胡同口的窗台上，全然不怕陌生人顺手牵羊。我们等了好一会儿才发现专辑的存在，再打电话，方知先到一步的陈粒已在邻处吃包子："对啊，专辑就是我放的！"

摄影 / 哈云鹏

"谁喜欢被人管？"

在陈粒的豆瓣主页上有一句话赫然在目："不签经纪约，不签唱片约，不参加选秀节目，谢谢各位大侠前辈老师。"

在这个处处需要抱大腿的时代，即便头顶"独立音乐人"的盛名，恐怕敢放出此话的歌手也是凤毛麟角。"陈粒，你何以如此笃定？"我们问。她答："谁喜欢被人管？"

"也有要签我的公司，我就是不想被安排。他们要是跟我签就会让我最好签个三年五年的，因为我比较新，就要有一个完整的规划，要演出多少场，出多少歌给人家选。我一听到这个就觉得很吃力，很难受，我不想被人控制。"

那些曾向陈粒伸出过的"橄榄枝"，其中之一就有《中国好歌曲》。节目组让她选择《我只去过东南亚》参赛。虽然也已经排练了两次，但节目组还是在临录像前的一晚"失去"了陈粒——陈粒说她像"问题学员"一样被逮去谈话。"那个歌确实比较'电视'，也不是我故意写出来的商业歌曲，但我后来觉得我不想唱那个歌，而且他们还要我把纹身遮起来，穿长裙，差点还要戴草帽，我没法匆匆忙忙地接受以那个形象代表我。"于是，一番长谈后，双方最终决定放弃。

谈起头一日在 MAO 的演出和与场地签约的问题，她的回答都率性得很：

"MAO，要签吗？都要签的吗？"

"不签，毁约了怎么办？"

"骂他们！他们不怕人骂吗？有些演出场地会有合同，我就看一下，我以为都是走个过场儿。"

决定了一个人战斗的陈粒于是自己出钱做专辑，最穷的时候卡里只有两百元，火了之后才赚回来。尽可能地自我宣传，充分利用互联网，还拉身边的朋友帮她吆喝。不过在所有没有商业约所带来的弊端中，有一点最让陈粒忧心，甚至可能已成为她的软肋："我的专辑，编曲和混音确实很烂，像个 demo 一样，因为都是我自己搞的。马頔还笑我：'是自己弄的吗？'我说：'是啊。''是就拉点混响调一点声嘛！'我挺怕找人编曲，老前辈，贵嘛，怕又赔了钱又赔了尊重，自己又不喜欢。我不是不重视技术，没有谁不希望自己的东西好好的，这一点，我很惭愧的，肯定要改进的。"

现在的陈粒，就想着能在广州附近找个吉他手，到明年就能带着乐队演出了。

“我在空想家经历了一个完整的生命过程”

陈粒成长于贵阳，在那里没有过什么压力，性格渐渐就“比较飘”起来。虽然为读大学来到了“清醒、快”的上海，学了一个“挺正经的”行政管理专业，她的性格似乎也并没有被上海带跑。在她眼中，上海的音乐并不好听，“看起来热热闹闹、一派繁荣的样子，没灵气”。她参加大学里的十佳歌手比赛，唱到大二觉得不好玩了。后来在 The Pretty Reckless 的 *My Medicine* 的启发下发觉玩乐队应该不错，于是上网搜索，正好找到校外正在寻觅主唱的空想家乐团，跑去试音，一拍即合。在那以后，陈粒才知道中国有地下乐队和 live house 这回事。就这样，陈粒一直唱到了现在，从未上过一天班。

2014 年 10 月，陈粒退出了空想家乐团，开始单飞。

“退团的时候感觉像分了个大手一样。我在上海的牵挂就是乐团那几个人了。”之后，陈粒发布了一篇长微博，谈了七点她退团的理由，其中说道：“我要更自由，更极致”，“我要好的状态，好的状态就是：市场讨厌，我就脱离市场；约束讨厌，我就挣脱约束”。谈到这里，她又对我们补充说：“乐团的歌没有特别打动我。”

但陈粒也在那篇长微博的开篇直言：“这一段经历相当于，相遇，相爱，受精，怀孕，出生，养育，陪伴，教育，成长，成家。我在空想家经历了一个完整的生命过程。”

2012 年，陈粒曾经和空想家的吉他手学了两节课吉他。“我又懒又贫，我俩都觉得我没什么前途了。于是就不学了。”可就凭着学会的那几个和弦，陈粒开始自己写歌，在家拿话筒录完后发到网上。“这个比练琴好玩！虽然我自己弹琴非常非常烂，但是会很自由，把技术这一块都撇掉了。”

“我定演出场地的标准就是要有背投，我的歌儿歌词多，有个背投大家能看到歌词，最关键的是背投可以分散大家的注意力，就不会注意到我弹琴弹得很烂了。”

在我“质疑”她的大金曲《奇妙能力歌》的和弦跟许多歌都一样的时候，陈粒一把拿过吉他，“是啊，我就会那几个和弦，那几个和弦可以唱好多歌呢！”说着她就唱了起来，从王菀之到陈珊妮再到 Tizzy Bac，真的都在那几个和弦里唱了出来，而且，唱得那么陈粒。

摄影 / 何脑斯

"给自己报幕：接下来一个节目，女声独唱"

《文周》：许多人惊叹你的高产，而且单曲质量还很高。专辑《如也》也只收录了六首你以前的歌。

陈粒：我没发出来的歌非常多，很早以前在豆瓣我还发了又删了十多首，很多人可能都不知道。不过民谣好写嘛！

《文周》：说到民谣，大家最早通过《奇妙能力歌》认识你，可能会觉得你是民谣歌手。

陈粒：随便吧，大家爱说什么就是什么，说是流行的也行。但我在虾米上写的是"反民谣"（Anti-Folk），因为我做的已经有一点不民谣了，就不好意思再称民谣了。我给自己报幕都是：接下来一个节目，女声独唱！

《文周》：你的声线很特别，很多人说像王菲、张悬……

陈粒：可能真的像吧。因为我从小就喜欢王菲，可能会有潜移默化的影响，我也摆脱不了，也没有必要刻意去回避。而且我也喜欢王菲喜欢的那些歌手！Cocteau Twins 的那首 *Heaven or Las Vegas* 简直是第一名！

《文周》：你的歌词也很诗意，好像都是出自你或你的朋友？

摄影／哈云鹏

陈粒：对，朋友都是粉丝。不太熟的粉丝可能会先发我一篇词，我根据词编唱；熟了之后我会写出一首某种风格的 demo，并把它给我觉得适合为它填词的人。投稿的人非常多，都是根据我自己的品味选的，所以肯定跟我的风格像。我的歌词有些是根据生活经历写出来的，但是没有那么具体，比如 *Fuck the Rest*。

《文周》：你的声线、歌词和旋律让你的歌很有"江湖气"，比如《历历万乡》《性空山》。

陈粒：江湖气，这我也不知道哪学来的！但我的确是喜欢陈升、伍佰，还喜欢白水。白水那张《雨来》我听了半年，吃饭喝水洗衣服跑步全在听，像着了魔一样，他要有专场[illegible]万块我也要去！

《文周》：说到这里，再说说你喜欢的音乐人吧！

陈粒：田原是我女神！三年前我在西湖音乐节听她的 *She*，第一句唱出来我就哭了。她昨天来看我演出，演出前发微信跟我说"我来了，外面好多人排队"，我说"要不要我来接你"，她虽然说"不用不用"，我还是想都没想不顾一切就冲出去了。她还会帮我拍《奇妙能力歌》的 MV。我还喜欢 trip-hop、昆汀电影的原声、Nova Heart、祁紫檀……我还喜欢电子乐但自己做不出来……

记者｜小粉、奚牧凉

2015 年 4 月 1 日 总第 130 期

黄韵玲

国民戏剧女一号

台湾地区金牌音乐制作人、舞台剧和电视剧演员、主持人，有“音乐精灵”之美誉。舞台剧演出代表作品：《台北秀秀秀》《人间条件》系列剧等；音乐代表作品：《回味》《心动》《听！是谁在唱歌》《三个人的晚餐》等。

在华语流行乐坛，黄韵玲被誉为“值得聆听三十年的音乐人”。如果用一张黑胶唱片来形容她的人生，那么音乐就是她为人们所熟知的 A 面，舞台剧则是她的 B 面——虽然不是主打歌，但也同样耐听。

或许你是因为前阵子刷屏朋友圈的老歌《心动》才认识这位唱作人，或是因为看了《超级星光大道》才了解这位评审。她三岁学钢琴，十四岁参加歌唱比赛入行，唱作俱佳，参与兴起台湾“新音乐运动”，成为滚石黄金时代的中坚力量；三十多年来为自己和至少六十多位歌手创作了大量经典歌曲，终于在 2013 年斩获金曲奖最佳作曲人奖；她经营唱片公司，发掘了陈珊妮、林晓培等歌手……她是华语流行乐坛的教母、才女、音乐精灵，她是黄韵玲。

然而最近，她让内地文青再次怦然“心动”，不是因为音乐，而是因为她主演的舞台剧《台北上午零时》登陆北京与上海。剧场里笑声与抽泣声此起彼伏，剧场外一票难求。这部由“台湾最会讲故事的人”吴念真编导的“国民戏剧”《人间条件》系列之三，讲述了 19 世纪 60 年代铁厂老板与三个学徒、面摊老板娘和外甥女，以及邻居老山东等一群外乡人在台北的爱恨纠葛。

黄韵玲在剧中扮演人人都爱她的女主角阿玲，从十七岁少女一直演到中年欧巴桑，角色历经四十年坎坷，始终温和隐忍、笑对人生，不仅赚足了观众的眼泪，更令人惊诧她无龄亦无痕的演技。事实上，从《人间条件》第一部到第四部，黄韵玲扮演的都是从十七岁少女开始跨度数十年的女主角，是绿光剧团当之无愧的国民戏剧女一号。

在《台北上午零时》北京演出期间，我们见到了和舞台上一样有着少女面孔跟谦和个性的黄韵玲，我们同行的“90 后”记者说很喜欢她 1996 年的作品《三个人的晚餐》，她惊呼“啊？你年纪这么轻哎！”，并劝慰他“不要想太多”，要“开朗一些”，前辈“老玲”的幽默感再次袭来。的确，无论是作为音乐人还是戏剧人，黄韵玲都当得起“资深”二字。

“我就这样淡淡地讲不行吗”

非表演科班出身的黄韵玲第一次尝试舞台剧表演，是 1990 年王月导演的实验话剧《从此以后，她们不再去那家 coffee shop》。剧中只有两个演员，第一次排练就是让她们面对面互相吐槽，这让原本就是朋友的两个人很尴尬。尽管指导她训练的是戏剧大咖李国修，那时才二十多岁的黄韵玲除了觉得新鲜好玩儿，并不理解这种训练的意义。

时间久了，不断重复同样的台词和动作让她感到不耐烦，这部戏只演了三四场。"唯一的感觉就是累，我觉得我还是回去做音乐吧，我不是演戏的料。可能因为当时给自己有很多的设限吧，并不那么想要全然地去踏进那个领域。当然，所有走过的路都不会浪费，确确实实那时候的基础，李国修老师和王月给我们的训练还是种在心里的。所以当我再度回到剧场的时候，好像以前的记忆又回来了。"

黄韵玲再度回到剧场，已经是 1998 年和绿光剧团合作的《台北秀秀秀》，这是一出由音乐贯穿的脱口秀表演，音乐和戏剧的结合最能引起她的兴趣，并且绿光的执行长李永丰（在《台北上午零时》中扮演铁厂老板）和主创罗北安都是她的旧相识，给她开放了很大的创作空间。在她的工作室里，三个人一起创作、彩排。"那段时光我非常地怀念和享受，跟我以前对戏剧的印象不太一样。"

原来，上一次演舞台剧时有些夸张的表演让她费解："我就这样淡淡地讲不行吗？"多年之后，她才发现这其实是一种自我设限。"如果没有经过消化就全盘接受，你会觉得表演就是这样的。但是经过消化，你就会觉得每一个角色、每一个戏都有不一样的呈现，每一个导演要的戏剧张力是不一样的。"

相比第一部舞台剧，这部音乐剧让黄韵玲更有信心和耐心，所以连演了十几场，但之后没有再参与续集的演出，原因是不喜欢化妆和一直换装。"你可能会说那为什么《人间条件》你可以忍受一直换装？我觉得追根究底最重要的原因，应该是我真的很喜欢这个剧本。"

中了《人间条件》的毒

不同于《人间条件 3：台北上午零时》中有实力搭档林美秀同台飙戏，2001 年，黄韵玲在《人间条件 1：满足心中缺憾的幸福快感》中独挑大梁，扮演被奶奶的灵魂附体的少女阿玲。一个讲闽南话、性格泼辣的六十岁阿嬷，一个讲普通话、单纯羞涩的十七岁少女，她要在这两个截然不同的角色中任意切换。尤其是心上人给阿玲送情书一幕，她一个人演绎奶奶和孙女的对手戏令人叫绝。

然而，黄韵玲最初向剧组毛遂自荐的工作是配乐，因为很喜欢吴念真的书和电影，便有心通过和这位"台湾最会讲故事的人"共事来学习创作。刚好剧组找不到女主演，就不抱希望地让她试试读剧本。结果她的闽南语被吴念真评价为"不轮转"（不标准），但从小看着她长大的柯一正导演（绿光剧团创始人之一，在《台北上午零时》中扮演阿荣的狱友）向吴导力保她可以胜任这个角色。

"是不是真的要演我都无所谓，但是我不能让你瞧不起我！"为了争这口气，黄韵玲回家就向妈妈和奶奶请教闽南语台词的标准发音，然后逐一标注，通宵练习。第二天再去读剧本的时候，果然获得了吴 Sir 的首肯，不做配乐而做了演员，但是只能做 B 角。不过排练到中期的时候就变成了 A 角。"我也不知道为什么，后来就一直都是 A 角。"

在北京国家大剧院的公演礼上，吴念真透露了当初选角的关键："柯一正说小玲这个年纪，已经到了很多事都很了解，可是她的脸就不知道是六十岁还是十七岁。我想说那这样就很好，因为她的生命已经历练到可以知道奶奶的这种心情，可是脸又像一个小女生。演员面相老看着很容易穿帮，骗不了的。"就是这个极有挑战性的经典角色，让黄韵玲成了《人间条件》系列的御用女一号。

也是从那时候开始，黄韵玲开始慢慢地体会到为什么有人会在戏剧里面"中毒"："我真的太喜欢里面的每一个词句，吴导有很多用闽南话写的语气，光是在读剧本就像是在读诗一样。有一次我读到一个地方，他就说不行，我觉得自己明明没有读错，他说'你没有读到我后面的标点符号，你讲完这句话后面是句点，后面有三个拍子'——他的台词是有音韵的。念他的本对我来讲很幸福，因为他是有节奏的，甚至有拍子的，这跟我以前对戏剧的印象完全不同。"

"所以一直到现在，我演过的《人间条件 1》到《人间条件 4》的剧本都还在我的床头上，这是我一生都很难忘记的吧，除非老年痴呆了，吴 Sir 的文字让我重新体会到戏剧在我身上会产生的化学变化。"

"老实讲，我没有'演技'这件事情"

《人间条件》系列舞台剧总是让人笑中带泪，有观众认为剧情太通俗，也因此被媒体揶揄为"国民戏剧"，这恰恰让吴念真觉得是一种赞美，因为他做戏的初衷就是和大多数人产生共鸣，抚慰芸芸众生。这和黄韵玲写歌的初衷不谋而合，于是很自然地，她作为普通人在戏里得到了抚慰，作为戏剧人和音乐人，又可以将这种抚慰与更多人分享，形形色色的生命个体就这样产生了奇妙的联结。

《文周》：在吴导的戏里你扮演的都是年龄跨度比较大的角色，你觉得自己的演技更多是来自

《台北上午零时》 | 编剧 / 导演：吴念真 主演：黄韵玲、林美秀等 | 摄影 / 李晏

天赋还是后天的引导和训练？

黄韵玲：老实讲，我没有"演技"这件事情，因为我不是正科班出身的演员，我不知道什么是对的或者不好的。但在这个过程当中，我很清楚地知道导演要的角色定位。我一般会先试试用一种跨度比较大的表演方式，如果导演喊停，那这个方式就是不对的，我会尝试各种方式。

吴念真导演很厉害的一点是，会从你的身上找到一种联结的东西，很像是拍电影的时候挑演员，除了《人间条件 1》是一场意外之外，其他的角色都是他针对演员的特性去写的，比如说舞蹈都是针对美秀去写的。在他的剧本里，他都知道我们能够呈现到哪里。

《文周》：《台北上午零时》中的哪个场景让你觉得与你自己最有联结？

黄韵玲：我觉得最大的联结是感情，除去外在的所有，女人的感情都是一样的。在那个时代有一个共通点，就是大家喜欢谁都不敢说出来，最多很含蓄地问："你有没有收到情书？""你知不知道我喜欢你？""不知道。"不知道那就算了……那一代的感情要么这样，要么就是媒妁之言，很少有自由恋爱的，所有人都是那种眼神交换一下，然后连吵架都是很含蓄的。当然在我们这一代已经不是这样，但是我觉得吴 Sir 有看到我和角色共通的一点，就是情感上的压抑。

《文周》：吴导戏里的角色大多是小人物，在为生活很辛苦地打拼，比如大城市里的外乡青年。但是你从小家境不错，早年学习到后来从事音乐，可以说你的人生是比较顺利的，跟这些小人物似乎不会有太多的交叉，你是怎么找到这种体会和共鸣的呢？

黄韵玲：演他的戏让我找到一种在 1990 年演第一出戏时没有的体悟：很多事情不是我们在这一生中真正可以经历的，但是透过戏剧，你可以借由别人的故事去感受别人的感受。这对我们创作的人来讲是很重要的，因为你的创作并不是只给自己或只给一百个人听的，要怎样才能写出一首能够抚慰到这么多人心灵的歌曲？我觉得是需要去感受的。

对我来讲，戏剧是一种很大的治疗跟抚慰。我在人生很低潮的时候演了《人间条件 1》，里面有很多祖母和孙女的对话，我会想到很多我的祖母和我小时候的画面。从小到大爸爸妈妈要工作，都是祖母把我们带大，陪着我们，教我们唱歌，《人间条件 1》也有这个桥段。在读剧本的第一天，我看到第五场戏的时候，泪都快流下来了，因为有一场戏是阿玲要去坟墓前跟奶奶说："我很寂寞，我很难过，都没有人喜欢听我唱歌，也没有人会喜欢我。"那个墓碑上写着"江府林太夫人"，我那时候念一念就觉得好熟悉，后来一想，我的外婆就是江府林太夫人，一模一样的！

《文周》：这是导演刻意设计的吗？

黄韵玲：不是，他不知道，而且一开始我也不是 A 咖啊，而且我最初跟剧组讲的是我要去当配乐。

《文周》：很喜欢你那种自然的表演，《人间条件 1》还没有在大陆演过，我看的视频没有字幕，虽然很多闽南语听不懂，但是可以感觉到你同时演阿玲和阿嬷非常厉害。

黄韵玲：我觉得最重要是你自己玩得很高兴。只要你对一件事情是极致热爱的，你所有的呈现就都会是很开心的，你是真心想跟大家分享。演《人间条件 1》的时候我每天都很期待去剧场，虽然很累，但就是会好高兴，因为又要跟我的"小时候"相遇了。

《文周》：这是一种很真实的梦的体验。

黄韵玲：对。我们在第四场和第五场要到坟墓上去拜拜，那个场景就是一个好大的坟墓跟我，大概有十分钟的独角戏，我一个人对着坟墓讲话，又哭又笑。每一天进剧场的时候，我一定先去跟那个坟墓鞠躬，就觉得它是跟我有联结的。然后两年前我们可能没有办法再演《人间条件 1》了，因为实在是动作太大了，很累，我还专门去跟那个坟墓道别。就是你要跟这个戏剧做一个道别，因为它就要变成"曾经"了。

《文周》：现在高密度的排练和演出，体力跟得上吗？

黄韵玲：我每天可以至少有五个小时睡觉吧，体力还好，只是眼睛比较痛。因为每一场都会哭，连彩排都会哭。我跟美秀讲，彩排的时候就只对台词不要再哭了，她说对，不然好累。然后排完两个人才发现，为什么眼睛这么痛？为什么又要哭？……而且不是说你到某一个点才哭，而是每次哭的点都不一样，每次都会哭，好难受。

《文周》：谈谈你的 2015 年，都有哪些计划？会出唱片吗？

黄韵玲：5月份有一位重量级歌手要开大型的演唱会，我帮他（她）做音乐总监，所以这几天来这里我也是晚上还要工作。接下来还要帮杨千嬅做专辑，还有一些自己的创作。然后《人间条件3》在台湾4月到7月还有巡演。然后6月在台湾有一个民歌四十年的活动……唱片，我是希望……应该是一定要发，整理了很多作品但都没有时间录。

《文周》：你金曲太多啦，最近《我是歌手》又让《心动》很火，大家就又找出你的作品来听。

黄韵玲：其实她（陈洁仪）会拿《心动》这首歌来比赛我觉得蛮讶异的。因为它跟一般我们印象当中起伏很大，有高亢部分的歌不一样，其实它就是一个很平顺的歌，跟说故事一样，所以把它当成比赛的歌真的还蛮让人吃惊的。

《文周》：你觉得她唱得怎么样？

黄韵玲：我觉得她的细腻度是很精致的，比如说你拿她和林晓培来比，我觉得林晓培就唱得好像有一点点不修边幅，好像很潇洒地去说这件事情。可是洁仪唱得就是很女人很温柔。

《文周》：这首歌当年你在写的时候是先有词还是先有曲？

黄韵玲：我先为电影《心动》写的曲。所以我非常谢谢林夕，也很佩服他。因为这首歌我曲子写出来以后，大概有五六个写歌词的朋友发给我他们的词，也是大师，他们都帮我填过词，可是我总觉得少了一块什么，我也说不清楚。一直到后来我跟导演讨论，导演说希望可以用白话一点的方式，就是说不要太咬文嚼字，希望再写一版。这时候我就打电话请林夕帮我这个忙，导演跟他说了那个剧情，我再跟他讲了讲我写这首歌的感觉，后来他就交了《心动》这首词。看了以后，好佩服，我觉得由曲填词是非常难的。

记者丨孙小兽、奚牧凉

图片由黄韵玲提供

2015年2月15日 总第128期

摄影 / 王伟

罗琦

给所有知道她名字的人

“70后”摇滚音乐人。前指南针乐队主唱，被誉为“中国摇滚第一女声”。代表作品：《选择坚强》《我没有远方》《回来》《随心所欲》等。

我们的采访安排在北京 MOMA 后山艺术空间，罗琦排练和录音的地方。见到罗琦本人，比想象中消瘦。那天她把曲卷的头发随意束起，落下一小撮，留在靠近左眼的地方。可能是因为临近她的首场演唱会，高强度排练使她看上去有些疲惫，也没有笑意。从进房间到开始访问的前几分钟，我们始终没有正式的眼神交流。

采访之前，树音乐的工作人员提醒我们，罗琦是不愿意接受访问的，就算受访，"一个小时是她的极限"。

"罗琦"这个名字

二十年前，罗琦这个名字，写在中国摇滚音乐巨墙上，一个非常醒目的位置。当所有人觉得只有男性的嘶吼可以呐喊出摇滚力量的时候，十六岁的罗琦出现了。她的歌声犹如平地一声雷，把整个摇滚界的男人们掀了个底儿朝天。当年指南针乐队的指定作词人洛兵描述他第一次听到罗琦的声音："在这之前，我从未听过一个中国歌手有这么天才的嗓音，没见过一个中国女孩可以这样在逼人的青春气焰中自由自在，随心所欲地把激情发挥到极致。"罗琦的嗓音是受上天眷顾的，她拥有独一无二的金属声线和毫不费力的铁肺高音，她只需要一个方向的指引，便可以顺理成章地成为圈内的佼佼者。

二十年后，那面曾经的摇滚巨墙已不知不觉隐藏进排山倒海的高楼后面，墙上的那些名字，一再地被改写和覆盖，而罗琦这两个字，经历岁月的清洗后，也只剩下斑驳印迹，留在一个被人淡忘的角落。直到《我是歌手》节目组，如考古学家发掘古董一般，挖地三尺将罗琦这个名字重新高举在世人面前。于是，那些曾经的歌迷，如见到久违的亲人一般，激动地高喊着"罗琦回来了！"。而新加入的追随者们则纷纷倾倒在"中国第一摇滚女歌手"这个称号下，追捧与崇拜瞬间蜂拥而上。

荣誉和赞美终于再次光顾了罗琦的生活，但同时，这也意味着她这二十年来，从巅峰到低谷的曲折人生轨迹，将再次被赤裸裸地揭开。

一段故事的流传速度，往往比一首好歌的传唱速度要快得多，也广得多。于是，人们对罗琦的关注焦点，慢慢地从音乐转移至个人经历上。十三岁退学出道，十六岁担任指南针乐队主唱，在还未来得及发行专辑的十八岁，因打架失去了左眼。但她很快接受现实，并以一首极其贴合主题的《回来》，坚强地重返舞台。发行完第一张专辑《选择坚强》后，她离开乐队开始寻求个人发展。可还没等到大红大紫，二十二岁的她就因吸毒被捕，随后移居德国十多年。

像这样曲折而传奇的人生，很容易成为媒体争相报道的热门话题，而罗琦的音乐，就不可避免地成为自己人生故事的配乐。

【演唱会】迟到二十年

"这是一场迟到二十年的摇滚演唱会。于罗琦，是一种对二十年歌手生涯的交代。于歌迷，则是从音乐里，听到了一个中国最优秀摇滚女声那风云变幻的二十年人生。不管如何，罗琦回来了！"

2015 年 1 月 24 日晚 7 点半，北京万事达体育中心。场馆外，2015 年的第一场雪，被染白的人行道上，瑟瑟发抖的人急促地呼出白气；场馆内，上万人热血沸腾、屏住呼吸，等待"中国第一摇滚女歌手"罗琦在这个舞台上，释放沉淀了二十年的音乐能量。

开场，蓝色的灯光打在舞台上，冷空气乐队低声唱起《我没有远方》经典的引子："蓝蓝的天上白云飘，白云下面马儿跑。"随后，罗琦以一身黑色长衣，默默走进呐喊声中。

【采访】蓝与黑

《文周》：为什么给你的乐队取名叫"冷空气"？

罗琦：比较英式吧。然后冷冷的空气嘛，当时听到这个名字，我想到的第一个画面就是蓝色。

《文周》：你喜欢蓝色？

罗琦：我喜欢黑色，从小就喜欢。因为好像按照专业的美学来说，黑色就是没有颜色，但同时所有的颜色又都在里面。而且黑色比较经脏，不太需要打理，还显瘦。

《文周》：听说你也喜欢悲伤的、黑色的音乐？

罗琦：对，我喜欢忧伤的美丽吧。而且我觉得其实真正能打动你的，别说音乐了，生活中能记住的，也大部分都是悲伤的故事。有缺憾、有遗憾的美才能让你记忆深刻。

摄影/肖潇

【演唱会】美丽的黑色

罗琦喜欢黑色，所以整场演唱会的三套衣服，都没有离开这个颜色。

第一套是连体的黑色水袖装，她把整个身体藏在这块薄薄的黑色布料里，唱到间奏时，她上下摆动着长长的水袖，在舞台中间悠游自在地转圈。那个画面让我想到了当年的王靖雯；

第二套，她在脖子上挂起了一块黑色的漆皮，脚上是一双黑色长靴，漆皮里藏着黑色T恤和黑色超短裤，大半截瘦长的大腿，有些遮遮掩掩，又若隐若现；

第三套，上半身一件黑色的皮衣，是一个典型rocker酷酷的形象，但下半身却是反差极大的白色蓬蓬裙，从前半段的短裙到后半段的长裙，她呈现了活泼和优雅两种不同性格的自己。

开场的第一首歌，是指南针乐队时期第一张专辑的第一首歌《我没有远方》。"看看感觉，一天天在苍老；看看城市，不能不流浪；只想去到梦中停留的地方，看看我的模样。"当年这首歌的MV是黑白色的，不到二十岁的罗琦戴着墨镜，穿梭在城市中。黑色的镜片遮住了她受伤的眼睛，却遮不住她冷酷表情下早熟而孤独的内心。

摄影／肖潇

【采访】当众孤独

《文周》：刚参加《我是歌手》这个节目时是什么感觉？

罗琦：其实我自己一直都是在音乐里的，只不过没有这样的机会让大家看到你，知道你在干吗。但这不代表我就没在干吗！《我是歌手》，当时对于我，那还是一个比较陌生的平台，比赛的形式就更陌生了。我每次演出前都会紧张，比赛就更不用说了，是一种很复杂的心情。但当音乐真正响起来的时候，就什么都忘了。

罗琦对我们说，她害怕独自面对大众，这也是为什么从她知道摇滚开始，就一直希望自己是一个乐队的歌手，"人多力量大"。出现在公众场合时，她说自己有时候会变成一只乌龟，会躲。"看到一个熟人我会拐过去，如果我不想打招呼的话，就经常会这样，会害怕。害怕不知道该说什么，嘴笨。"

当我们提到"当众孤独"这个词时，她立刻回应道："我明白那个意思。就是我站在一个十万人的广场，我也是一个人，这是我的强项。没有人可以干扰我！对，我绝对是这种。"

【演唱会】心的零距离

可是这一晚，罗琦无法选择当众孤独。站在这个舞台上，她就是上万人眼中的焦点，她的眼神逃离不了，她的每个举动也都被百倍放大在屏幕上。唱完第二首《请走人行道》后，我们才终于等来她的开场白：

"晚上好！北京！好久不见，你们好吗？听说外面下雪了，2015 年的第一场雪是我们一起度过的，非常地开心。心灵之间的距离，和身体之间的距离，我觉得身体靠得再近，也无法替代心与心之间的距离。"

这时有观众大声喊道："我们没有距离！"

罗琦略带羞涩地回答道："永远没有！"

这是整场演出少有的一段比较完整的交流和问候。看得出来，在台上说话的罗琦，远没有唱歌的罗琦来得自信。演出过程中，她对观众说的话，没有超出过一分钟。而那些介绍以及感谢的话，都是通过纪录视频来传达的。

【采访】"我真的说不出来"

《文周》：能适应现在这么高强度的通告吗？

罗琦：能躲就躲。有时候会觉得这还是我吗！很多东西都是非常感性的东西，而且我本身又是一个非常情绪化的人，所以最能够让我把情绪表达出来的就是在音乐里面。你让我说，我真的说不出来。像有理性思维的人，他会用文字去理解或者想象一个事情，对于我，我直觉地会更多想到颜色和味道。

《文周》：你从音乐里怎么看到颜色？

罗琦：音乐里面的颜色太多了。所有的情感全是颜色。忧郁是蓝色，生气是红色，开心是暖色调的。

《文周》：视觉和音乐做结合？

罗琦：其实现在演唱会多媒体都会用这个。像这次演唱会我们用 3D，我觉得那个会很酷。比如一下子出来十个罗琦。

【演唱会】美丽的失误

演唱会上，罗琦很少回应歌迷的呐喊。寒暄或者互动之于她，似乎总是有些勉强。她会用音乐填满歌与歌之间的间隙，偶尔停顿，也总以笑声和谢谢带过。直到有一幕的发生，让我察觉到了她在心理上细微的突破：

演出接近尾声，乐队突然因为调音问题而无法正常接到下首歌，这时台下已经布满了歌迷此起彼落的呼喊声，而罗琦都只是用笑声浅浅地答应着，然后不停回头等待乐队的开始。直到屡次失败后，罗琦终于开口了：

"在我宣布演唱会这个消息之后，很多朋友问我为什么会是在 1 月 24 号，我总是说，就到那儿了吧。但后来有朋友提醒我说，去年的今天，就是我宣布退赛，离开《我是歌手》的那一天。所以正好是一年的时间。我记得当时我有说，我一定会回来，有你们在，我不孤单。"

那一刻，我除了感动于她的这番话之外，更富感触的是，这一刻的罗琦，为了给乐队争取时间，正在努力用语言和观众互动，我想，这对于不善言辞的她来说，应该是需要勇气的。

【采访】"我本身就是比较主流的"

罗琦曾不止一次向我们提到她是一个非常敏感以及情绪化的人，这一点并不意外。从十三岁因为迷上霹雳舞而选择退学去唱歌开始，这个当年的"问题少女"似乎就没有试图压制过自己的个性。

《文周》：从《我是歌手》开始，有人曾经提到"新罗琦时代"这个概念，你怎么看？

罗琦：不会用"新"这个词。我现在提到最多的就是"现在"，因为这个更贴切一点。我对自己最好奇的就是现在的我。因为昨天的已经过去了，最期待的是自己现在这一刻是什么样的状态，自己是不是开心。

《文周》：会对未来充满期待或好奇吗？

罗琦：好奇是最大的动力。就像绿色，代表顽强的生命力，我喜欢我的生活是充满绿色的，特别有新意的。

《文周》：往后推五年、十年，你预设过自己的事业发展吗？

罗琦：我觉得就是做一个歌手，顺其自然地变化，唱到自个儿不想唱了为止。这个不能预设。

《文周》：你未来做音乐，会去考虑迎合市场吗？

罗琦：我没有太多地去想这个问题，因为我自己喜欢的音乐、我自己的风格就很大众化。我新专辑里的电子部分就不是那么另类嘛！本身我就喜欢比较唯美的东西，所以不管是什么配器，不管是朋克还是什么，我只要这首歌的旋律好听，我本身就是比较主流的，所以我不需要担心这个问题。

《文周》：但其实摇滚乐在中国目前还算不上非常主流。

罗琦：我觉得主流也不单单是指流行，主流也包括 Punk Rock、Hard Rock、流行摇滚等。其实这些在国外都非常主流。

《文周》：但在中国，像你这样唱纯摇滚的女歌手确实比较少。你对外界评价你为“中国第一摇滚女歌手”这个称号怎么看？

罗琦：就挺高兴的呗！

《文周》：那你回国之后，有看到一些觉得好的女歌手吗？

罗琦：（停顿许久）挺好的挺多的吧，像“挂在盒子上”乐队什么的。

【演唱会】唱电子音乐的罗琦

这次的演唱会，融入了这二十年来罗琦在音乐上的新意——电子音乐。电子音乐可以说是现在全球最流行的音乐形式之一，从独立到主流，从纯电子到电音配器，它在以超乎人们想象的速度蔓延至所有的音乐种类中。而德国又是电子音乐的盛产地，在那里生活了多年的罗琦，音乐血液里也早已注入了电因子。在演唱会的舞台上，唱摇滚的罗琦是饱有能量和爆发力的，而唱电子的罗琦则更加自由和轻快，就像她穿的那件白色蓬蓬裙一样，没有束缚，没有负担。

【采访】每个人的命运都是孤独的

《文周》：你不唱歌的时候，是什么状态？

罗琦：挺宅的，在家里。

《文周》：喜欢看书吗？

罗琦：喜欢，从小就爱看小说。

《文周》：最喜欢哪本书？

罗琦：喜欢的挺多的。比如说《百年孤独》，我十六七岁的时候受它的影响比较大。

《文周》：《百年孤独》是一种命运式的孤独。

罗琦：每个人的命运都是孤独的。只有你明白，人注定一辈子都是孤独的，你才有可能和它成为朋友，你才不会害怕。

《文周》：洛兵曾在《天才及疯狂的冷漠》一文中讲到当时你刚做完眼睛的手术没多久，问起洛兵谁代你去唱歌了，当洛兵说是他自己的时候，你整个人笑到不行。

罗琦：对啊，因为那是他最大的梦想，多好啊，这是特别可爱的一件事。

《文周》：对，但感觉你能很快忘掉不开心的经历。

罗琦：不是忘记，是没有必要时时刻刻地挂在心上，不管你挂不挂，它已经在那儿了，这是已经发生了的事情，所以你把它放在什么位置，怎么去面对它，这就取决于你的性格，还有你处理事物的方式。

摄影 / 王伟

【演唱会】没有哭

这是一场等待了二十年的首次个人演唱会，经过这么多的风雨，终于能在这一天与所有人一起舞动双手，共享光荣。如果换作其他歌手，可能早已感动得泪流满面，但罗琦没有。好多个瞬间，我都热泪盈眶了，她却依然挂着笑容。

【采访】最后十分钟

面对开心的事，罗琦可以立刻丢掉痛苦；当然，遇到令她不愉快的，她也会毫无保留地表现出来。正如本文开头提到的，罗琦并不是一个喜欢面对媒体的人，所以当访问进行到最后十分钟时，我们已经能明显感觉到她的坐立不安。为了避免场面过于严肃，我试着调节气氛。我注意到她右手手臂上的刺青，那是两个高低音谱号和一朵红玫瑰，很好看。

《文周》：你手上的高低音谱号纹身，是你设计的吗？

罗琦：（立刻拉下袖子）没有没有，朋友设计的。

《文周》：你唱摇滚乐和唱别的风格的音乐有不一样的心情吗？

罗琦：我觉得都一样，都是歌。

《文周》：当初你说你以前是唱流行音乐的，但后来听了 Bon Jovi 之后，就爱上摇滚乐了。那摇滚乐给你的感觉是什么？是力量吗？

罗琦：就你说的那些吧。

这时的罗琦，已经毫不掩饰她的焦躁和抗拒，我还试图安抚和试探："是不是最近挺累的……"工作人员也急忙出面打圆场，解释最近因为排练，挺辛苦。

就这样，我们适时地结束了访问。采访提纲上的问题，只完成了不到 1/5。

这并不出乎我们的意料。

【演唱会】树生长的声音

演唱会结束时，大荧幕上留下了这样一段话：

"不要再回忆中国摇滚乐曾经的繁华，它依然活着且茁壮地成长着，它是火苗更是树，于无声处悄然变化，一如树生长的声音，不知不觉，但一切都刻在了音乐的年轮里。一如罗琦的歌声，书写着中国摇滚的传奇。"

【记者后记】

看完演出，我的台湾朋友给我的反馈是："罗琦的声音非常好，但'中国第一摇滚女歌手'这个帽子是不是扣得太大了点？"我相信在演唱会现场的观众里，包括我在内，至少有一半以上的人是没有经历过中国摇滚乐兴起的年代的。所以无论我们如何想象，也永远无法真切地体会到当年这把摇滚女声给人们带来的是多么石破天惊的音乐震撼。

那么当我们剥去摇滚情怀的光环，当我们重新面对当下的罗琦，我们应该如何给出客观的评价？关于这一点，我们简单访问了当年为指南针乐队创作过多首经典作品的作词人、音乐人洛兵。

"作为一个参与了中国摇滚乐崛起的资深音乐人，您当年说从未听过中国歌手有像罗琦这样天才的嗓音。那经过了这么多年，摇滚乐在中国也发展了二十多年，您觉得罗琦现在回来，她的音乐在众多摇滚乐中，还有如当年那样的优势吗？"

"我没有参与她的新专辑，也不知道她现在的音乐是什么形态。时代总是在变迁，正如人们的心境、际遇和视野。借助电视媒体，罗琦东山再起，这一点令我欣慰。当然，因为种种原因，她的嗓音不可能回到从前的全盛期，但她拥有另一些优势，比如，生活积淀，人生经验，以及无所不在的怀旧情怀。她是一个被各种因素耽误的天才，岁月正在补偿她。"洛兵回答。

岁月将会以何种方式补偿罗琦，而罗琦又将以怎样的姿态与这个告别了二十年的舞台共处？一切才刚开始，任何评价都为时尚早，还是静心期待吧。

记者 | 苏阳

2015年2月1日 总第127期

摄影 / 邓玉婵

肖全

我拍出的
是不一样的他们

摄影师。1959 年出生于四川。1996 年出版大型摄影集《我们这一代》，其中几乎囊括了所有二十世纪八九十年代文学艺术界风云一时的人物，包括张艺谋、陈凯歌、王安忆、史铁生、崔健等人。自此有“中国最好的人像摄影师”的美誉。

2015年初，《文周》的两位记者分别在两个城市见到了摄影师肖全。一位在广州方所的百人讲座领略了他的公众魅力；另一位，则以一对一的方式经历了成都一个平凡的下午。她们以不同的耳目但同样的诚意，记录下了"彼时彼刻"的肖全。

"要看住自己的心"

2015年，广州，方所，肖全"镜头里的诗意年代"沙龙。

两个小时的时间里，肖全一直沉浸在回忆中。

二十世纪八十年代中期，肖全开始有意识地进行《我们这一代》的拍摄。辗转各地十余年，他的镜头下出现一张张具"时代特征"的面孔：顾城、北岛、崔健、翟永明、史铁生、三毛、杨丽萍、陈凯歌、窦唯、王安忆、姜文、张艺谋、巩俐、徐冰、陈丹青，等等。有人说这些名人成就了他，他说："很多人拍他们，但我拍出的是不一样的他们。"

"这是我很喜欢的一张，他……""这张我特别喜欢，她……"他毫不吝啬对自己拍摄对象的赞美。他说起"星星诗歌节"，"有一次顾城、舒婷等诗人齐声高歌，那时尽管物质匮乏，但获得快乐如此简单"。

他展示了恩师马克·吕布的一张工作照，摄影师满头银发，站在人流如织的桥边，一手扶着栏杆，一手举着相机。

2014年，肖全的新书《我们这一代：最初的面孔》出版。陈侗在序中说：书中肖全对杨丽萍的描述满怀深情。在方所现场，肖全说起拍摄杨丽萍的一次经历时，他的手在空中滑动——"我们去烽火台拍剪影，把杨丽萍扶上去之后，我说开始！她就将白布展开，那天风特别大，我站到离她十来米的地方，看到白布像一匹受惊的野马，呼呼地在她旁边飞舞。幸好她的平衡性好，没被卷下去。"

好的照片是奇迹，他不止一次地说。在所拍摄的人物中，杨丽萍、三毛是最接近大自然的人。

肖全辑录三毛摄影作品的《天堂之鸟》1991年出版后，他接到全国各地一麻袋的来信。"我记得，有一个小孩坐车过来找我要照片，接着，小孩还找我要钱买返程的火车票。"

……

在方所，一张张面孔闪现在屏幕上，肖全说起与他们的相遇相处，现场仿若遁入另一个时空。其实有些细节，肖全在其他场合已提及过，而随着追忆，他偶尔哽咽；跟着黑白照片，听众有时高呼，有时又屏息凝神。现场很暖，好像都跟着他沉浸在往事中。时光似乎不存在，闪着光芒的是叙述者的内心，有时沉重，有时欢快。

听众：拍摄了这么多人物，他们是否有感动你的共同点?

肖全：他们都深深热爱着自己的专业。无论是作家、诗人还是艺术家，他们都在用自己的心感受时代的变化，表达艺术主张，表达对生命的理解、对死亡的理解。

听众：多年以后，你会怎么记录当下的时代?

肖全：我现在就在拍身边有意思的普通人。这些年在世界各地旅行，我见到不同皮肤的人，我观察他们怎么生活、怎么跟大自然相处。我在关注这些题材，而且开始很多年了。

我前两年开始慢慢学佛，接下来会用很多时间来修佛。我会用照相机来传达我对佛法的感受，对生命的理解、大自然的理解。这个主题可能会持续很长时间，我后面的照片也会跟这方面有关系。

《文周》：佛家讲淡泊名利，而在外界看来你是名人。你怎么去处理人世间的喧嚣?

肖全：要看住自己的心。须菩提曾向佛陀请教如何看住自己的心，其实它很难做到，甚至每时每刻需要修行，但再难也要坚持。尽量让自己朝着这个方向去做。

《文周》：很多年前，杨丽萍的独舞《雀之灵》获得最高奖项，有人请教她为什么能获奖，她脱口而出“因为我没有对手”。有人说这是艺术家的傲气。你对自己的作品是否也有这种傲气?

肖全:杨丽萍可以这样去讲，但对我来说，天外有天，山外有山。我只是一个喜欢拍照片的人，在一个念头升起的时候，我追随这个念头，花了十年的时间，拍了这些人和时光。今天受到这么多人的喜爱，还可以出书，如果能够因此给大家带来一点快乐，这是我的福报。

《文周》：赵野说你是一个易感的人，他说得对吗?

肖全：是的。今天我也在控制自己，当我看到今天有这么多人，有的人挤不进来，有的人坐在冰凉的地方，我很感动。

《文周》：你很喜欢马克·吕布给你拍的照片。

肖全：那是我们在等待一个朋友时，马克·吕布随意用他的徕卡给我拍的照片。我一收到就很喜欢。为什么这两处是黑色的边，他们的照片从来不剪裁，他们在炫耀他们的不剪裁。基本上我的照片也不剪裁，因为你在摁动快门的那一刻就是在剪裁。这需要强大的自信与训练。

沙龙－肖全：镜头里的诗意年代
2015.1 | 广州方所
现场摄影 / 邓玉婵

《文周》：你觉得影像具有功能吗？

肖全：当然有。它除了记录之外，还有更主观表达的东西。记录本身的客观性是相对的，它永远都有你的主观性存在，比如为什么在这时候拍，为什么选择拍这个场景。

《文周》：你希望融入的主观是什么？

肖全：真诚的，自在的，不造作的。

"这个展让我的虚荣心得到了极大的满足"

成都当代美术馆，肖全"我们这一代"历史的语境与肖像摄影作品展。

这是一个体量巨大的摄影展，东西两个展馆各两层，分别安置了114幅肖全经典的"历史的肖像"摄影作品，以及首次公开展出的一批"历史的语境"纪实摄影作品。"语境"二字十分精到，这让三毛、杨丽萍、姜文、崔健等风云人物跃然于年代背景之中，正如展馆深灰色墙体上的一盏盏高光，将生命重新注入到这些纵贯二十世纪七十到九十年代的黑白照片中。

“我们这一代”历史的语境与肖像摄影作品展
2014.12—2015.2 | 成都当代美术馆

现场摄影 / 河不止

43

展厅一隅有间小的放映厅，肖全的访谈纪录片在墙壁上滚动播放着。在光线幽微的展厅里，肖全的影像投在墙面，如同油灯下的纸页般荧荧烁烁。影片中，他的话语充满细节，脸庞红而亮堂，胸前挂一串长念珠。在讲述上世纪八十年代第一次看见庞德照片被震撼的程度时，他形容，被那有力的真实感"一掌拍在墙上"，这张照片日后对他的摄影生涯影响颇为深远，以至于他回忆时蹙着眉，眼发亮，似乎仍被那力道抓着不放。

观展当日，我在一幅放大了的余华肖像面前站了好久。陌生的团结湖，撒着薄雪点子的黑大衣，不知是没洗还是被雪打湿的一绺绺的头发，他用写着对抗和为难的眼睛，就那么直直地看着你，年轻的皱纹如地表泾渭分明。而我也就那么看着他，像看着一位死去的亲人，慢慢泣不成声。

展览的后半部分，我是在这样一种不平静的状态下看完的。而在第二天与肖全见面之初，在我向他表达由衷的震撼与感动时，他躲闪了一下，下意识回应了一个独特的表情——绷住嘴唇，收成一道向下的弧线——像是在说"你夸张了点"。

引发我同样强烈注视的还有诗人万夏、张枣，唐朝乐队合影中张炬带着疼痛的逼视，以及音乐人何训田、朱哲琴低垂的静默。在放大了的相框中，他们的眼睛无论写的是骄傲还是纯真，往往直白到惊心。"对，跟在书上看是两回事情。"言谈间肖全在吃午餐，"在开幕前一天，我就坐在地上，看周围这些人，虽然他们是照片，一个二维的、平面的东西，但是你没法躲闪，那些真诚的、犀利的眼光。特别好。"

"那在选照片的时候……"我问道。

"完全没想过从眼神去选照片。好多人都谈到关于照片的眼神的问题，都觉得不可思议，为什么会这样。"他不假思索地回答。自此我们就"选片"进行了下面的对话。

"日常生活是最不会装的"

《文周》：我们此前看到你拍的巩俐和杨丽萍，可以说是惊为天人的美。而这次为她俩选的都是特别日常的照片，杨丽萍在街上化妆，巩俐在看剧本。为什么选这两张"去光环化"的照片？

肖全：其实也没有更多的理由，就是凭直觉。叶永青（画家，肖全老友）看到这张（杨丽萍）说特别妖——背景是故宫后院的一条街，乱七八糟的，那个就特别入世，她则像仙女一样，很出世，太美太好看，放在肖像类的话，就和周围的照片格格不入了。

《文周》：你在办“女人与时间”展览时，有媒体问过你关于舒婷照片的问题，说那是一幅非常普通的照片，你说，自己也觉得那是一张普通的照片，入选是因为“我今天怎么能吝啬到照片都不给她展示的机会呢”。那么是不是可以理解为，你在选照片的时候，更多的是考虑这个人的重要性，其次是照片的好坏？

肖全：都要考虑。像这次我就把舒婷、顾城和北岛他们的合照（1986 年星星诗会）放在了“语境”部分，一个重要的原因是，我始终没有给舒婷拍到一张满意的照片。

《文周》：但是你又觉得应该给她留一个位置。

肖全：她当然了，她当然了。她影响了一代人，她的《致橡树》。

《文周》：在“摇滚音乐人”的系列我们也看到了一些更接近颓靡的状态。比如何勇，他是喝大了吗？

肖全：喝了，没有大，喝大就不是那个状态了。那天我俩边拍边喝，出去的时候他把酒揣在兜里。

《文周》：还有一位在光着膀子吃泡面，坦白说，几乎没有什么形象可言。

肖全：其实我拍的很多都是日常生活，他就是光着膀子，在家里，就是那么热，正好遇到他吃面。我觉得日常生活是最真实的，最不会装的。你看现在网上、报刊杂志上很多人的照片，张艺谋、姜文、陈凯歌，全是化了妆的，在影棚里，摆着姿势在做，不可能深入到他们的日常生活。你不觉得吗？这么多年来都是这样。

《文周》：但是我们很少有机会去深入一个名人的日常生活……

肖全：那为什么我可以呢？

《文周》：对，那为什么你可以呢？

肖全：因为我的目的不同，我的目的不是为一个杂志，拍很炫的时尚大片。我的目的不是这样。

《文周》：那你的目的就是为了自己?

肖全：也为了他。

肖全没有继续回应我的追问，话题告一段落。当天肖全精神状态不甚高涨，说自己喉咙不适已持续一周，很快我们离开了喧哗的餐厅，他要回家开车，再去展馆给已经售出的图书和明信片签名。很难得，成都给了一个有阳光的午后，步行回家的途中，我们有一搭没一搭地聊着。

"这个展如果是别人的，我会嫉妒的"

《文周》：在什么情况下你会想要举起相机?

肖全：这个，我觉得，完全是不同时候有不同的心境。比如说我现在，病怏怏的，眼睛什么都看不到，身体特别地疲惫，这个时候我不可能想举起相机。

《文周》：你说做了三毛的展之后，更加理解了三毛，那么这次为自己做了这样一个展之后，对自己有什么新的思考?

肖全：不光是办展，还出了两本书（精装、收藏版《我们这一代》），我花了很多很多的心思在里面，重新写了四十多个人的文字。这部书已经出版了十几年了，当时拍了很多人都没有放到书里面去，像周春芽、叶永青他们，出版商觉得当代艺术家太多了，就拿掉了。这次出书就是我自己说了算，我跟吕澎（策展人），我们想怎么做就怎么做，自由度特别大，就了了我一个心病。

昨天段煜婷（连州国际摄影年展艺术总监）来看展，她说她有我的书，没想到会被这个展震撼了，“这简直就是一个大师的回顾展啊”。做这个展让我的虚荣心得到了极大的满足。

《文周》：为什么说是虚荣心?

肖全:因为就是虚荣心。这个展如果不是我的展，是别人的展，我会嫉妒的。那么大，那么好，不是把人搞死吗?

《文周》：你对自己的作品比较自信。

肖全：它摆在那儿，你要是说“哎呀，不好”，别人说，你太装。因为它明明就是好，你不能说“麻麻哋喽”（粤语“一般般”）。

"没法躲避的那种感动"

拐过一个街口，肖全指着几栋连绵的高层住宅小区中的一栋说："我就住这儿。"肖全生长在成都的四合院，那些被拆除的街巷只能不朽于那一代成都人的记忆。小区外的街道旁，一株梅花正开放，周遭的空气在花香中清润起来，肖全在树前停下脚步，片刻，忽然开口："它在午餐呢。"我顺着他目光看过去，一只蜜蜂静静地悬浮于几朵花之间，在光里显得很柔和。

肖全的家并没有过多的生活用品，似乎不常住人，自进门起，佛经声便从某个挂着帘帐的房间源源不断地传出，外出时也不曾间断。客厅四周的地面上摆放着他去尼泊尔旅行时拍摄的照片，有大眼睛的姑娘和做着瑜伽动作的男子。有媒体人评价他后期在旅行时的作品"越来越自由"。客厅中央铺着的地毯上叠放着将要收拾的行李——他第二天要离开成都去外地，因此对话只能在处理琐事的间隙中进行——餐前，路上，车里。

肖全：你觉得我那个"语境"部分怎么样？

《文周》：有一种幽默感，我记得有一张照片，大概说"成都人喜欢看报"，看得很投入，袜子破了很大的一个洞。虽然是八九十年代的摄影作品，在年代上已经很远了，但居然有一种离你很近的感觉——可能是那种状态带给人的亲近感。

肖全：嗯。段煜婷讲"直接摄影"（指现场动作在不因摄影机介入而受到影响的情况下所进行的拍摄作业），我用的就是这种方式。她说，居然可以用传统的直接摄影的方式留下那么多的经典，让人不断地被它折服，被它感动，就是，妈的，没法躲避的那种感动。它出现在你面前的时候，仍然让人觉得这里面有无穷无尽的宝藏。很多人觉得，所谓的传统语言已经失去它的光泽和魅力，我从来不这么认为。

《文周》：你会觉得它很隽永是吗？

肖全：当然了，我用的就是那种方式，现在拍照片还是用那种方式。我觉得这种方式是最有力的，最直接的，最不造作的，最真诚的。

有很多所谓的当代的东西，他们根本就不知道什么是当代，本来自己也是拍了很多纪实传统的东西，为了让作品好卖，就玩了一些花招，弄得让人哭笑不得，不伦不类，好多人都是这样的。照相机只是他们工具箱里面的一些工具，他们并没有西方摄影史的一些常识，或者他们也不需要有这些，仅仅拍他们认为的东西，你们觉得是照片，他认为它就是艺术。其实这些东西，每个人有每个人的玩法，说不定哪天，我就对一个什么题材感兴趣，我所采用的方式，也是跟现在完全不同的方式。

《文周》：可以这样理解吗：你用的这种方式，是把拍摄者自己放得比较小，把看见的东西放在比较重要的地位；而某些当代作品，是把自我意志和手段放得比较大，然而失去了对一些事物的敬畏？

肖全：嗯……有点这个意思。你不能说他完全没有敬畏，但他还是“我我我我我”，不断地在说“我”。

采访即将结束时，我问他：“你现在还随身带相机吗？”

“现在不会。拍照需要这儿是闲的。”肖全指指心口。

记者 | 叶晓婵（广州）、河不止（成都）

2015年2月1日 总第127期

李立群

念念不忘
必有回响

台湾地区舞台剧、相声、影视演员。1984年与赖声川合作成立表演工作坊。舞台剧代表作品：《那一夜，我们说相声》《暗恋桃花源》等；电视剧代表作品：《笑傲江湖》《新龙门客栈》《神雕侠侣》《温州一家人》等。电影代表作品：《搭错车》《恐怖分子》等。

我来时是孤单一人，我走时，还是孑然一身。五月有遍地的鲜花，是对我的垂怜。女孩谈着爱情，母亲还想起了婚姻——现在阴冷笼罩了世界，路上的雪，是厚厚的一层。起身的时刻，不该我来决定；黑夜中的道路，唯有自己找寻。陪伴我旅程的，只有月光下的阴影。

——威廉·缪勒《冬之旅》

这是一场苦寒中的流浪。旅人在乡间的雪地上蹒跚而行，炭黑色的瘦影，被低矮的日光拉得很长。二百年前，音乐神童舒伯特套曲《冬之旅》的创作，是从手边一沓缪勒的诗集开始的。2015 年初，赖声川携手老搭档李立群、新朋友蓝天野，首次与大陆编剧万方合作，踏雪重温。在新闻发布会上，浅蓝色的背景板上写着"从稚齿到白首的世界旅行"。疲惫的梦旅人，终得归家日。

这次采访相约犹如望梅止渴；每天深夜，剧组负责采访联系的小伙子更新朋友圈，发布排练进度照，但始终对不上采访的时间。而当电话终于拨通时，我又难以把这样沉稳健谈的声线，与在电视荧幕上"横肉揪成一团"的面孔联系在一起。

"一年拍八十集电视剧，就像一天吃八碗饭，它是一种暴饮暴食，它是可以让你得到很多名誉，让你赚到一些钱，但是对你的表演本质来讲，退步的可能性比较大。"

"舞台剧的可爱之处，在于它的细火慢炖"

距离上一次和赖声川导演合作已经过去二十年，时至今年，表演工作坊也走到第三十个年头。李立群当年的离开，"两人没红过脸，没吵过架，只是想法不同"。这些年两三次，两人都有过再次合作的意愿，但都没能实现，李立群也从未在大陆演出过舞台剧。这一次赖声川又找到他。"他说你先看看本儿吧。这对我来讲还真是一个挺难的中国剧本。我说它难，是因为这大概是我十几、二十年以来演的中国剧本里最好的一个。我就说有点意思，我们弄弄吧，然后呢，没想到还是跟蓝天野老师合作，算是难得的一个因缘际会了，我们这样就开始了，等于说圆了一个梦吧。"

"他可以让一个平面的剧本变得很立体，让一个明明很悲伤很耻辱的故事，自己奔涌出来而不崩溃，奔涌而不崩决。明明是在一个惊心动魄的故事当中，他却可以优美而自然地表现出一种立场。"——这一切都是李立群眼中赖声川擅长的表现方式，叠加他自己的表演，也是可以称作默契的部分。

时间和眼睛不亏待他们其中的任何一位，改变是彼此的眼角皱纹的增加。"我觉得赖声川把这个戏照顾得相当好。他看到我的东西，看到我演的别人的剧本，他也知道我年纪在增加，他还看出我有什么改变我不知道，但大概他看到我老了。人一定要老，人不老还不成了妖精！"

《文周》：对于这个剧本来说，你觉得有一点难。难在哪里？

李立群：因为一个好角色、一个好故事，不是你看完一遍就会明白的。拿莎士比亚作例子，我在没有演莎士比亚以前，在我很年轻的时候就看过几个莎士比亚的剧本，不要说全部都研究了，起码看过几个吧，也看过几次演出吧，你已经可以跟别人聊一些他们不知道的莎士比亚了。但是当你花两三个月时间去排练一个角色的时候，你吃进去的深度就会更深。这部戏，我们可以有万方做参考，可以打电话问她，可以不断地去印证这个角色走歪了没有。她也很高兴看到一些她没想到的东西。

《文周》：其实是从"我想成为他"，到"我是他"的角色上的转变吗？

李立群：嗯，大体上是这样。"我想成为他""我试着成为他""我练习成为他""我把他变成我的习惯"，然后"我的习惯变成他，他的习惯变成我"，把这个习惯变成一种能力，你大概才勉强算是他。这些是需要时间的。所以舞台剧的可爱之处，也是因为一百分钟左右的戏，要花一个月的时间来排，往往在于它细火慢炖的表现。

"演舞台剧，是为了弥补在演电视剧上消耗的表演能力"

《文周》：对于你来说，在选择舞台剧作品方面的准则是什么？

李立群：你既然问到这个的话，就顺便说一下，我演电视剧是不选择、不挑戏、不择戏。最好的电视剧跟最不好的电视剧，对我来讲都是一样的电视剧。男一号、男八号都行，钱给得合适，我们就去干活。好的剧本不要把它辜负，不好的剧本我们想办法救它一下。做了四十多年的演员，也是蛮辛苦的。舞台剧则刚好相反，它有时间让你去涂涂抹抹，有时间让你对自己的作品负责，而且你也有时间负责。电视剧的话，你想负责也负不起，它每天就要让你拍两页纸，或者是八页纸，大家都是尽力而为，然后一个戏一个命，看哪个剧收视率大火，就很好，就这样。舞台剧呢，它是一分功夫下去了，它就有一分因果的关系。所以舞台剧要挑本，要挑戏，而挑戏的目的，是要挑一个你认为对你比较有挑战的，比较难演的，趁这个时间把你过去在电视上消耗掉的表演能力找补点回来。通过一个舞台剧的涂涂抹抹跟思思考考，寻找你本身表演的问题，寻找到角色的准确度。

《文周》:排和演舞台剧的这个过程，对于你的演技或人生来讲，都是一个韬光养晦的经历吧？

李立群：应该这样讲吧。但是目的不是韬光养晦。如果说电视剧是一个消耗表演能力为主的剧种，你一年演八十集戏你看你消不消耗，你演个八年下来就六百四十集，有几个大腕儿敢这样演？你说韬光养晦呢，我觉得还有一点像。不要一餐吃八碗饭。你可以细嚼慢咽，你可以通过节制跟凝聚产生出来一种力量，这种力量就可以叫作生命力，就是表演的生命力。演电视剧都不好意思用演技来形容，只能说是你用你自己丰富的经验，加上一些小聪明，来完成任务，这样就不错了。导演说这样不行，那样比较好，你马上要拿出一个办法，立刻给他满意。电视剧是需要妥协的艺术，不是一个坚持的艺术。妥协的能力越强，那么生存的能力就越强。这是一个很难的大学问，经常是许多大电影导演、大舞台导演，没有办法去面对的。电视剧有电视剧的难度，不是说电视剧不值钱。就像是自来水，强迫地输入到每一个家庭，你说它重要还是不重要？

《文周》：但也不能吃太多快餐和垃圾食品。

李立群：当然当然。吃快餐也可以维持生命，但同时也会带给你消化不了的。但是现在我也懒得回台湾演了，因为回台湾演大多是舞台剧。以前回台湾除了给自己找补回来点表演能力外，还有一个很重要的因素，我母亲那时候还在，我回台湾可以陪伴她。如果一个戏连拍带演要四个月的话，我在台湾可以待半年，每天都可以回家看妈妈。妈妈去年 1 月 26 号走了，走了我也就更不想再演什么舞台剧了，那么老了还找补什么呀，演电视剧也演不了几年了。所以对我来讲，舞台剧对我的作用就是这样。我对舞台剧没有什么过瘾的感觉，“舞台剧很过瘾”这句话我一直体会不到。

"陪老先生演一演戏，就这么回事儿"

李立群最爱的大陆话剧，我们没有问及；但看得最细的，一定是《茶馆》。这次《冬之旅》和"秦二爷"搭戏，年过耳顺的李立群谨言"很小心，很专心"。尊重艺术，不兑水的节制，浓缩在这六个字里。

二十年前，1995 年，有人第一次问李立群，大陆演员和港台演员在表演风格上有什么不一样。"大陆的演员在表演当中学习的成分比较多，但是台湾的演员经验的部分比较多。" 当我复述与他，他在听筒另一头哈哈大笑，直呼简直是十八岁的事了。时间带走了他哲学化的批评概括，留下了终于和脑海里的表情对号入座的爽快。

《文周》：你现在怎么来评价当时的这句话?

李立群：确实，过去港台的演员，香港跟台湾的表演方法都不太一样，那内地的演员演法就更不一样了，但现在是越来越像了。现在你看偶像剧就都那一派，抗战剧就那一派，国共战争的跟抗战差不多。反正基本上就这些戏嘛。

《文周》：现在大陆和台湾演员的表演风格越来越趋近，你觉得是好事还是坏事?

李立群：好事啊！但也好也坏。早在香港回归以前，台湾这二三十年，流行歌曲也好，散文也好，诗也好，电视剧也好，电影也好，两岸早就在默默地大量交流了。这种交流的结果到今天变成同一个语言，同一个声音，有了共鸣。在这个基础之上，看谁创作出更好的东西。不过，什么叫好不知道，要听上面的安排。

《文周》：你说你对舞台剧没瘾，那这次《冬之旅》什么吸引到你?

李立群：就是因为跟赖声川圆一个梦吧，之后呢又发现蓝老师，还有万方这么好的编剧，这么较真和认真。这剧本写得很有文学性，戏剧性也相当够。我生怕我们演得让别人看不懂，我们很仔细地分析每一句话，自己这儿都要通了，有道理，这样别人才能看得懂。看得懂就很爽。蓝老师德高望重，我对他《茶馆》里的表演印象非常深刻。我三十三岁那一年看的《茶馆》，他，于是之老师，英若诚老师，林连昆老师，他们几位的表演对我来说都很有启发性。其实，《茶馆》里所有的表演，对我来讲都是有启发性的，包括朱旭老师演的那一点点戏，演一个卖耳掏子的老头儿，总共就两句话。所以今天跟蓝天野老师合作，陪着他演戏，我觉得是一个千载难逢的缘分。陪老先生演一演戏，就这么回事儿。

《文周》：说到这儿，如果要是人艺排《茶馆》找你，你会对哪个角色有兴趣？

李立群：随便，哪一个角色我都有兴趣！《茶馆》哪个人演哪一场戏最难演，哪个人后来的戏怎么转弯我都记得！王掌柜最难演的那一场戏啊，是房东来了，蓝天野演的秦二爷和常四爷夯起来了！一个是客人，一个是房东，王掌柜夹在中间，表面上是在劝四爷，其实那些劝的话是说给秦二爷听，中间还得谢谢大家多年来的照顾。讲那些场面话，讲全世界的五星级酒店大堂经理都会同意的话，讲得八面玲珑，还非常谦虚。你背通了那段台词，你演通了那一段戏，你就明白了什么叫“一个茶馆的小老百姓”，你就明白了小老板的营生有多么不易。

《冬之旅》 | 编剧：万方
导演：赖声川

李立群和蓝天野第一次合作舞台剧

"全看你胸中有没有那一副别才"

1985 年，李立群演出舞台剧《那一夜，我们说相声》，从此带火了擅长文雅幽默的台湾相声市场，年轻人时至今天仍甘愿抛弃本行儿，投身说学逗唱。可就在前年，曾与李立群一起排演"表演工作坊"创团戏的李国修老师因癌症离世。"在人生的舞台上，这是我最后一次谢幕，我留下了二十七个剧本，请你们细细品味，我的戏剧人生。"——这是李国修最后的告别。

提起2013年往后的时光，李立群叹着气连连提到"怀念"，这沉重得不愿多谈之下，总有"知己太少"的遗憾。

"我跟国修的合作我特别怀念，这个不是今天才说的。国修在世的时候我们并不常来往，各忙各的事。我在《表演艺术》杂志上写专栏，写了八年左右，现在还在写，推也推不掉，我就谈过国修。我觉得和国修在《那一夜，我们说相声》中的合作相当好。我很怀念那段时光，不但怀念那个作品的合作，也怀念那个时候的关系。那时候大家都年轻、热情，创作力非常旺盛，没有像今天这么多经验，那都是让人怀念的。他还是走得太早了，我常常会想起这个老朋友，就是想，就是怀念，就是想一想……"

行囊满满，终有一别。望见走向雪白小径的老友，便懂得珍惜这还算饱满的生命力。他爬过喜马拉雅山，研究过中国的古玉，曾在西餐厅做表演秀达两千余场，成功地让食客放下刀叉欣赏他的表演。他尝试过七八个行业，做过十几个行当，现在钟情紫砂壶收藏，也会在微博晒晒老茶饼和佛珠，这次排戏偏偏碰上精于国画的蓝天野。种种听起来都是演员职业的题外话，但正合当下勾人回甘的一句戏话："念念不忘，必有回响。"

"老话说，技多不压身嘛！一个演员会的越多，越没什么妨碍，越好。我热爱过相声，所以我们就去创作，我们从写到练习到演出，那是因为我们的热情，我们的喜欢，我们努力地去把相声学习好、表演好。如同我努力地把一个舞蹈去学习好、表演好，或者是把一个魔术去学习好、表演好，但我不会停留在一个相声演员、舞蹈演员或是魔术演员的阶段。我希望更多的艺术才华用到演员这个身份上，艺术美学是相通的，通了以后所有的技术就压不倒他了。"

《文周》：都是在大的美学框架之下。

李立群：金圣叹说，全看你胸中有没有那一副别才，眉下有没有那一双别眼。如果你有的话，那美学就被你掌握住，你捕捉美的感觉，或者说是捕捉感觉的能力，永远都不萎缩的话，那你演起戏来也不会讨人厌。

《文周》：我觉得不光是文艺工作者，普通人也应该是这个路子。

李立群：当然，只要你是人就避免不了被教育出各种价值观。人既然有了这么多价值观，他就有中心思想，他就有美学，他就有所谓的绅士与小人，就有一大堆东西跟七情六欲打仗——称为煎熬的东西。所以每一个，从小就是在学习表现，不是表现你的画画，而是表现你的情感。小时候，你跟爷爷在一起可以撒娇，跟奶奶在一起可以耍赖，跟爸爸却不敢，如果碰到六叔那更不行，他更严，他会踹我。人的一辈子都是在学习自己的情感表现，同时也在学习怎样去接受别人的情感表现。就跟我们演电视剧一样，莫名其妙就来一个不知道从哪儿挑来的演员，还必须要和你演一些不见得多但是很重要的戏，演不好的时候，足以让你扼腕，那个时候怎么办呢，就得学习接受。

"有一位风琴师，他站在村口，努力地在琴键上摆弄着冻僵的指头。他没穿鞋，深一脚浅一脚地踩着冰雪，他跟前的盘子还是空空如也。没有人听他的，也没有人看他一眼，狼狗们还向他咆哮。可是他全不在乎，任之泰然，他奏着琴，不会有停下的一天。陌生的老人，我能否随你而去？在你的风琴上唱出我的歌曲。"

聒噪浮华的寒地下，必定有这样一首属于跋涉者的欢歌。送给细腻的李立群，送给精致的《冬之旅》。

记者｜王兴平

摄影｜傅博

2015 年 1 月 15 日 总第 126 期

马頔

想好好活着的人
没人想玩儿独立音乐的

独立音乐人。麻油叶民间组织厂牌创始人。2014 年 11 月发行首张专辑《孤岛》。代表作品 :《南山南》《傲寒》等。

摄影 / 周晨

最近一次看马頔演出，是在麻油叶三周年纪念专场上。挤满千人的麻雀瓦舍在酷夏的高温和沸腾的人气下活脱脱成了人肉"桑拿房"，马老板扔到台下的冰棍和杜蕾斯，还有舌吻大赛，更是一拨接一拨地激起人潮涌动，从每个人身上蒸发出的水汽凝结在密闭的空间中，让室内高温变本加厉。

采访开始前，我和马老板小小抱怨了一下那晚的"恶劣"环境，我原本预设的答案是，是啊，大家真是辛苦了，能坚持那么久，很感动。没想到他的回答是：知足吧，那么便宜的票，给你们看六个小时，那么多歌手卖力演出，还想怎样啊……基本上，我们就是在这样一个"你 A 我 B"的模式下完成的这次访问，和这样一个心直口快、有啥说啥的歌手对话，非常刺激。

马頔，1989 年生人，又名麻油叶、马老板、马啪啪、秒删玻璃心卷舌小公主。2011 年，马頔在豆瓣组织起一个名叫"麻油叶"的民间音乐厂牌，名字是"马由页"的谐音。组织的三大元老为马頔、宋冬野和尧十三。三年时间，麻油叶组织从最开始的几个观众，发展到现在的千张专场门票瞬间售罄。这期间三大元老先后签入摩登天空，正式开始专辑发行及全国巡演之路。而马老板的首张个人专辑，就在 2014 年的 11 月正式发行。

孤独与反乌托邦：任何悲伤都是积极的

马頔刚发行的首张专辑名叫"孤岛"，这是一个极其不意外的名字，他曾不止一次地在歌里提到这个词。而听过这些歌的人，想必也触碰到了那份孤独。

《孤岛》页面的介绍里这样写道："在乐迷的眼中，马頔首先是一位诗人。深受顾城、海子等二十世纪八十年代诗人影响的马頔或许并没有做一个诗人的野心，他只是用了诗人般的灵魂和才情将生活淬炼成句，在这个无人读诗的年代，以歌为媒，唱出永不凋零的爱情主题。早逝的海子曾有诗言，'为自己的日子，在自己的脸上留下伤口，因为没有别的一切为我们作证'（《我，以及其他的证人》）。那些如伤口般淋漓而疼痛的歌，也同样是在为青春作证，幸运的是，它们有着更多的知音可以分享。"

《文周》：你的《孤岛》和顾城在新西兰生活的激流岛有关系吗？

马頔：没有关系。每个人都是一座孤岛。你在这个社会上，除了你的家人、朋友、同事，你就是一个独立的个体，你总有一部分内心的东西是不会说出来的。那就是孤岛。你在社会上，

跟一个群体、跟一个事物发生碰撞，这就是两座孤岛，或者孤岛和一个大陆接壤。随着时间的推移，慢慢就会分离，然后经过这种无数次的循环，成为一个个独立的个体。

《文周》：生活中，你大多数时间喜欢一个人待着？

马頔：不喜欢。孤独和寂寞是不一样的。寂寞是坏事，但孤独不是。孤独是这个世界上最自由的思考。你只有在那样的环境下，你才会想到一些更往内心去的东西。你会剖析自我，包括你对自己平时习惯去做的事儿都会产生怀疑，这就是孤独。可能每天静下来，自己看看天花板，这个时候你会思考，这也是孤独。我觉得人都有两面性，我生活中是一个特别容易开心的人，特别容易狂喜，所以需要另一个方面去平衡。

《文周》：你很喜欢顾城的诗？

马頔：对，但我会尽量避免和他用雷同的词语和句子，所以我不敢太多地看他写的诗。

《文周》：我觉得他的诗挺绝望的，比如《我是一个任性的孩子》。

马頔：他的诗有一些其实并没有很绝望。很多时候人们会把一些事看得很悲观，其实事实上并不是这样。如果用一种反乌托邦的论调去看一些东西的话，它就是一种希望。因为乌托邦本身就是一个很悲观的东西，你不觉得吗？人们把它营造出来，但你发现你的生活中根本不存在这个东西，你不觉得特别悲伤吗？你追求，但你永远不得。但反乌托邦不是。当你把一个美好的东西毁灭到一点不剩的时候，你要在那个废墟上重建自己，也许你建得和原来一模一样，甚至比原来更好。任何悲伤的东西都是积极的。

秒删玻璃心：不喜欢就别听啦，何必呢

在自媒体时代，听一个独立歌手的作品，很多都是从 demo 开始的。和许多歌手一样，马頔的音乐也是从豆瓣小站起步的。也许是先入为主的听觉习惯作祟，每当歌手将 demo 重新编曲，开始正式发行专辑后，很多追随者总是更加偏爱 demo 版本。所以马頔从开始准备新专辑的那天起，就把豆瓣上原来所有歌曲的 demo 都删了。

熟悉马頔的人都知道，他有个绰号叫“秒删玻璃心卷舌小公主”，这是因为他经常在发完微博后，又立刻将其删除，所以有人觉得马老板有着一颗害怕受伤的玻璃心。

《文周》：删 demo 是出于唱片版权的考虑，还是真的要全盘否定以前的编曲制作？

马頔：demo 我没删，只是把它们藏起来了。它会影响我新的东西被别人听到，要给他们时间去接受。不把旧的下架的话，他们会一直去听旧的，而忽略我用心重新揣摩自己的歌的状态。

《文周》：那以后还会把 demo 放出来吗？

马頔：看心情，想就放，不想就算了。

《文周》：如果别人拿这个做对比也无所谓吗？

马頔：对比就对比吧，是你听歌又不是我听歌。

《文周》：那为什么要删微博？

马頔：有些只是纯发泄，没有任何意义的话，我为什么要留着它呢？哗众取宠。

《文周》：你是追求完美的人吗？

马頔：也没有，我是一个随性的人，兴趣使然，想干什么就干什么，想删就删。我自己的自媒体，为什么不能删啊，谁能管我？

《文周》：可你现在受关注越来越多了。

马頔：那又怎么样？我又不是艺人，又不是明星，我只是个卖唱的，这只是我暂时的工作，我以后干什么还不知道呢。

《文周》："秒删玻璃心卷舌小公主"，卷舌可能是改不了了，那现在还依旧"玻璃心"吗？

马頔：有啊，有人骂我，我当然不高兴啦！谁平白无故被陌生人骂会特别高兴啊，碰上我心情不好就会骂回去，管他的！后来想想挺可笑的，没必要。就是表达的方式可能有点过激吧。

当许多独立歌手开始受到更多主流媒体的关注，曝光率逐渐增多，粉丝群也迅速扩大之后，有人会觉得现在的这个歌手已经不是自己当年喜欢的那个人了，就像过去一年半宋冬野的突然爆红一样。

因为这件事，马頔也在微博上质问过："一辈子小众，一辈子穷困潦倒，一辈子没人知道，最后你们长大了，我老了，歌没人听了，而我还是那个坚持理想吃了上顿

摄影 / 周晨

没下顿的民谣歌手，这样才满意是吧？请问你听的是音乐本身，还是在用独立音乐装？好，你会反驳我说‘是怕你火了，音乐就变了’。那我问你，到底是歌者变了，还是你审视歌者的心变了？”

当今天我试着再次提起这个话题时，马頔的反应依旧。

《文周》：之前有人说宋冬野变了。

马頔：怎么就变了？歌摆在那儿没变吧？还是那首歌，人也是那个人，怎么就变了？是你变了还是我变了？

《文周》：人家担心你之后变了。

马頔：那就别听了，不喜欢就别听啦，就这么简单啊，非要追着，何必呢，给自己气受。

《文周》：那现在再有人这样说，你还会骂回去吗？

马頔：不会了，当笑话看就完了，他也需要发泄嘛。

《文周》：有遇到过情绪过激的歌迷吗？

马頔：有啊，多得是，人怕出名猪怕壮嘛，自己消化呗，没办法，人到这个位置了，一部分就得被人娱乐呗。有时候会不高兴，但也就习惯了，就那样吧！

说话直率不拐弯抹角，这是我向来对北方人的高度评价，高兴或反感，一句话搞定，直截了当。但这种方式，显然不太适合鱼龙混杂的娱乐圈，多少艺人因为说“错”一句话而招来无数粉丝的唾沫星子，被公司雪藏，被媒体封杀。虽然马老板说，“那又怎么样？我又不是艺人，又不是明星，我只是个卖唱的”，但他也说，当他知道自己无力去管一些事时，他会适时地保持沉默。

作者已死：就是不爱解释自己的歌！

《棺木》：

烟没烧完 / 森林就着起大火 / 吞没护林员的新娘 / 他看着爱人在火中舞蹈 / 收敛惆怅 / 施

舍悲伤 / 请原谅拾荒的姑娘 / 身上干净 / 漂亮的衣裳 / 她是为了赶来放牧 / 整片森林 / 圈养起忧伤

马頔的歌词是偏向意象的，有人能感受到其中暗含的诗意，有人又觉得那叫矫情。

《文周》：你怎么区别诗情和矫情这两个词？

马頔：很多人都会觉得，你这么一个小屁孩儿写这些东西，你矫不矫情啊，那我要是四十岁再写这些东西是不是就不矫情了？

《文周》：《棺木》让我想到宋冬野的《莉莉安》。

马頔：不一样，他那个是一个美的东西，我这个不是。

《文周》：这首歌在讲什么？

马頔：讲我自己，这首歌是我很多年前写的。至于具体在讲什么，看你是怎么想的，我不太爱解释我自己的歌，每个人听歌都有自己内心的影射，我去说了，就会干扰他听歌的感觉。

《文周》：这首歌是什么时候写的？

马頔：四五年前吧，下班回来，拿着琴，弹，唱，就出来了。我从来不想我自己的歌，写完，被人听到以后，有一部分的感受就是，它已经不再属于我了。每个人听完以后，不管他高兴也好，不高兴也好，他把自己放进了歌里，他听的是自己的故事和自己的感受，只有那个才是真的。

《文周》：你听别人的歌也是这种状态吗，也会在歌中找别人的故事？

马頔：那个太无聊了。我听的是歌，又不是人，他的私生活跟我有什么关系啊。

作为一名记者，我当然希望自己抛出的球能被完美地接住，并被漂亮地回传。可到了马老板这儿，不但眼睁睁看着皮球落地，他还会让你怀疑，是不是自己的球技太差，好多次都觉得“无法好好玩耍了”。

但换作一个听者，我必须承认马老板的这个劲儿是有理可循的——

法国思想家罗兰・巴特曾在二十世纪六十年代向世人宣告“作者已死”的大胆理论，他把作者从自己的作品中解救出来，让两者成为相对独立的个体。他引用马拉美的观点说：是语言而不是作者在说话。那换到马頔这儿就是：是音乐而不是歌手在说话。在娱乐信息漫天飞舞的时代，想要抵抗八卦也并非易事，但也像马頔说的，过分关注歌手的八卦就显得有些无聊和可笑了。

所以慢慢地，与马頔的对话让我觉得极为有趣，就像不断跟你抬杠的孩子一样，你就是忍不住想看他"耍脾气"。

《文周》：为了顾及唱片市场，新专辑里《海咪咪小姐》的歌词终于还是改了。

马頔：不改不行啊！

《文周》：为什么不换首歌呢？

马頔：不想换，虽然歌词改了，但其实它的意象和原来那个一样，没什么区别。

《文周》：但你不觉得这首歌的味道就在那几句歌词上吗？

马頔：那就别听啦，不喜欢就不要听了，我没逼着任何人听我的歌。

《文周》：你改了之后的版本也是你喜欢的？

马頔：当然，不然干吗要改呢。

《文周》：你就非把这首歌发出来。

马頔：对，我就是要出，我自己的歌，我管别人怎么想啊。

二十五岁结婚：我自己选择的生活

《孤岛》的最后一首歌，是马頔写给未婚妻的歌《傲寒》，而歌曲的和声就是傲寒本人。当我问起专辑中哪首歌的编曲是他最满意的，他说这首歌在副歌结束之后有一段合唱，没有歌词，一直在哼。当他听到编曲 demo 的这段，他就哭了。这首歌算是他对孤独的终结，他说从专辑的第一首歌开始，你就会发现一个情绪的变化，绝望在递减，希望在递增，直到最后的《傲寒》，"你来的那天春天也来到，风景刚好"。

《文周》：你要结婚了是不是？

马頔：这个我不想谈，我不想让外界去骚扰我的家人。

《文周》：我不是要问这个，我是说你以后的生活……

马頔：线性的。我是一个需要到什么岁数干什么事儿的人。

《文周》：所以这个就不会随性了？

马頔：这也挺随性的，因为现在很多人都说："哎呀，你这么年轻，干吗要结婚呀，所有人都

没结呢，你做音乐刚起来，该玩儿几年！”（表情语气都作阴阳怪气状）

《文周》：我觉得你和你演的那部电影《那些五脊六兽的日子》里的摇滚青年还是挺像的。

马頔：该装还是得装，对待不同的媒体有不同的回答方式，咱们熟了嘛，《文艺生活周刊》。

《文周》：你骨子里还是有一种叛逆的。

马頔：不然谁玩儿独立音乐啊，想好好活着的人，没人想玩儿独立音乐的。

《文周》：从小就这性格吗，什么都要反着来？

马頔：我没反着来，我从小是个挺乖的孩子，家人说什么，我都尽量去听，虽然我学习不好。当时去国企工作，是家里安排的，非要我去，我妈要跟我断绝母女……呃，母子关系，没办法，就去吧，待了三年。

《文周》：感觉怎么样？

马頔：不怎么样。有好有不好，不好就是那种环境下，不会让人有更好的发展，而且会压抑你。但是下班比较早，下了班之后我能干自己喜欢的事儿。

《文周》：那上班的时候呢？

马頔：上班的时候就是骂街呗，心里骂领导，只能干这个了，还能干吗。

《文周》：工作不忙？

马頔：特别忙，我一个人干五六个人的活，特别累。一开始不是特别忙，但领导不喜欢我，因为我特别懒。主要是因为我不想干，对于我不想干的事儿就特别逆反，就是你让我干，好，我给你完成，但你给我一个期限，我最后可能给你完成了，但不会特别积极，什么那种“领导让我完成，我一定完成……”我不喜欢。

《文周》：老板能管得住你吗？

马頔：能管得住我啊，扣我钱啊！

《文周》：扣你钱你在乎吗？

马頔：当然在乎啦，我没钱啊！我从毕了业，没管我家里人要过钱。就是买房，我管家里人借了点，借了还得还。

二十五岁结婚，是随性？是任性？当然不是我说了算。但听妈妈的话，在国企工作了三年，也算是在麻油叶组织成员里，不那么随性的一个了。当年马老板和尧十三、宋冬野住在一块儿的时候，他通常是会多出点儿钱的那位。

如今马頔发完自己的首张专辑，也算完成人生一大心愿了。接下去，他也有对未来随性的规划。

《文周》：有计划出书吗？

马頔：明年计划出本书，短篇小说集。

《文周》：会写爱情小说吗？

马頔：随心情吧，想写什么写什么，还没命题，但我不太想写跟音乐有关的，抛开我现在从事的暂时的职业之外，想试点以前没做过的事儿。我高中的时候想当个作家，但我初中的时候想当个心理学家，我上大学才想当一个唱歌的，然后唱歌实现了，那就往回倒吧。

《文周》：为什么会想学心理学呢？

马頔：我觉得学心理学特别牛，所有人想什么我都知道。但长大之后才发现不是那样的。（笑）

《文周》：有去看过心理学方面的书吗？

马頔：没有。

《文周》：所以只是纯粹的幻想嘛。

马頔：对，我当歌手也一样啊，当作家也是一样啊，当时都是幻想，没有人知道以后会不会实现，那就去试呗。

《文周》：会出诗集吗？

马頔：我不知道那叫不叫诗，很多人都说朦胧诗根本就不叫诗，但那只是被定义出来的。我只是在写我喜欢写的东西，就跟我写歌一样，写出来是什么是你们的定义，跟我没关系。

《文周》：所以会出吗？

马頔：看心情……

随心而来，在力所能及的范围内，不断试探着自己和他人的限度。不给自己设定标签，也不让外界框住自己。虽然不羁，但也不至于越界，刚好让他成为一个独特的人。

经过这次访问我才发现，拿起吉他，悠然吟唱着悲凉的马頔，与放下吉他，心直口快的马老板，是气场完全不同的两个人。

于是我想起了麻油叶豆瓣小站的那句签名：

在这个浮躁的年代，给流氓一把吉他吧，他们会把内心所有的美好和纯洁展露无遗。

跟　踪　采　访

2015年7月

2015马頔"孤岛的歌"演唱会北京站
与嘉宾宋冬野同台

摄影 / 柴东新

时间快进到2015年7月，距离上一次专访马頔半年后。

这时的马老板依旧奔波在巡演的路上，只是演出阵地已从live house扩大到了剧场；他说自己越来越胖了，让大家以后别再叫他小公举，改叫憨态可掬大老马。为什么胖？巡演累的。"因为演出之前不敢吃，演出之后宵夜猛吃，睡得又少"，他把这叫作"过劳肥"；半年前他正在写短篇小说，半年后他说只写了八千字，因为，实在太忙了。

半年来还没来得及出新作品，却等来了他和李志的骂战，这成了他这段时间以来最大的焦点。当李志指名道姓地说马頔在"利用、讨好歌迷"时，他最终还是选择回击，而最后的结果也是不了了之。不出所料，当我提起这件事时，他立刻回答："不想谈李志，过去就过去了，没什么好说的，立场不同观念不同，取精去粕吧。"

就在马頔与李志的争论被炒得热火朝天时，一篇名为"活该听麻油叶"的文章又把矛头直指麻油叶，将他们连同广大文艺青年一起揉成了吐槽对象。作为一个音乐人，马頔对关于自己的争论选择了不予置评，可是作为一个厂牌的老板，当别人质疑麻油叶时，他明显有了更多的感慨和无奈。

"那文儿我看了，不光麻油叶，民谣圈基本被数落了一遍，笑着看完的，一点没反应不大可能，只是在慢慢淡化，嘴长在别人身上，价值取向决定了选择。说白点，让一个七十年代的人去理解八十年代太难了，让大部分"60后"评价"70后"也是一样，何况'感同身受'这个词根本不存在，三年都是一代沟，那十年不就是一鸿沟了么！管不了别人就管好我们自己，做对自己最忠诚的事儿。从始至终我们也没踩着任何人走到今天，人不可能得到的所有评价都是肯定的，反之亦然，这里包含的东西太多，所以根本说不清对错，只是希望参与褒奖也好谩骂也罢，别随波逐流，用一点心感受过再表达，别被任何设计好的'真诚'利用。客观地说，我们确实太嫩了，对自己的那点货也心知肚明，有时候都为自己汗颜，要学要做的太多了，总归取精去粕吧，路还长。"

虽然麻油叶刚成立的时候，观众寥寥无几，但和许多老一辈的民谣歌手相比，他们的成名速度是足以令很多音乐人羡慕的。作为麻油叶的老板，看着旗下的音乐人越来越红，马頔只说"虚名不当吃喝，其实挺烦的"，有人时不时地拿他和宋冬野、尧十三做比较，他也只是一笑而过。对于麻油叶，他说自己从一开始就没什么预期，这帮人还能在一块玩得高兴，才是最重要的。

外界的赞美也好，批评也罢，都不是马頔的个人意愿可控制的，他知道自己能做的，就是"遵从自己，别做自己年龄所能理解的以外的事儿，等到阅历和心境到了，也就自然而然了"。

记者｜苏阳

图片由摩登天空提供

2015年1月1日 总第125期

赵雷

赵雷不红
天理不容

北京新生代民谣音乐人。2011 年独立发行首张专辑《赵小雷》，2014 年发行第二张专辑《吉姆餐厅》。代表作品：《南方姑娘》《我们的时光》《吉姆餐厅》《少年锦时》等。

因为想念母亲至深，导致我总有一种钻心的孤独。每当天色暗下来，每当一切静下来，眼前就会浮现从前的一幕幕。我不知道自己今后的命运是什么，但我会把吉姆餐厅装在心中，像母亲告诉我的那样，一直走下去。

——赵雷

专访那天，赵雷的新专辑《吉姆餐厅》还没有发行。北京站首发专场当天，我排队买到这张专辑，土灰色的封面上画着一盆枯尽的树干，细枝上长着几片零星的嫩芽，还有轻熟的果实挂着枝头，落在半空，坠入土地。我从 CD 盒里抽出词本，打开首页的腰封，小小的花盆变成了密密麻麻的树根，它庞大的体积远远超出了树枝，从中心一直蔓延开来，到达无法想象的边境。那一刻，我的头皮有些发麻。

"有一个美丽新世界，它在远方等我"

林中鸟，是不会知道何为自由的，因为它就是自由。如果它的心里有个美丽的世界，那个世界的名字应该就叫远方。

1999 年，有一部名为"美丽新世界"的电影，影片里有一个由伍佰扮演的流浪歌手，他每天背着吉他在人来人往的上海地下道唱歌，"给我一杯酒，我轻轻地说，只要忘记曾经，你就能自由……有一个美丽的新世界，它在远方等我，那里有天真的孩子，还有姑娘的酒窝"。那时还只是中学生的赵雷，并没有那么多的曾经可以忘却，也不知道何为自由，只是单纯地幻想着自己也能像电影里的伍佰那样，帅气地在地下道唱歌。

"地下道的声场特别好，在里面唱歌会上瘾。当时也没想着赚钱，就是为了玩儿，我们唱完就拿着钱去吃羊肉串了。"对于赵雷来说，实现这个小梦想似乎不费什么力气。"我小时候太淘气了。父母都是做买卖的，所以不像文化人教育出来的孩子那么中规中矩。虽然家庭条件不算太好，但对我也是娇生惯养的，我要的东西父母都会满足我。我小时候就喜欢破坏东西，撒野，天天招猫逗狗的，学习成绩也不好，父母也管得不严，考试不要考到最末就行。所以在地下道唱歌这种事，父母不反对，他们觉得只要不违法就行。"

当同龄人全力拼高考的时候，赵雷却背着吉他在地下通道里享受着这份特有的自由。罗大佑、郑智化……他们的歌声替代了课本，深深扎根进赵雷的心里。

高三下半年，赵雷把自己的小舞台从地下通道转到了后海的酒吧，一个晚上八十元，对于处在青春期的孩子来说，算是有了稳定的收入。只是，鸟儿是关不住的。在北京生活久了，赵雷决定去拉萨寻找"不一样"的生活。他给出的理由很简单："是因为受了朋友的影响。那时不知道什么叫自由，没有概念，只是想挑战一下，觉得他们能去，我也能去。而且当时老听郑钧的歌，又总有人提到拉萨，就这么去了。"

在拉萨的日子自然没有想象的那么简单。"那时候的日子挺拮据的，经常吃泡面，吃不起肉，也煮不熟，而且拉萨的菜因为不容易种植，所以也比我们这边贵很多。最后没有钱了，就每天蘸着盐吃土豆，光着屁股在院子里晒太阳。当时我和朋友一起管着一家酒吧，叫"浮游吧"。虽然房租很便宜，但有时候我们没钱买酒了，就从旁边的酒吧先拿一箱啤酒，比如十二元一听，我们就卖三十元，先卖再还钱，这样第二天我们就有几百块钱，才可以吃饭、进货。"

后来，赵雷又去了丽江开了一间酒吧，每天继续和朋友们一起唱唱歌，晒晒太阳，过着信马由缰、乌托邦式的自在生活。只是赵雷的生活在外人看来，总是那么不合乎逻辑、不可预测，比如他后来参加了"快乐男声"的比赛，很多人都奇怪他为什么会选择这样一个和他格格不入的平台，他的回答依旧简单："当时我在长沙开专场，知道有这个比赛，就想去玩儿一下，就去了。"而在"快乐男生"那样的舞台上，他就是最特别的那一个，他自信满满地对在场的观众说，"我要掀起民谣的新浪潮"。而那句话，是他上场前临时想出来的。

像个侠客一样，燃烧青春的余热

《吉姆餐厅》里有首歌叫"我们的时光"，每次听，都会让我联想起郑智化的《水手》。也许是因为它们有着一样热血的旋律，一样不顾一切的青春，还有一样渴望挑战自己的迫切心情。不一样的是，患有小儿麻痹症的郑智化，当年只能坐在浴缸里，凭着想象写出《水手》，而《我们的时光》，却是赵雷和四个兄弟头顶着烈日，用五辆国产摩托车碾出来的。

2012 年，赵雷和浩子、小猛、冠奇、旭东五个音乐人做了一次"十个轮子上的民谣之路"的全国巡演。从成都出发，一路向东到深圳，十个笃定向前的轮子，十五座城市，以及二十个不顾一切的日与夜，五个男人用疯狂记录下青春，用音乐雕刻下时光。

"当时在路上有过什么难忘的经历吗？"我问。

"我给你讲一件事儿吧。我们开到湖北的时候，走的是国道，所以会经过很多隧道。当我们开到龙山附近的一个隧道时，我看到牌子上写着这里发生过多少起交通事故，这种牌子其实一路上经常见到，只是觉得这里的事故有点多，但也没多想。进去以后才发现隧道里面非常黑，没有灯。头盔掀开时，会听到隧道的风像阴风一样，上面在滴水，特别恐怖，还特别冷。隧道全长大概有一点五公里左右，根本看不到头儿。减速带都是破的，每次过的时候，车就会打滑。当时我和另一个同伴并排往前开，因为车一直打滑，中途我们的车就翻倒了。摩托车灯全灭了，一片漆黑，因为我们车上有行李，车不好扶起来。当时那种情况下，如果我们的车和人不扶起来的话，很有可能就被后面的车压过去了。我后来觉得那条隧道里大部分的死伤都可能是因为看不见造成的。最后我们等摩托车的油顺回油管里，打火打了很久才开始继续往前走。当时觉得在里面一分钟都待不了了，现在想起来都后怕，以至于我现在开车走隧道的时候心理上还有阴影。"

"有机会的话，你还敢再来一次这样的探险吗？"我追问。

赵雷想都没想，好像刚才说的恐怖只是别人的故事："当然，我已经迫不及待了！接下去我们还想去西藏，走滇藏线，不过听说那条线特别危险。再不然就去台湾，去黄河岛！"

坐在餐桌对面的赵雷，就像一名导演，兴奋、生动地为我"放映"着那些在路上的影片。比如深夜，他们躲在了无人烟的大山里，一、二、三，同时熄灭五盏摩托车灯，让漆黑和寂静瞬间渗透进来，仿佛整个世界突然间消失了，然后再一、二、三，五盏灯全亮，五道孤寂的光柱打向无边的夜；比如为赶到下一个住的地方，他们玩命似的奔驰在重庆高山的悬崖边；再比如在武汉刚修建的大道上，五辆车排成一行，五个男人畅通无阻地在公路上尽情狂奔、撒野……

"现在你的生活条件应该比以前好很多了，那你之后还会选择用这种比较原始的方式旅行吗？"我不禁问。

"我这个人性格就这样，我不在乎钱。对，我是可以买很好的车，也可以用很好的设备，但我觉得那样没有意义。比如我们行驶到那种小旅馆，大家凑凑钱，只能住那样的地方，那就住下呗！我觉得那种感觉特别像侠客，特别好！如果好吃好喝地伺候我们，把我们弄得一点磨难都没有的话，又有什么意义呢？"

说这些话时，赵雷眼中那股无所畏惧、关不住的劲头，有着强烈的感染力。

"'妈妈'这两个字，我再也喊不出来了"

采访的那天下午，赵雷怕晚上没时间吃饭，就准备在我们见面的餐厅吃个便饭。点餐时，他特地嘱咐服务员，菜里不要有猪肉，因为他是回族。我借着机会，打开了我一直以为他会避而不谈的话题。

《文周》：你们全家都是回族吗？

赵雷：我母亲是回族，我父亲不是。但我父亲结婚后，为了母亲，就变得比回民还正。烟酒不沾，也完全不吃猪肉。

《文周》：提起母亲，你现在会介意再说起她吗？

赵雷：倒也不介意，那个最痛苦的劲儿已经过去了，但现在想起她还是会很伤心。

《文周》：很多人都被《妈妈》这首歌感染了。歌中唱："亲爱的妈妈，我多想分给你一些我的力量，我多想给你一颗轻松的心脏。"母亲是心脏不好吗？她是在什么时候去世的？

赵雷：对，母亲心脏不好，有气管炎，还有各种其他的病。她是 2011 年去世的，那年刚好是我本命年……（长叹一口气）

《文周》：从小和母亲的感情特别好吗？

赵雷：对。所以母亲走了，就像捅了我两刀一样，特别疼。

《文周》：母亲走后，对你的生活有什么影响？

赵雷：我变得无所谓了，怎么都行，就是这种态度。我不在乎我的音乐做完了怎么样。很多人都说，你音乐做完后要做宣传啊怎样怎样，我不在乎，因为我喜欢做音乐，我要为我的人生积攒唱片。但我母亲不在了，很多东西就失去意义了。不再像以前了，那时候想着我要赚钱，让爸爸妈妈过更好的生活。哎，现在就是，顺其自然呗……

《文周》：你曾经说想让社会大学来教育你，那这么多年，社会教育了你什么？

赵雷：做人呗！母亲在的时候就一直告诉我，无论怎样都不能去害别人，要多帮助别人，我母亲就是这样的人，她已经成为一个榜样了。我父亲是个老实人，也是这样做的。但我母亲真的是大爱，身边所有接触过她的人，没有一个对她印象不深的。母亲是佛教徒，走的那天，漫天大雪，天都在为她戴孝。当最后一锨土盖上的时候，雪停了，特别明显。母亲也从来不浪费，所以你从我的碗里也看不见一粒剩饭，这都是母亲教给我的。所以我妈走了之后，我都不知道该怎么做好了，只能是一副无所谓的态度。

《文周》：以前你去拉萨、丽江生活，母亲也很担心你吧？

赵雷：对，她很担心我，但我妈从来不会在我面前哭，她会背着我哭。她总是会说：小雷，你要小心啊，你千万不要怎样怎样。因为我爸妈生我比较晚，我妈到三十八岁才有了我，他们都是老来得子，我长大以后，我妈都已经是小老太太了。所以当我看着我妈那种哀求的眼神，说你别走啦，那种感觉我真受不了。

《文周》：你现在会后悔当时没有在妈妈身边吗？如果让你重新选择的话，你会留下来吗？

赵雷：肯定啊！等你有一天，你想叫一声妈，你叫不出口的时候，才知道那有多伤心。我是一个很倔的人，无论以后我跟谁结婚，我都不会喊对方的母亲一声妈妈，我喊不出来，再也喊不出了！这个称呼对我来讲，永别了。就像我写《吉姆餐厅》一样。

说这些话的赵雷，其实并没有表现出太多的感伤，反倒是我，越听越沉重，那股子难受的劲儿，好几个星期都没有缓过来。采访结束两周后，赵雷在"ONE 一个"上发表了一篇名叫"妈妈"的文章，他用调皮的口吻描述着他与妈妈的故事，直到结尾处："曾经的我以为她不会离开，等我攒够钱买一辆舒服的小轿车，带着她去欣赏她年轻时没机会看的风景。可终究，没了时间！这个女人就是我妈——敏子！"

【记者后记】

两个多小时的访问，我们聊了很多：

他说自己是一只刺猬。除了长得像之外，也是因为身上有刺，所以总是独来独往，特立独行，但其实，刺猬也希望有人抱。

他喜欢打拳击，也喜欢用拳击来比喻理想。"理想就像打斗，打赢了，你就实现理想了，所有的理想都是在拼。"就像他在《理想》这首歌里唱的："理想永远都年轻，你让我倔强地反抗着命运，你让我变得苍白，却依然天真地相信花儿会再次地盛开。"

他说他现在不喜欢谈理想，但十八岁时的理想是当一名教师，当高中生的班主任，教育那些在人生转折点上的孩子。

他说小时候特别喜欢任贤齐、动力火车、迪克牛仔，后来是窦唯、野孩子，现在最喜欢的歌手是苏菲·珊曼妮，而许巍是他最大的精神偶像。

……

在赵雷的歌迷中流行着这样一句口号："赵雷不红，天理不容！"很多人都说，喜欢赵雷，是因为他的歌和他的人一样，平凡且真实。每个人都能听懂他的歌词，每个人也都体会过他的心情。只是他做了别人不敢做的事，坚持了别人难以继续的梦。

最后聊到《吉姆餐厅》这张专辑的封面，赵雷说，"吉姆餐厅"就是他的告别仪式。我猜想，隐藏在花盆后面那盘虬卧龙般粗壮的树根，就是他的"吉姆"，他的儿时乐土。如今，他要把它盖起来，装进便于携带的盆子里，这样，就"再也不会有谁牵绊着你踏上远方的路"。

记者｜苏阳

图片由赵雷提供

2014 年 11 月 15 日 总第 122 期

摄影 / 河不止

莫西子诗

赤脚歌唱的人
脚踩着的都是原野

四川彝族音乐人，被誉为“彝族民谣创始人”。2014年9月发行首张个人专辑《原野》。代表作品：《阿朵咯》《妈妈的歌谣》《要死就一定要死在你手里》等。

2014年9月，《原野》首发巡演北京站。

麻雀瓦舍几台大功率空调嘶嘶吐出的白雾瞬间被人潮吞噬，莫西子诗赤脚站在台上，T恤湿了，发梢在滴汗。他问大家："有没有看到我的微信提醒记得带扇子？"

习惯了听莫西一把吉他一把嗓子的粗粝吟唱，第一次看"莫西子诗乐队"演出的感觉堪称惊喜：真实依旧，但动人的野劲儿更加磅礴。我和几个朋友看完演出一直聊到深夜——在中秋白露的月华之下，那种震撼经久氤氲。

有未到场的朋友留言说："莫西，那个小个子但大能量的男人！"我说是的，就是那个男人。

第一次见到莫西子诗是2010年夏天，在北京某云南餐厅一群彝族年轻人的饭局上，莫西并不是最引人注目的那一个。那时，他的名字还是不太容易被记住的"莫春林"，职业是某出版公司职员。这个当时在自我介绍时还面带羞涩的"小莫"，一弹起吉他唱起彝语就变成了另外一个人。他闭起眼睛，用苍凉悠远的歌声就把一屋子游子带回了大凉山。

记忆跳转至今年春天，突然发现朋友圈被一档叫"中国好歌曲"的节目刷屏。然后就和很多人一样，被莫西的《要死就一定要死在你手里》唱得这颗心稀巴烂。

采访前，我和搭档在演出后的麻雀瓦舍吧台，就着老挝黑啤列出了二十九个问题。刚结束巡演的莫西在收到这份长达两千字的采访题纲后居然没有被吓跑，如约到了库布里克书店。

"这就是我迫不及待要与你说的，我的故乡"

印象中莫西是个话少而害羞的人，采访前我生怕一不小心就会冒犯他的淳朴。据说他喜欢早到，我们便比约好的时间提前了半小时到，再三斟酌选定了一个僻静而舒适的座位。

莫西准时到达，收了那把有他一半高的大黑伞，牛仔裤T恤衫，新理的短发刘海还有点儿齐，看上去就是个乖乖仔，加上依旧羞涩的笑容，立刻融化了我们的小心翼翼。与想象不同的是，他很快就打开了话匣子，不出三分钟就聊到了故乡，之后所有的话题最后都会绕回故乡，正如他的豆瓣音乐人页面写的，他"迫不及待要与你说的"是他的故乡。

《文周》：你的名字"莫西子诗"是什么意思？跟诗歌有关系吗？

莫西：我的汉族名字叫"莫春林"，是老师取的，"莫西子诗"是彝族名字，爸爸妈妈取的。"莫西"是姓，"子"是太阳，"诗"是光芒。我是天亮的时候出生的，可能父母希望看到曙光吧。

“诗”是音译，但我倒希望跟诗歌有关系。这次巡演我去了八个城市，基本每个地方都是阴天，我一去就晴了，他们都说我是太阳神。只有到了绍兴没效果，因为鲁迅的气场比我强！哎呀，怎么说到这些了？不是要采访吗？太夸张了！（笑）

《文周》：你是住后面的 MOMA 万国城？（注：位于北京二环的高档小区）

莫西：怎么可能！我很苦命的。不过我现在真希望回家种地去。只要能跟草啊、土地啊接触就好，那样我就会感到被连接起来了，现在是脱离的。如果你们要去大凉山的话可以去我家，吃我妈妈做的菜，她做的豆花太好吃了！我曾经跟一个姑娘说过：如果你不曾吃过我妈妈做的豆花，你就不曾真正地爱过我。

《文周》：你计划什么时候回老家？

莫西：12 月。专辑里的《螺髻山》唱的就是我家后面的山，山顶上可以泡天然的野温泉。附近还有个邛海，是一个高原湖泊，以前可以一边游泳一边吃烧烤，划船卖烧烤的人说：“吃烧烤不？”（用川普表演）游泳特别容易饿，我们就会说“来条烤鱼”，味道特好。

《文周》：那里现在是已经被城镇化了，还是仍旧比较原始？

莫西：不太城镇化，但也不原始了。政府有扶持政策，所有的房子外面被统一漆成白色。以前的老房子都是木房或土房，我最怀念的就是里面的火塘。那时候彝族人家里的一切都以火塘为中心，不但要在那儿煮饭，而且像年轻人谈婚论嫁这种大事，都要一家人围着火塘烧着火喝着酒讨论。到现在我每经过一个有烟火味道的地方，就会觉得心被震了一下。

前几天我们去义乌巡演，在一片玉米地边上生火，就特别想烤玉米。我们还去了一个水库，四周全是山。哇！那个地方的人太野了！我第一次见这么多人裸泳，而且都是中年人。后来我们也去了，我一开始还不好意思，穿着衣服下的水，游到对面没人的地方才脱了。上岸以后我们到森林里烧烤，乐队的其他人还裸奔，彻底当了一回“野人”，义乌这个地方太夸张了！（然后他就给我们看了手机里的裸背照！）

《文周》：趁着巡演可以到处玩耍也不错。

莫西：其实很累，巡演的时间安排得都很紧张。杭州是我很喜欢的城市，每次都想多待一待，但总是没时间，还好这次我纵身一跃跳进了西湖。这次巡演有位随行的摄影师，他有个创意需要我跳到西湖里去，刚好我也想游泳。但西湖里是不让游泳的，我找了一座桥，跳下去游了二十米就被保安发现了。西湖的水特别柔软，我穿着衣服游都特别舒服。

《文周》：你这俨然是在城市里狂野行走的代言人啊！

莫西：其实在城市里还是可以找到一些乐趣的。我第一次去杭州时去了满觉陇，在一个朋友家吃完饭去爬山，走到没有路灯的地方，前面星光点点，朋友打着手电走在前面，特别迷幻，就像外星人。后来我走到他们前面去了，到了一片停车场的空地上，被茂盛的树围在中间，我正在听风吹树叶，突然就下起雨来了。哇！太野了！我听着雨不断往下倾泻的声音，就跳起舞来了……

《文周》：在北京首演时你光着脚，后来的演出都是光脚吗？

莫西：对，除了在上海那场演出。光脚还是要看场地的，木头或者粗糙的水泥地面就可以，但很华丽的地板就不行。我光脚就会感觉很轻松，有与地面连接起来的感觉。

《文周》：有人用胶片记录了你北京的演出，说你演出前不但亲自扫地拖地，还会逐个撕去地板上遗留的不干胶标记，因此说你"基本具备所有典型的处女座特质"。

莫西：小时候老师总说要不怕脏不怕累，见到垃圾一定要捡起来，父母也是这么教育的。所以这算是小时候养成的习惯，跟处女座没关系吧。

"如果你有流水一样的命运，就不要叹息回不到那故乡"

在签售《原野》CD 时，莫西喜欢在他的名字后面画一只低头思索的小鸟，他说那就是他自己。他在《妈妈的歌谣》里唱道："鸟儿啊，天黑了 / 可别忘了归巢"，可他总是回不去，就像水一样一直到处流，不知下一站要去哪里。于是他又唱："流水哦，你一路匆匆 / 要去哪里

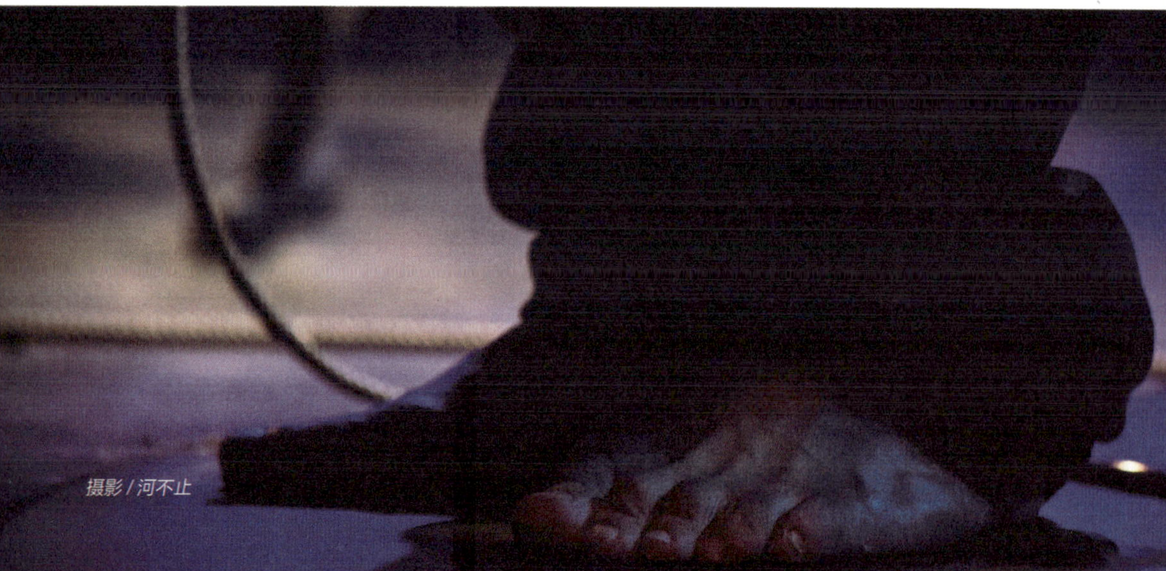

摄影 / 河不止

/ 为何带着这么多的忧伤。”

这首歌与他的处女作《阿揭咯》(《不要怕》)是姊妹篇，细心的人会发现两首歌的和弦是一样的。而在最新发表的单曲《彷徨》中，莫西在萧红和鲁迅的诗之间加了这样一句："如果你有流水一样的命运，又怎能叹息回不到那故乡。"

走出大凉山，莫西便一直身披着"阿揭咯"也无法全然安慰的漂泊感，直到有一天，这位异乡人臣服在命运面前：故乡，再也回不去了。与其叹息，不如歌唱。莫西是这样活的，天下游子也莫不如此：故乡是种子，远方是土壤，漂泊则是阳光和雨水，让乡愁生长成歌、诗、画……

和这一代多数年轻人的成长轨迹一样，莫西也是受着"五讲四美三热爱"的教育长大的：听老师的话争当卫生标兵（至今仍热爱扫地），作文比赛还拿过一等奖（如今才能一手包揽《原野》专辑所有歌词和夹页故事的写作），然后按部就班上大学、找工作，但他并没有长成一个了无生趣的"好学生"。

即便是作为西昌酒吧歌手、北漂日语翻译和幼儿园老师的莫春林，也从未停止让故乡的"山谷，微风……星星，知了"在心中涌动。因为童年的故乡给了他一颗赤子之心，让他终究成了在原野上赤脚唱歌的莫西子诗——是蜕变，亦是回归。

《文周》：你的朋友们说你特别飞，我看你现在还算正常啊。

莫西：我是自然飞，自己莫名其妙就觉得好感动，看着月亮也会掉眼泪。我昨晚睡前读了一本诗集，边读边掉眼泪，（从包里翻出一本《给孩子的诗》）前面这几句特别好："我想起无数个疲倦的母亲"……"小鸟消失在天空"……"我的花园到处是星星的碎片"，这句很有想象力。

《原野》里有首歌叫"星星是夜晚路上的眼睛"，那是我童年的回忆。小时候和小伙伴们走好几里路到汉区看电影，散场后走在公路上，满天都是星星，哪怕再晚，感觉跟着星星走就可以到家。那时路上已经没有汽车了，躺在地上看星星，可以感觉到星星在旋转，所以就有了这首歌。

《文周》：写这首歌的时候心里是什么感觉？

莫西：感觉自己特别生动，或者说内心涌动。我以前非常敏感，现在没有以前那么丰富、敏感了。我很多的创作灵感都来自于童年的记忆，"故乡"这个词也是我对童年的一种记忆。现在我也可以经常回家，见到的还是同样的亲人，但再也不能在家里待上好长时间去感受四季分明：春天去播种，夏天去游泳、采蘑菇，秋天看菊花开，冬天去雪地里捉鸟……我记忆里那个小时候的故乡永远都回不去了。所谓产生灵感的时候，就是脑子里出现这些画面，特别美好，但是又触摸不到，很难过。

《文周》：所以专辑里的好多歌都是用孩子的视角创作的吗？

莫西：可以说《星星是夜晚的眼睛》和《山魈》都是。

《文周》：《山魈》一开始就有很宏大的东西，鬼的感觉扑面而来。

莫西：对，是唱到鬼了。这次我跟熊亮合作，初衷就是想让唱片做得不一样，于是就想到加入绘本的元素，阿才（注：《原野》专辑策划莫里阿才）推荐了熊亮。我看了他的一个采访，他说自己接触了西方的各种艺术，但最终沉淀在心里的还是东方元素。我被这句话打动了，这也是我心里想表达的，于是就约了他聊。

我给他听了《原野》里一些歌的小样，比如《山魈》的粗糙版，也没说唱的是什么意思。他就给我看了他的《鬼戏剧》系列绘本，比较暗黑的感觉：黑色的脸谱突然长出红色的角，冲击力特别大，我很喜欢，但是用在我的专辑里又有些过。他很喜欢黑夜这个意象，以及一些神秘的元素，正好跟我不谋而合。我就把剩下的音乐给他，让他回去创作，后来就有了现在专辑里的绘本。

《文周》：他给你解释了他为什么那样画吗？

莫西：没有，我也没问，因为他创作出来的已经是我想要的了。他的画应该是有对照的，比如一只小羊穿过森林，就是我唱的自己穿过森林的感觉。火焰下面有角，山长了三个脑袋，就是《山魈》。

《文周》：专辑里有哪些歌的灵感来自家乡的歌谣？

莫西：比如《知了只叫三天》前面的一小段，就是彝族人婚礼上的对话（一种类似对歌的形式）。男女双方各选出代表，比赛谁知道的诗歌谚语多，一般都是用说的形式，比如（用彝语）说："×××，你和我不能轻易地一起玩耍，人相遇很难，就像知了只叫三天，这种感情很短暂很珍贵。"那些人太厉害了，懂的太多了，有时候可以对好几个小时，而且出口就是经典，有时候还即兴，但是又很应景。

《文周》：这些对话或者对歌的人具体是什么样的人？他们以此为职业吗？

莫西：都是十五六岁的普通小孩。你说的职业可能是毕摩，也就是彝族的巫师、祭司。现在觉得毕摩的祭词特别好听，我会觉得"这个 rap 说得真好"。听起来就是平常说话的样子，但

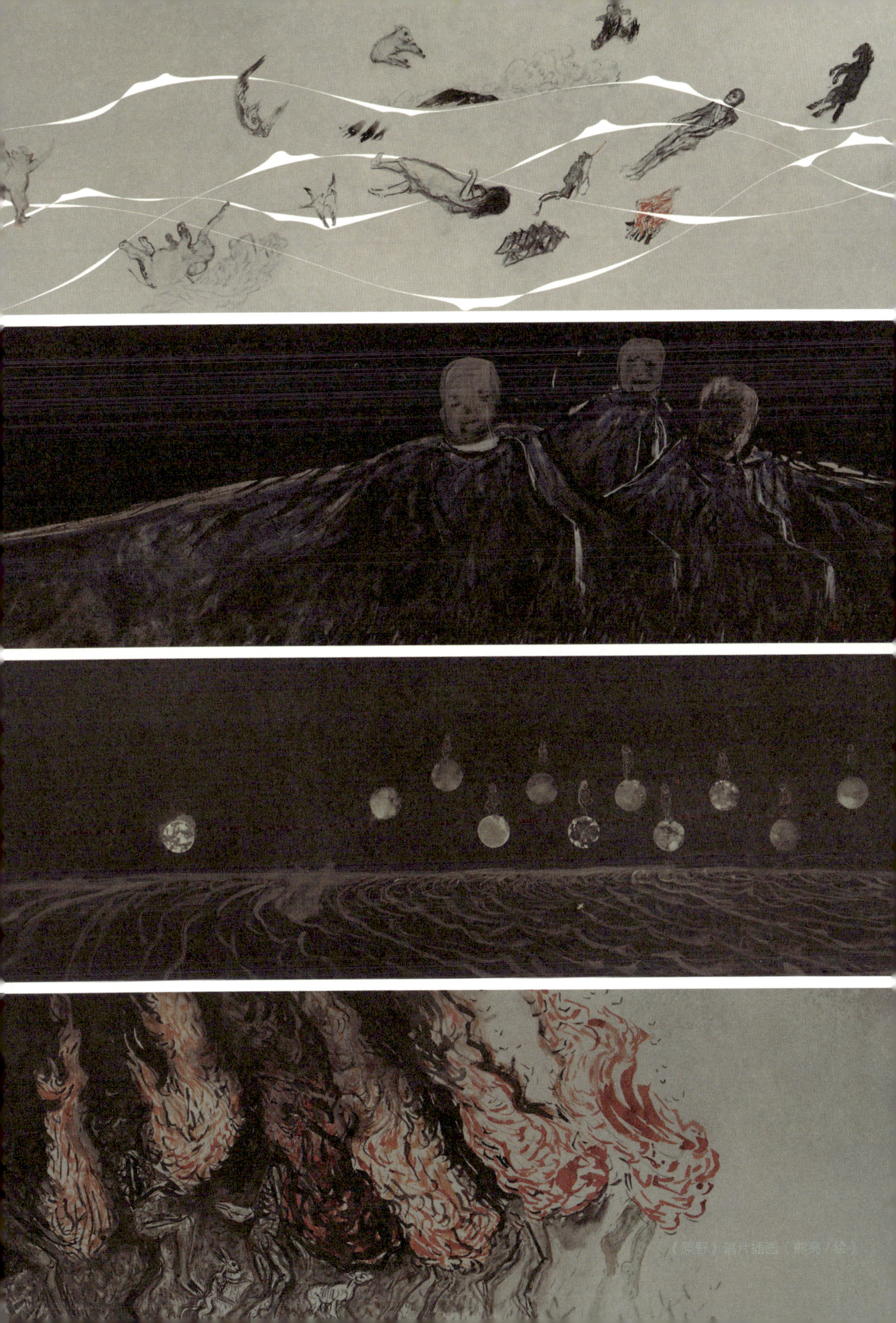

《原野》唱片插画（乾秀/绘）

细听很有韵律，内容也很有哲理。我们播种、秋收或者火把节时驱邪，过年时请祖灵回来都要由毕摩主持祭祀仪式。彝族人去世之后是没有坟墓的，都是抬到森林里火化，然后直接化在土壤里，所以要纪念祖先就只能把他们的灵魂请回家里来。每年过年的前三天，我们都要把家里收拾得干干净净，杀了猪烧好肉放在房子中央，请祖灵回家。

《文周》：冒昧问一下，将来你死后也要这样火葬么？

莫西：肯定啊，只要能回到土地里就好，现在我都恨不得化为泥土了！

《文周》：就像《妈妈的歌谣》里唱的，化为妈妈脚下的泥土。

莫西：啊！原来这句话是这么来的！“妈妈我愿意是你脚下的每一寸土，让你轻轻踩在我背上。”之前我还想不通怎么才能做到这样呢，谢谢你点醒了我。

《文周》：你写这首歌的时候自己会很感动吗？

莫西：会。以前每次唱都会掉眼泪，后来唱多了就不会了。但这次巡演在（杭州）木马剧场我唱到这首歌又失控了，眼泪掉得太夸张了，我都不好意思了。

《文周》：妈妈听了这首歌吗？

莫西：听了，我在妈妈面前唱的，她哭了。家里人都听了，他们觉得比《阿揭咯》好听。

《文周》：你小时候妈妈给你唱什么歌？

莫西：妈妈在我面前没有唱过歌，但是哼过，喃喃自语那种。

《文周》：那你唱歌有什么家学渊源吗？还是在家乡耳濡目染？

莫西：我也说不清，确实身边有这样的人。在我的家乡，人们互相接触的机会不多，只有婚礼或者葬礼的时候，这些场合唱的歌都挺悲的，送葬要哭，结婚也要哭。我们彝族人是既含蓄又放得开的，我倒算是比较扭扭捏捏的人。比如我爸爸，有时客人来了会要求他唱歌，他就很大方地唱。不管唱得好不好，大家都很自觉地愿意参与，我们不觉得这是音乐，而是一种情绪的表达，更是一种生活方式吧。

《文周》：即兴吗？

莫西：能即兴唱的人是比较厉害的，我爸爸那一辈人很多都能即兴，我这一辈的就比较少。因为即兴是很讲究的，用词既要应景又要押韵。

《文周》：你在老家算是唱歌唱得好的吗？

莫西：不算吧。唱得好不好不重要，重要的是发声、表达，幸运的是我能够表达我自己。

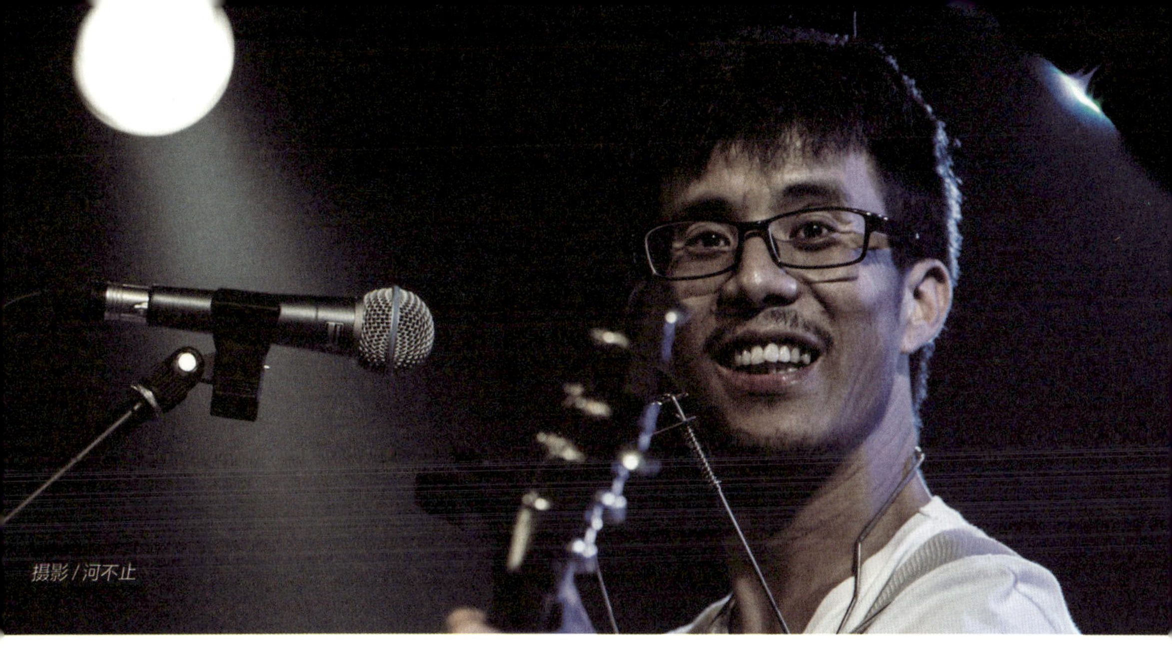
摄影 / 河不止

既粗糙又精致的手艺人

莫西长了一张糙汉的脸，却有颗纤细的心；敏感到动辄"感时花溅泪"，耐心到当了两年最受家长欢迎的幼儿园"阿舅"，认真到逐一打电话给众筹网友解释专辑推迟的原因。他能办出送杂草追女友这么写意的事儿，也能做出家用小板凳这种精细活儿，还曾经在手工集市上摆摊儿卖过自己做的项链和小乐器。无论是做音乐、做手工，还是做人，莫西都带着一颗既粗糙又精致的匠心。

《文周》：你自己都会做什么乐器？

莫西：竹口弦，就是彝族、普米族等民族的一种传统乐器。先要上山选竹子，然后晒竹子……流程很麻烦，现在做的人很少了，我还没亲眼见过谁在做。《失去的森林》里唱的就是关于这些被丢失的传统，我常常感觉自己已经麻木了，不再那么生动了。说得夸张一点儿，现在自己思考的很多，但感受到的越来越少，丢掉的也越来越多。

这首歌前面有两声巨大的声响，其实原本有四五声，后来剪掉了，那是砍伐的声音。录音时那一声巨响下来，我就感到自己心里有很多东西在坠落，后来的泛音部分就是我在缅怀这些。《赶集》里就用到了我自己做的竹口弦，非常好听，像贝斯的声音，又像山间的泉水在叮叮咚咚，我自己特别满意。

《文周》：你是跟谁学的？

莫西：没有老师，就是依葫芦画瓢。我在北京的胡同里看到一把废弃的老藤椅，好几次经过都无人问津，也没有人扔掉，我就取了两根竹条下来。我虽然没见过别人的制作过程，但见过竹口弦的样子，就照着样子把竹条各种刻，结果出来的声音还真挺好听，那一刻特别感动。

《文周》：《原野》专辑里还用到了什么传统乐器？

莫西：彝族传统乐器克西竹尔，《山魈》里面有写。还有笙。还有马布，是一种竹管，我们小时候的玩具，像唢呐一样，声音特别尖，很多民间艺人吹得特别好，我只是用这个音色来点缀，在《丢鸡》里面用了。（找到一个空饮料瓶，准备演示发声原理）让它里面灌气，就有声音了。

《文周》：你寻访过制作乐器的老手艺人吗？

莫西：还没有，我来了北京之后才意识到对这些老乐器的兴趣，但一直没有时间回去找。我舅舅是做铜口弦的，我也没时间回去跟他学。（从包里翻出小刀，又拿起一根吸管，打算改造成乐器）我以前用别的类似的东西试过，不知道这次能不能做出来。（尝试吹气）把它的前面弄扁，空气被挤压，就会出声。（发出了"嘶——嘶——"声）瓶子太粗，吸管又太细。

《文周》：像蒙古的那种笛子。

莫西：对，就是蒙古的苏尔笛，我们叫克西竹尔。（果然把吸管捣鼓出了接近音乐的声音！）

《文周》：乐器出现在一首曲子里面会带来自己的性格，就好比家庭中通常有一个沉稳的爸爸，一个尖锐的小孩子，还要有一个温情的妈妈，能不能以你的歌为例具体讲讲？

莫西：比如《原野》里的口弦，我喜欢把它放在包里（说着就掏出来一个），只要它的声音一出来，就像只存在于画面里的那片大地，苍凉，孤独，辽阔；唢呐营造的是一种悲的感觉；吉他是很现代的乐器，但我弹得不花哨，很简单，相对于唢呐和笙，它就相当于一种底色。每一种乐器都是一种色彩性的元素，不是要突出哪一个。

我的人生也是许多的色彩营造的一种氛围。包括呓语，你完全不需要去听它是什么意思，甚至可以完全忽略人声的意义，只听氛围，想象自己的画面。

《文周》：艺术很私人，也很开放，所以会有"一千个哈姆雷特"的说法。作品很难靠彼此"理解"去打通，基本上靠彼此的感应。

莫西：对。对于创作者来说最重要的是自己的表达，听者的各种想象是他的自由。比如说一首诗，可能我只对其中的一个词有感，可能我的理解和诗人自己的理解是不同的，我喜欢的就是诗歌朦胧的美感。音乐也是，无法触摸，但无处不在，有无限的可能。如果一个人听我的音乐有感，我就觉得他跟我惺惺相惜，他喜欢我的音乐，就说明他和我的某部分心境是一样的，我就会觉得我们是同一类人。

《文周》：录音的过程中你常说录得“太精致了”，你的身上好像一直有这种既精致又粗糙的矛盾共存。

莫西：对，我说的“粗糙”是希望音乐是真实的、有棱有角的，让你听着甚至有些不舒服，但是很能打动你。但是往往一进录音棚就容易把音乐做得太精致、太华丽，打动人的东西就没了。《原野》这张专辑中用了很多原声乐器，还有我的唱，有些甚至是即兴的，比如《赶集》中的某些段落，我唱一遍就过了，而不是翻来覆去地录。

《文周》：即兴部分你是什么状态，当时你眼前有怎样的画面？

莫西：我录的时候感觉自己在一条路上走，通往某个地方，可能是去市集的路上，或者从市集回来，就随意地哼唱出来了。

《文周》：你的家乡是不是有非常雄浑的大山，才能发出这样有能量的声音？

莫西：（害羞状）还好啦。我们那儿的山不是很雄伟的那种，是有树的，连绵不绝的那种，夜晚可以看到剪影，就像有人睡在那里。十几岁的时候我曾经跟我爸爸去抓野兽，走了三天三夜，饿了只有土豆和干粮吃，渴了要走好久才能遇到一条水沟喝水。

原野上的莫西子诗们

2008 年，莫西在人生最低潮的时期写出了《阿揭咯》，被经常一起唱歌录音的王梵瑞上传到自己的电台，然后被彝族的山鹰乐队发现并收录进专辑，又因为《中国好声音》而声名鹊起。从《阿揭咯》起，莫西开始了音乐创作生涯，也开始叫回了自己的彝族名字“莫西子诗”。

2009 年，莫西和在老家唱校园民谣时认识的子枫在北京重逢，这个当年在西昌当兵的江苏青年自学了唢呐和芦笙，两人组成了“两块铜皮”乐队。

2011 年，莫西认识了诗人俞心樵，开始了一段以诗歌会友、惺惺相惜的故事。大约同一时期，莫西认识了窦唯，开始了另一段以音乐会友、惺惺相惜的故事。

2012 年，莫西辞掉幼儿园老师的工作，成为职业音乐人。

2014 年，莫西火得水到渠成，四人组成的莫西子诗乐队全年的演出计划表都排得满当当。同时，他的首张专辑《原野》正式发行。值得一提的是，这张专辑收录了十二首歌，并不包括之前大火的《阿揭咯》和《要死就一定要死在你手里》，有网友因此大赞莫西有气节、有原则。莫西说是因为写的歌实在太多，至少再发三张专辑都不成问题。

《文周》：怎么想到要参加《中国好歌曲》这样的选秀节目？

莫西：节目组一直找我，他们很尊重我的想法，我就录了几首彝语歌给他们。经过协商，我也选了一首汉语歌，就是《要死就一定要死在你手里》，没想到他们就选了这首。另外，当时我不工作已经快两年了，房租也挺贵的，（笑）就去了。我想只要是唱自己的东西，放到哪里都是可以成立的。其实老俞（俞心樵）那种很决绝的诗还是很适合我这种很傻的唱法的，一个唱功很好的人还不一定能唱出我的感觉来。

《文周》：还是不能免俗地问到窦唯，去掉他的光环，就简单的人与人之间的关系而言，你看到的窦唯是什么样的？

莫西：我印象最深的是他对音乐的态度，坚持做自己、不迎合任何力量的态度。他一旦有一个想法，就马上付诸行动，哪怕是很躁的《殃金咒》，也要做出来。他的上一张专辑《天宫图》后面的人声是我唱的，那段音乐让人感觉脱离地球表面，完全升腾，我觉得那是我唱得最好的一次，唱得灵魂出窍、大汗淋漓！

《文周》：你和窦唯相处的时候感觉他是怎样的一个人？比如我觉得莫西是一个会害羞、会吐舌头的人。

莫西：他就是身边的一个大哥的感觉，非常睿智，话不多，但一出口就能说到点上。

《文周》：知名度有没有给你的生活带来什么变化？

莫西：变化当然有，被人认出来、要求合照什么的也挺麻烦。有些彝族朋友对我特别热情，他们觉得我为彝族争光了，有时候我会有点儿别扭。自己也不是什么明星，对这种情况随和一点儿，就不会搞得太奇怪了。我只希望我是“黑暗中的一支蜡烛”（《给孩子的诗》中的一句诗，朗读状）。

《文周》：让朋友们知道你没变，大家就都不会别扭了。据说有位餐厅老板说：“哼！莫西出名以后都不来我家吃盖饭了！”

莫西：谁说的？我前几天刚吃过盖饭！这次出去巡演，有时当地的朋友请客，在那种高档的餐厅，明明一直在吃，但总感觉不饱，之后还要再去吃路边摊，或者到当地人开的小馆子，我才吃得踏实。

《文周》：你对自己目前的创作状态满意吗？

莫西：一些琐事的影响还有浮躁的情绪都挺要命的，我还是希望尽量沉下来。保持初心吧，有点儿难，但说简单也简单。我觉得自己没什么变化，只要没事情要忙的时候，还是喜欢在家弹琴、读书，或者出去逛书店、看电影，这些都能让我平静。

【记者后记】

莫西子诗关键词拾遗

【自在】

在三个小时的采访过程中，至少有三拨人来找莫西，包括某戏剧人，莫西将在其制作的新戏中即兴演奏音乐。这并不是莫西第一次登上戏剧舞台，2013年他就参与了"诗歌走进剧场"的演出，还担任了话剧《新青猿》的音乐创作和制作。此外他还参与了好几部电影配乐的创作。从他给我们说戏时声情并茂的样子来看，这些"跨界"创作对他来说都是在不同的舞台上用自己的方式"玩儿"音乐。就像他采访时一边聊天一边玩儿拇指琴，坐在出租车上玩儿乐器"空"一样，"做音乐不可以不自在"。

【挨饿】

采访结束后莫西请我们吃饭，由于那是他当天的第一餐，他坚持要跋涉到一家他最喜欢的面馆。在雨天等车的漫长过程中，他问："你们挨过饿吗？"然后他以小时候三天没饭吃只有土豆皮充饥的经历完胜我俩。他说他和小伙伴们想吃鱼但吃不到，就望着河模仿吃鱼的动作聊以解馋。看着他笑嘻嘻地情景再现，我有点儿心酸。不让忧伤变成痛苦，才可以把生活过成童话吧。

【满意】

饭后去书店，莫西的耳机里一直放着《原野》，他说还是自己的歌好听，当背景音乐最舒服。采访期间他多次说到自己的某首歌"挺好听的""自己挺满意的"，这"满意"，是一种可爱的骄傲、一种动人的自信。

一个朋友说从莫西的音乐中听到了大地的母性，另一个朋友说莫西能把来自大地的滋养传递给他人。是了，一个滋养人的歌者，他的心就是原野。

跟　踪　采　访

2015年7月

摄影/熹南

《文周》：我是从你的微信公众号推送的那篇《心里有梦，路不远》得知你定居大理的，文章的开篇写道："生我，凉山。长我，北京。"你决定离开北京的时候是否经历了一番挣扎？"与各方好的音乐人学习交流，找更适合的乐队伙伴，排练，生活，过日子。"大理的确是更适合创作和过日子的地方，但似乎容易让人闲云野鹤，这是你追求的理想生活状态吗？

莫西：我可能属于那种放在哪里都可以生长，却又不能安定下来的人，所以"定居"只是个说辞而已，狡兔三窟，哪里合适待哪里吧。那么多年在北京这个大熔炉里我确实学得很多，离开北京，和当初离开大凉山时有些相似——要离开，却知道自己永远和这个地方有关系。在大理，不用去应酬，可以专心排练，可以逛农贸市场，可以爬山，可以去少数民族生活的地方看看，可以和植物打交道，可以感受季节变化——我觉得我是属于南方的。

《文周》：这半年来，你经历了母亲去世，以前你演出时唱《妈妈的歌谣》就容易泪崩，现在……

莫西：一切顺其自然吧，希望以后能多一些时间陪陪家人。我时常会想念我的父亲母亲，但我深知再也不能见到他们，有时候这让我透不过气。唱这首歌的时候，我感觉是和他们在一起的，他们会永远住在我心底，他们是永恒的。

《文周》：最近你参加了不少演出，时间排得很满，那么目前的创作状态怎么样？下一张专辑筹备到什么程度了？接下来有什么新的计划？

莫西：对于创作，好像我不太会去刻意而为，现在更多地是让自己之前的作品更完善、饱满，而不是急于创作，这很重要。下一张专辑开始选歌了，我不会局限于彝语或是汉语，诗歌还是鸟语，也不会局限于民谣还是摇滚，世界或是迷幻，如果是四不像最好了，哈哈。接下来希望能够参与一些电影、话剧，或者绘画等方面的跨界合作吧。

《文周》：除了音乐表演和创作，你在感兴趣的其他方面还做了哪些事？

莫西：就像一个杂食的动物，我爱电影、读书、摄影、户外、绘画、手工、农业、美食、植物……总之一切自然美好的东西。今年我会有一部分时间去学习彝族的文字、民间的歌谣或诗歌。

《文周》：家乡的乡村建设（图书馆）进展如何？

莫西：现在图书馆设计这块出了问题，因为我还是想要一个比较实用、投资又小的图书馆，而不是一个美不胜收、昂贵的标志性建筑。太高端了，父老乡亲有可能就不敢进去了，而且那也不是我能力之内的事情。

记者 | 孙小兽、河不止

图片由莫西子诗提供

2014 年 11 月 1 日 总第 121 期

摄影 / 冯景怡

黄盈

做记录社会历史的手艺人

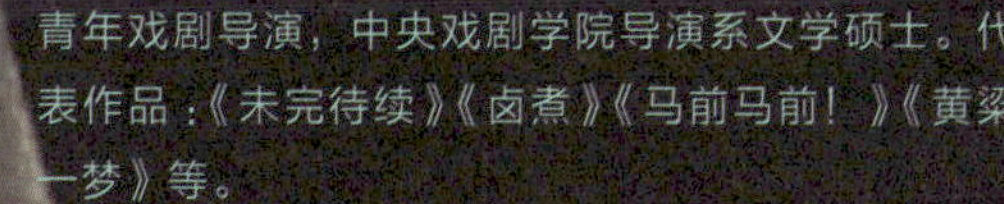

青年戏剧导演，中央戏剧学院导演系文学硕士。代表作品：《未完待续》《卤煮》《马前马前！》《黄粱一梦》等。

黄盈，十几年前作为青年戏剧导演走进大众视野，到现在已经是京城乃至全国戏剧圈里不可不提的一个角色。他做《黄粱一梦》，也做《只因单身在一起》，做"京味三部曲"，还做《麦克白》。"新京味导演"、"一戏一格"、"奇才导演"，人们将无数的标签贴在他身上。

从《枣树》到《卤煮》，再到《马前马前！》，黄盈的"京味三部曲"带着老北京的人情和时光，打动了十年间的无数观众。而黄盈说自己"并没有想弄京味三部曲"，因为真要弄的话，"三部不够，可能得弄十部、二十部"。

京味儿≠怀旧

生长在这个城市，黄盈笑称自己"不承认自己有对北京这个城市的情结都不行"。

十几年前创作的《枣树》，透过一个北京的杂院看人与人之间的温暖、人情味儿，以及距离感；《卤煮》，看这个城市飞速发展的时候人们价值观的变化；《马前马前！》则是从一个历史演变的视角，看北京从古代建都到后来一步步的发展变迁。中国社会正在经历一个历史上绝无仅有的飞速发展时期，而北京就是中国历史进程的一个缩影。

正如2013年夏天，黄盈带着《卤煮》去上海演出。首演当天，空调坏了，现场的高温能有四十度。很少上台的黄盈在台上向观众解释，请观众谅解。"我当时能做的最诚意的事儿，就是我把带到上海的长裤子穿上，因为我也要坐在观众席里记场记单，只能跟观众一起热。当时坐在最后一排，看着观众们一直在拿着节目单扇风。很让人感动的是，两个半小时的演出，几乎没有人退场。相当于台上、台下把这个戏火热地演完了。"黄盈说，"演出之前，觉得两地价值观不太一样，当时也不知道观众能不能接受，后来发现虽然接受起来有细微的差别，但三十年都市成长的记忆是相通的，包括价值观念、道德观念的变化，这是全中国人都体会得到的。"

《文周》：你现在仍在持续创作京味题材的作品。

黄盈：我觉得任何创作者他自己所处的土壤是很重要的，我们很难离开这个土壤去做什么事情。所谓的京味传统文化，从某种意义上是一种旗人文化。今天北京城的生活和以往很不同了，所以在继承以往传统的基础上，有必要根据今天生活的形态找到现在这个时代的表达，这是一个应该做的事情。所以我觉得我记录这个时代，植根于所生长的土地来做戏，其实本身也是在记录中国的变化。

《卤煮》剧照
摄影/郭小天

《文周》：很多观众因为“怀旧”而走进剧场看这类作品。

黄盈：我觉得这里有一个误解，一提到京味好像就是怀旧。北京从历史上就不是一个土著型的城市，很多人来到这里，也有很多人离开，后来的人慢慢地也都成为了北京人。我觉得这个城市的品格是在不断变化发展当中走到今天这个形态的。站在这个角度来讲呢，如果要一直做所谓老北京生活的戏，以后恐怕没什么机会看到了。而且其实没人是真正愿意回去的。人对过去美好的感觉迷恋时，恰恰非理性地扔掉了它当时带给我们的很多不适。大家可能更多怀念和珍惜的是当时人们相处的方式。

我觉得大家坐那儿看戏不是在看八十年代的北京，而是看道德伦理观念的变化。一提北京戏，一提北京这个地方，不要过于狭隘地认为它就是那个样子的。我觉得中国也好，北京也好，咱们在寻求一个问题的答案的时候应该更包容一点。北京有一个特色就是包容，我希望在新的作品中有更多包容的元素。

不为"互动"而"互动"

没有固定座位的《马前马前！》让观众感受北京八百年变迁的过程；观众帮着说台词的《西游记》让成年人重新回到了童年；真的是一堂课的《语文课》浓缩了一代人十二年间的成长。在黄盈的戏里，有时候很难说出哪里是台上的演员，哪里是台下的观众。甚至在《只因单身在一起》演出的时候，观众席里坐满了拿着手机决定剧情走向的"导演"和"编剧"们。这样的设计，给整个创作团队增加了很多的工作量。"但我觉得在每次的挑战中，既带给了观众很好的审美体验，又让自己整个的创作往前迈了一步，非常开心。"

《文周》：一直以来，你的作品中都有创新的互动环节设计。

黄盈：创作者给自己新的挑战是一种常态，而不是每次都只是很顽固地坚持固有的经验。其实我老觉得中国缺的是很好的舞台监督，他需要执行力非常强，技术上非常懂，每次把一个创作技术化，分门别类，带着整体团队去酝酿。作为一个导演来讲，不应该害怕这件事超出了我原来的经验范围。为什么会选择互动，是因为我特别希望观众不是隔着东西看故事，而是有切身感受的。

《文周》：接下来有什么新的想要尝试的方式吗？

黄盈：尽管我的戏风格样式很多，互动算做得非常好，但其实我很少预先从形式上定义一个未来。我觉得每次选择某种样式的动因都不是我要选，而是我觉得这个作品其实特别适合这么去发生。我做《西游记》的时候没想到会做《只因单身在一起》，我做《语文课》的时候，选择上课这种形式也是不断磨合出来的。相比预设一个表达形式，我认为应该更关心你要说什么。比如《马前马前！》和《语文课》是要求观众参与互动的，但像《卤煮》或者《枣树》这样的作品，恐怕互动就不是一个好方法了。我觉得因为艺术手段或者形式上的不同而要坚守什么，其实蛮可笑的。“我一定要砸碎什么”或者“我一定要怎样怎样”，有人确实是这么做的，但是对于我来讲，这么做其实是有点本末倒置的。

风格？现在给一个答案是不负责任的

回忆起多年前跟孟京辉的一次聊天。“老孟说没有定下风格其实是一件特别好的事情，因为这个定下风格意味着你已经熟透了，快烂掉了。”黄盈觉得这个说法挺有道理。

《文周》：未来会继续“一戏一格”还是会确定一个风格去创作？

黄盈：我觉得其实很多人定下一个风格，可能是一个被迫的决定。比如说觉得只有这个风格做得好，所以只做这个风格。其实比这个更悲惨的是，因为做了这个风格，就相当于给自己贴了一张商业的标签，比如我是卖衣裳的，贴了耐克的标，大家买正装的时候绝不会进这家店。戏剧的创作其实是活人和活人的一个相遇，我觉得没有必要那么地被消费主义所吞噬，

《马前马前!》剧照
摄影 / 田雨峰

《语文课》剧照
摄影 / 艾立群

给自己的生产定一个样式规模，找到自己的受众，以便更好地售卖。说到我自己的风格，我觉得其实现在给你一个答案也是挺不负责任的。我更愿意根据自己对于这个世界的感受来创作。也没准儿有一天我会觉得我要专心地做某一个表达领域的事儿，也有可能直到我死的时候，也还没有固定下来一个风格。有谁知道呢？当你不做经济考量的时候，这件事是没有必要想的。

《文周》：那要走着瞧。

黄盈：对呀，走着瞧。我觉得不“走着瞧”的重要原因是要卖票，比如说我核算一下，我的戏投资回报率比较高的是互动类和故事性强的，好，那么每年生产两部类似风格的，然后每年演多少场。这样一来好像才有必要理性地去决定风格这事儿。但我不是这样的。比如说《黄粱一梦》这样的戏从售票上来讲，我个人感觉应该不会超过互动类的作品，因为它对优雅的观赏要求更多，但这并不意味着大家不爱看。《黄粱一梦》实际上在每年的国内和境外的演出一直就没有断过，也是一个非常好的跟国际对话的平台。而像《语文课》这样的戏，虽然聚焦于我们这代人的成长，但其实有可能会跟整个华语世界连接。所以我觉得不要很功利地去想戏剧这件事，否则就不要搞戏剧了。

"做戏剧，过早现实，是坚持不了多久的"

2013 年 10 月，是《卤煮》在北京的"封箱"演出。当初相聚，黄盈说，那些各行各业里忙活着的人乐意来，"最狭义地说，是大家对戏剧的热爱。这个热爱可能不光是登台的一瞬间。我觉得能来这儿干这种傻事儿的人，除了享受聚光灯的那一刻之外，除了工作之余他要变一种活法之外，他们跟我都相信，戏剧这件事情，它有直指人心的力量。它能成为我们生活中的一种升华。那种升华的东西，是即使你需要付出巨大的努力，也要拿出来与你同时代的人一起分享的"。

现在的黄盈有了自己的工作室，黄盈说，工作室里是一群"有为、有理想的艺术工作者"。尽管如此，现实情况是，很多人不愿意仅仅依靠戏剧生活，或者是无法依靠戏剧生活。"我们这一代人在成长过程中，家里的经济条件相差不多，很好的家庭和不太好的家庭比起来，没有天上地下那么夸张"，这使得更多人能够坚持做自己喜欢的东西。"很多事都是坚持坚持坚持着，就苦尽甘来了。可是现在不一样了。"

《文周》：为什么你的工作室成员和作品创作团队当中，会有很多非专业的、非行业内的成员？

黄盈：这实际上是我个人觉得挺重要的一个创作方式。我们这代人里，其实我做"接地气"的作品相对比较多。我觉得如果纯是职业创作者们坐在一起，创作着创作着就有点"为艺术而艺术"了，就进入到自己的一个话语系统了，这不是批评。当艺术家们坐在一起的时候，往往把自己看得太重。我觉得别这样，咱们都是普通人，就是一根羽毛，没什么斤两。我觉得这才是一个创作的状态。

《文周》：现在你被称为"青年导演"，你怎么看更年轻一代的戏剧人？

黄盈：我一直受到前辈很大的提携，我第一个公开卖票的戏是林兆华导演在北京人艺办的青年导演展演的开幕式《四川好人》，后来孟京辉老师的北京国际青年戏剧节也帮了我很多。从"非典"那年做《四川好人》，这十几年一直被叫作"青年导演"，我觉得是有原因的。做戏剧这件事需要有理想、有热忱，如果过早现实起来的话，那么是坚持不了多久的。

如果戏剧这个行当能够让大家很容易把自己养活，会有更多的人才进来。而现在从戏剧产业角度来讲，还没有做到这些，至少跟影视、网络等比较起来，它的生存压力还是太大了。所以有不少进入这个行业的年轻人，有的可能很有才华，但他们很多人是一睁眼就欠着人钱的，

《枣树》剧照
摄影 / 柴美林

就没法坚持下来了。现在的年轻人会比我们有更大的压力，有的时候是生活促使他做一个选择。所以我觉得做戏剧这件事可能跟创作者的才华无关，而是跟怎么坚持下来有关。

2013 年 10 月我们采访黄盈的《卤煮》时，他曾说："四十多个人的团队去上海演出，每次演两三场，其实从算账的角度、放量的角度来讲，这是一个费力不讨好的事情。"但四年之后，时间开始给每个和这个戏一起成长的人以回馈。这部戏坚持的本身，也似乎是用实践给了戏里的问题一个答案，更像是向戏里的老掌柜致敬。"作为一名戏剧创作者，其实更应该关注文化上的有所作为，在历史和现代之间做一个连接，这样，你所做的才是值得的。"

《卤煮》里的很多人物都脱胎于演员本身。黄盈说："随着创作的进行，我觉得自己从心境上来讲可能会跟老掌柜有一点像。因为做戏剧就好像在固守一件不合时宜的事情，尤其我，我也有商业制作，但是很少。我好像一直在强调手艺的概念。目前戏里没有一个人跟我的想法完全一样。我觉得，时代在发展，你要保持老掌柜的精神，就要在做法上找到一个恰当的方式让它更有力量。"

无论黄盈的戏怎么变，他身上始终如一的，是那种热乎乎的手艺人的执着。

记者 | 郝永慧

图片由黄盈工作室提供

2015 年 8 月采写

摄影 / 何脑斯

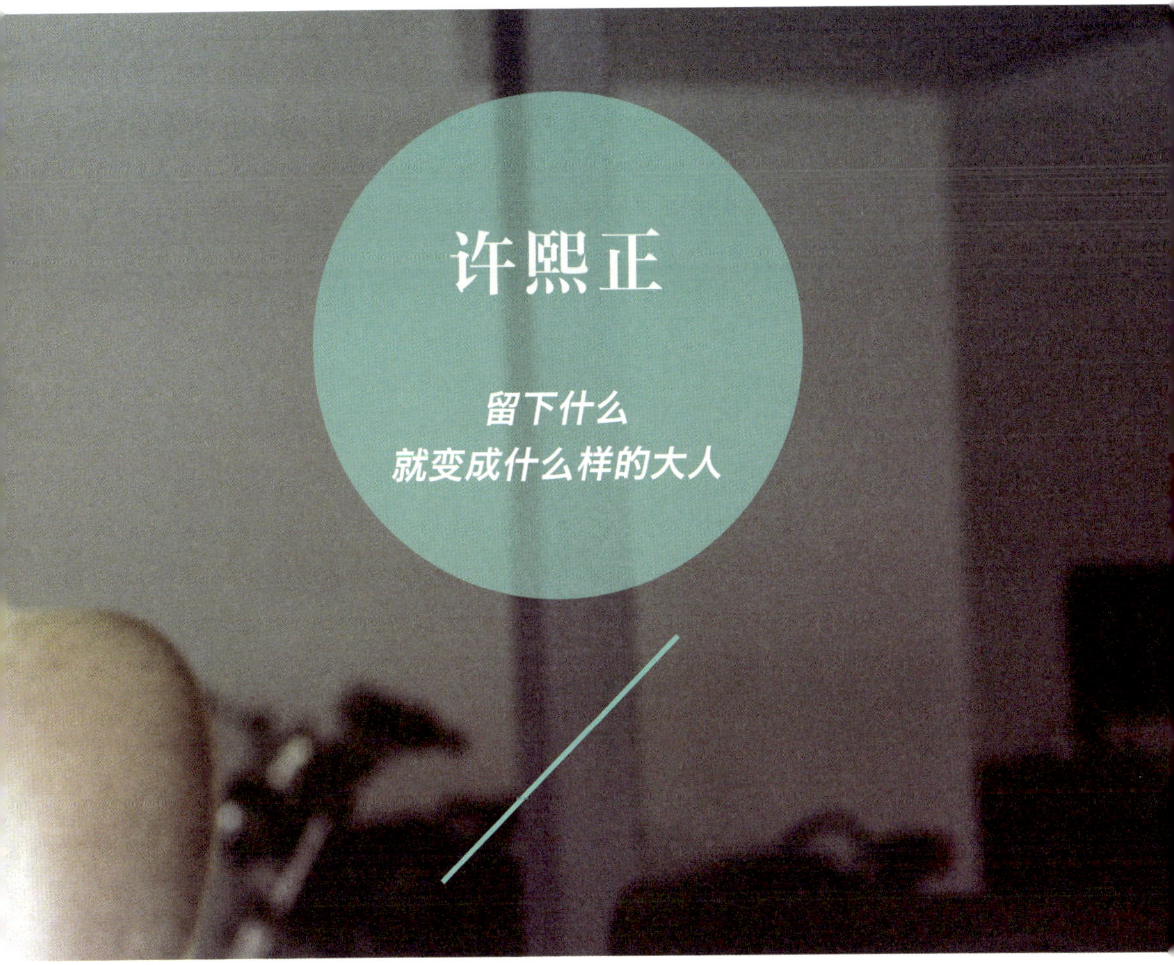

许熙正

留下什么
就变成什么样的大人

台湾地区著名摄影师。从事商业人像摄影二十余年，有“诗人摄影师”之称，其影响力跨越时尚、设计、艺术和摄影几个领域。

本刊记者：你去找许大叔聊天吧！不需要准备提纲，他就是个超有趣的怪大叔！

模特张辛苑：哈？你要去采访许老师？他可是个有趣的人！

某职业摄影师：你采访了许熙正？我跟他公司合作过，我不喜欢他那种影像风格，他的发展也遇到过低潮，但不得不说，他是个非常有趣的人。

——这是我在采访台湾知名时尚摄影师许熙正前后得到的跟他相识的几个人的言论。

这让人更加好奇了。在我个人的畸形价值观里，"有趣"绝对是对一个人的最高评价，这简单的两个字凝结了"有智慧""人 nice""三观统一""才华逼人"等万千好评，能得到众口一词的评价"有趣"，定是个完美偶像。

我知道许熙正大概是在 2011 年，那时候他的时尚摄影事业正在高速上升期，曝光率非常高，拍摄了包括张惠妹、姚晨、张辛苑等各栖红星，以浓烈和怪诞的影像风格让人印象深刻。后来结识了另一位怪诞风格的上海摄影师马良，而且听闻他俩是朋友，更让我觉得"若你喜欢怪人他们都是好基友"，从而故作有逻辑地认为他俩应该是一卦的吧。通过对马良的印象总结，我没有人云亦云，而是毕恭毕敬焚香沐浴，反复做了三遍功课事先打好草稿，踏上了专访之路。

可实践狠狠地告诉我，用接触处女座艺术家的预期去交会一个射手座，才终究会大错特错！

以下对话节选于脑洞大开式访谈产生的海量数据。

关于商业工作："我可能讲每句话的时候都是在试探你的底线"

《文周》：你在商业上非常成功，我有看到你在 blog 上曾经自曝说有很多杂志找你拍摄，资方在创作上非常倾向于你，给你非常大的自由度，这是如何做到的？

许熙正：商业片是这样，我很容易几句话就判断你能接受到哪里，我站的这个点很可能就是——我再往前跨一步你就翻脸了，但这个点你必须不会翻脸。这个点就是我最爽的那个点，但再退一点点我可能就不爽了。我的性格容易这样。我是去 review 的时候发现，我以前所有的工作中，是有这个东西在的。

《文周》：眼光和尺度比较准？

许熙正：也不是，是我对人的那种频率的判断，它是无形的。我可能讲每一句话的时候其实都是在试探你的底线在哪里，我可不可以再往前跨一步。或者我拍一个东西拍到一半，我在跟你沟通的时候其实只是在判断我是要往前走一点还是往后退一点。

张惠妹（左图）
张[illegible][illegible]（右上下图）

关于设计和创造力："做任何一件事，不要钻进去太深"

许熙正：我们最近一直在思考衣服存在的意义，人为什么要穿衣服，衣服为什么要是这个样子的，我们希望做出一些颠覆现有状态的东西。这是我们最近在尝试的一种服装制作，我手机里可能只剩下一张，给你看。（给记者展示手机中的一张花絮照片，看上去像一个海苔寿司卷）

《文周》：……人呢?

许熙正：人在里面，这是一个侧面。

《文周》：哈哈哈这是个被子吧……

许熙正：它其实就是一个被子。这个白色的是内里，外面是黑色，里面是白色的。它其实就是一块布，但是尺寸会很讲究，什么样尺寸的布适合做什么样的东西，它的最大公约数可能会有一百种穿法，这个就是其中一个，不同厚度不同面料会做成不同的衣服。这个（指着照片）可能最终会做成羽绒，等于是冬天用的衣服。我们在试这个可以怎么穿的时候觉得这样穿可能很好玩，穿好后发现“哇靠好帅”。但它就是一块方布嘛，稍微做一点点改变就会变一个什么别的东西出来。

《文周》：但是里面的人能看到吗？有没有地方露出眼睛？正面没有拍是吗？

许熙正：正面有，有开洞，但是不能给人看，因为有的露胸部有的露阴毛这样。这个不是正式穿法，但我们觉得很帅，虽然不方便走路，但是拿来走秀或者拍照会很适合。它真的可以有上百种穿法和用途，你可以拿来当棉被，也可以拿来挂起来当背景，也可以拿来铺东西，如果是薄的，你可以拿来当披风当围巾当帽子，穿成上衣穿成裙子都可以。

《文周》：完全颠覆了衣服的概念。

许熙正：对。衣服其实也是慢慢演化过来的嘛，原来可能只是一件动物皮就可以保暖，到现在衣服变得这么讲究，但我们退到一个比较高的点去看衣服这个东西时，会发现现在的衣服真的丑到爆了，和以前的衣服差太多了。

《文周》：所以你会觉得做衣服这件事情是你创造力的另一个延伸？

许熙正：其实我做这件事是想说，做任何一件事，不要进去太多。

《文周》：不要太用力？

许熙正：用力是另外一件事情，我的意思是说不要钻进去太深。比如你一钻进去开始学摄影，你会想哎他怎么拍的，他的光是怎么打的，他用什么器材，什么是光圈什么是快门什么是景深什么是 blah blah blah 这些东西，然后你就每天想这些技术细节上的东西，然后你就退不出来，无法到更远的地方看待摄影的原貌到底是一个什么东西。

就像我弄衣服，因为我不是学衣服的，所以我站在很外面看的时候，只有我会站这么远来看待什么是衣服，但所有的设计师都在研究用什么面料做成什么衣服，我用了什么扣子就会跟谁不一样，因为别人做了什么东西所以我不能这么做 blah blah blah……但不论你用了多大的力气，当你退到原点看待时，会发现都是一样的。所有的人都这样做，那有什么好特别的。

所以当我做衣服的时候，我的创造力会非常强，当我做衣服的过程中遇到什么问题，什么东西不懂，我想再去学的时候，我只要学这一样就好了。比如我不了解这个面料或者工艺，

那我就去了解它，然后我再退回来。不要一头钻进去，那就把自己困在很小的一个洞里去了。当你一直在外面，那你面前就有很多个洞了，这个是衣服的，这个是画画的，这个是文字的，这个是什么东西的，当我想去玩什么东西，我就进去看看，差不多了再出来，我就会一直保持创造力。这是我的性格，我觉得这样的创造力才是对的。

我觉得我们人类现在的教育是完全不对的，所有的学生都在接受同样的教育，你不喜欢你也一定要去学，因为要考试啊。但当你对一个东西完全有兴趣，这时候你看你的学习能力有多强。

关于摄影："如果你对这个东西好有感觉，你就把它拍下来"

许熙正：其实拍照，它可以更原始一点，我这样觉得。因为摄影这件事情是越来越容易嘛，随着科技的进步，不像以前拍胶片，尤其是拍正片的时候难度那么大。过去，负片没那么难，冲印公司会帮你调亮调暗，但正片很难。正片的宽容度只有 1/3 格，拍太亮太暗就救不回来了，它的技术门槛非常高。但是现在拍照太容易了，于是你拍照可以更野一点。比如你拍演出，看到女艺人的小腿，哇靠你会觉得好性感，对这个东西好有感觉，你就把它拍下来。不要太在乎雇佣方的意见，要多去额外尝试不一样的方式。

《文周》：其实我有做过这样尝试的拍摄。（记者给许熙正展示自己的创意摄影作品）

许熙正：这个很好啊！不过有马良的影子。

《文周》：没错你说得非常对……我在拍完之后的第一时间就曾拿给马良老师看过，我说你看

我学得像吗？他说学得像，于是我以后就再也不那样拍了。

许熙正：不必，你可以继续坚持拍。其实学习摄影，所有你跟过、学习过的老师里面，第一个跟最后一个是最重要的，中间的没关系。所谓的第一个，基本上是教你什么是摄影这件事情，让你形成摄影的概念；而你往往从最后一个师父那里出来的时候，他对你的影响是最大的。所以一个摄影师在刚出道的时候，至少三年或者更久的时间里，拍出来的影像风格是跟最后一个老师很相近的，或者说有他的影子在。再过个三五年，你有了自己的感触和理解，慢慢才会有新的、自己的东西出来。我说从最后一个师父那里出来是指你真的开始把摄影当成一个工作的时候，所以这个老师的风格和水平是很重要的，它是让你维生的那个标准。

《文周》：听说你特别喜欢荒木经惟？

许熙正：也没有特别喜欢，我很欣赏他的是，他的人生过得跟大部分的人是不一样的。以一个艺术家的角度来讲，你是什么样的人所以你要拍什么样的东西，所以他拍摄出来的东西不一样。而且他最屌的一件事情是，像我刚才所讲的“退到原点来”，在“什么是摄影”这件事上，他的看法跟别人是完全不一样的。他看到很多别人认为很厉害的摄影师的作品，他会说，啊！这样拍照不行！这样不是摄影！荒木经惟连审美都是跟大家不一样的，他是自成一个套路出来的。我最欣赏他的是这个东西。

其实很重要的一点，他的影像是有意义，或是有价值，或是有生命的，因为他是在记录自己的生命，他是在做爱他是在捆绑他是在干吗，他很任性地大部分在记录他自己的生命。其他的商业摄影师受到委托拍一个什么东西出来，但是那个东西跟他一点关系都没有。

《文周》：我看过荒木经惟的纪录片《迷色》，其中印象最深的一段是，他早期开始摄影的时候在日本街头拍摄了大量的人脸，他并没有意识到他这样做会有什么意义，只是被自己的本能驱动，觉得人脸很美丽所以要去记录。

许熙正：对啊本来就是这样啊。我在国内碰到过很多人，最有意思的一次是我遇到一个人，当我讲什么东西的时候，他都讲“不是本来就要这样嘛”。一个很小年纪的人，十几岁，他不是只是说话而已，而是他原来就是这样想，“不是本来就是这样嘛”，就很跩。

——我可以教你摄影，好不好？

《文周》：……好呀！（我被对方思路的跳跃惊吓了）

许熙正：我也教过一些做设计的人，教他们用这样的方式拍照，做设计跟做数学的人很相近，他的工作会有一个 line 让他认为可以不可以。当你抓起相机的时候，天有多少，地有多少，人应该放在偏左还是偏右，后面的房子应该怎么样，是这样在思考的，是会被训练成这样子的。所以我要教你盲拍。你根本不需要去看观景窗，你觉得哎呀这里好漂亮，但你不需要去用观景窗看它，抓起来就拍，这样你拍到的结构会跟你原来预想中的结构完全不一样。可能“哎，我只拍到肚子，我只拍到脚，哎人居然只在画面出现一点点”，这样的结构是你拿起相机来绝对不可能拍到的。但是当你看到它们的时候会觉得“哎，这样看起来也是挺好看的”，这样就不会把一个人闷到一个洞里去，你的视野会变得宽一点。我对太理性在拍照的人，我会这样建议。

许熙正为 JNBY 童装拍摄的作品

【记者后记】

跟许熙正长谈了一上午，感觉脑洞整个被击穿。

许熙正是这样的人，他的思维像他的头发一样散乱，他的行为像他的袍子一样宽松，他的直觉像他的目光一样敏锐，大抵都是因为，他站得比任何人都要靠后吧。

他仍然继续在微博上跟网友插科打诨，今天说“啊称骨的说我活不过今年夏天那我还不好好玩乐”，明天说“那个双手合十的表情我们小时候都是用来插屁眼的”，他从没有刻意地把自己标榜为一个摄影师，但却把摄影看得比多数人要透彻。

其实，让自己变成一个最好玩的人，也就会是最屌的摄影师了吧！

留下什么，就变成什么样的大人。

记者｜何脑斯

图片由许熙正提供

2014 年 5 月 15 日 总第 112 期

叶锦添

人会消失
美不会

香港著名视觉艺术家。涉足服装设计、电影美术、舞台美术、摄影、当代艺术等多个领域。曾出版作品集《繁花》《神思陌路》等；美术指导或服装造型代表作品：《卧虎藏龙》《夜宴》《赤壁》《风声》《一九四二》等。

进了崔各庄，又入何各村，记者一行人在导航的指引下仍然在尘土弥漫的乡村小路上多次迷路，兜兜圈圈像鬼子进村一样终于在宁谧的一号地国际艺术区里，找到了没有任何标识的红砖包裹的叶锦添工作室。

推开灰色的铁门，迎面就是叶锦添为即将上映的电影《白发魔女》设计的戏服，以及《梦渡间》艺术展中最引人注目的装置作品——五米高的人偶 Lili。工作间里，到处都是各式各样的道具、模特、布料，连角落里也挂满了定妆照，没有给人杂乱的感觉，反而有种美术馆般平和的氛围和神秘感。我们坐在二楼简欧风格的休息室，在茶与烟的淡淡缭绕中，开始了和世界级美术大师叶锦添的对话。

"我坐在那儿真的快发疯了"

不论是二十世纪八十年代的《英雄本色》《胭脂扣》，还是后来的《大明宫词》《夜宴》和《赤壁》，这些家喻户晓的作品离不开叶锦添的付出，他对文化底蕴的把握，夜以继日的推敲以及严谨入微的视觉设计都无疑做到了"锦上添花"。直到 2001 年凭《卧虎藏龙》斩获奥斯卡最佳美术指导前，他一直隐匿在大众焦点之外。

叶锦添曾在书中承认自己性格很矛盾，内敛却有浓厚的表演兴趣。他说他的所有创作都是源自这样的性格："我自己不想上镜但又想做好多事情让大家发疯，其实跟李安有点像，低调又很惊人。比如一大堆人在聊天，他就会偷偷使劲一拉桌布看大家的反应。"

如今叶锦添写自传，出作品集，接受媒体采访，现实的语言却一直是他的障碍，因"害怕被孤立"而不轻易发表言论。"好多人天生健谈，但我永远没办法把自己弄成那样的状态。比如有人邀请我做访问，把我扔在那边或者把镜头对准我，他认为我自己可以搞定，但我就不知道要讲什么，也不想讲什么。"叶锦添最近在英国圣马丁演讲，他跟活动负责人协商一定要有人陪他聊天，否则他没话讲。结果对方临时有事离开，叶锦添保持了二十分钟的沉默，令慕名而来的满堂后生无比诧异。"我坐在那儿真的快发疯，心里想，真是要死了。"

叶锦添大笑着说自己还有一个"很惊人的壮举"：田壮壮在艺术学院做主任时，也曾请他去演讲，结果两个人默不作声地坐在台上，抽了整整十五分钟的烟，台下观众忍无可忍，于是直接进入 Q&A 环节。他解释自己在公共场合常无话可说的原因是——"我很抗拒 sale（推销），有时觉得教学都是推销，聊天才算分享。有的人一开口就是整套完整理论，我很怕那种什么都讲完了，好像很厉害的感觉。我完全没有这种技术，也很讨厌这样的东西。"

"每个皇帝都有他的新衣"

继《大明宫词》和《橘子红了》之后，叶锦添与导演李少红于 2008 年再度合作，接手新版《红楼梦》美术设计的重任。他花了半年多时间，深入研究古代剪裁，呕心沥血完成了四百多套衣服的设计，试图去发掘一种贯通当代的东方古典美。然而，额妆等戏剧化的造型引起巨大争议，甚至铺天盖地的恶搞。网络调查显示，大多数网友难以接受新版的人物造型和服装，认为"怪异、阴暗、妖气重"，学术界也一片炮轰。当时处在风口浪尖的他简单回应："我不可能再做以前的东西。"

对于"新红楼"，叶锦添起初有两套美术方案，一是写实，二是写虚。他认为应该用中国的语言和节奏来讲故事，但原著各处形容不甚统一。"曹雪芹用了很多风格来写，有时很写实，有时又很诗意，比如黛玉写诗又葬花，用写实的方法来拍就会有点不协调。书中有好多半幻半真的场景，我就想，如果像舞台一样做假，但去追求一个真会怎样？"他索性假作真时真亦假，大胆地在设计中使用了戏曲的符号。

当聊到网上有报道说新版《红楼梦》是叶锦添迄今为止最遗憾的作品时，他立刻打断了我们的提问。"没有，不是我说的。"叶锦添说自己没有丝毫遗憾，"本来是个伟大的想法，得到了剧组和红学专家的认同。但可能是还没有到创作这个东西的时间。中国的文化，你不到这个份儿，就讲不出什么。因为过去的每个动作都是自己决定做的事情。如果你叫我再做，我还是会拉着大家往前走的。"

有位网友如此评论："新红楼的美术设计有点'皇帝的新装'的感觉，行家们都说好，因为是叶锦添的作品，如果说不好看就说明你不会欣赏，而观众都不满意，因为观众是说真话的那个小孩。"这似乎巧合地对应了叶锦添曾讲过的一句"每个皇帝都有他的新衣"。

对于质疑相当淡然的叶锦添，言语中也透出知音难寻的无奈和艺术家的骄傲固执。"这关乎态度，因为我一直在往前走，当然很喜欢听到意见，但是真正有见解、打动我的意见很少。好多人讲得根本不具象，我不知怎么回答。李安很难得，有强大的凝聚力和执行力，更有艺术性，懂微妙的度的把握，能切中要害，这样的意见我就听得懂，虽然当着他面，我还是会说无所谓啦，我就是这样的人又怎样。如果真的和导演意见不合也没关系，我会以专业的态度来完成工作，一定给他的比他要的多，一定帮他加分。同时我会跟他沟通自己的想法，并且可能落实到一个程度，而不会因为分歧，就从一开始放弃自己的想法。"

"我觉得自己更像一个摄影师"

"我以前很喜欢画画，从小心目中就有很多怪异的形象，随手就可以画出来，这种特质有时很吸引人，有时也很难被人理解。我一直尝试去理解自己这些东西是什么，像出拳一样，越练越快。"叶锦添说自己是一个害怕寂寞的人，于是放弃了当一个寂寞画家的愿望，把兴趣转向与人相关的摄影。"我哥哥是摄影师，他女朋友太多了，我一个都没有，我告诉自己这样不行，一定要赶上他，这就是我学摄影的初心。"

作为一个在各个领域都有惊人成就的全能艺术家，叶锦添觉得自己更像一个摄影师，他尝试用摄影去找寻与某种神秘脉络同在的感觉，无心观照，像写日记一样执着。"摄影师是不在时空里的，最讨厌的摄影师会令观者感知到他的存在。不管在世界任何角落，我喜欢拿相机随便偷拍经过的人，现代人行走的状态很特别，很少有理智和机会去防备，有点类似动物的状态。很多年我都坚持这样拍，拍完后把它们排到一起觉得好屌啊，可以看到真的时间。"

人们通常认为光影的瞬间之美可遇不可求，而在叶锦添看来，摄影是在试图捕捉超越时空的真实影像，从中发现自我，这样的影像往往在千万瞬间中才能遇见一二，不在于巧合，而更像一种意志的追寻。"有点像钓鱼，你不知道鱼几时游过来，也不知道自己几时能钓到鱼，但你必须全神贯注，忽然有想法就拍。冥想状态就是整个人卸下防备，完全打开，靠直觉去捕捉那些千变万化的宇宙能量，好像和上帝对话。"

说到这里，叶锦添回忆起在威尼斯拍戏时发生的一件趣事："我的助理是当地一个知名收藏家的女儿，她带我到处参观，我就很丢脸地把相机拿出来。我也知道自己这样非常不酷，因为人家当我是大师。她忽然跟我讲了一句：相机是你手的延伸吗？我一听，觉得好像是上帝通过她，跟我讲另外一层含义：相机已经取代了你对所有事物接触的面吗？后来我就一天都没有拍照，认真地看。哇，最后看到一个工作室实在太漂亮了，是我梦寐以求的，又忍不住把相机拿出来。后来她就一直不讲话，觉得我真的太不酷了。"叶锦添一边说一边自嘲地哈哈大笑。

"我看到蒙娜丽莎，会觉得自己就是蒙娜丽莎"

成长于文化破碎的殖民地香港的叶锦添，童年孤独和被忽略的记忆挥之不去。带着对现实的不满和迷惘，少年时的他身上压着仅有的盘缠，心怀远大的志向，踏上浪迹欧洲的旅程。

他不断穿梭于博物馆、画廊，沉浸在前卫与古典艺术中，被西方世界对文化坚定的传承与传播深深打动。

多年来，叶锦添游走东西，与各国艺术家合作的经历令他深信，本土文化不应该只是附庸西方的标准，传统会带领我们走向未来，而保存传统的唯一途径是找到一种可以连接古今的心境，不断将其翻新，达到共同的骄傲感和归属感。他始终在思考：到底，我们应从哪里学习，又在哪里遗忘？

叶锦添很崇尚六十年代的前卫精神。黑泽明、帕索里尼这些疯狂的影像制造者不断颠覆传统历史，无限真诚地为自我呐喊，直到今天都能在每一格底片看见反叛的力量和纯净的热情。他认为自己在某种程度上跟西方艺术家更接近，也由衷钦佩他们在一个没有条框的世界，仍然能远离自我膨胀，延续创作生命。"虽然他们比我们成功很多，但心还是很简单，中国有点复杂，没有那么的无条件。商业造成全世界价值观越来越相似，这个年代没有任何东西比商业庞大，中国的美学教育都是庸俗的商品，好多东西都遗失了，很难让人感动。"

"我看到蒙娜丽莎，会觉得自己就是蒙娜丽莎，思考达·芬奇怎么表达自己，为何画里出现了他自己的脸。西方文化强调人文主义，以人为本，他们一直在上帝视角的三角形里执行做人的最高标准。而东方文化讲究自己先消失——虚空无我，这种区别造成了不一样的发展。东方主义是被中外都误解的东西，新东方主义的"新"，是 post 的意思（post-oriental），不是推翻，而是分解。"新东方主义正是向这个无尽遥远的源头探索，以多维的角度自在分解人间的限制，经历虚幻，直观其貌。

吸取古今中外的精彩养分，叶锦添的作品向来呈现出世界化的美学，但他认为东方的文化语境蕴含着巨大的能量，亚洲的艺术家必须要在有限的资源内，向着世界中心挑战。"东学西渐不是我说的，自己现在需要为东方做些事情，尝试帮助大家明白它怎样发生，内容是什么，但新东方主义并不是我的全部，不是我一辈子背着走的东西。"

"把一个似曾相识的虚无形象，重新放回人间"

叶锦添一直渴望逃离所谓现实，感受灵魂的真实存在，Lili 或许恰恰提供了这样一个出口。作为拟声，Lili 代表重复的众数，是叶锦添玩的一个游戏。

他用摄影机记录在琐碎的生活场景中，人们对不同样貌的 Lili 产生的有趣反应。"我把她放在酒吧，好多人明明知道她是假人还一直和她说话。连太阳马戏团的导演 Franco Dragone 都好喜欢她，每次来我工作室就一直和她聊天，聊到我们必须提醒他要开会了。在台湾做展览，不少人在留言板留言，问 Lili 有没有男朋友。在今日美术馆展览 Lili 的前身——《原欲》时，有个老外从早上到下午一直在给她拍照。"值得一提的是，《原欲》这件真人大小的雕塑作品有一个装置，会安安静静很慢地流泪。"这个表情很特殊，沉默的眼泪不一定代表悲伤，也表示生命力和共同语言，好像她明白人的痛苦，会让人很放松地和她对望许久。"

制作 Lili 的初期，叶锦添参考了魏晋南北朝的犍陀罗佛像，当时犍陀罗在西域产生，所以是西方人的样子，到了中国之后，魏晋南北朝时期各个地方的人所雕刻的佛像是不一样的。"唐朝佛像定形之前，每个地方可以按照当地的审美去画佛像的脸，就造成了南北朝时的佛像由非常多种美学组成，所以佛像就是人心中的像。"之后他凭直觉用了一个多月去搜寻现代人最容易产生共鸣和喜爱的一张大众脸，"把一个大家似曾相识但并不存在的虚无形象，重新放回人间任何地方"。

叶锦添说《没有我们的世界》（注：艾伦·韦斯曼著，上海科学技术文献出版社出版）一书带给他极大的震撼，对他创作 Lili 有着重要影响。这本书讲述了没有人的纽约城如何变回大自然的过程。人类历史会无意义地消亡，但其存在的物质性会在时光废墟中残存下来，成为宇宙故事的一部分。"从物质世界的创建到现在电子世界的覆盖，好像人类走了一圈。站在这个节点，世界又重新在我面前摆成一个全面的东西，我觉得世界末日也差不多了，除非我们有一个新的存在形式出来。"

摄影 / 刘妍

"我不相信有生之年，我有感觉的东西都会是我的"

作为一个美学探索者，叶锦添坚信来自于东方传统文化的思想瑰宝，一定会在当下物欲横流的社会重生。然而他不希望带着文化使命感进行创作，他认为艺术感动人的地方并不是去追随某种最高的指导原则，而是一种经过磨炼的真挚，是一种发自内心，纯粹自由的感受。

"我做艺术展从来不用关系，如果它应该是默默无闻的就让它这样。我依然会花那么多时间来做，只求出来的作品是很真的，最后所有努力叠加在一起能有力量。办展时，我经常带朋友去，在旁边喝酒聊天。现在艺术家往往都做好卖的小型作品，很少会像我做大型的不出售的作品。"

《神行陌路》后记中有一句话：人会消失，但他们留下的美感却不会消失，这就是文化的底蕴。活着的人，与曾经活过的精神世界共融，留下的只是一种态度。当被问到有生之年希望给后世留下什么时，叶锦添的回答很出人意料。"我不相信有生之年，我有感觉的东西都会是我的。活着的人与曾经活过的精神，是我跟另外一个我在沟通。如果要让大家理解，要重新把它摊到时间点上。你会说某件事是星期一发生的，但在我心里哪有什么星期一星期二。睁开眼，以前、现在、未来都在这儿了，没有时空，没有白天晚上，比如 Lili 的作品我拍了一千个白天和晚上，全部排出来，每张照片根本分不出来，只知道她和这些东西有联系而已。"

叶锦添说他最怕掉进理想主义的陷阱里，不会耗费任何一分精力在不重要的事情上。"理想主义者每天会为了找不到的那个东西而哀伤，我也有很多目标，但没有所谓理想的限制。人有时候像流水一样，总有一个方向，自然会到那个点。我不是那种相信自己无所不能的人，但在对未知领域的 explore（探索）中不断对自身产生兴趣，这种单纯的尝试中发生的惊喜是属于大家的，而不是我一个人的。"

"全都搁下吧，当你更自由，剩下的就是你喜欢的事了。"这是叶锦添曾经发的一条微博。他和天底下所有艺术家的渴望相同——追求一种洒脱，可以无所羁绊地创作，摆脱个人与现实的限制。"我常常徘徊在这个问题上，比如我要做什么才能让全世界人都看得懂，大家都支持我，这个很恐怖。好多人不明白，觉得我做的东西根本一文不值，当然这样也不见得不好，最重要的是出发点。身在这个空间，每个人都有一个神秘的通道被封住。最能引发人潜能的应该是痛苦，长期莫名的折磨，奇特的东西便会从中诞生。好的定义是什么呢？我的回答可能包括了这些痛苦与折磨。当你到达一个高度，好的坏的就没有定义了，你根本不会去想这些。"

"要怎样才能填补他创作上的饥渴"

叶锦添曾为了创作，身无分文去往台湾，刻意把自己安排在不安定的状态中，常三餐不继，住在木板隔间的破公寓里。困顿的生活，他却乐在其中，全心全意找寻原创的可能。在那个充满人文气息，高手如云的艺术丛林，侯孝贤、白先勇、林怀民等文化精英的创作热情和个人理想鼓舞了他。经过七年艰苦的舞台创作，一步步积累能量，叶锦添最终通过《卧虎藏龙》登上国际舞台，成为家喻户晓的大师。此后，他更加挥洒澎湃的想象，频繁地跨界，尝试全新的媒介，丝毫不见怠惰地挖掘自己超乎常人的天分。

张靓蓓在《神思陌路》的导读中道出了很多人共同的好奇："看到叶锦添的拼命，有时真想问究竟是怎样的一种发自内在的激情，鞭策他不停地朝艺术之路探索？要有多少的艺术类别，才能填补他创作上的饥渴？"

叶锦添则认为自己一直是个很懒的人，不过他并不觉得创作累，反而在每一个领域都能找到趣味，所以他也不知道自己的"胃口"有多大。"对我们来讲，创作就像吃饭一样，你不吃饭不行，就会饿死，但你吃饭就会开心，而且每天还要吃不同的饭，这方面的野心、好奇心很大。我接下来在香港办 Lili 的展，就会传达我关于香港特定的记忆。我在构思一个新的作品，表现三个 Lili 之间的关系，也在做一些完全西式的衣服，还想做一个外国面孔的 Lili。我很想做好玩的电影，我和李安有可能很快就会有合作，他要发明一种新的电影语言体系，在纽约的时候，他跟我讲这个的口气——'哇，不得了'，我知道他在钓我的胃口。"

短短几句便印证了这个"懒人"的创作永远都保持着进行时，让人联想起李少红的评价："他像一部制造奇迹的机器或者矿藏，在不停地喷发。而这也让我害怕，使我忍不住会体恤地提醒他说，你不可能不休息，不可能没有生活。他永远在讲他的很多计划，歌剧、电影、小说，还有摄影展、美术展、唱片。"

然而，叶锦添曾在自己的书里吐露心声，生活对于他，仿若一个没有实体感的世界，他一直凭着一种单纯的动力去找寻一个内在幽深的所在。因为在那里，他可以得到宁静。在他看来，真正的创作是带着苦涩与无限的孤独感，在不断泛起的记忆与自我显现中，他逐渐找回失落的东西，去抗衡人最大的宿敌——寂寞和慵懒。

《文周》:《神思陌路》、《神行陌路》写了多久?

叶锦添:第一本写了十几年，第二本也有六年，现在接着写第三本，应该也要几年吧，因为我写的东西几乎是把我的经历都写进去，而且完全不着急，写作也是帮助我自己去整理。

《文周》:你是否也有生活化的、俗的一面呢?

叶锦添:我每天都希望自己俗，俗好啊，俗才能跟人家生活在一起。我是城市人，离不开城市的速度和节奏感，每天需要新的资讯，和社会脱节就不好玩。我节奏很快，也可以一个人很长时间地安静，但那个部分的我就很难跟人聊天，我又喜欢跟人有话题，好融入社会。

《文周》:你曾在书中提到哥哥投身佛门，宗教对你的创作有影响吗?

叶锦添:我从小就对宗教和哲学思辨很有兴趣。十一岁的时候我很疯的，哇，那时真是英雄啊！有一次我正准备考试，很烦，不想看书，一个人坐在屋门外很无聊，后来就来了两个世界上最难缠的人——摩门教来给我传教。他们没有见过有人听得那么入迷，我听完很好奇，问了一个多小时，他们越来越觉得不对劲，然后第一次听到摩门教的人说他们有事要先走了。中国文化一部分有意思的沉淀就是佛教了，我以前念基督学校，所以没有把两个宗教分得很开，觉得他们很接近。我很相信缘分，有些东西总能一直吸引我，但没有道德标准，我的作品有很多黑暗，不会刻意去追求美好。佛教有一点我很难接受，它一定是朝普及人的善良方向发展。我觉得天地不仁是正常的，我不相信天地会在人的道德标准上有所谓执行善的力量，真正的善应该在于人本身的取舍。

《文周》：你自称是“书的奴隶，与生俱来爱书”，平均每天会花多少时间看书呢？

叶锦添：现在都没太多时间看书，旅行的时候会重复看自己的书，一是检查和自己现在所想有无出入，二是给自己一种集中思考的稳定感。无聊的时候喜欢看村上春树，但现在都已经看完了。比如《舞！舞！舞！》的语言风格虽然属于八十年代，已经过时，但很多人到现在都没办法达到他的境界。

我看很多书是为了吸收养分，这些都会影响我的创作。我没念过大学，但专跟大学生拼。他们不懂什么，我就要马上懂，最后他们听我讲，还很佩服我。我通过看书整理自己的知识体系，越走越远，很多会深入到影像。

因为做舞台设计，和国外品质很好的知识分子有很多交流，了解到很多信息，有些可能是可以一辈子玩下去的朋友，好玩得不得了。现在内心很丰满的，对什么人都不怕，强大得不行的感觉。

《文周》：你曾说希望有想去哪儿就去哪儿的生活，实现了吗？

叶锦添：我对自己的内在世界有很强的好奇心，非常不容易满足，需要不停地在外界找东西来探索自身潜力，所以我的创造力很旺盛，从来没有停过。比如，我在青藏高原看到藏族人的生活，就很有感觉，也很想去世界其他的原始部落，接近泥土，去感知人类远古的记忆，可惜现在根本没有时间去。我自己也很懒，又是一个路痴，放我一个人在外面，我一定死定。得有人带着我，讲话也要人陪着我。幸运的是，现在我拍戏、做艺术作品，有时有些很奇怪的人会带我去一些很奇怪的地方，就认识全世界很多像Robert Wilson（美籍欧洲跨界艺术家）这样的奇葩。这让我内心很丰富，想知道这些志同道合的朋友在做什么很厉害的事。离谱的东西在大陆没办法达到，我就去外面。大陆目前还很封闭，没有一个面向世界观众的思考。创作的人不要浪费太多时间在迎合评论中，他们会把你拉垮，还觉得你一文不值。

《文周》：可以给学艺术的后辈一些建议吗？

叶锦添：这个问题我也很头痛，首先不真就不好玩，但不见得每个人都受得了真的东西。我碰到过一些很有天分的年轻人，不小心接触到真实，搞得自己很不开心很不成功，所以我很难给意见。有时你开始了一些东西就停不下来，好比购物之后，商家会一直发促销短信给你一样。不过，通常问我的都是怎么变成我那么成功啊，我说你去拜佛，这样最快啦！我确实是一个很不成功的人，因为就算我成功了，也会一直搞到自己不成功，我会故意搞出很多麻烦。

【记者后记】

两小时的采访，爆发了多次群体大笑。这时我们才发现这个平易近人、讲话简单直白的香港大叔，实在和印象中高深莫测的美学大师判若两人。例如，拍摄街头行人这个被叶锦添称作“好踇啊”的爱好，其实在微博里是这么形容的：“城市在亮丽地展示着它的色彩，穿流其间，现实的人间成为了背景。我们看到梦想的角度，无意识地追寻着那种梦幻。但是在匆忙的步伐之中，偶尔会与真实交接，这时候我被城市的另外一种景观所吸引，与这个时尚想象世界截然不同的，是一个真实却又暧昧相连的人生。——Blind Date No.188”

此刻重新翻阅他的书籍，仔细回味他在谈话中不断引发人思考的智慧火花，才逐渐领悟，为何舞蹈家 Akram Khan 会认为“活力洋溢的定静”这句话最能贴切形容叶锦添这个人了。

记者｜冥哥、聂凡鼎

部分图片由叶锦添工作室提供

2014 年 5 月 1 日 总第 111 期

苏阳

依然有鲜花
开在粪土之上

宁夏音乐人。2003 年成立的苏阳乐队，是一支极具地方特色的摇滚乐队，至今出版过两张录音室专辑。代表作品：《贤良》《牛拉车车》《贺兰山下》等。

2014 年 4 月的一个周末，在“影响城市之声”专场演出上，我们见到久违了的苏阳乐队。消瘦的“老汉”站在被灯光炙烤得金灿灿的舞台中央，唱起“天上日头，把河水烧干”，像是站在一呛就是一口黄沙的宁夏平原——唱到把喉咙烧干。

常用“老汉”自称的苏阳，又被朋友们亲切地唤作“苏伯伯”。任何时候见到他，都是随意的一身黑，再加上总是剃得极短的平头，不仅被乐手拿来调侃他“土”，连音乐节演出前被保安以“民工不得入内”的理由拦下的段子也算不得爆料了。

就是这么一个唱歌的老汉，在演出第二天上午准时赴约接受采访——这对于太多习惯把正午之前的时光留给睡眠的音乐人来说，是很难做到的。苏阳乐呵呵的，还是舞台上的那一身黑，就着一杯茶侃侃而谈。一聊，就是俩小时。

长在银川，像草一样

七岁时，在厂矿工作的父母把苏阳从山清水秀的江南带到了“塞上江南”——一觉醒来，窗外的郁郁葱葱已成为携着风沙而来的荒芜。“我当然是宁夏人了，因为最主要的生命阶段都是在那儿的。”苏阳说，“我身上所有的烙印都源于西北。”如今生活在北京的苏阳，每天还是要吃一顿面，“我们有仅次于东北大米的产米大基地，可宁夏本地人都不吃米”。

2004 年 10 月，“只有一个宁夏”系列音乐会连续三日在北京进行，苏阳、布衣、赵已然作为来自银川的代表登上舞台，宁夏原创音乐的脸孔赤裸而炽热地绽放。演出结束后，乐评人颜峻深情款款地写下题为“只有一个宁夏”的文章。其中有段文字如此道：“苏阳突然唱起了花儿。他的腔调中，也出现了野孩子那种地方口音……回到银川街头的时候，这个小人物仿佛已经周游世界。你知道，这和原地不动的人发出的歌声是不一样的……在城市化的过程中，修行者提前从前锋的位置跑回了后卫那里，等着人们从狂奔的新生活中掉下来，给他们安慰。”

连来自黄土地的安慰，都如同盛满日头的一马平川般滚烫。在滞后的城市发展中，你听到苏阳歌声里最平凡的西部，和随着外来文化影响时，内部冲撞得热烈的西部。这声响里，既放大了乡土发展变化的细节，也承载了整个西北生活的缩影。

《文周》：你认为音乐和地域之间的联系是什么？

苏阳：是依存关系。地域产生方言，方言是一种活的辨认信号。后来普通话把这给统一了。实际上方言并不简单，它是有所承载的。每一种方言派生了每一种民间音乐——这是肯定的。

比如南方的地势充满拐着弯的山路，所以它的音乐和戏曲，包括人都是委婉的；北方就是要高平大马，和那儿的地势特别像。

《文周》：就现在来说，民歌在西北人的生活里占据什么地位？

苏阳：我老家旁边有个拉面馆子，馆子里的几个人全是从青海过来的。他们做拉面的时候，就放那些改编过的花儿来听。河州有个很有名的花儿歌手叫尕马俊，“尕”就是小的意思，他现在也是“老马俊”了。一天我路过馆子时听到，就随口说了句“尕马俊”，馆子里的师傅回道：“哎哟，你还知道‘尕马俊’哪？你是唱歌子的哦？哪天你也给俺们唱唱听听。”我们就聊起天来，他自己其实并不会唱花儿，只是每当想起他爸了，才放花儿来听。你看，民歌已经变成了一个载体，一个记忆土地的载体。所以，我觉得不存在什么扶持或者发扬光大……你是可以让它融化到现代生活里的。

花儿：《诗经》般的生活方式

在苏阳的学生年代，大陆的流行乐几乎尚未萌芽。改革开放后百花齐放，港台的"靡靡之音"才在有限的条件下流入青年人的耳朵里。私下偷学后扒好谱子，自学了吉他的苏阳也开始弹唱。越来越多民间乐团在剧场翻唱起了流行歌，渐渐形成歌舞团的巡演风潮。从西安上学回到银川的苏阳只工作了一个月，就忍不住跟着小乐团开始“走穴”，在河南一转就一个冬天——"快饿死了"，追忆起颇有年代感的经历，苏阳的语气尤其诚恳。

"那会儿其实就是不想靠家里吃饭，而年轻人觉得站在舞台上就很好，也没有什么理想和规划，就混了两三年。后来再看，也不能混下去了，打算回银川上班。可回家了又不会干别的嘛，就在歌厅里面弹弹吉他，紧跟着就结婚了，决定老老实实过日子了，真的。"

但漂泊闯荡的几年，苏阳接触了许多音乐。沉醉于从朋友那儿借来的非洲原住民音乐唱片时，他突然意识到这些唱起来错落有致的非洲民歌和“花儿”仿佛有着某种关联，这样的熟悉感唤起了记忆的田野里那些并不完整的花儿片段。于是，苏阳开始关注起乡里乡亲们日夜唱的歌。

花儿在西北被叫作“漫花儿”，其关键在于“漫”——信口拈来，不拘泥于任何形式和内容。农历 4 月“花儿会”这一天，青年男女会背上干粮到附近的山中“漫花儿”，唱的是极骚情的男女之爱，是黄土地上的耕织劳作。"花儿"词浅意深，形式与意蕴都与《诗经》十分相似，不识字的农民随口唱出的词，也天然吻合"赋比兴"美妙的修辞方式。

曾有说法认为西北战事频繁，靠天吃饭的百姓自然加快了生产和繁殖的节奏，歌唱成为因地制宜的交流方式，是一种高效的求爱工具。"花儿"似乎是这片并不富饶的黄土地上，人们灵魂深处的倾诉与呐喊。

半路出家的苏阳扎进"花海"，一琢磨就是十几年。有时他会找到乡间老一辈的"花儿"歌手，录了音之后回来边听边跟着自学。十几年，虽不至沧海桑田，但生活节奏和方式的变化速度已教人始料不及。从前唱花儿的年轻人渐渐老了，新一代的年轻人却早已不再出现在田间地头。"花儿会"上总是出现熟悉的老面孔，围观的年轻人手机一响起来，流行歌登时响彻漫山遍野地。

《文周》："花儿"这样的民歌基础在哪里？在城市里长大的人是不是比较难学会？

苏阳：也不是，把你撂那儿一段时间，你也能唱。没有大家想的那么难。农耕时代嘛，劳动和生活是一体的，求爱也是一体的。现在是拿把吉他唱歌泡妞，以前那都是种地呢，看一姑娘在旁边拔草，你就在那儿唱起山歌"勾引"人家。我们不需要把这个东西看成一个艺术品，或者严格意义上地强调"你在创作"，其实它就是个表达工具。但是这个工具呢，它有它的格式，比如说"折断腰""三句""倒卷帘"……有这些说法。

《文周》：像是古时候的词牌？

苏阳：对，它其实就是。

《文周》：你在纪录片里提过，"花儿"其实是分很多类的，大致都有哪些？

苏阳：花儿一般分为青海花儿和甘肃花儿。这两个地方花儿的生态都非常强盛，人数巨多，基本上整一个县城的老人都会唱。年轻人里估计有一小半也会，但唱得不如老人那么好，因为语言发生变化了——以前只有方言，没有第二种语言。在那个没有任何电子设备的时代，你听到的所有，包括那个生产队长敲钟上工的时候，说的全是这个庄子上、这个山边的话。后来有了收音机，什么都来了，听了中央新闻、港台流行歌、英文歌、摇滚乐……方言它慢慢被冲淡了。历史就是这样的，它一遍遍被杂交，一遍遍被融合，就冲淡了。

《文周》：会有意识地去记录"花儿"的变迁和消失吗？

苏阳：会，必须有记录。我觉得现在你谈"传承"都很难，因为人们的生活方式已经变了，年轻人也不愿意静下心来学那么多的"花儿"了。一个村子里面两百多人，其中可能只有一个人对这个有兴趣，这说明不了问题。不像以前它是这里主流的表达手段，每个人都会。

民歌：永远不知道今天唱什么，明天唱什么

2013 年 10 月，苏阳赴台湾参加“流浪之歌”音乐节，与来自九个国家和地区的民间音乐人交流。同是由民间生根的音乐，情感有太多共通之处，苏阳数次兴奋地回忆起这段难得的经历。“晚上喝多了，一块儿玩琴，大家就胡闹！”他说，“其实那一刻是最有音乐的时候啊，因为每个人都没有舞台感。”

民歌手的心都是野的。苏阳觉得数字音乐是完全仰仗技术的，一环扣一环，非常严谨，而民间音乐没有太多技术成分，没有对错的标准。民歌与流行乐背后的情感不同，表达方式也不一样。兴起之时引吭高歌，换个地方，就自然又是另一种味道——“你永远不知道今天唱什么，明天唱什么。”

《文周》：在台湾时，你和林生祥有一段对谈，你们提到了民间音乐相对音准的问题。

苏阳：在这个问题里，其实我想表达的大概意思是，“量化”本身是没有错的，总结前面的规律，后来的人照着技术性的东西去做就行，没必要排斥。可民歌手一般唱东西都很随性，有时候钢琴都找不到他们唱出来的那个音。钢琴每个音都必须有固定音高，但是民歌手不是照这个来的，民歌是从语言里面派生出来的，它的调子今天高一点、明天低一点都是没有关系的，通过语言派生出来的音乐其实更自然。但是以前大家都认为二者是互相排斥的，早期我们自己去录民歌，大家一块儿讨论说你看人家原生态的民歌根本就不管规律，怎么弄都好听，其实后来你发现有音准不是一个坏事。你完全可以在兼顾西方音乐的时候，依然保留民歌的精神，不要让它们对立起来。我有个最大的感触就是，身边录的很多东西都不符合那个固定的音高，但是录得最精彩的那几段，它的相对音高值都是对的，都是符合前人总结的规律的。

《文周》：可以举一个具体的音乐上的例子吗？

苏阳：这个特别简单。现在弹吉他都有校音表，但以前人们都是拿耳朵听的，没有必要非把音调得那么准，几根弦的关系调对了，哪怕高一点低一点，都不会跑调。

创作：依然有鲜花开在粪土之上

苏阳说自己最近有点儿"毛病"：深夜三点多醒来就再睡不着，起床喝喝水，看看书，吃完早饭，就熬到了上午，还"分不清昨天和前天"。老汉笑着说："我老了。"

去年，苏阳和出版社签了一本书，打算聊聊音乐和生活，但是没想到写得特别慢。演出不多，苏阳觉得去年的生活状态不太好。大家记忆里每天早起要喝粥养身体的他，在一段时间里"过得特别糊涂"。在银川过年时，得知以前参与过乐队的两个朋友先后过世（注：苏阳乐队曾经的吉他手程鑫及鼓手安彪），苏阳感慨太多。他最近戒了酒，调整自己的状态，签约摩登天空之后，今年计划会多参加一些演出。

这几年生活重心渐渐转移到北京，银川原本缓慢的生活节奏已被城市化打乱，在包罗万象的纷乱里，所有变化声势浩荡地进行着。但在不可阻挡的变化里，苏阳还在思索，相信"依然有鲜花开在粪土之上"。

《贤良》（2006）和《像草一样》（2010）之后，苏阳还没出新专辑，他希望今年慢慢能拿新歌跟大家分享。"如果新歌在现场先唱，那就可以根据效果改一改再录——我觉得这可能比你憋着一块儿'呼哧'一下录出来，效果好一点儿。"

《文周》：《贤良》的歌里感觉会有一些你个人的体验，但是到第二张《像草一样》的时候，唱的全都是老百姓了。

苏阳：对，就是那个"主人公"撤出来了，我就是要做这种尝试。因为我自己没什么可说的了，应该换一个角度了。第一张是我刚开始接触民间音乐，时间不长，实际上是比较严格地按照民间音乐的格式在做。到第二张，我想把它改成是经过民间音乐吸收之后的作品，但显然做得不如第一张好——分两面说，制作上超过了第一张，但是它的原始力量不够；第一张的作品好，原始力量也够，但第一张的音乐制作不是很好。

《文周》：接下来新专辑的创作会是什么方向？

苏阳：还是在寻找一个合适的角度。现在就老找不着能散发你热情的角度，因为这个东西真的需要刺激。现在已经积累了一些作品，但怎么展现出来，还得等等。

《文周》：有人觉得你的音乐里有一些社会批判的东西，你怎么看？

苏阳：我觉得"批判"并不是一个尖锐的词，你今天饭吃得不好了，你可能也会说两句，它不是一个坏事儿。而且我的歌还追求趣味性，比如《贤良》那个歌词，追求的是极致的暧昧

但又不说穿。还有就是，我在政治上没有什么见地，都说西北人靠天吃饭，那北京人苦不苦？天天加班回不了家，大龄青年都找不到对象。其实我觉得现在的北京人比西北人还要苦！

《文周》：有网友评论说李志和万晓利是中国民谣里在朝的，像李建傧、白水和你这种是在野的。

苏阳：很有意思，就是说他们是书记，我是社员嘛。（笑）承认，承认！其实像我们乐队现在演出的这种形态啊，我觉得已经是主流的一个形态了，在语言上也很通俗。当然早期不成熟的感觉其实是最好的，完全不着调，弦也调不准，但它就是非常生动。可如今现场来的人并不都是西北的，调音师也会要求你的音准，所以这个时候，你必须有一个平衡，要把你的语言通俗化来解决这些隔阂，但你还不能丢了要表达的那些东西。

城市民谣为什么受欢迎？我觉得可能就是因为现在到处都是城市了。在我们家旁边一个叫盐池的小县城，有个爱听我唱歌的小朋友，一说起李志，竟整个县城的人都知道。就是说，现在已经没有真正意义上的农村了。

《文周》：在这样的背景下，乐队到各地演出，跟从前有什么不同吗？

苏阳：可能因为我年龄偏大，我见过了我们那个时代也看到了今天，觉得如今有个最大的特点就是，不管这个城市有多少值得抱怨的地方，在现场依然总能感觉到朝气。有时也能看到跟我一样大的人来看演出，这个年纪的人不像以前一样拘束了，选择也更多了。到底是在发展，我们以前可没想过有一天可以变成这样——想都没想过！

记者 | Afra、骨朵

摄影 | 肖潇

2014 年 4 月 15 日 总第 110 期

王小帅

做一个冷静的旁观者

中国内地第六代导演之一。代表作品：《冬春的日子》《青红》《十七岁的单车》《闯入者》等。

"我憋不住了！"——青红

青红是王小帅电影里最闪耀的角色之一，这是她在电影结尾最惊人的一句台词。这场戏，那个喜欢青红的工人以强奸罪被枪毙，三声枪响回荡在天地之间，父亲不放心女儿青红独自上下学，天天接送她。一日，在回家路上，青红说："我憋不住了！"青红这样说其实是有双重意义的指向，生理与心理的"憋不住了"都被打通。你会发现，青红这样一个人其实是很震撼的，她跟王小帅诸多电影里的人物一样，在用青春最简单的言语和动作凸显自己的压抑并寻求解脱。

提到这些是因为在采访王小帅的过程中，当我提到国内当前的电影环境以及电影圈的一些冲动和压抑时，小帅似乎也在说："我憋不住了！"就好像那一刻，他是青红上身，要有一番话急于表达，结果又显得冷静克制，道此而言他物。那种暧昧不明却其实深藏内里的表达，总有些像一位超然于当前局面而躲开现世纷争的旁观者。

2014 年初，刁亦男执导的《白日焰火》国外获奖，票房走高，片子难得，市场也越来越包容，这些着实令人欣慰。但当王小帅听说有位业界老总表示"现在都想拍'文艺片'"的时候，却冷静地指出："这又是一轮新问题的开始。我们需要的不是某些热情，我们需要的是理性和制度，这才是为观众负责。"

八十年代人人推崇电影艺术化，王小帅却想让自己的电影走市场化路线，后来大家都在追求大片化时，他却没有去拍大片，当前"文艺片"三字走俏，他又提出了质疑。他说自己

《青红》剧照

最讨厌一边倒的"人云亦云"，而是习惯性与"随大流"背向而驰，并忍不住向这个社会的伤疤狠狠地杀一刀，也正是因为这一刀，他才得以以一个冷静的旁观者角色在这个世界里存在。

再回到青红的身上，或许，王小帅不只是想说一个人的故事，而是一直在用青红这样的角色来讲他自己。

"我憋不住了"的暗语或许是"我终究还是憋住了"。

当下：华语片的一种可能

"船到桥头自会直啊，国家现在都在变，总归会有办法的。"——《青红》

《文周》：同是作为柏林电影节走出来的导演，你怎么看《白日焰火》的火热？

王小帅：票房很好，这也是意料中的，我们大的环境也到这个时候了。"获奖的片子必然没有票房"这样一个魔咒需要大家来解。导演、投资人和创作班子能做到这样，真是非常难得，特别是在中国电影的现状下。

《文周》：你认为《白日焰火》这样的电影对中国类型片的开拓有什么意义？

王小帅：首先我觉得这部电影不应该简单归纳为某一种类型片，当然我了解这部电影的出发点是以一部类型片去看的。它具备许多观众期待的元素：色情、暴力、凶杀、警匪、悬疑，这些都是观众喜欢的类型。但按道理说，警匪、凶杀，它应该有类型片基本的叙事模式，但是它不完全，它又具备了一点点所谓的艺术感。它得这样一个奖，是两边都跨着，所以它带出的东西究竟会是什么，就像你说的，是类型片的改观、开拓？我不好下这样的结论。

《文周》：你今年上映的新片《闯入者》也包含悬疑凶杀的元素。

王小帅：这个片子所需要的凶杀或隐藏的危机，都是需要和故事的线索相结合的，是含在剧情里、含在结构里的，而不是说以一个商业的标签贴上去，所以我也无法给这个片子定一个性，无法说它是一个悬疑片。和《白日焰火》一样，《闯入者》有很多的叙述表达，观众需要跟进去，多一些自己的理解去建构这部电影，它的完成需要观众参与。

《文周》：你目前在电影市场里，可能处在一个相对边缘化的位置，到现在市场环境好起来，像对《白日焰火》这样的片子更包容的时候，你还甘于此吗？

王小帅：我觉得我的电影，是一部一部在做，但是我说的很多话不中听啦，这个是我的问题，可能我自己也把自己边缘化了吧。但我希望这种电影能被大家接受，所以我个人是不是被边缘化，能不能被别人接受，这是我考虑范围之外的事情。像《白日焰火》这样类型的电影要能够被市场关注，得有办法——不光是纯粹市场化的方法，来帮助这些电影。

环境：多一点空间容纳不同的电影

2014 年 4 月 9 日，2013 年度中国电影导演协会奖颁奖落幕，最佳影片和最佳导演两个奖项空缺。这个决定并不容易做，王小帅说，这是导演们共同的声音和立场，也是对中国电影的责任和期待，导演协会奖不应被过于市场化的因素左右，整个环境都需要给不同类型的电影更多机会和包容。

《文周》：你强调中国电影不要被过于市场化的因素左右。相对来讲，你对市场化倾向比较严重的美国电影怎么看?

王小帅：我们中国电影学美国的这几十年，恰恰就是美国电影在本身的文化形态上走了另外一个路线的阶段，就是说因为它市场的无限扩大化，高科技进来后，给电影形成视听语言的震撼，更多地走向了这样一种层面。但是美国电影环境有一个好处，它体量太大了，政策又是自由的,有很多好的独立电影、艺术电影可以作为储备。如果有一天奥斯卡评奖没好片子了，傻了，再评给什么第三集、第四集，就没有意义了，那这个时候，那些独立电影、艺术电影就会脱颖而出。比如说那年柯恩兄弟的《老无所依》，柯恩兄弟拍了这么多年电影，奥斯卡从来不带他玩儿，结果奥斯卡自己发现超级大片的续集拍糟了，说出去全世界要笑话，《老无所依》就上来了——它是随时有这个储备的。

其实中国至少不是完全没有艺术片、独立片的发展空间，只是要重视、要保护和呵护这一切。现在，在急速发展的市场里面，跟美国一样，都忽略了这个方面，不像八十、九十年代初期的时候，大家还有一种振奋。文化形态、电影形态这种新格局的突破，现在都不需要了，现在就是挣钱吧，谁把钱挣得着，谁就是座上宾。无论美国还是中国，大家都要警惕吧!

《文周》：你怎么看待中国观众对电影的审美趣味？

王小帅：全世界的电影观众都是慢慢地在倾向年轻化，现在我们电影院建设也倾向于高档、快销化。现在是“80后”、“90后”和“00后”慢慢主导的观众人群，而这代人的成长，又是和现代社会的电子产品、快餐文化相伴的，所以这样的一种趋势也是无奈的。只是说，在欧美有一个观影传统，年轻人看年轻人的，中老年也有不同的喜好和不同的选择。在目前中国的情况下，没有好办法让不同诉求的人都有他可去的地方。

《文周》：是分级制度吗？

王小帅：至少是从市场的构建上，把电影的文化属性和商品属性不同看待，把更政策性、概念性的东西都考虑进来。当然从根源上说，分级是为了让电影创作更丰富，在一个可见标准下发挥，会有更多有意思的电影产出，但是这个源头如果开开，下游的市场环境也得同时有容纳不同电影的空间，才能从上到下都健康。

时代：做一个冷静的旁观者

“我不记得当时，是否听到了远处刑场的枪声，但是随后这一年，中国发生了很多事情，却始终清晰地留在我的记忆中。”——《我11》

成长的背景不可能被选择和重来，但王小帅发现至少还有电影可以让他一次次回到似是故乡又已面目全非的贵州，释放记忆中根植的表达诉求，也一次次把自己扔在时空之外，看时代和历史如何在变迁中给一代又一代人的生命打上烙印。

《文周》：你能够成为一个冷静的旁观者，是受成长和时代的影响吗？

王小帅：我是个一旦人云亦云就要质疑的人。可能我的父亲就是这样一个人，他是在“文革”那个大的背景下，闹运动的时候还能独立思考的一个人，这些对我来说还是有影响的。当人们被一种疯狂驱动的时候，对我来说，可能这就是一种威胁。比如在八十年代，凡是出一部片子是娱乐性质的，就会被批评，当时这种情况我就觉得不对了。我觉得如果大家都在探索艺术，那么我可能就会去做市场，所以我们拍第一部电影《冬春的日子》的时候，我们是市场化的。

《文周》：关于电影，你那一代的人有着怎样的集体记忆？

王小帅：就是娱乐，就是玩，我们没有别的嘛。我们唯一的快乐就是把电影里编造的故事在生活中去演绎。像《侦察兵》《渡江侦察记》，小时候对这样的电影我们是极端感兴趣的，我们将之统称为打仗的电影，正邪特别清晰，在我们那个智力上特别容易接受。回过头看，像这样的电影，过去就过去了，等到你慢慢从孩童时期初级的、纯粹的观众角度，看打仗、看热闹这么一种心态里，走出来后，就进入一种相对职业的状态了。

《文周》：有一种说法，说你对生活的思考反映到电影中是很知识分子化的，你认可吗？

王小帅：我最近也看到这个说法，因为我自己无法评判自己，我不知道我所处的位置是什么。我的位置也很复杂，因为家庭背景是工人，而我父亲搞戏剧，我是从小地方出来的，但是我不是真正从农村或小县城走出来的，我又上了学，又从科班出来，那我所呈现的东西是怎么样的，不是很清晰，但是有一点，我可能是介于那种完全的底层和所谓的完全时尚的上流之间的那一类人。

《文周》：这种成长背景对你的影响还一直在持续?

王小帅：我觉得从心理学的角度来讲，每一个人现在人格的形成，都是和过去相关联的。有的人把小时候全忘了，那么他可能潜意识里选择了屏蔽。对我，我觉得它依然还在，时不时就会蹦出来。

《文周》：大环境之外，一些小细节你也有意识在清晰地还原，比如《青红》里一家人吃西南特色鱼腥草那个情节。

王小帅：其实那么多年，一定有些细节是已经遗忘的，但总会有几个是在那儿的，可能是后来的生活不停提到，所以慢慢被筛选出来。对我来说，还是记得很多细节，痛苦也就在这儿，因为中国迅速变化，当细节只是停留在记忆里，无法去复原它的时候，是非常痛苦的。细节的清晰只是自己能享受，但是在电影中去呈现，我觉得特别艰难，所以有的时候我的呈现也是下意识的，它就在那儿，不是特别刻意的，能做就做出来，不能做也没有办法。

理智：自己有一个伤疤，狠狠地把它扎下去

> "我跟你说呀，这城里头的人坏得很，
> 越是给你钱的时候越是挑你，左挑右挑。"——《十七岁的单车》

《文周》：你拍了很多和青春相关的电影，而《闯入者》又是怎样一种情绪?

王小帅：这个我觉得还是很当下的。在当下的中国，有很多人在提出一些反思，就是我们过去所做的事情，对当下的中国和中国人到底有没有影响?这个是我们以前不思考的。我们以前要么是回到"文革"时期说"文革"，要么是回到过去时期说过去，那么我们中间的发展过程是断裂的吗?我们每一个中国人的人格、性格的形成，社会位置的形成，难道是凭空来的吗?如果不进行这样的思考，那么中国的发展其实还是盲目的。

《文周》：你早期的电影里是有些锋芒和愤怒情绪的，现在转向了。

王小帅：我觉得每一个创作阶段都会不一样。在早期，自己年轻，没有经验，表达可能结合着一种冲动，有的时候只是看到了锋芒，或者还不成熟，锋芒就露了出来。至于我现在，那

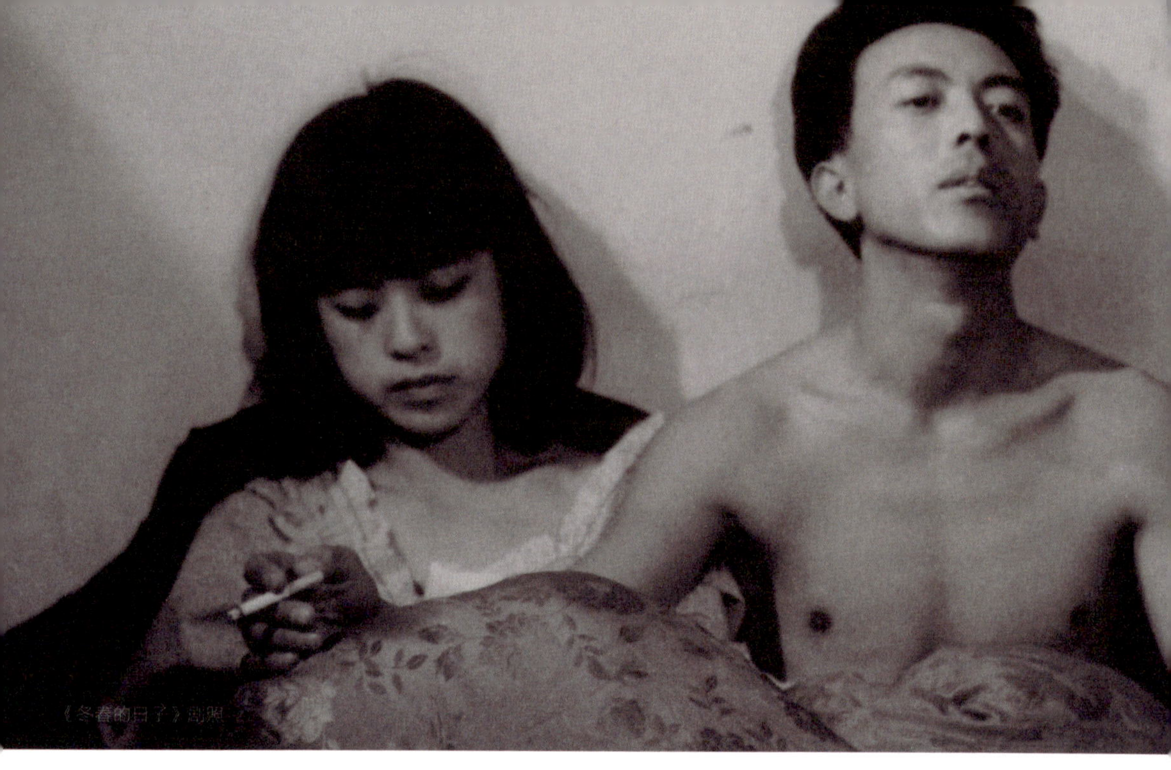
《冬春的日子》剧照

也可能是内心想的东西还在，只是表达方式会不一样，有的时候你隐藏得更深，有的时候你揭露得更狠，有的时候对你内心更震撼，可能我用的方法更直接，却更加不易让人察觉到它的锋芒，这些都是可能的变化。

《文周》：还会拍青春片吗？还是说青春片只是它的一种形式，思想的东西还是不会变的？

王小帅：对，我觉得可能在片种类型上的简单划分已经不能够完完全全地安插在像我们这样的导演身上了。这个东西往往是在好莱坞发生的，因为好莱坞市场结构是非常细分化的，一个剧本出来，就有人把它划分成什么类型的片子，这样他们可以沿着这个路线策划发行。但像《闯入者》这种片子，跟生命成长有关系，又可能不光是说一个青春的成长，而是涵盖更长的时间，甚至是一生的、一个中国家庭的成长史，但它不外乎是跟我们每个人生命的本质有关。

《文周》：在你之前的片子里，有一些希望来的时候又让它破灭了，很残酷，为什么要这样设计？

王小帅：我是这样，看电影或者平时生活，我挺警惕心灵鸡汤的。现在大部分都是心灵鸡汤嘛，教育你怎么生活，怎么看待世界，怎么平复自己的心情。电影呢，也确实要给人正能量，给你阐述生活的道理，那些我觉得当然是不可或缺的，但是真正能解决问题的，我觉得还是要教会别人去反观自己，直视自己的内心，甚至是去抛弃自己。自己有一个伤疤，狠狠地把它扎下去，让你警醒。这个东西不仅关乎电影，而且关乎这个社会，哪里有隐患就要杀向哪里，这个是疼的，包括青春也是，但是我们要直视它，过了这个关才能真正地成熟和强大。

《文周》：像《青红》，最后那声枪响是个非常绝望的情节，你在现在的心态之下还会这样设计吗？

王小帅：我觉得《青红》到那个地方不得不那样做了，甚至是更强烈的，只是被一些主观和客观的原因削弱了。那时候，就应该咬牙切齿地狠狠地给一下。但也不见得，比如《我 11》里面涉及的也是枪声，但是方式改变了，其实最后这个孩子他听没听见也不知道，他有个屏蔽，可能主观上就离开了，那么这个就是不同的处理方式带给片子不同的意境吧。所以我觉得，每一个时期还是根据每一部电影最佳的选择去做处理。但是你所说的一些让人绝望的、残酷的东西，可能我也知道在一个市场化的条件下，在一个流行的文化下，大家都不愿意过多地去接触。有时候我看电影也是，到最后很绝望了，我真希望它是一个幸福的结尾，我也知道，但是也可能，我是这样直面人生的。我们国家主旋律的比较多，像一把刀子去剖析这个社会的太少太少。

《文周》：有的片子到一个点稍微一用力大家就都哭了，但是好像你在这方面挺克制的。

王小帅：我恰恰就是反对这个的。你可以撒狗血，让观众哭，但是在我个人主观上，我觉得我是个男人，从小被教育不要轻易哭，并且在我的成长中，特别害怕看到我亲近的人哭。如果遇到很大的事情，当然悲伤是有的，哭也是正常的，但是如果能用理智去认知这些事情，那种悲伤，那种互相之间的理解，也是一种表达。同时，在电影的创作与表达上，我至少希望它做到收敛一点，克制、理性一点，但这只是我主观上的想法，它可能并不符合现代中国人的性格特征。中国人在集体无意识的情况下，觉得哭才是正确表达。采访一个人，说到伤心处流泪了，镜头就要推上去，如果把他采访哭了，采访就成功了。这在西方可能正好是不需要的，他不愿意触碰到这些东西。当然我们中国人有中国人的特性，我也承认，但至少我是不希望这么表达的。

审美：用收敛的方式，呈现“非美”的电影

“我们在生命的过程中，总是看着别人，假设自己是生在别处，以此来构想不同于自己的生活，可是有一天你发现一切都太晚了，你就是你。”——《我 11》

《文周》：跟许多中国的第五代、第六代导演一样，你是学美术出身的，能不能从这个角度来谈一谈中国电影？

王小帅：美术的基础，实际上它教的不是一个技法，不是简单的构图、色彩，而是教会我们一个看世界、看生活的角度。学习美术的人出来看世界，他可能学会了审丑而不是审美，他呈现的可能是美，但是美的概念可以是经过他的表达而呈现的美，而平时这种美在普通人看来它不是美。

《文周》：具体反映到已有的电影里怎么体现？

王小帅：我恰恰觉得在我的电影里，普通人认为的美被我削弱掉了，我是砍掉了形式上人们认为美的东西，我是用一种收敛的方式，呈现一种“非美”的电影。这样就需要更多人透过美的表象去看无美之美，就像大象无形一样。我是力争做到这个，但是不见得做得好，也不见得做得被别人理解。

《文周》：有的导演一生只拍一种电影，你的电影也是有一点偏“作者电影”的，你认可吗？

王小帅：其实总结下来，还真不是那么单一性的。我个人当然很羡慕一生只拍一种电影的导演，我觉得那个一直在表达，一直在说，不急不躁的状态，非常舒服。但这不是一种公论，因为也有一些导演每一部电影都不一样，像库布里克，他的每一部电影完全让人无法预料，我非常敬佩他把每一部电影的不同都拍到了极致。还有些导演是什么电影都能拍，像李安，好莱坞的单子能接，自己的表达他也能拍，很丰富。作为我来说，有的时候不是你主观地去选择说，“我必须这部和那部不一样”，“我各种类型的都能拍”，有的时候可能是我现在所处的环境轮不到我那么自由地游走于各种尝试之中。我觉得现在的现实环境，就先做好自己，把自己弄踏实了，这就已经很不错很让人满意了。

《文周》：所以你认为，如果条件成熟，一个好的导演是能拍各种类型的电影的？

王小帅：我觉得大家都比较迷信导演，当然导演是应该被迷信的，可是这个迷信要分类。比

方说这种类型的这个导演适合，这样的话要去努力发挥他最大的能量；有些类型不适合，这样的话你让他来，他虽然是个著名导演，愣过来不见得有好处。

现在比方说我们很期待侯孝贤要拍《聂隐娘》，是个武打片，那我们就看看，如果拍得很好，那就是他什么都能拍，就跟李安一样。现在台湾市场、中国内地市场都不需要他原先那种风格的电影了，他也很艰难。同样地，包括蔡明亮都在死扛，这些其实都挺可惜的。还比如说像冯小刚的电影，不是说其他电影你能拍，这个就能拍的，北京那种土的文化、睿智的黑色幽默，加上过去有点小痞，不是你张口就能来的，都需要很强大的储备和能力。

有能力的导演千差万别，每个人都去守住，或者说做自己能做的，然后社会也能够都关照到，甚至寂寞一点都没有关系。法国大导演卡拉克斯每天坐地铁去办公室，租的房子很小，在中国可能会被认为是失败，其实这是不对的。

《文周》：《我 11》的开头说，“生命的烙印不会因为遐想而改变，唯一能做的是尊重它，并且接受它”，这句话在你身上有什么体现吗？

王小帅：这句话其实电影开头只说了一半吧，这是对更多人说的。一个人出生在什么样的家庭，拥有什么样的社会背景，过什么样的日子，都是被动的。所以没有必要去幻想，我还是主张所有人好好地回看自己。这句话的另外一半就是电影本身了，我的生活是这样的，那现在我要用电影去补充我的另外一半，就是去表达。

《文周》：这句话或这部电影，是一种你对自我的总结吗？

王小帅：嗯，反正我越来越觉得，对我来说，能够一步一步走，坚持一部一部做，就满足了，我一直以来也是这样的。

记者｜Afra

摄影｜仁王

本文由《文艺生活周刊》与凤凰文化《年代访》节目合作

2014 年 4 月 15 日 总第 110 期

摄影 / 封夜牧师

旅行团

于是我还要唱歌

独立摇滚乐队。1999 年成立于广西柳州市，2005—2014 年曾签约摩登天空。至今发行了三张录音室专辑和六张 EP。乐队成员：孔阳（主唱 / 吉他）、黄子君（吉他）、韦伟（键盘）、徐彪（鼓手）。代表作品：《Lonely Day》《等你吃饭》《厦门之夏》《Marry》《生命是场马拉松》等。

1999 年，一支名为"Shadows"的乐队在广西柳州成立，乐队的主唱是键盘手的堂兄，彼此血脉相连的兄弟情变为梦想的根源。"那时当地的乐队重叠度很高。我们的乐队叫Shadows，就是甩头士！"主唱孔阳说。

他们的家乡倚着山，傍着河，他们从小在有着泥土气息的破房子里生活。那个时候，不知道什么叫交通堵塞，不知道什么是酒吧，不知道未来会在哪里。他们和山河为伴，与树林为友，在自己欢乐的小世界中过着真实的日子。从小听着民歌长大，孔阳觉得自己做音乐是一件再顺其自然不过的事情了，"我甚至不知道如果不去做音乐还会去做什么"。巴黎炫目的日落，台湾闷热的夏天，厦门宁静的回忆，都写在了他们的歌中。

后来，Shadows 来到北京，一家一家地敲开唱片公司的大门，递出录制好的小样，同时看到已经堆满了一箩筐卡带的前台。要如何证明自己的音乐？"出一张专辑！当时没有任何别的想法！"虽然许多同期的乐队转型做了商业歌手，收入也许是他们的百倍，但"子非鱼"的梦想富足感远远超过疯狂的泡沫音乐。

2014 年 2 月，北京。旅行团的排练室"胶泥炼丹房"位于潘家园附近不太好找的一个巷子口，在这片棚户区，住户吱吱的炒菜声里几个小孩的单车碾过一摊摊稀泥和臭水。2011 年，在键盘韦伟"干倒"第三家录音棚之后，他们把棚里废旧的隔音板等材料运到这个租来的地方，正式搭建起自己的工作室。在此之前，旅行团大多数的音乐都是在孔阳柳州的房间和黄子君北京的床上完成的。

旅行团刚刚发行的 EP《于是我不再唱歌》的北京见面会特别选在排练室里进行。那里有限的空间里尽可能地摆满了乐队每个人独有的东西。孔阳的宝贝当然是利物浦周边，其中杰拉德的球衣是宋冬野给他带回来的礼物。韦伟的收藏和他的人一样古灵精怪，是他用一百五十块钱从琉璃厂淘来的乐器"阮"，像一张呆萌的脸，跟何韵诗合作完 *Bye Bye* 之后已经寿终正寝。子君的东西要更特别一些，五代同堂的照片上，身边的太婆比他怀里的儿子整整年长一百岁。他们指着墙上的装饰钟说，那其实是摩登天空的一只铃鼓，曾经担任过摩登所有唱片里铃鼓配器的工作，在旅行团录第三张专辑的时候卸任，被他们做成钟挂在门后。

一气呵成，泪流满面

见面会上，大家都关注因贝司手小 P 离队而写的《于是我不再唱歌》，韦伟讲述起传说中"一气呵成、泪流满面"的创作体验："老觉得好像人生当中有一些事，莫名其妙你就坚持了那么

多年，然后突然有一天不干了，那情绪确实是挺悲伤的，就写了这首歌。"他用轻松自嘲的语气，"弄得我那天特别地'韩剧'。"

"其实不是'于是我不再唱歌'，我们不是不再唱歌了，我们接着唱。"韦伟说，"可能我们面对当下，选择的是比较缓和的方式，不想对抗。"

随意的聊天穿插着弹唱，到场的宋冬野和马頔也受邀合唱《莉莉安》和《北京夏夜》，两支歌柔情中略带感伤，仿佛这几年历经沧桑逐渐老去，但当韦伟唱到"北京的夏夜不能没有董小姐"，才发现他们依然没有丢掉"爱我中华，爱我中华，厦门之夏"的幽默感。

《文周》：新唱片第一轮巡演有什么收获？

子君：现在新出来的乐队特别多，好听的歌也特别多，这个市场越来越好，我们就不得不更多考虑音乐的方向和模式，就不能再像以前一样，只写我们喜欢的歌就行了。

《文周》：可以理解为更多地考虑了商业层面？

韦伟：其实一个道理，把歌写明白，唱出自己的同时也唱出更多人的感受，这样的音乐就很有可能成为商业的音乐。总之就是真诚一点。

《文周》：两年多才出了这张 EP，时间是不是有点久了？

韦伟：时间是有点长，我们用两年的时间去体验生活，调整自己的状态。因为发完 *Wonderful Day* 之后我们开始审视自己，觉得应该更有诚意一些，我们上一张专辑确实很浮躁，而这一张尽量生活化一些，流行音乐应该是当下更难做的音乐，所以我们想尝试一下。

《文周》："南方"对你们有什么特别的影响吗？你们这次首发也放在了上海。

孔阳：我觉得是气候，一个地方的气候会影响这个地方的气质和人文，我们的很多歌其实是来自山里的，就是"你越是山，我就越要越过"这样的一种态度。

韦伟：南方让我们更细腻，同样的一个主题，用音乐表达的时候我们可以特别美地绕来绕去。

我们其实比以前更"摇滚"

开始独立的旅行团，只剩韦伟还在二十几岁尾巴上的旅行团，不知不觉中完成着生命中最重要的角色转换。"大家都有了新的身份，当了丈夫，当了父亲，有更多新的责任，这是非常温情的，就把它很自然地渗入到了音乐中。"

《文周》：你们的北漂生活可不可以按照每张专辑来划分？每个阶段有什么成长和收获？

韦伟：可以。总体变得越来越好了，第一张专辑的时候我们都住在通州，发第二张专辑的时候孔阳已经搬到市里了，我也已经在通州比较中心的地方，到第三张专辑的时候，我们都在城里了，到了这张再搬就到城墙根了。（笑）所以我们很感激的，这种变化是实实在在的。

子君：第一张我们感觉自己还是小孩，反响不错，年轻嘛，手上有歌就马上发了第二张。第二张《悠长假期》把我们推到了一定的高度，在我们当时那种年龄段儿，膨胀感肯定是有的，当时就决定一定要来一拨大的，一定要牛 × 哄哄，就把所有的筹码都赌在了 2011 年的 *Wonderful Day*。但发出来后跟想象的完全不一样，很多人说还不如原来，感觉得到浮躁。刚开始我们有点不服，但是到了 2012 年就觉得这个状态不对，刚好到了这个时候该结婚的结婚，一下身边很多事情涌过来了。这两年，也算是个逆境吧，大家也重新审视了自己。

《文周》：你们自己或者歌迷有没有觉得旅行团这支乐队不再那么"摇滚"了？

子君：我觉得现在比以前更摇滚。原来只是想做什么就做什么，而现在我们会挑战和批判一些东西，这才是摇滚乐的核心所在。

孔阳：我觉得"摇滚"在中国不应该用这两个字来诠释，它是直译了 rock and roll，我不知道用什么词，但它应该是独立思考。

《文周》：不再与摩登天空续约，而是自己做工作室的话，在推广方面会不会有些困难？

孔阳：现在很多大公司也不知道什么样的推广方式是最有效的，相比下来，我们更知道自己的优势是什么，怎样去宣传我们自己。

子君：现在出来的成功的乐队，也没有哪个是靠宣传，现在不像是九十年代，买首歌过来，公司包装包装，打打榜就火了，这个年代并不是说我们有多强大的一个推广团队就能火。你的音乐要足够好听，足够吸引人，这是最重要的。

来日方长，办法永远比困难多

2013 年草莓音乐节的舞台上，小 P 最后一次跟队演出，舞台灯光因故障全部熄灭，他们站在黑暗中第一次公开演唱《于是我不再唱歌》，任情绪在夜色掩盖下扩张。小 P 要换一种方式生活，他们只有用这种方式送别。

《文周》：小 P 的离开给乐队带来的最大影响是什么？

孔阳：在票选方面就会少一票，因为我们做什么都是民主的。

《文周》：有没有想过如果乐队其他的人有一天又会离开？

韦伟：同归于尽吧！不知道。

子君：缘分这种东西很难说吧。未来我们可能会做些副业什么的，但音乐毕竟是我们做了八年的东西，也是我们擅长做的事情，所以我觉得这个团队应该是可以走得很远。

孔阳：我们集中在年轻的时候做该做的事情，五六十岁的时候就说不定，不用一直绑在一块儿。

韦伟：现在科技那么发达呢，有飞机有坦克，只要你真的想做什么事情的话，办法永远比困难多，除非我们关系破裂，那是另外一说。

徐彪：但确实不是什么东西都是永恒的。

孔阳：天下没有不散的宵夜。（笑）

《文周》：你们说生活是一场旅行，那各位旅行的下一站是哪里？

韦伟：去从来没有去过的城市表演，像刚才歌迷说的，哈密啊，喀什啊。

子君：跟乐迷一起旅行，边旅行边唱歌，如果条件成熟有可能会做这样的事。

徐彪：沙巴或者土耳其的城市，我一直想去台北表演。

孔阳：利物浦，因为杰拉德今年三十三岁，准备要退役了，我准备在他退役前去看他的比赛。

《文周》：以今天为节点，分别用一个词形容过去和未来的自己吧！

韦伟：过去，井底之蛙；未来，大师。（笑）

徐彪：但行好事；不问前程。

子君：过去是小孩和“人难”；未来是责任和男人。

孔阳：过去孩子气重，未来多点成熟。

《于是我不再唱歌》这张 EP 里设计了一面照片墙，但最中间的一块儿是空的，他们想用余下的日子去填满，毕竟属于音乐的旅程还很长。今年的 3 月份也许发新歌，也许不发，现在的旅行团一点儿也不着急。

新专辑还有一个有意思的地方，是鼓手徐彪在 Outro 里献声的样板戏。大家排练时，自称会走调的他瞎唱了一段《智取威虎山》，不经意间带来令人惊喜的效果。他们都喜欢徐彪唱“今日痛饮庆功酒，壮志未酬誓不休，来日方长显身手”，顿一会儿又重复一遍，“来日方长显身手”，这句词，还真的是太合心意。

【见面会观众问答花絮】

《文周》：你们做过的最后悔的事儿是什么？

韦伟：没好好念书，否则能有一个特别棒的工作的话，我甚至可以养他们（乐队）。真的，真的，我有想过，你不要认为我在吹牛。因为那样的话我们就可以没有压力，观众多不多，有没有人来我们都不在乎，就有一个空间自己玩自己的，巨开心！

孔阳：你可以用“投资”这个词。

徐彪：我觉得我生活上没有什么后悔的事情，我希望你们也别有，就千万别给自己留遗憾。但是这一张 EP 我有点小遗憾，就是贝斯都是子君录的，我希望小 P 走之前能把这张录完。

孔阳：音乐上后悔的事就是我没学好钢琴，小时候我爸给我和韦伟买了钢琴，当时完全不懂那是什么，想学的时候已经来不及了。

《文周》：你们的《天后舞厅》会让大妈来跳广场舞吗？

徐彪：写这首歌的目的就是让她们跳。

韦伟：天后舞厅是我们那儿老年人交流的一个舞厅，我们一直想做一些老年人能听的音乐，要是他们健身跳舞的时候能放就好了，不过现在好像暂时还没有人用它伴奏跳舞。（笑）

子君：其实这首歌是写给未来的，我们六十岁的时候可以跳！

跟　踪　采　访

2015年7月

摄影/封夜牧师

《文周》：你们在2015年5月发行了新专辑B Side，除了《生命是场马拉松》较接近以前，别的歌曲变化非常大，尤其感觉《控》《驾》不按常理出牌。

孔阳：哦？我们认为是恰恰相反的，哈哈，我们觉得《控》《驾》是手中原有的牌，我们的风格就是做不同类型的音乐，只是这张听起来更像电影原声，摘掉唱，很多编配都很后摇。《生命是场马拉松》是乐队新的进步，之前没想到我们能有一首这样风格的作品，这首歌在编曲时做到了对脑中的构想最佳的还原。

徐彪：我个人感觉还是挺按常理出牌的。只是在编曲手法和音色的处理上下了功夫，包括后期的混音等等。

《文周》：之前《于是我不再唱歌》这张 EP 明显温情积极，一年多前的采访中你们也谈到积极的概念。然而 *B Side* 这张中我看到了一些悲伤绝望的情绪，歌词的意象也很大，诸如“生命河流山川尸体”，能否谈谈这种反差背后的故事或想法?

子君：死去的人永远比活着的人多，生命也一样，山川河流只存在于过去和现在，未来也许这些全部都会消失。我们选用这样灰色的题材，是为了激发和提醒或者说警示人类，要热爱这个世界，热爱生命，热爱大自然。

徐彪：是我们创作了这张专辑，所以，柴米油盐酱醋茶、喜怒哀乐、悲欢离合、七情六欲和人生百态都会有，这就是旅行团，这就是我们的故事。

《文周》：这张专辑是由孔阳作为主要创作者主导的吗，还是大家都赞同这些新的尝试?乐队每个人扮演什么角色?

孔阳：这张唱片只是收录了较多我写的歌。大家现在听到的是乐队四个人加录音团队整体工作的呈现，像一个拳头，我们很满意这张专辑，听得心很顺。

子君：正如这张唱片的名字“B SIDE”，我们借此对圈内或者乐迷表达了旅行团乐队的另一面。这张唱片的作品时间跨度达十三年，也一直因为我们觉得比较灰暗和不开心，所以被我们和原公司同事一直雪藏着。就在大伙挨个结婚生子的这两年，我们似乎释然了，觉得作品本身就在传达着我们的思想，只要我们是积极的、美好的，读者和听者自然会感受得到里面的故事和情感。

徐彪：没有谁是主导，用心去做，每个人都是百分之二十五，加在一起才能百分之百地完成一张唱片。

《文周》：这张专辑在运作上有没有预料中的困难?

子君：虽然我们现在是独立的状态，但是 *B Side* 是我们需要履行摩登天空最后一张唱片合约的部分。为了能顺利完成，我们在作品选曲、包装设计和运作推广上做了大量的减法，一切从简。这样的心态也使得大家特别从容、和谐、高效地完成了这张唱片。上天就是这么作弄人并印证了一句话：“简单的人，心诚则灵。”

《文周》：在上一次采访中，你们谈到流行音乐难做，在乐队更 pop 化以后，你们碰到了哪些难题?

孔阳：披头士的歌很流行，但为人喜爱和传唱的却可以数得出来，这当中有可以效仿的技巧和套路，但最实质的因素是音乐中“有共鸣的歌词”。所以我觉得最难的是写歌词吧，这个只有多学习多感受，一直学到老，没有捷径。

子君：其实我们没有更pop化，甚至还更艺术化了，但是受众却更广了。说明现在的年轻人都先锋化了，他们对音乐作品开始有了自己的审美和判断。

徐彪：难关一直都在前头，我们需要有更职业化的态度，以及提高在现场对音符的把控能力等等。

《文周》：对于国内的摇滚乐队总体在转温和的趋势你们如何看待？旅行团也在顺应这种趋势吗？

孔阳：“温和”这个词用得好。这样的状况和整个大经济体吻合。不过旅行团一直都挺温和的，航行在温和的轨道里。

《文周》：在你们独立之后，运营是否成为一种压力或者动力？因为变得自由的同时需要自己承担风险。

子君：这种压力和动力确实有，而且是实实在在的，但从风险的角度来说，比起以前要降低了很多。因为现在考虑的是运作成本的风险，以前考虑的却是青春成本的风险。钱再多也挣不完，没了也饿不死，但青春只有一次！

徐彪：独立音乐已经成为暗流，气势汹汹，但依旧小众。还是以不变应万变吧，一步一步走踏实，把歌写好，至于市场，自有定数。

《文周》：这一年乐队每个人的变化大不大？乐队和个人是否朝着自己内心期许的方向在发展？接下来有什么计划？

孔阳：2015是乐队的十周年，接下来在年底也还会有发行唱片的计划，应该会是两张，其中一张是EP，只在海外做发行。有网友质疑今年发片那么密集，歌曲的质量会否有问题，在这儿我也向大家透露，乐队是三人创作，曲库是满满当当的，另外我们只拿满意诚挚的作品和大家分享，不写凭空捏造的故事。这一年，我们都在跑步，大家的生活变得更贴近自然和积极，相由心生，我们希望健康地做音乐，也为年底十周年的演唱会做足准备。

徐彪：团队对年底的演唱会都憋足了劲儿！

记者｜Afra

2014年3月1日 总第107期

摄影 / 刘晟

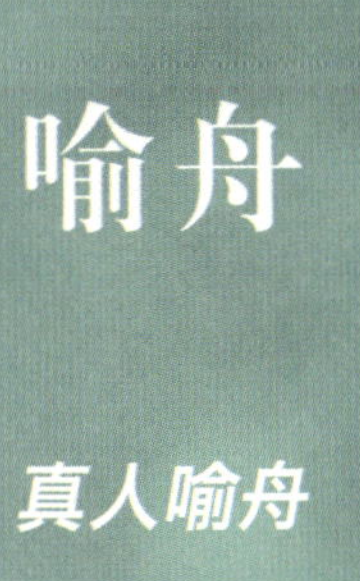

喻舟

真人喻舟

中国国际广播电台《飞鱼秀》当家女主持。2014 年 1 月出版第一版漫画笔记本《舟记本》，5 月出版首部漫画作品《我就是一个笑话》。

喻舟，你会听到她每天早晨八点钟在《飞鱼秀》用尽全身力量彻彻底底喊出的一声“早”，哪怕她已经长时间失眠睡不好；你可以想象她在烹饪节目里给妈妈做的酱油炒蛋的香气，以及糖放多了的味道；你也可以翻开她手画的“舟记本”，写下你本月的要事、购物清单和今天减重几斤，然后看看她画的自己，想象一下情人节或圣诞节的喻舟在干什么。

2014年初，我拨通喻舟的电话，她告诉我她只笔答了采访提纲里的五个半问题，她想跟我聊一聊。

不能预设的《飞鱼秀》

喻舟曾在自己的微博简介中写道：我很想介绍我自己，但是对不起，七十个字不够。不过还好，有《飞鱼秀》可以听！

“初中和大学都在校园电台，没想过为什么做，也找不到理由不做，就很自然地去做了。”从小就喜欢一边听电台一边写作业的喻舟，从来没想过以后会以此为职业。对喻舟来说，计划这件事，基本上对她无效。而在大学就是“轻松调频”忠实听众的喻舟，毕业后“也想做一个能影响到别人的人”，觉得这是一件“特别酷的事情”。

“我喜欢电台的纯粹，不以追求收听率为唯一或第一目的，也没有太多人指手画脚，可以相对自由地自己决定节目的内容和风格。而且这是一个很传统的媒体，能在花花世界的诱惑下依然选择留在这里的人，是真心喜欢电台的人，所以做出来的东西都是用心打造的。有情有心的，才是分量最重的。”喻舟说。

而像小飞和喻舟这样配合默契、合作长久的搭档，在广播行业几乎算个奇迹。虽然喻舟和小飞的性格、爱好和做事风格都很不同，但他们有一点出奇地一致。“我们都是很崇尚真实、自然的人，都喜欢事物本真的样子，不愿做半点修饰和设计，是怎样就是怎样，我们用自己最舒服的方式说自己最想说的话，就成了现在的《飞鱼秀》。”

所以，不要再问《飞鱼秀》每天的话题是如何产生的。可能是受听众启发而来的，可能是飞鱼“吵架”得来的，但绝对不是预设的。因为他俩，本身就是不能预设的。良好的默契基础，加上长时间的磨合，用喻舟的话来说，他们都是“健康成长的小朋友”。

《舟记》：感受时间的存在

经常听《飞鱼秀》的人会知道，喻舟画漫画的事已经持续了好长一段时间。她几乎没有系统地学过画画，唯一的一次兴趣班是在小学。那时候的喻舟是个非常害羞、自尊心又强的小姑娘，因为用圆规画球遭到老师的嘲笑，被打击了自信心，便不敢再去上课了。

而现在，漫画之于喻舟是什么呢？最让喻舟感动的时刻莫过于看到她的“飞鱼人们”在日程本上写满密密麻麻的字，记录花花绿绿的心情。每当这个时候，她会深深地觉得自己的想法和期望，在这个地球上有人懂得，她并不孤单。

天气好的秋天，喻舟会去香山脚下清净的咖啡馆，在露台上一个人，一画就是一下午。在那里，她看到猫时而在太阳底下叫，时而嗖嗖两下爬到树上去；听到旁边的小面馆循环播放“米饭——拉面——”的声音。她身体里的小触角，在时时感知着这个世界。

《文周》：以前有预想过自己的漫画书是什么样子的吗？这本书是怎么诞生的？

喻舟：我从没有想过出漫画书，我的很多事情都是突然冒出来的，所以我觉得自己特别幸运。“舟记”的诞生既出乎意料也是水到渠成。2013 年我自己有一个记事本用了整整一年，所以在年底有人在感叹自己的时间去哪儿了的时候，我没有那么迷茫，因为我的答案都能在本子上找到。由于我之前用的那个记事本只是一个本子而已，不好玩，所以我想设计一个自己需要和喜欢的本子，而且我坚信，我有这些需求，一定也有其他人和我一样。手写的过程能让人感受时间的存在，现代人需要这些沉淀。

《文周》：能让人有一种参与感。

喻舟：是啊，我还设计了个四季卡。在春天，画了很多树的轮廓，当你开始意识到身边的绿色多了起来时，你就可以用彩铅把树涂绿了；夏天画了一个平面的大西瓜，大家可以沿着虚线把西瓜切成四块，做成小书签分享给朋友；秋冬也类似。四个季节的变化，也是希望大家能留意生活中的细节。

“常常会被自己吓到”

《文周》：你怎么看待被“贴标签”这件事？

喻舟：我从小到大被贴了一个“见到陌生人会害羞、不爱说话”的标签，它后来完全限制了我的成长，是一种束缚。所以我特别讨厌这个。

《文周》：那么你喜欢怎么样来形容你自己？

喻舟：我还是蛮会给自己惊喜的，常常会被自己吓到。

《文周》：比如什么事？

喻舟：比如我从来就没有想过自己会开始跑步，会画画，会出漫画书。所以有的时候还挺会给自己惊喜的。我是一个挺喜欢玩的人，是那种要以热情为原动力的人，我没办法按别人的指示去做事，我要是不能做就是不能做，我是勉强不来的人。

无论做什么，如你所知，喻舟都是那个说话直来直去，喜欢哈哈大笑的喻舟。
一切都只是生活而已。

EAST
INTERSTATE
40
WEST
INTERSTATE
40
EAST
BUSINESS
LOOP
40
OLD
ROUTE
66
Tucumcari
Amarillo

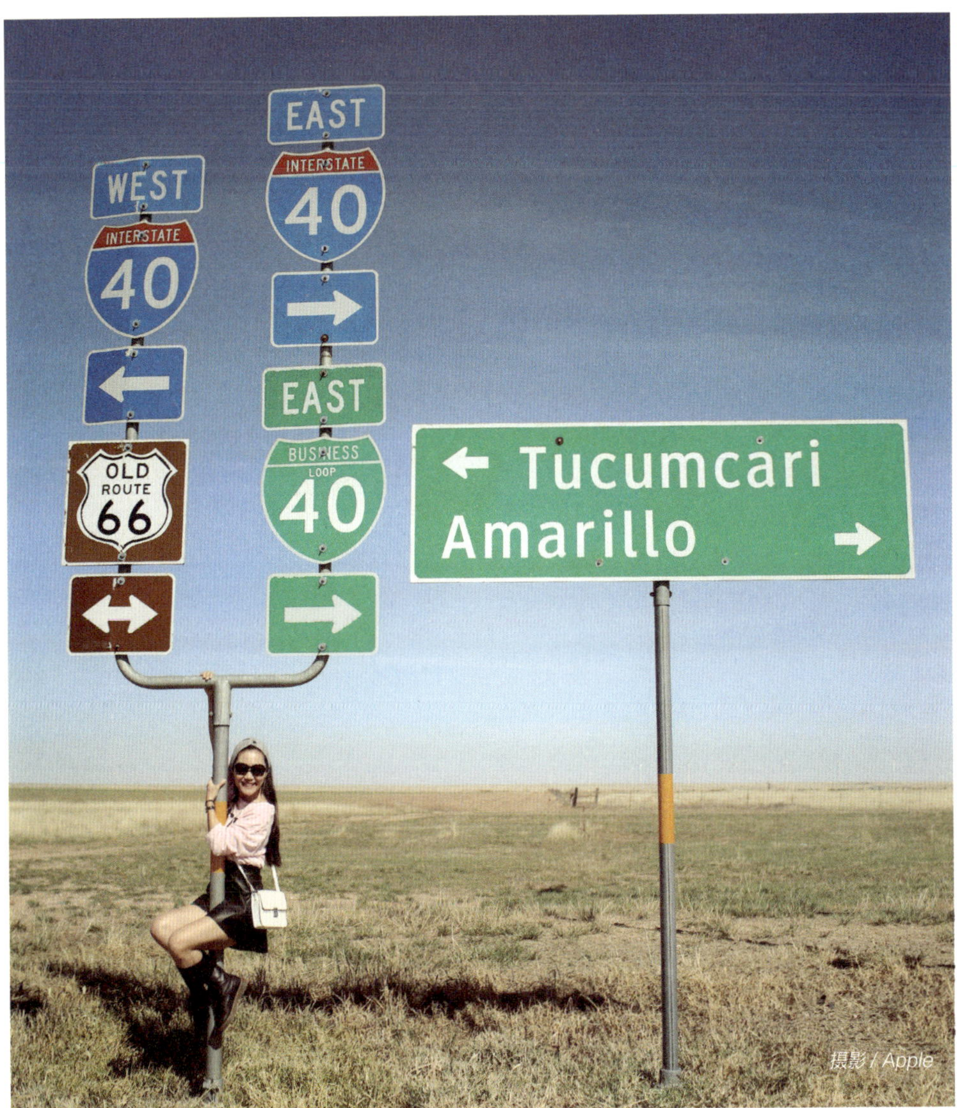

摄影 / Apple

重新坐下来和喻舟好好聊聊，是在一年半之后，2015 年的 7 月。我们面对面坐在 CRI 大楼顶层，一个有阳光晒着的沙发上。一年来几乎天天见面的两个人，同一个办公室的同事，乍一坐下来，却不知从何聊起。一年半前，我代表《文周》因喻舟的第一版“舟记本”采访她；一年后，我成了她第二版“舟记本”的参与者……无法再做一个冷静的旁观者，我只想跟这个好朋友聊聊家常。

被“逼到”要保护自己

《文周》：一年前咱们采访的时候，你说经常会做一些连自己都被吓到的事儿，这一年来，有哪些事儿被自己吓到了吗？

喻舟：这一年，完全转移重心了，转移到休养生息上去了，我真是被自己吓到了，身体能差到这个地步也是挺吓人的。我知道是我前一年太“作”了，我一直觉得生病其实是身体在找一个方法跟你自己对话，告诉你前一段时间太透支了，其实你自己的身体没存那么多的体力。所以最近这一年学会了做减法，基本上所有的事情都重新归零了。这真不是一件容易的事！突然间从非常忙碌到被迫停下来，也是一个功课。在做减法的时候还是做了很多考虑和权衡，面对很多有诱惑性的邀约，很多激发你想法的东西，你就会想，原来我还可以到那个地方啊，我可以做成那些事呀……这些原来我不太会拒绝，所以这一年让我自己吃惊的是自己开始知道拒绝了。

《文周》：变得更“自我”了？

喻舟：其实当你被“逼到”要保护自己的时候，你就不得不自我了。因为再不保护就没你这个人了。

现在我还能清晰地记得，一年前在北京的朝阳大悦城，喻舟为自己的第一版手绘“舟记本”举办签售会，她穿着短衣短裤和超高的高跟鞋走上台，用她充满活力的声音跟大家打招呼。这些，是听众们看得到的。现在想来，那时的喻舟多半是强打出的力气……而现在的她，几乎一整个夏天都穿着棉袜和帆布鞋，披着厚厚的衣服，走进冷得像排酸室一样的直播间。这些，听众们是看不到的。

喻舟生命里的《飞鱼秀》

很难说到底是在《飞鱼秀》这档节目里有个叫“喻舟”的女主持人，还是在喻舟的生命里有个《飞鱼秀》。去年，《飞鱼秀》十岁，喻舟好好给她过了个生日年。这个十年的《飞鱼秀》占据了喻舟主持生涯的 90%，幸而她在这里找到了“舟舟 style”的生活方式，获得了更多想做就做的机会。

《文周》：十一年了，有没有想过有一天《飞鱼秀》没有了？

喻舟：如果没了，那就到时候再说呗，那我觉得就是时候告一段落了。接下来，要么再做节目，要么出国读书，要么结婚生孩子……我倒不是很希望马上就无缝连接，总要有个时间，给自己喘口气。

聊聊爸妈姐姐和想象中的老公孩子

不出意外，所有的 girls' talk 无不围绕着家庭、爱情来讨论。不以一个脑残粉的角度发问，不说公事公办的客套话，在我和喻舟谈心的这个中午，我们自然而然地聊到了各自的家事、对自己的解读和对爱情的看法。人通常是在和别人聊起来的时候，才发现了自己的成长，这一点我们都有体会。

很多人都爱拿喻舟和姐姐喻江两个人比较，包括喻舟自己有时候也很难避免这种从小到大一直在持续的惯性。在我看来她俩是两个完全不同的、活生生的个体，各自都有非常吸引人的亮点，完全无可比较。我倒是对喻舟的爸妈很感兴趣，好奇培养出这对"奇葩姐妹"的老人家到底有什么绝招。

印象中只见过喻舟爸妈一次，是在去年《飞鱼秀》大电影的首映式上。当天喻家四口都在，正赶上喻爸爸生日，喻家两姐妹现场给爸爸过生日。因为是湖南人，喻爸爸在台上讲话时特别像毛主席；喻妈妈在现场说了些感谢小飞多年照顾的话。小飞说："阿姨您能别再叫我小肥了吗，小肥小肥，这么多年我真是越来越肥了。"全场都笑了。

《文周》：你经常吐槽爸妈做的饭，你自己会做饭吗？

喻舟：我不会做不代表我吃不出好坏啊！哈哈，我不会做，倒是没有什么资格说别人，但是我爸妈是做了十几年的人哎！我其实在家从来不挑食，因为我老是不饿。那一阵经常吐槽是因为那段时间我胃口特别好。你知道那天我爸做的是什么啊，一个蔬菜、一个凉粉、一盆排骨汤，然后给我一碗饭，你说让我就着哪个菜吃啊！最后，我就拿汤泡了饭……我们家是在做菜搭配上不太讲究，不过也好，如果做饭太好吃很难不吃胖的，这样我身材早保不住了！

《文周》：要是你做饭，会做什么样的呢？

喻舟：哎呀，其实有爸妈在，你就会有一种惰性，懒得进厨房。不过我确实做过一阵饭，但是炒菜这件事我还是没上道，老觉得特紧张。我这个人很教条，要严格按照菜谱上说的执行。所以以后我成家，我应该会做更健康的菜，就是少油少盐，偏向纯煮，像西餐一样，各种颜色的。

摄影 / Apple

《文周》：小时候是那种特别乖的小孩儿吗？

喻舟：乖，特别乖。不过从小就当乖孩子，太在乎别人怎么看你，这个不好，其实是在求关注。我到现在都会比较在意外人的看法，比如约见不熟的人还是会想要迁就对方的时间地点，还是太想要照顾到别人。

《文周》：你如果当了妈妈，会用你爸妈的方式对孩子吗？

喻舟：不会！我觉得可能会截然相反。我不希望他像我一样非要表现成很乖的样子，我喜欢淘气的小男孩，很机灵的那种。我不希望他是一个唯命是从的人。

《文周》：小飞以前说过，你是那种“跟谁在一起就希望变成他欣赏的样子的女孩”，特别没有自我，现在呢？

喻舟：就是因为那会儿我也没有自己很明显喜欢的东西嘛，别人喜欢我也跟着去，我也不排斥了解一个新东西。比如我之前的男朋友喜欢车模，我就老陪他去车模店逛，但你说我是真的喜欢吗？好像也不是。就只是喜欢那种陪伴的感觉，这样其实也长久不了吧。太过自我或者没有自我，都不会有好结果，这个尺度很难把握。

《文周》：你原来说过，你想当主持人，就是希望能让初恋还能每天听见你的声音。那后来他听到了吗？

喻舟：他听啊，他就在北京，但也可能不是天天听，但他上次有去看《飞鱼秀》大电影。嗯，怎么说呢，现在跟他的关系还挺微妙的，不会太常联系，但也不会多淡，反正接到这个人的电话还是挺高兴的，他是很特别的一个人。我们不算是受伤了，算是很青涩地错过了。

最后，我问喻舟："你是一个相信缘分的人吗？"

她说："相信！我们都是相信且惜缘的人，要不也不会在一年后一起坐在这里。"

说完我们笑笑，起身，然后并肩走向了正等着我们的另一个会见。

没错，缘分只是给了你一个小小的尾巴，需要你快跑几步追上它。

记者｜牛苏放

图片由喻舟提供

2014 年 3 月 1 日 总第 107 期

摄影 / 郑维

梁晓雪

有些音乐有些话
只给懂的人

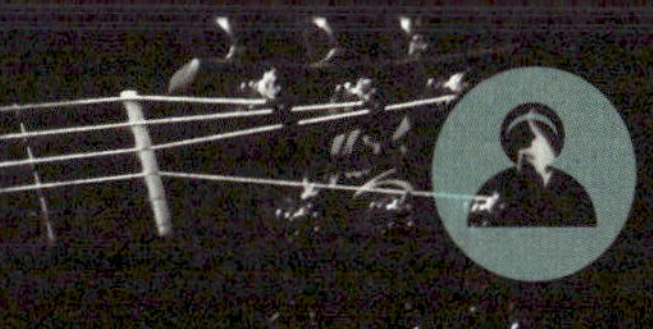

北京唱作歌手，音乐制作人。2003 年开始音乐创作，2006 年游学加拿大。2010 年发行首张专辑《花样年华》后正式出道，至今发行了三张录音室专辑。代表作品：*Jimi and Lucy*、《只是会可惜》、*I'll be there* 等。

采访前夜，我偶然看见柏邦妮的一条微博，是她在新书扉页上手写的一段给寂地的文字："这世上有两种人：一种人年轻时希望自己很酷，中年了想很酷地赚钱，最后只想赚钱；另外一种人一直低头做同一件事，老了以后，别人觉得这样很酷，而他完全不在乎。"

见到雪总的时候，我把这段话与他分享。听完，他脸上已然有了略微的羞涩和小小的得意："这第二种是说我呢么？"

终于下雪了的 2 月，同时到来的还有雪总的生日。两年前，仍是在他北京西三环的家中，问起他年龄时他糊弄的神态和调皮的玩笑历历在目。2014 的这一天，他写完一篇日记，同时发表在豆瓣和置顶微博，标题是简单的数字——32。

日记并不长，是他一贯感伤的、温暖的、淡淡的口气，隐藏起日复一日生活的背面里，那些有点儿念想却又不再执着的故事。

我想我已不是那个曾经的我，但我并没有变坏，只是更坦然，可你知道，实话总是不招人爱听的。所以渐渐地，话语少了，就把这些写进了音乐里。只要你在听，我就会写会唱，你在路上，那我们就一同前行，到达了终点后别忘了道声安好，我想这样就足够了。

——@ 梁晓雪 Kulu

上面这条微博写在 2014 年 1 月 18 日热热闹闹的新专辑首唱会之后。这段出现了无数个"我"的陈述，像是这些日子以来的一个句点。

"变化"二字，有时就如孤独一般不可言说。如果让它诚实地流淌出来，三言两语，即便其中有过天翻地覆，流过大概也无声吧。

"时间没能解决的问题"

梁晓雪第三张专辑的中文名"时间没能解决的问题"和英文名"Now It's A Bravo Time"，是和气音乐团队共同商量的结果。虽然"时间没能解决的问题"似乎和唱片里的每首歌名都没有密切的关系，但它囊括了整张专辑的概念——它似乎也是雪总对这几年来的自己最完整的交代——所有的问题都在歌里了。

《文周》：新专辑除了和 DJ 徐曼合作的《不停》，其他好像又都是英文了。

梁晓雪：对，都说我唱中文不好听。大家喜不喜欢都是众口难调的事儿，我个人还是比较习惯用英文写歌。

《文周》：封面又是侧脸啊！

梁晓雪：人长得不好看没辙。但自己的专辑得自己上！

《文周》：没想过找人设计一幅图之类的？

梁晓雪：一幅画什么的也想过，觉得那样有点儿太小清新、小作坊的感觉……你用别的东西会喧宾夺主，传统唱片正经点儿的不就是人嘛！

《文周》：这次专辑拖的时间比较长，录制过程和之前有什么不同么？

梁晓雪：相比之前，这张做得特别慢慢悠悠的，用了半年多时间。不过慢工出细活，还挺不简约的，包括乐器和各种录音设备也都挺讲究。而且录音情绪挺到位，录几首小品歌的时候，李星宇（制作人）就把灯一关，我就在黑暗中慢慢找感觉。我也没那么急躁了，也不爱催别人。就觉得着急没用，很多事情还不如让时间自己去解决。

《文周》：如果把你的每张正式专辑都分别概括成一种颜色，会是什么呢？

梁晓雪：第一张 *Floral Times* 感觉属于黑白，带有浓重的回忆色彩，有点不管不顾的冷漠和小桀骜；第二张 *I'll Be There* 是橙色，比较暖；EP《最好还是不说》算灰色吧，因为多数还是讲述感情和城市感悟，有点儿消极；这张《时间没能解决的问题》……深蓝，大海蓝？是稍微正经沉淀过一段时间的作品，其实也不深奥，挺直白，但直白的东西没人爱听。（笑）

《文周》：新专辑里有没有你自己比较在意的歌？

梁晓雪：我最喜欢 *While You Are Asleep*，表达的是每个人不同的示爱方式，但因为不同，对方就不一定能和你有那种交集了，不是对错的问题。

《文周》：*Now It's a Brave Time* 这首歌对你来说应该挺重要的。

梁晓雪：嗯，"小三之歌"嘛。（注：这首歌写的是已有女友的主人公遇见了另一个喜欢的女孩儿。"传统意识里这样就是见异思迁没有原则没有道德，可是当时你就是有那样的感觉，你为什么要去避讳呢？"——摘自本刊 2011 年对梁晓雪的专访）之前跟我分开的姑娘，从来不知道这首歌的起源是什么，她也没正经听过这首歌。去年我们偶遇一次，我就把这首歌传给她，她就明白了，也终于能释怀了。那时我遇见她真是"我只想跟她在一块儿"，特纯粹，即便当时的女友跟我好了三年了，但爱是没有束缚的。人变得挺快的，尤其是男人。

"梦没了，我替他惋惜"

雪总曾有一个心怀电影梦的发小，俩人在雪总回国那年重逢，一瓶啤酒聊到天亮，对那个电影梦一拍即合。

在十平米的小屋内，他们一人对着电脑做剪辑，一人给影像设计配乐。他们身兼数职，一起找演员，一连拍了好几个小片子，即便粗糙，但也有个短片卖了一万块钱。慢慢地，两个好朋友甚至开始梦想着有一天能一起走上电影节的红地毯……日子总有扛不住的时候，即便有过患难与共的时光，也避免不了最终的渐行渐远。

如今，昔日追梦少年成为了一个过日子的男人，还房贷，攒奶粉钱，虽然依旧拍着电影，却早没了那份坚持。"镜头再漂亮，没有一个好故事，没有一个好梦，就完蛋了。"时过境迁，雪总拿起琴，为这个早已失去联系的朋友，写了一首 *My Old Friends* 。

雪总说起整个采访过程中这个最长的故事时，不时流露出"我表示理解"的无奈表情，而他手里的烟始终没有断过。

"他知道你写这歌吗？"

"他不用知道。"雪总一撇嘴，没有任何犹疑。

"现场是我们的生命啊"

《文周》：你觉得比较理想的现场是什么样的？

梁晓雪：没有束缚的话，我就想在一个小场子里，温温馨馨的，我们在台上抽抽烟，喝喝酒，演演出，大家就跟朋友似的聊聊天儿，听听音乐，给点儿掌声，就好了。连在台上出错都是一种美。

《文周》：现在还有没有一些你觉得比较有所谓的事情？

梁晓雪：还是演出吧。演出对我来说是一个特大的环节，也累，但至少我能有一天完全融入到我的作品当中，融入到别人的欣赏当中。每次演出我都会给自己一个点，希望自己能在台上有个小突破。现场是我们的生命啊！

《文周》：那唱片呢？

梁晓雪：唱片是你自己的事儿，演出是你和大家的事儿，这区别特大。在现场，如果想要还原唱片那种感觉，你放心，它不会精彩的；而你的唱片想要做得特别精彩——那也不可能，所有的艺术都是遗憾的、残缺的。唱片是一费力不讨好的事儿，我的第一张唱片就赚了三四千，你说投资它干吗？

《文周》：对啊，干吗呢？

梁晓雪：我是从传统唱片走过来的人，对我来说，它是一个标签，是我的身份证。要纯在网上放歌，我会觉得我什么都不是。每年出一张唱片，等于给自己做一张新的身份证，与懂的人分享。

《文周》：回忆一下自己之前的现场，哪一场你印象最深？

梁晓雪：应该是 2011 年 6 月 11 日在北京麻雀瓦舍的“此时此刻”不插电专场吧，那是乐队的顶峰，所有编排都特完整，虽然那会儿我技术还不好呢，但我仔细反复听，整个乐队的状态特别牛。现在都油了。技术层面肯定比那时候都要好，可现在听着感觉没那么严谨，可能更自由，再往后我会更自由——我想弄 duo 就弄 duo，想弄 trio 就弄 trio，大乐队可能就演个巡演、玩个音乐节，走大场儿。说实话，我演出还没有我练琴时一半儿弹得好呢，因为上台终归会有紧张情绪和临时状况发生，尽量做到以后上台能跟底下排练时一样就行了，那就得靠量变嘛！

"你觉得我吉他进步没"

雪总钟情的电影里有一部加拿大导演 François Girard 的代表作《红色小提琴》，它讲述了一把由著名制琴师 Nicola Amati 打造的小提琴在三百年的流浪中，将五个不同时空的人的命运捆绑在一起的动人故事。

"用生命去创造的那些木质乐器，它可不是一个简单的物件！" 雪总认真地说，"融入毕生心血——正经好东西应该是这么出来的。"

说起这几年里他创作中最大的变化，雪总的话总绕不开吉他。如今一首新歌刚传上微博，他会兴奋地问你"觉得我吉他进步没"；乐衷玩"啪啪"的他时不时地上传一些小段子，等候有心的听众，也算是为自己做一个记录。

《文周》：这几年写歌的状态有没有什么变化?

梁晓雪：有，变化还挺大。拓展得比较多：吉他上练多了，造诣要比以前高了；思维上也拓展了……怎么说呢……有点越来越想圆小时候那种梦（想当演奏家）的状态了，现在就不太想创作的事儿了，想多练练琴，有感觉就写，越来越不逼着自己了。

《文周》：弹吉他这件事儿，你是有意识地去练习么?

梁晓雪：也不算是，我这不是经常跟家明（注：朱家明，新生代音乐唱作人，指弹吉他演奏家）一块儿嘛，他就弹得特好，我好生羡慕不已啊……我肯定达不到他那种演奏家的程度了，但我在尽可能地提高。我过去那么多年荒废了吉他，把所有重心放在了自我的感受上——去年我就严重意识到了这一点。其实我练琴不是为了什么，也就是给我人生中添加一个目标吧!其他的，感情也好、爱情也好，都是可遇不可求的，不能无病呻吟，有时间练练琴或者干个有意义的事儿吧，就干这一件事儿，别的什么都别想。干干这个、干干那个，没戏!

《文周》：去年怎么意识到了这些?

梁晓雪：任何搞创作的都会遇到瓶颈，我后来发现自己吉他拓展不开，和声写得都滥了。好多民谣音乐人本来歌儿写得挺好，要琴再弹得再好点，那是加分的！可好多人就是忽略了这些东西……这三年我要能早点意识到，巩固一下吉他多好啊！这些也是时间未能解决的问题——那些年那个阶段，我的无知和自大就是那样。

《文周》：你现在家里有几把吉他?

梁晓雪：原来有五把，其中一把琴给了朋友，现在剩四把，干了我二十万！我这几年攒的钱都给它们了……

《文周》：是特别定制的吗，那么贵!

梁晓雪：有一把 Master Builder 是大师做的，那一把就干了我七万，但真的太好了！有些东西跟工艺品似的。你想，每把琴声音都不同，制造工艺不同，用的木头也不同，用的弦的型号也不同，有的插这个东西好听，有的原声好听……大师就用他自己的毕生心血去做这个东西，但是只给懂的人——今年这个概念特别重：有些音乐有些话，只给懂的人。

"你不痛，别人怎么能感觉到痛呢"

《文周》：相对于其他音乐人，你写歌频率还挺高的。

梁晓雪：可能有比较多想宣泄的东西吧？但其实我还是更愿意用音乐的形式，不一定非得填个什么词儿，非得想个什么主题让人跟着流泪感伤。我没有那种功利心，不像许多人写歌会想我为的是什么，要达到什么。我就是写着高兴，它是我生活的一部分。

《文周》：写歌有没有给你带来过痛苦？

梁晓雪：肯定的，任何创作的事情都是一样的，每次唱 *Now It's a Brave Time* 的时候我都能想起以前的场景，这都是一个自虐的过程。但你没有自虐的过程也成不了事儿，所以渐渐也习惯了……你不痛，别人怎么能感觉到痛呢？

《文周》：你曾说过你特别想玩纯器乐的东西，想做 O.S.T. 什么的，在《脚趾上的星光》里算是实现了这个愿望么？

梁晓雪：那还是个命题作文，毕竟是和姚谦老师合作的，并不是我一个人说了算。他还是给了我一个主题，让我在那里边走。我理想的状态就是能和一个志同道合的导演合作，那就太爽了！

《文周》：现在你还总想着创作时加歌词的事儿吗？

梁晓雪：也想，但不见得好多人都能理解。比如写那个 *Allow Me Play a Sad Song at Eve*，有一句词我真是费尽了脑汁儿想的（Flame is burning but my heart is freezing），可你放上去，谁他妈听啊？谁能给这词儿揪出来啊……还真有，可能就那么一两个人吧，所以我就说为什么越来越想写一些东西给懂的人听，越来越矫情了吧！

《文周》：给别人写歌与给自己写有什么不一样？

梁晓雪：其实都是给自己写歌，是别人来挑我的东西。给人量身定做这事儿我特别不擅长。

《文周》：有做过么？

梁晓雪：做过啊，都退稿！就不行，我没那根筋……人家要什么你写什么，都没有灵魂。

"曾经的花样年华，刻胳膊上吧"

2012 年"音乐风云榜年度盛典"现场，梁晓雪的 I'll Be There 斩获最佳民谣专辑。上台领奖时面对话筒和镜头，一副憨样儿的雪总因为紧张，情急之下的获奖感言以磕巴的字句和一个京味儿浓厚的"我 ×"开了头。主持人笑着提醒"直播呢"，并表扬了雪总直率的"摇滚歌手"范儿。

虽然手上拎着的仍是一把吉他，如今的雪总比曾经消瘦许多，除了帅气利落的花轮头，最抢眼的该属手臂上的纹身了——一片盛开的灿烂花海。

《文周》：去年你纹身了。

梁晓雪：活了三十岁了，没勇敢过，真的！我觉得我这人有毛病，不够勇敢，包括对待爱情总是唯唯诺诺，总是想这个想那个，一点儿老爷们儿气质都没有——我想这都三十了，也该转变了。我选了一堆花儿，"曾经的花样年华，刻胳膊上吧"！这个纹身算是给自己一个重新开始的契机。欸，（笑）你看我是不是比以前瘦多了？

《文周》：瘦多了！有在健身什么的？

梁晓雪：我其实没正经减肥，因为我一直认为我不肥，我那会儿是浮肿。后来我开始少吃油少吃盐，晚上的主食几乎不吃了，吃大量的蔬菜……一星期吃个两三顿肉，一天两个水果必须吃，油炸的根本就不碰。

《文周》：记得以前你喝 Mojito 可是非要双份朗姆呢！

梁晓雪：我是这么觉得，再不会在心里想着我为谁活着，没用，就为自己活着就行。你看周围三十多岁这些朋友，该发福的都发福了，我不想那样，不太健康。我还补钙呢天天！……把自己弄得精精神神的，这是一个人的心气儿问题，对心态特别有反射。你看我以前在台上总会腼腆，现在你还觉得我腼腆吗？你自身有了某种程度上的自信，专业上也还可以，有什么不能展现的？

爱情，随遇而安

不知从何时起，因为雪总的歌而相遇的恋人似乎屡见不鲜，雪总把这称为自己音乐的"功能性"并对此感到欣慰。"只可惜受益人不是我……"

最近，雪总在自己的Kulu电台里，给心中的姑娘写了一封她永远看不到的信——"多么希望……多么希望……"他重复着。那些独白这样温柔动人，即便属于过去也充满光泽。而与之呼应的，是去年年底那一段被雪总标记为"偶然释怀"的时光。没了沉重的惦记，紧接着"豁然"的却不是"开朗"。

《文周》：不唱歌、不写歌的时候，你做什么？

梁晓雪：我生活上"独"惯了，就跟一匹独狼似的，干什么都自己干，也不太关心周遭的事儿和变化。每天早上起来喝杯咖啡，吃片面包，榨杯果汁，下午弹弹琴，有时候就自己看个电影去，每天都出去吃饭。也有朋友会叫我出去，待着待着就烦了。话不投机那种局，以前我可以去，觉得可能会多条路，现在我觉得根本没必要。我更多是和以前特好的朋友，烤个肉喝个酒，聊个大三俗，特高兴！嗯，我三俗。其实你懂，地球上所有这些迥异的人在一块儿，你想找一些"真正的朋友"相互理解特别难，真的……狂难！找一个能聊天儿的人也挺费劲的。所以，成长啊，也不好。就像我去年年底那会儿，我觉得释怀之后，还不如不释怀呢。

摄影 / 郑维

《文周》：为什么这么说？

梁晓雪：没释怀的时候吧，你老有一事儿想着，时不时揪你一下，一旦没了之后，这人就空了。我之前那状态特好，那时跟 Jelly 在 School 酒吧玩儿 duo，就在释怀那个点上，唱歌我都觉得特别有情绪……这释怀来得又慢又快，你想我用了三年多一直想释怀，谁知道忽然就这么一下，一下就空了。

《文周》：你有更明白你自己吗？

梁晓雪：肯定是更明白自己，才会这样，我越来越知道每个阶段"就这样"的时候，我也就束手就擒了，只能让时间去解决。我能做的就是把身体弄好，别的我无计可施啊。

《文周》：会觉得世界挺无趣的？

梁晓雪：会，时常会有。

《文周》：你理想中的爱情是怎样的？

梁晓雪：我真没什么奢求了。唯一的要求就是我们互相看着舒服，生活上能过到一起，对我来说就是恩赐了。两人能在一块儿待着就已经很不容易了。人不能独处太久，否则所有的观念都会特别自我化。

《文周》：你之前说爱情对你特别重要。

梁晓雪：以前来说挺重要的，后来费劲了，通过这几年独狼似的生活，发现这东西可有可无。李银河不是说爱情有可能一辈子都找不着吗？但你说要找一个人过日子，那这事还是好办的。不期待了，随遇而安，看缘分，不急也不躁。有时候人家也给我介绍，我就说算了，这东西能遇见就遇见，遇不见也就那么着了。

《文周》：这事儿算是放下了？

梁晓雪：你扛了那么多年，都形成抗体了。现在我看一抗战电视剧都能红眼眶呢，真的。小时候不懂，人怎么能看一破肥皂剧就掉眼泪呢？我可不能让人耻笑——其实你放心吧，哭的时候自己就明白了。

摆不平的自己，买不来的快乐

《文周》：之前光线传媒给你拍过一个短片，结尾时你说“最终我摆平了自己”，你现在摆平你自己了么？

梁晓雪：那会儿“摆平自己”主要是摆平开店的情绪。因为开店挺多事儿的，连当时的女朋友都分了。现在我不敢说这话了，怎么能摆平自己呢？顺其自然吧，我真的不知道明天会发生什么。

《文周》：现在对你来说最大的矛盾是什么？

梁晓雪：有时候空洞让我觉得还挺难受的，其实我也可以约朋友怎么怎么着，但我又觉得特别没意义，这就是我自我矛盾的点。

《文周》：你会觉得约朋友到最后还是这样？

梁晓雪：嗯。千篇一律，哥儿几个为什么总说“喝点儿酒”呢，毕竟酒精能麻痹神经，那会儿就感觉不到矛盾了，觉得特高兴。平常的日子都太枯燥了。

《文周》：有没有什么想做，但一直还没有做的事情？

梁晓雪：我一直想组一个摇滚乐队，但是我摇不动了。还挺想做一个单纯的吉他手的，就是给别人乐队弹弹琴，也不唱，当然也只能是想……

《文周》：你对自己现在的生活满意吗？

梁晓雪：挺满意的，能有闲钱，能买琴。现在都挺好，就是空洞，有时候寂寞难耐，越来越发现一个人不行，必须找一个伴儿。至于现实和梦想之间的距离，你慢慢地拉呀拉，这就是人类的智慧。再说钱，它很重要，但是没用，我周围特别有钱的人太多了——他们有快乐，但我相信没有我做出一个作品的那种快乐。用钱买的快乐永远都是一时的，它太好得到了！但一个作品它是从心里走出来的，这两种快乐真是俩事儿！

记者 | 骨朵

2014 年 2 月 15 日 总第 106 期

摄影 / 曾祈惟

万芳

老天要派万芳来唱歌

台湾地区歌手、影视及舞台剧演员。出道逾二十年，出版过 20 多张专辑。2015 年 3 月由滚石唱片发行最新 EP《一半。万芳的小剧场》。音乐代表作品：《新不了情》《猜心》《夜照亮了夜》等；舞台剧代表作品：《收信快乐》等。

"万芳唱歌"。

——这是2013年圣诞夜，万芳演唱会的名字。

在这个噱头为王的时代里，演唱会的名字更要绞尽脑汁地起。玩概念，打擦边球，只求吸引更多目光。可千百般花样，到底还是在唱歌。万芳唱了二十三年，深知这一点。附加的装扮都渐渐剥去，脱开任何与作秀有关的姿态，这个夜晚，万芳是来唱歌的。

路走得越远，越懂得初心的珍贵。原本只是想唱一首歌，后来"为了这首歌被人听到，你要去跑宣传通告，要去上电视节目玩奇怪的游戏"，万芳说："开始时会不解和迷茫，可是现在我明白，我虽然在做这些事情，但我不会忘记我是要去哪里。"因为攥紧心中那份做音乐的意义，在欲望不断冲刷着的大环境下，万芳也可以淡然地偏居一隅，用心唱自己的歌。

"虽然很辛苦，但我心里清楚，老天就是要派万芳来唱歌。你明白吗？"

与观众的共振是最独特的作品

《文周》：在大的剧院里唱歌，和在live house有什么不一样的感觉?

万芳：大家可以坐得比较舒服，（笑）在live house站着的确太辛苦了。有的时候在live house，我会唱一些轻快的偏摇滚的歌。

《文周》：现在再唱那些老歌，会有什么不同的感受吗?

万芳：其实每一次都不同。因为台下的人不同，所以构成的现场氛围也会不同。今天可能台下来的人都是三十多岁，对我的歌很熟悉的人，他们会每一首歌都很投入。又或许今天来的人都是白天受了气的人，带来的就是不一样的负能量。台上的人难免会感受到台下。因为我们是共通的，那些呼吸、那些生命的共振是很容易感受到的，特别是透过音乐。前奏一来，大家的熟悉感觉一来，彼此之间的共振会产生出最独特的作品。

《文周》：一直很想知道，你的演唱会怎么可以唱这么久？每次都三个多小时将近四个小时。

万芳：都是台下害的啊，他们总觉得我很多歌还没有唱。而且我常常觉得，哎呀，不知下次何时才会再相聚，所以用尽全力来唱。但是，我希望这次演唱会可以不要唱这么久，因为我确实觉得不管是台上的表演、还是台下聆听的人，两个小时是刚刚好的，是对身心来说最舒服的。可是我的乐手们都说，不——相——信！我说，那我要做到给你们看。

《文周》：在大陆你有没有什么特别想要合作的音乐人？

万芳：其实大陆的音乐我听得不够多。之前都是通过歌迷还有朋友推荐给我的。九十年代的时候，我每次来大陆都一定会去CD店买一些独立发行的CD回去。可是这几年CD店越来越少，只能通过一些二手书店来选择。目前来说，我觉得万晓利就蛮有意思啊！但是要进一步合作的话，就要考虑到声音和各种条件的合适性。

"音乐不是我的事业"

万芳曾经去过很糟糕的地方演出，台下的观众对表演艺术的不尊重，让她甚至开始反问自己，到底为什么要站在这里唱歌。

"可是有一次，我的经纪人对我说，你看，虽然是很嘈杂的环境，但你刚刚有没有注意到一个女孩子，她坐在那边，你讲话的时候她在默默点头，你唱歌的时候她在默默流泪。对啊，这就是我看重的，唱歌的意义啊！"

《文周》：你好像发专辑一直很随性，没有太成规律的计划。

万芳：我没有把音乐这件事情太当成一个"事业"在经营。否则的话，必须要有一个很准确的schedule。而我比较特别的是：首先，音乐对于我来说，本来就不是一件所谓的工作；其次，我还有多重身份，戏剧会占用我很多创作的时间。而我希望接下来的作品，会比较多都是我自己的创作。创作这种东西并不是你想要有就可以有的，它是顺其自然的，顺着生命在走。累积到一定的时候，完整了再分享。

《文周》：但你作为"音乐人、歌手"的身份是最被大家认知的，你却不认为音乐是你的事业？

万芳：我说音乐不是我的"事业"，是因为我在面对它的时候，不是像其他人那样，啊我们今天去赚钱，啊我们今天做业绩……我更看重的是"意义"。唱歌、演戏或者是主持广播节目，都是我所喜欢的，但是喜欢的同时也要承担它所附加的那些不喜欢的状态。

无数种认识万芳的方式

正如她自己说的“多重身份”，万芳很“跨界”。除了做音乐，万芳也涉足戏剧，至今已经有将近十年。她饰演过《收信快乐》里的爱哭芬，《宝岛一村》里的朱嫂，以及正在排演的《绝不付账》里的玫瑰。同时，她也是电台 DJ，主持一档名叫“i—散步”的节目，和听众分享自己喜欢的歌曲。

《文周》：在演戏方面，你好像饰演了许多悲情的角色。

万芳：我没觉得自己有演悲情的角色啊。你要去理解这些角色，去理解她每一个阶段，不是总想她看上去有多悲情。虽然她有很多无法抵抗的命运，但是她用很大的热情去面对命运。

演戏的时候，我会努力去理解她为什么要愤怒、要抗争，但演完之后，我也就不是刚才那个角色了。像我刚才在排练，现在又坐在这里给你访问。我比较建议观众要理性一点点，角色不等同于演员。我之前演过一个戏，在戏中扮演的是比较反面的角色，我在电台的同事看完就跟我说，我昨天看到你的那个戏啊，我简直气死了，你怎么可以还站在这里！我就白了她一眼，说，我又不是我演的那个人。她说，你好过分！我说，哎，到底谁过分啊。（笑）所以，不要把我演的角色等同于万芳。很多人看完《宝岛一村》，很意外地说原来朱嫂是万芳演的，我觉得这样很好啊，这是对我的赞美。你肯定不会在看朱嫂的时候想到，那个人唱过《新不了情》……

《文周》：当演员有给你带来新的发现吗？

万芳：有，确实有。尤其是我在刚开始接触戏剧的时候。我很幸运，一开始接触戏剧就是舞台剧。舞台剧的训练对我来说是非常棒的，因为它跟镜头式的戏剧很不同，它要经过很长时间的排戏，让演员去找那个角色，找每一句话背后的动机。一部舞台剧通常事前就要花两个月去投入排练，那你可以有足够的时间去跟这个角色相处。像《宝岛一村》一演演五年，所以这些演员有五年的时间去感受，其实每次都有新的发现。

《文周》：会对你的唱歌有所帮助吗？

万芳：会，因为舞台剧是有“第四面墙”的（注：第四面墙是一面在传统三壁镜框式舞台中虚构的墙，这面透明的墙隔离了观众和演员。演员如果意识到“第四面墙”的存在，便可以专心表演而忽视观众的存在，而观众如果忽视了“第四面墙”的存在，便可以将自己全身心

摄影 / Meng Luo

地融入到演员的表演中，忽略影响演剧表现力的其他因素），所以这会打开我对空间的想法，和对身体可能性的探索。那到我唱歌的时候，我可能不见得只是对着观众唱歌，我甚至可以背对，我可以进入到歌词的意境当中去。很多人觉得演戏就要面台，但我觉得，背台也有它独特的力量。我演《宝岛一村》里的朱嫂，有一段戏是要照顾隔壁生病的太太，我是整个背台的。因为要演老年人，我觉得化妆是怎么样都模仿不像老人的样子的，但是你可以用身体的线条去呈现。尤其是通过远距离的观看，那个背台的力量很强大，很动人。

在唱歌的时候我会打开自己，去感受自己所处的环境，跟空间、道具之间的关系，这就是从舞台剧的训练得来的。我有时候会要求灯光师不要把灯光打在我身上，让我站在光束旁边的阴影里，跟光束里假想的人来讲话唱歌，这样在传达某些意境的时候就会变得立体很多，有更多的想象空间。

所有事情的发生都是最好的安排

2010 年，万芳发表了那首《我们不要伤心了》。这首歌的创作缘由，是在面对身边的人越来越多离开人世的时候，一个朋友对她说了这句话。这是一句伤痛的告别，却也包含着深刻的爱与祝福。对死者的告慰与生者的宽解，都蕴含在其中。

今年某段时间里，万芳的生命又遭遇了一些朋友的离开，譬如曾经合作过的挚友 Koumis 林蓓丽（注：《小星星》的词曲作者），还有万芳的戏剧启蒙导师李国修老师。蓓丽去世前的那段日子里，万芳有两个多月的时间一直陪伴在她身边，到最后是看着她离开的。

而李国修老师的去世，就更是雪上加霜般的悲痛。"即便是几个月后，我去金钟奖上唱歌。前一天在彩排的时候，看到国修老师的画面我就哭了，才发现，还是很想念。对。正式演出那晚，我在旁边 stand by 的时候，伟忠哥在台上讲话，一看到国修老师的画面，我就不停地深呼吸，让自己的情绪平静下来，伟忠哥就一直抱着我，给我很多力量。"

《文周》：面对这些事情，你怎么去治愈自己？

万芳：身边人的去世离开，在我们生命当中只会越来越多。如果是难过，那就难过吧。生命中很多事情，不见得一定要用什么方法去度过。度不过的，就让它发生，也就只能是这样。我不会刻意地去回避我的感受。蓓丽和国修老师接连去世的那段时间，我的朋友都觉得，我应该要离开一阵子了，所以我去了德国，待了很长一段时间，转换一下心情，感受不同的生活。我从来没有去过德国。不同的阶段，我们对旅行的理解也不一样。我去到那边已经不是观光，而是看到他们的生活，体会他们的价值观。稍微离开一下，再回来，能让自己更有力量。

《文周》：那你怕死吗？

万芳：目前还好，但就看是怎么个死法。最怕的其实不是死，而是没死成。我害怕没有自主能力地活着，譬如说生病。如果你有一天需要别人帮你翻身，帮你处理排泄物……那真是比死还可怕吧。所以我们要把自己照顾好，去累积正能量。我觉得很多人的怕，还是因为对这个世界的爱不够饱满，如果你爱这个世界，并且愿意付出自己的爱，那当有天你发生这些不幸时，你不会担心自己不被爱。所以为什么有的人投入公益去奉献自己？当然会有很多缘由，但我觉得其中之一就是，这会让自己不会害怕。

《文周》：你会经常感觉到压力很大吗？

万芳：站在舞台上的人压力其实是非常大的，而我又会要求舞台上的演出是最完美的，所以给自己的压力更大，票房的压力、演出的压力、身体状态的压力……我记得有一段时间，压力很大很沮丧。那个时候台湾突然发生天灾，很多人失去生命。我看到新闻就想，人家是命都没了，我这又算什么。站在生命面前，我们之前的所谓重要和不重要，都会重新排列组合。我们到底在意的是什么，我们放不下的又是什么，这些或许都是我们自找麻烦。很多挫败，其实就是因为自身不够努力，所以我们才会慌张。如果我们踏实地做，结果不是我们能够预期的，那我们就去尊重那个结果。我常常觉得，很多答案早就已经在那儿等着我们了，我们只要想着去怎么完成就好。

《文周》：你现在对自己的生活还会有什么不满的地方吗？

万芳：倒也还好，都是小事。可能是太漂泊吧。但我觉得所有事情的发生都是最好的安排，早晚有一天我们都会明白。

摄影 / 波比夏

跟　踪　采　访

2015年8月

摄影 / 林法德

《文周》：两年前的采访中，在谈到大陆想要合作的音乐人的时候，你提到了万晓利，他的新专辑你听了吗？有什么感受？

万芳：万晓利来台北的演出我去看了。我们小小地见了一面。听他的现场和新专辑，我能感受到创作者面对创作与生活的诚实。我很难说什么，毕竟我对他认识还不够。演出中他说这几年曾经写不出歌，后来他最新创作的第一首歌是《土豆》。真好！我这么觉得。

《文周》：这两年又对大陆的音乐多了一些了解吗？什么音乐人让你印象深刻？

万芳：这两年，我在音乐节也碰到一些大陆的音乐人，但还没有太深入地聆听。有许多音乐人到台北演出也有很好的回响，像宋冬野。我之前也听了野孩子乐队，也有朋友跟我推荐五条人。

《文周》：上次采访的时候你谈到了音乐创作，也讲到了戏剧工作占用了你很大精力，但看起来你同时非常享受戏剧和音乐在你生活中的碰撞。你的新EP在今年3月发行了，专辑名称也很有意思很特别，“一半。万芳的小剧场”，这九个字有什么具体的含义吗？

万芳：《一半。万芳的小剧场》这张专辑里合作的对象大部份是剧场人。而我自己一直很喜欢小剧场。这张专辑有点像是我在小剧场里和这些剧场人共振出的音乐小火花。《一半》这首歌是我这两年的心情。又刚好这张专辑只有五首歌。而我觉得这五首歌是我无个阶段想跟大家分享的全部了。

《文周》：你在专辑介绍里说“你怎么知道一半不是全部”，这句话怎么理解？

万芳：这句话也有另外的意思，就是所有你觉得只进行到一半的事物、话题、关系……它有可能已经是全部了，它来到你的生命，那个你以为的一半，其实是全部。

《文周》：EP 里《一半》这首歌的词曲均由你独立创作，说说这首歌的创作过程吧，对它满意吗？

万芳：这些年我有感于许多人面对生命中的离散与失去的不舍和执着，所以写了这首歌。有一天和十九两乐团的瑞奇聊到生命这个话题，她说人不管活到几岁离开，十岁、二十岁或者六十岁，不管几年几岁都叫“一生”。我觉得她说的这个想法很有意思。这也让我想到身边有很多人面对爱情、友情和许多关系，在心里会过不去。为什么昨天还在一起今天就分手了？但也许你们的缘分就只到这里。分手了，生命还要继续。下雨了，也还是要出门。很多事不见得照你设想的剧本走。很多事情的发生都有它的道理吧！于是有一天下午，我坐在朋友的咖啡店门口，对着大马路和大片的天空，轻轻地哼唱出了这首《一半》。

《文周》：今年 6 月 7 日，你在微博上写：“在后台听着一首一首。跟着唱着一首一首。如果没有这样的相聚，究竟还会不会再有人唱起这些歌？感动着这些声音还在舞台上。民歌四十演唱会。继续。高雄。”能够陪伴与见证一代台湾民歌音乐人，是很令人羡慕的，有什么具体的感受可以分享吗？

万芳：谢谢陶晓清，陶姐从民歌二十就开始邀请我参与。台湾早期的校园民歌给了我许多的美好，也使我开始了我的创作。所以能和这些歌手们同台是我的幸福。尤其民歌三十演唱会的时候，我坐在侧台听着他们唱歌、说故事，我记得我当时有着好深的感动。而今年的民歌四十，又经过了十年，很多人已经不在了，这让人更珍惜每一次的相聚。真的，除了这样的演唱会，我不知道还有什么机会可以听到这些歌手和这些歌。而今年，我觉得大家都唱得好好听。

《文周》：之前你提到自己“太漂泊”，现在看你的行程，依旧好像很满，到各地唱歌，这样的状态会不会偶尔让你感觉疲倦？什么对你来讲是“幸福”的生活？

万芳：我确实希望自己能有更多的时间、空间进行自己其他想做的事。但即便是这样，我仍然觉得现在的自己是幸福的。

记者｜池旭、米拉拉

图片由万芳团队提供

2013 年 11 月 15 日　总第 101 期

小娟 &
山谷里的居民

愿世界美而长久

独立民谣乐队。1998 年成立，至今发行过六张录音室专辑。乐队成员：小娟（主唱 / 木吉他）、黎强（木吉他）、刘晓光（口琴 / 长笛 / 键盘）、荒井（打击乐）。代表作品：《山谷里的居民》《我的家》《红布绿花朵》《爱的路上千万里》等。

2012 年 12 月 25 日，小娟 & 山谷里的居民在北京保利剧院和大家一起度过了一个“山谷里的圣诞节”。那个夜晚的舞台上有光影交织的田园，有透着植物清香的山野，还有那些像四季都闪烁的星辰般温柔的眼神。这份圣诞礼物像是冬季里落下的雪花般洁白迷人，似乎拥有让世界一夜变美的魔力。他们的歌又总能让人不自觉地沉寂在记忆的海洋中，好像那里有一个我们共同熟悉的故事。

“我想要的东西从一开始就都在我身边”

第一次听到小娟的歌声是在南方小城的咖啡馆里，那首翻唱的老歌《往事随风》，清澈又温暖的声音像驾着风的云朵，模糊掉了墙上的壁画和时空，世界瞬间像一颗尘埃静静落在幽谷之中。几年后，当我坐在明亮的舞台下，看着交错的灯光打在小娟和她的伙伴们的脸上时，发现其间经过的几年时光竟似乎从未打扰过他们，而他们的山谷，也依然宁静如水。如果声音也是一个美人，经年后的她，容颜依旧。

《文周》：我听《蓝色的窗外》（注：小娟创作的第一首正式的作品），觉得在风格上你们现在的歌其实差别不大，你觉得呢？

小娟：音乐的制作和编曲方面其实是蛮丰富和不一样的，你说的那种没变应该是我们内心没有什么变化。不管是从《美丽的魂魄》的清唱到我们现在非常丰富配置的音乐，比如《一大片》，从音乐的呈现和编曲上来看其实它们完全不同，但是大家在音乐里听到的东西是一样的。音乐就是有这样一种魅力，无论你在哪种环境里，它都可以有一种把你“拽”回来的力量。我们认可心里的这个世界。

《文周》：很多人年轻时都希望自己能够被打开，能够有各种各样的体验，会想要那种有变化的生活。但我总觉得你们一直以来给人的感觉就是……稳如泰山？这当中还是会有一些秘密吧？

小娟：哈哈哈，这个比喻很有趣。真有什么秘密的话我们也说不出来，但是有一点可以说出来的就是，我们都很肯定自己内心想要的东西。我们整个团队，大家都很好，它的这种好是相亲相爱，像一家人一样，每个人不会想要在团队里拼命强调自己的存在，而是一起创造好听的音乐。有这个作为前提，就会让我们做出来的音乐不偏不倚。还有一点，我们从一开始

要的就是顺其自然和放松，而有些人只是在寻找，后来慢慢地可能和初衷就不一样了。比如我们那首《和一个女孩子结婚吧》，是来自顾城的诗，里面有一句话我很喜欢，“我们忘记最初的日子，最初只有爱情”，可能走着走着，会忘记自己来时的想法是什么，那是因为你要的真的很复杂。但是，我们要的其实说简单也不简单。

《文周》：你们要的是什么呢？

小娟：就拿我自己来说，我觉得就是唱着自己喜欢的歌，用自己的眼光发现世界的美。有这个作为前提就不会迷失，很多东西自然不会去选择。

《文周》：这么多年来你都处在一个你自己比较满意的状态里，会不会还想要定一个新的目标？毕竟未来还很长。

小娟：有一种很有趣的想法，就是你拥有了你觉得最珍贵的东西，你就拥有了全世界。你不必再拿着这个珍贵的东西去找另外一些珍贵的东西，那就是贪念。我一直很知足，我想要的东西从一开始就都在我身边，它已经在那里了，而且现在很成熟。我比较希望的是，这样的世界可以长久一点，以及，美好的事情也可以有人一起分享。

《文周》：那在你眼里，那些从这座山奔往另一座山的人很可能是在兜圈子啦？

小娟：也不是哦。有的人需要走过很多路才能找到爱，每个人会有不同的方式，这个无可厚非，只是我们的内心比较确定而已。

《文周》：现在会有一些人觉得表达自我会是一件自私的事，比如有些人会反对“小清新”这一类表达个人情感的歌，他们会觉得唱着这些不痛不痒的歌是没有什么意义的。

小娟：首先，他觉得什么是痛什么是痒呢？我也不觉得什么“小清新”，他们一味地反对什么，这可能是一种个人习惯，可能不仅仅是反对“小清新”，可能什么都反对，这是我的想法。当然我觉得人的情感是有层次的，并不那么外在和形式化。声嘶力竭并不是深刻，你无声无息也不代表你不悲伤。真正好的音乐也不是一呼百应的。尊重自己，尊重他人，这样是比较好的。这个世界我们不懂的太多了，不要觉得自己了解的就是全部，要允许别人有轻声吟唱的权利。

"这个重要吗？只要开心就好了"

我们的采访在一个胡同的茶馆里进行，那里有古树和漂亮的植物，灯光明晃晃地晕开，在这个冬季里好像一个小暖炉。小娟的朋友帮她点了小火锅，馆子里的人将一小碟一小碟精致的装着食物的小盘子送上来的时候，小娟开心得眉眼里尽是藏不住的亮晶晶的笑意，她说除了音乐，她最关心的事情大概就是天气与食物了。"看起来好像特别好吃呀，你要不要来一点儿？"小娟体贴地问着。

我坐在她的对面，耳畔响着《两个人》的那句"你说我是世上最好的，那么再也没有别的"，那一刻我觉得小娟真是最好的，而且是与她的动人歌声无关的那种美好。歌声是上天带给这个世界的礼物，而灵魂里的那种柔顺和优雅是她的父母和她自己赋予她的光。

从这一点来说，小娟感念着自己的幸运。"他们是伟大的父母，"她说道，"他们把担心都放在心里，说出来的永远都是鼓励的话。"

《文周》：你从开始写歌到现在快二十年了，听说你写歌是从小受了家人的影响？

小娟：当然当然，我的爸爸妈妈很喜欢在家里放各种各样的音乐。这是自己的选择和家庭环境综合的结果吧。家人的支持会慢慢引导我去做对的事情，可以选择我自己能够选择的，并能够坚持下来，这是最主要的。

《文周》：他们从一开始就这么支持你么？

小娟：家教是一个很有趣的事情。我们家的家教好就好在，它是以一个鼓励的方式存在的。我做音乐这件事，我相信他们心里也会有一些不肯定的状态存在，但是他们比较尊重孩子，选择给孩子爱和鼓励。还有就是，你自己的心对这件事有认同感，以及你做这件事深感快乐的时候，没有对错，也没有风险不风险，你自己要做的、要承担的、要感受的，都必须去由你自己去面对，那剩下的问题其实是你无论从事什么工作都会存在的。所有的人都应该是这么走过来的。父母不应该在这方面去帮你做一个决策。

《文周》：你创作的第一首正式的作品《蓝色的窗外》，当时的反响怎么样？

小娟：嗯，其实当时写歌出来一般就是给家人和朋友唱的。我记得当时有个朋友说，你这首歌在十年后都未必能成为世界的主流。但我觉得，这个重要吗，只要开心就好了。不过现在看起来，好的东西还是会有声音（反响）的。

《文周》：你的父母怎么评价这首歌？

小娟：他们一直是我的铁杆粉丝，虽然不会给些音乐上的具体评价，只会说“好听”，这本身就是鼓励。

《文周》：你是从什么时候开始决定要一直写歌、唱歌这么生活的？

小娟：这可能跟性格有关系吧。因为我不太喜欢随波逐流的状态，每个人眼中的美都应该是个性的。不仅仅是唱歌、写歌，包括做衣服，还有很多日常细节，比如家居的选择，你都会用自己的方式。基于这种状态，我肯定会愿意去尝试自己写歌，没有什么太多的经验，在尝试的过程中就会觉得很有趣。就像你会选择一个自己认可的颜色的衣服，别人可能不理解，但是它的确是你触摸世界的一扇门。所以从那一刻开始，写不写歌并不是最重要的，最重要的是你自己开不开心，你即使去唱别人的歌，也要开心。

《文周》：你的声音那么美，你专门学过唱歌吗？

小娟：以前一直没有，不过现在我有声乐老师。因为我觉得有好的声音加上科学的方法，会让它变得更好。但前提是你知道自己在唱什么，还有你的特点在哪里。唱了这么多年了，我已经很了解自己的声音，而唱歌的方法只是一个手段，会让我唱得更轻松，也会让我的表达更自如。但我真的觉得，如果先学唱歌的方法，会让人担心方法取代了情感。当然这也是因人而异的。

《文周》：你平时有什么特别的保护嗓子的方法吗？

小娟：有的呀，睡觉，好好睡觉。我和小强（注：吉他手黎强，小娟的丈夫）都很爱玩，经常熬夜熬到好晚，但是我睡觉一定要睡足才起床。因为没什么心事，所以睡眠也都很好。多喝热的东西，少喝凉的。

《文周》：在你们的音乐里，所有的词曲都是你创作的，歌词对你来说是不是特别重要的？

小娟：有歌词会有歌词的味道，无歌词也会有无歌词的表达，看你的音乐需要怎么样的表达。像《天空之城》就没有歌词，《一个人在海边》顾城的诗作为词就很长，但是它很好玩，像一个游戏。有没有歌词并不是“有它”或者“无它”的状态，前提就是你的想法要单纯一点。我听很多外国的音乐，比如西班牙语歌，我听不懂它的语言，但是我会很感动。歌词像一个骨架，可以把整首歌撑起来，可以让它帮助你去想象。无论是哪一种听觉习惯，只要你用心去听就好了。人的情感可以像流水一样了无痕迹，但如果把水盛放在一个漂亮的器皿里头，它也是一杯很不错的水哦。

从《台北到淡水》来到《C 大调的城》

2010 年，小娟 & 山谷里的居民推出专辑《台北到淡水》，这是在刘晓光和荒井相继加入之后的第一枚果实。在专辑里，他们从几百首的台湾民歌里挑选了十五首，重新编曲、制作，将海对岸的风景重现在我们的视线之中。

2012 年，他们又带来新的惊喜：将顾城的诗歌谱成曲收录进《C 大调的城》双 CD 专辑中。四个人这次的合作更加成熟，每个人都在录制过程中参与了编曲。

说起两张专辑背后的故事，小娟显得非常自信，那种自信源于对团队的信任和肯定。我问起自己特别喜欢的那首《阿美阿美》是怎么想到让三个人男生一起唱的，小娟神秘地笑着说："他们趁我不在的时候录的。" 当我信以为真发出感慨时，小娟竟然淘气地打断我说："开玩笑的啦！"

《文周》：你们对台湾民谣的记忆是什么样的？是出于什么样的想法让你们创作了《台北到淡水》？

小娟：我们都是从小时候听过来的。台湾民谣就是好听，很像中国人应该唱出来的感觉。对台湾这个地方和台湾民谣，我们都有很深的情感，那个时候台湾民歌手的创作和他们用心的诠注是值得尊敬的。我们作为一个华语音乐的小团队，基于对华语音乐的把握度和认可度，希望台湾民谣可以影响更多的人，因为他们就是在做着这样的事情，你看到了，觉得很感动，就愿意接着他们的路继续走一段。

“台湾”在这里并不仅仅是一个地方，可能潜意识的感觉是“嗯，这是华语的歌曲”，对很多人来说现在面对台湾音乐的感觉，更像面对华语音乐的感觉，所以有时候我们可能会被认为是台湾的团队。这可能是我们对台湾民谣比较浅显的一个认识。

《文周》：而且不单单是音乐，包括很多台湾的文学作品，你都能感觉到他们真的是秉承中国传统文化，这么一脉相传下来的。

小娟：对，而且你在台湾的时候看到那些路名：仁爱路、忠孝路……你会很自然地想到中国传统的文字和文化，与大陆相比真的是很不一样的状态，希望这些在今后可以被更多人感受到。

《文周》：据说，好多台湾民歌是你们在创作《台北到淡水》的时候才知道的。

小娟：对，比如《回旋曲》《一窗清响》……其实那个时候的台湾民歌真的很多，我们熟悉的可能就是几十首，但事实上有成百上千首，而且首首都很美。

《文周》：《C大调的城》里的歌都是以顾城的诗歌为蓝本而作的，这个想法是怎么产生的？

小娟：首先诗歌本身就很美。之前有朋友给了我一本诗集，我一看是顾城的，在读它的时候觉得很美。顾城有一部分的诗是非常童话的，那种童话我觉得是我能读懂的，当然也有很多是我读不懂的。我就会把我读懂的部分用吉他唱出来，并不是有意的创作，创作完了也没想要拿出来。到了今年大家突然想着可以做一张诗歌专辑，就一起来完成了。

《文周》：在把诗谱成曲的过程中，有没有比较困难的地方？

小娟：其实没有什么太大的差别。写歌是源于感受，你对某一段文字的感受，对这个世界的感受，是可以直接在脑海里呈现出旋律来的。

《文周》：顾城的诗歌是上世纪八九十年代的代表，很多人说诗歌在现代中国已经断代了，你们会有这样的感觉吗？

小娟：我个人读的诗并不多，也就是偶然读到顾城的诗。但我相信肯定还有人一直在写诗，并且以自己的方式读给大家听。这应该是中国人骨子里的一种情怀。因为中国诗歌真的很美，美到无可取代，所以如果它没有了真的是这个世界的一大损失。东方的歌者不同于西方，除了文化背景下的一种特有的情感，我们还会用自己的审美方式告诉世界我们的内心是怎样的，我觉得这种方式是真正能够被世人关注的途径。当然如果你刻意去做，可能就会适得其反。

《文周》：我个人感觉，你们现在的作品似乎比从前更阳光、更云淡风轻了，以前的作品经常会传递出一种忧伤的感觉。

小娟：变化其实并没有那么大，以前我们也很阳光呀！其实就是针对不同的歌曲的情绪来做一个演绎，包括翻唱歌曲也是一样。现在的这些歌其实也带着一点忧伤，只是这些忧伤更深，但这并不是刻意的。而且我觉得如果你能感觉到歌曲的这种变化，其实它可能反映的是你内心的变化。

【记者后记】

在“山谷里的圣诞节”音乐会即将结束的时候，四个人在台上向观众谢幕，我才第一次注意到小娟的腿不好，这才反应过来为什么每回看小娟都是坐着的样子。回想起之前采访完小娟后，她还想要站起来与我告别的场景，心里很不是滋味。

我偷偷地问小娟关于腿的事情，她安慰我说，别为这个小事伤心呀。“我得到的足够多足够好。不去说这个事情，是因为它确实跟音乐无关，而我们整个团队一起做音乐，互相之间的这种爱比什么都重要。我不去回避它，但我也不想去张扬这件事情。有些记者写到这件事总觉得它能够让我‘更’怎么样，但事实是我不要‘更’怎么样，平平常常就可以了。”

电话那头的小娟声音一如往日，清澈动人。

我想起两年前有一次乘出租车，意外发现车上放着小娟 & 山谷里的居民的老歌，我问司机师傅：“您也听小娟呀？”“是呀，”他笑眯眯地应我，“经常听，好听嘛。”当我把这件小事告诉小娟的时候，她高兴坏了，笑容里好像藏着一枚熟透了的苹果，美极了。

记者｜骨朵

图片由小娟 & 山谷里的居民提供

2013 年 1 月 1 日　总第 83 期

摄影 / 周京

王翀

戏剧新浪潮的 2.0

青年戏剧导演，北京大学法学学士、夏威夷大学戏剧硕士。2008 年创立薪传实验剧团，在十几个国家和地区进行演出并多次获得国际奖项。2012 年，发起新浪潮戏剧运动，发表《新浪潮戏剧宣言》。代表作品：《阴道独白》《中央公园西路》《雷雨 2.0》《一镜一生易卜生》等。

当王翀迈着大步往前快走的时候，我们共同经历的时代似乎正在缓慢地后退。

"在世界范围内，传统戏剧已经成为了如中国戏曲一样日薄西山的老人艺术——如果你生活在亚文化里，你不会觉得自己津津乐道的东西其实只是社会的边缘，已经被大部分年轻人不屑一顾。另一方面，我们对各种影像和海量信息的依赖已经像毒瘾一样侵入骨髓，如果戏剧还像一百年前或十年前一样信息单薄、速度迟缓，未免可惜可笑。"王翀如是说。

而他的《雷雨 2.0》在今天看来，更像是一个精准的预言。

"我就是要刨了中国话剧的根儿"

2012 年，我们专访王翀的《雷雨 2.0》的时候，他亮出了鲜明的态度："传统戏剧是平庸而无能的。"

当全世界戏剧人面对《哈姆雷特》，不遗余力、绞尽脑汁轮番拿出充满新意的解读时，我们在过去的八十年里，依然以人民艺术剧院的《雷雨》作为中国戏剧最高殿堂的最高成就，作为这部戏瞻仰现实主义的唯一角度。

2014 年，学生们在剧场里笑了，台上的人民艺术家们怒了，我们站在一旁，不知道该摆出什么表情——他们笑得太晚了。

"对中国戏剧陈旧的美学系统有所冲击"——这是王翀选择戏剧题材的一个要素。"所以我才会拿被大学生耻笑的'《雷雨》式演出'开刀。"

这只是磨刀霍霍向"陈腐的现实主义"的第一道口子。王翀希望打破的，是"沉积了将近八十年的保守和固执"。

"刨了中国话剧根儿"的《雷雨 2.0》，借用影像让剧场观演变成了一次真实又虚幻的电影探班，现场演员角色的变换和分裂、表现方式的新鲜感，令身临其中的观众眼神失焦，走出剧场时更产生了"我看的是电影还是戏"的错觉。

《雷雨 2.0》和《雷雨》之间并没有严格的对仗。男性的高干子弟成为周朴园和周萍的合体，而和高干子弟交往的女子——她像繁漪，然而又不能称之为"繁漪"，同样，怀孕的保姆似乎是鲁侍萍和四凤的化身，然而她却不是"鲁侍萍"或者"四凤"。对此，王翀的解释是："在剧中没有具体的人名，和原著《雷雨》相比，这部戏更多是对当代人的关注。"作为古希腊时期的戏剧传统题材，乱伦在当代人的生活中早已退居次席，并不是生活中的真实体验，"所谓体验，更多的是生活中的性别政治，是男性和女性之间的势力对抗"。

"就算是在调情和床戏中，我们的镜头也始终指向女性，而不像男性电影一样表现周萍的征服。这是女性内心世界的电影化，是我所要呈现出的影像戏剧"。女性视角和女性经验构成了《雷雨 2.0》的主体。

这并不是王翀的第一次尝试——他的早期作品如 2008 年的《电之驿站》和 2010 年的《哈姆雷特机器》便开始大量使用录播的影像，随后他又在舞台上尝试全程现场拍摄与直播影像。

在 2012 年采访时，他仔细地和我们解释过每一部戏的影像走向：

"《哈姆雷特机器》的影像受林兆华的影响，属于传统影像。一块大幕，放一段事先剪辑好的影像。这很平庸，但因为《哈姆雷特机器》独特的历史文献意义，这样的处理效果看上去还可以。

"《中央公园西路》类似情境剧，它的影像附着在话剧的根上——拿掉影像，这部戏依然成立，可以独立演出。

"《雷雨 2.0》是对当下原创戏剧发自内心的真诚质疑，没有影像它就无法存在。新媒体时代，戏剧已经不能超越人的日常体验。单线条的剧本，录好的影像——谁都知道这些是假的，是过去的已经发生的内容。在我们的戏里，所有的'发生'都是即时的，四台高清摄像机，演员手持、架在天花板上、摄影师在拍摄中移动……每个镜头都是现场完成的，相比于给观众演戏看，我更强调'看，我们怎么把舞台上这么多调度，用电影的方式拍摄出来'。需要说明的是，我们的台词虽少，但全部取自《雷雨》的原文，只不过进行了重新组合。这是后现代剧作法，在不改变文本的前提下对文本进行重新编辑。"

今天，王翀已经可以用更精简的话来定义这些影像：2011 年的《中央公园西路》是"电视情景喜剧";2012 年的《雷雨 2.0》是"意识流老电影"，《一镜一生易卜生》是"一镜到底"；2014 年的《群鬼 2.0》韩国版是"黑白默片"，中国版是"网络自拍视频会议"；2015 年的《平行宇宙爱情演绎法》是"无人拍摄的长镜头电影"；2016 年的《大先生》是"傀儡电影"；2017 年计划在东京做一部由观众通过手机操纵演员的"第一人称视角电子游戏"。

但是，把王翀和舞台影像画等号，或者把新浪潮戏剧和影像画等号，都是简单粗暴。"我不会把自己框在影像里。我曾经在一些戏里，尝试利用声音媒介，用四十个喇叭演出人类的

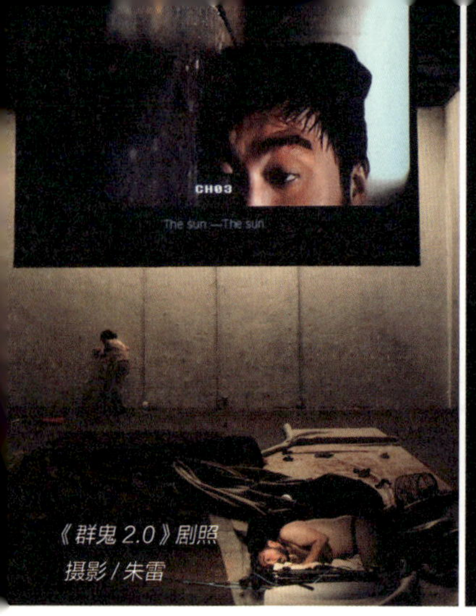

《群鬼 2.0》剧照
摄影 / 朱雷

武器发展史，以及利用麦克风把表演和观看扩展到了方圆几百米的街头。"

创造层出不穷的新玩法，对于王翀来说，也是戏剧新浪潮的一个部分。"又有学者想把新浪潮戏剧和多媒体戏剧画等号，恐怕也是简单粗暴。我计划 2016 年创作《茶馆 2.0》和《8 分钟约会 2.0》，或许根本不用多媒体呢。"

独白还是旁白：阴道是一面镜子

说到引起争议的作品，不能不提到《阴道独白》。这部屡次复排的女性主义戏剧，似乎已经成为王翀最被国内观众认可的作品。

《阴道独白》之所以能够反复上演，王翀把主要原因归结于"观众的需要"。在他看来，人是不能抛弃性别的，性别如此重要，它不应该成为藩篱，"而性，同样不应该成为一种禁忌"。

最开始，因为禁演的压力，王翀自己也有放不开的地方。面对"阴道"这个词，排演之初，大家总无法表现得那么理所当然。带着触犯禁忌的感觉，带着羞愧感，《阴道独白》开始了首演。而在几十场的演出过后，无论是王翀还是演员，都已经变得更加无所畏惧。

显然，一直复演《阴道独白》，是因为它不赔钱。但王翀自己也觉得这个戏是他所有作品中最没有创造性的一部。观众往往比较喜欢这种噱头大的作品，而《阴道独白》在命名上对禁忌的冲击，也让人们开始重新思考语言的力量。在戏中，人们能够短暂地打开自己，能够短暂地改变"阴道"一词长期以来被赋予的语义，能够从积累已久的性压抑中暂时挣脱出来。

王翀说，女性主义是一种人类本能，因此观众能够接受《阴道独白》，一定是社会发展到了一定程度，人们对女性的态度有了根本性的改变，对女性应该成为什么有了新的期待。就像《玩偶之家》，在二十世纪对中国和世界都产生了深刻的影响，这必须是在女性被正视的语境下才能发生的。"文艺作品只是你的一面镜子，你是什么，你从文艺作品中看到的就是什么。"王翀反复这样强调。

相比 2012 年处于新浪潮风口浪尖上的王翀，今天的他还是那个充满干劲儿与诗意的"现场论文生成器"，但字里行间流露出来的是更多的沉稳和自信。"给你同样的条件，有人成了黑泽明，有人成了郭敬明。在艺术里，最重要的不是别的，是人。"

新浪潮戏剧的世界旅行

出身北大法学专业的高才生，跑到美国转了专业读戏剧。王翀一开始的创作都是基于翻译的文本，不知不觉，从 2012 年发起"新浪潮戏剧"开始，国际的邀约越来越多了。"国际巡演，一开始还不是特别自信，可是参加的戏剧节越来越多了才发现，哦，原来我们的作品确实挺棒的，跟别人的都不一样，原来我们的表达这么独特。当然，我们也看到了无数别人的优点，日本人的敬业、韩国人的热情、美国人的动听、欧洲人的问题意识等。"

"新浪潮戏剧的世界旅行，靠的是国际语言——当然不是英语——是戏剧语言。跨文化的创作最有趣的是，能跨过去的部分，是戏剧艺术普世共通的地带。在工作里，都是靠对艺术的理解产生情感和信任。"在一次采访中，王翀曾经提到，在第一次参加阿维尼翁艺术节时他见到了一位日本街头艺人，这位老人双手举着演出的道具木棒，一个人站在阿维尼翁教皇宫广场上，而他的观众是两三个站在二十米开外侧目的过路人。他已经自费去阿维尼翁十三次了，表演并不在官方的日程里。他执着地把自己的艺术分享给全世界的观众。王翀动情地说："这是戏剧的本质——就是表演的冲动和分享。"

"我每一年都认为以前做的东西老套——新浪潮的精神就是否定旧的东西，包括旧的自我。不管是做艺术家还是做人，改变自己都是很难的。到了 33 岁，一般人已经开始想自我定型了、守成了、量产复制了，可是我不。我希望自己和自己的戏剧永远是新的。"当我们梳理以往的采访资料，把两次王翀对于"新浪潮戏剧"概念的阐释放在一起时，这位年轻导演这些年势如破竹的更新与成长，不言而喻。

王翀 导演作品

《文周》：2012 年时，你怎么界定“戏剧新浪潮”？

王翀：之所以称为戏剧新浪潮，是因为我的作品给人的感觉，不是快节奏的好莱坞电影，而更加接近法国新浪潮电影时期的状态。戏剧新浪潮并不一定就是影像戏剧。我所提出的戏剧新浪潮，是对艺术的解构和重构，让文本形成新的多维空间，在新的世界中搭建新的感知结构。每个时代应该有每个时代的艺术。八十年代有林兆华的探索戏剧，九十年代有孟京辉的先锋戏剧，到了这个十年，新一代戏剧人对艺术产生新的回应，这就是我们的新浪潮戏剧。

《文周》：《新浪潮戏剧宣言》写完了，你现在怎么定义“新浪潮”？（2015）

王翀：在发起新浪潮戏剧之后，我又积累了很多思考，目前正在酝酿《新浪潮戏剧宣言 2.0》，提出更具体的方向。

新浪潮当然是针对旧死水，中国戏剧不能止步不前。时代的变化速度越来越快，对现实不满的年轻人一定能走得很远。《新浪潮戏剧宣言》说，“人们或者原地踏步，或者，与我们同行”，“希望更多的年轻人加入我们，一起兴风一起浪”。“新浪潮戏剧”既是运动也是旗帜，既是口号也是自我命名。艺术家只管创造；评说还是交给历史吧。

【记者后记】

发稿之时，王翀从哈姆雷特城堡发来问候和正式稿件般的流畅回答。而在过去几年与王翀的面谈中，他的语速都很快，说话都是一串一串的大长句子，回答完所有问题，他长出一口气，说："你这问题忒干，全是概念，我都说累了。"

而有意思的细节是，他在叙述中总是习惯性地加上一句"你明白么"。我想，这个年轻的导演大概遇到了太多的隔阂和不理解，而作为戏剧艺术，恰恰又是如此地需要观众对作品的领悟和思考。在他每一部尖锐而充满对抗的作品中，在那些希望观众跟着他一起沉下去思考的作品中，我总感觉这个年轻的导演会在刹那间脱离他所表达的主题，焦急地询问观众："你能明白么？"然而坐在台下的观众们，又有多少能在同样的波段里接受到这些信号而不是匪夷所思地站在戏外。我们只能希望，那些真正好的作品，能够磨炼出更多的戏剧观众。

记者｜查拉、王兴平

图片由王翀提供

2011 年 5 月 5 日、2012 年 7 月 1 日　总第 45 期、72 期

钟立风

我的主业
就是生活本身

新民谣代表人物，博尔赫斯乐队主唱。曾于 2004 年签约“太合麦田”。至今出版了七张个人专辑、四本随笔和小说集。音乐代表作品：《再见了，最爱的人》《在路旁》《麦田上的乌鸦》《傻瓜旅行》等；文字代表作品：《像艳遇一样忧伤》等。

摄影 / 刘诠

2010年10月16日夜里11点，钟立风EP《那个晚上我把灯光调得比较暗》在麻雀瓦舍的首发音乐会刚刚结束。我走向他时，看见他正在一个歌迷的EP上写下"里博热索"四个字，是世界语"自由"的意思。

钟立风捧过歌迷送上的花儿说："我要跟它一起接受采访。"

"生活，自有它不容否认的甜美"

《文周》：在大家眼中，你有一种忧伤的诗人气质。你认同吗？

钟立风：我多快乐啊！（笑）我的忧伤可能更多地是我刚来北京的时候的那种孤独。那时候我写歌、从事这条路，都是因为不快乐。我觉得童年对人的影响是很深的。你说的忧伤，像《节日盛装》这些歌，可能都是因为我小时候不快乐的缘故而创作的。很多人听了《今天是你的生日，妈妈》都以为是我从妈妈那里得到了很多爱，其实就是因为没有得到很多，才想从歌里、文字里，不停地把它找回来。

《文周》：现在的你快乐一些了吗？

钟立风：费里尼不是说吗，"无论如何，生活自有它不容否认的甜美"，不管你的生活再怎么痛苦，但它总体还是有温柔的地方。我写歌就是想把那些东西抓住。我不想去抨击社会，不想去解构这个社会的阴暗。我愿意去发现美好，分享美好，让我们每个人都相爱。

《文周》：你的很多歌曲好像都是在旅行中创作出来的。

钟立风：对。我好多歌的灵感都来自旅途，特别美妙。我相信所有的旅人都是好的，你要让自己放好心态，做一个谦逊的人，不管行走到哪里，都应该相信别人对你的友爱。我一点不担心路上有坏人、有劫匪，我也没有遇到过，《易经》里不是有句话吗，"谦谦君子，用涉大川"。

《文周》：哪个地方让你印象深刻？

钟立风：有我的朋友，有我爱的人的地方就是好地方，哪怕那个地方很平淡。我可能看到一辆公交车就跳上去，毫无目的。当然在毫无目的的时候会收获到更多东西。

“民谣，长途跋涉之后的返璞归真”

《文周》：你怎么看待抒情民谣和叙事民谣？

钟立风：我比较偏重抒情民谣，虽然很多也在叙事。我的歌更多地是表达某种情感，舒缓地娓娓道来。我也一样有对社会现象的观点，但是我更关注事情的根源是什么。虽然一个事件用民谣的形式唱出来，更容易让人们接受，但是一些事件每天都会发生，瞬时即变，我们写也写不完，唱也唱不完，我要问的是到底出了什么问题。民谣唱的是根源不是表象。

《文周》：当年美国总统肯尼迪遇刺，有记者问鲍勃·迪伦会怎么写这件事，他说：“我不会写某种政治上的历史意义，我会写一个孩子失去父亲的感受。”这是不是就是你说的“底部”？

钟立风：对，底部就是一个普通父亲的悲伤，一个孩子的悲伤。

《文周》：“迷幻民谣”现在逐渐流行起来，网络上有一种争论说，民谣弄得再花哨、再复杂，中心也离不开一把吉他和歌词的文学性。你怎么看？

钟立风：民谣有根，找到它的根，你怎么表达都是可以的。就像木心先生说的，“长途跋涉之后的返璞归真”。老子说“复归于朴”、“复归于无极”、“复归于婴儿”。民谣有了这样的根基，你怎么做都可以。而不是说一个少年只懂得皮毛，会小打小闹小清新，会用几个和弦写出一首歌就是民谣。比如王洛宾的《在那遥远的地方》，朴树等很多人都唱过，用一把吉他弹出来好听，交响乐演奏它也好听。为什么？这就是根源所在。

《文周》：你觉得未来民谣在中国会成为主流吗？

钟立风：我觉得太不可能了。你看看主流世界都在听什么歌曲就知道了。喜欢民谣的只是部分人，永远也只是一部分人，但这部分人也不能小瞧。

《文周》：但有些歌手就喜欢被一小众人喜欢着，你呢？

钟立风：我当然是希望被更多人喜欢了。我看那些来听我唱歌的人，我能感觉到那份爱，如果可以让爱无限绵延不是更好吗？不是说对我个人好，而是对整个环境都是好的。可能比起流行歌手来说，民谣歌者更能深入人的内心。

《文周》：在音乐上，未来有什么规划么？

钟立风：我没有，但我的制作人有，他说希望我从下张专辑开始做一个七个颜色系列的专辑，一年出一张。七年之后，他说，再出不来，就别唱了。（笑）

"写作：像上帝牵着我的手"

对钟立风而言，是文字与音乐完成了他的呼吸。字吸，歌呼。如此循环往复，完善着他的内心。

2012 年 4 月，继一年前出版的《像艳遇一样忧伤》后，钟立风的第二本文字集《没有过去的男人》诞生，同名单曲也同期在网上发布。次月，他在北京的单向街书店举办了一场"读书音乐会"。现场有一位齐肩短发戴黑框眼镜的女孩，很安静地坐在第一排。她像很多青年人一样，独自在城市打拼，压力之大让她一度想要放弃。因为邂逅了钟立风的音乐，生活便不再苍白，也因此认识了很多同样热爱民谣的朋友。她最爱那首《节日盛装》，她希望自己变成歌里的孩子，轻松而幸福。

《文周》："读书音乐会"那天到场的女歌迷颇多。

钟立风：我的女性歌迷好像是更多一些。（笑）在我看来女性的接受能力比男性强很多。她们更加敏感，更加能进入到歌里去。我对她们满怀感激，同样满怀爱意。这种爱意很多男歌迷也能带给我。前一阵在图书大厦做签售，当我说到要离开北京去云南定居创作时，一位男歌迷居然哭了出来，问我能不能不离开北京。艺术需要一颗敏感且宁静的心，宁静的极致是智慧。很多美、很多爱都是宁静的，我的歌迷就是这样。

《文周》：你很久之前就说过希望为自己的每首歌都写一篇文字。

钟立风：我觉得我在文字上所下的功夫还是挺大的，我每天都会读很多书，包括我所有写歌的灵感都来自文字。这点可能不像我的同行们。

《文周》：对于你，创作文字和创作音乐有什么区别？

钟立风：写歌的时候是明亮的，那段旋律就在脑海里了，很快就会完成。写作更多是未知的、摸索中的。写作的时候经常会有"上帝牵着我的手"的感觉。自己也不知道会在哪个地方埋下伏笔，哪个地方会停下来，冥冥之中有条线在牵引着我的笔。但是，我觉得这不是灵感乍现，而是平常生活的伏笔，只是在等那一刻的开启。

《文周》：想象一下卡夫卡看到你的这本书会是什么样？

钟立风：卡夫卡是经典啊！我的文字还远远不够。我经常觉得卡夫卡、卡尔维诺这些作家，他们离我并不遥远，那感觉就像"我散步的时候，看到转角一个店铺，敲门进去就看到了他们"。他们的文字让我感到亲近，我在生活里每时每刻都能感受到他们的气息。如果，他们看到我，应该会夸奖这个小孩几句吧。（笑）

《文周》：你的出版人刘瑞琳介绍你的时候总说，小钟在文字上没有走弯道，他看的都是“顶级的书”，推荐一下你喜欢的作家和最近在看的书吧？

钟立风：我基本是以重读为主，翻来覆去地读。刚才提到的卡夫卡、卡尔维诺还有胡兰成和木心先生。我特别推荐大家读一读现代作家张宗子的《垂钓于时间之河》。我最欣赏其中一句话：“有时候，你以为的归宿，其实只是过渡；你以为的过渡，其实就是归宿。”

“我现在最害怕的就是创作的枯竭”

创作的快乐对于钟立风来讲是难以言喻的，尤其是写作。而一旦“写不出来”，很多东西就会“积攒、郁结、不能释放”，他很担心自己会有那样的状态。他说，“有了这样的压力，就更应该专注地生活”。

《文周》：如果有一天你失去了创作的能力，怎么办？

钟立风：我真的不能想象啊，这是我唯一的本事。我很害怕会有这样的一天，我现在最害怕的就是创作的枯竭。

《文周》：那除了音乐和写作，你有没有想过拓展其他领域？

钟立风：演戏，有个剧在找我。其实，我是一个演员。（笑）这个是我以前从来没想过的。我自己也在尝试写剧本。

《文周》：你怎么看待“老去”这件事？

钟立风：有人说，我可能会从青年直接步入老年。我想，七十多岁的时候，我们还能围着小火炉，举行小型的演出；八十多岁的时候，我就想在深山老林里，躲起来。但是这个太不简单了。那时候我肯定已经尝过人生百态，高低好坏都经历过了。有人说在城市压力太大了，他要去乡下生活，其实我认为那是一种逃避，对自己、亲人的不负责任。踏踏实实地生活，会发现其中乐趣的。

在采访过程中，小钟反复提到书籍对自己的重要，阅读于他，如同氧气。他喜爱的作家博尔赫斯在晚年接受记者采访时被问道："您觉得生命有什么意义？"他脱口而出："没有意义。"就当此时，咖啡厅里响起巴赫的乐章，博尔赫斯激动地说："等等，记者朋友我刚才太冲动了，只要音乐还在继续，生命就有意义！"

跟踪采访

2015 年 8 月

摄影 / 大鹏

《文周》：回顾之前的采访和这几年，感觉你似乎是一个游离在时间之外的人。

钟立风：游离在时间之外！这真是个至高的赞赏，我有些不敢当啊。我倒是觉得自己很在意时间，或者说在意时间的流逝。我想，我所有的创作根源都是因为“时间”，它无所来亦无所去，但自己一直被它迷醉、牵引，有时甚至会生出某种迷路般的快感。

《文周》：这些年，你意识到自己发生了哪些变化吗？

钟立风：这些年来，我差不多每一年都有书籍和唱片出版。不少读者和歌迷发现了我的变化，但就我本人来讲，我觉得我的改变在于，我让有些完全属于我自身的东西不要改变。回看过去的自己，我依旧希望自己对自己的所爱，保持没有目的的专注。

《文周》：李健在《我是歌手》第三季上以“音乐诗人”的形象大火，这个形象其实也很适合你。有机会的话你会参加这种音乐类真人秀的节目吗？

钟立风：我更乐于过自己比较闲散自在的生活，有时候会害怕一旦涉及“秀”，就会令自己浑身难受不自在呢！

《文周》：在许多人看来，你是个优秀的唱作人，声音也很具有辨识度。实话讲，你有没有觉得自己的才华和名声不符？你希望自己有一天“爆红”起来吗？

钟立风：才华、名声，说实话我没想过很多。我是个喜欢“和自己赛跑的人”，也比较容易自足。我闲散自在，但也积极上进，希望自己每天都会进步一点点，如此心情便会很好。

我想自己不是那种一天就会爆红的人，我希望自己用心生活，良心写作，有一天如果得到更大范围的认可、知道，我也不会拒绝的。但我平时不想这些诸如“爆红、名声”等等。

另外，我更大的兴趣在于生活本身，它的未知、寻常以及惹人迷醉。但既然说到才华和名声不符，古今中外岂止是我一个人啊！但凡才华出色的人，我想他肯定是沉浸在自己的世界中，而不太会去强求外在给予他这个那个。但有一天真的获得了，也不会有那种“爆红”的兴奋感，而会觉得，所有的一切都是自然而然的。不是吗？

《文周》：很多人说民谣歌手没什么唱功，你怎么看？你认为唱功重要吗？

钟立风：一个以唱歌为职业的人，不管是哪个类型的歌手，唱功当然都是一样重要的。但一个好的歌者，他知道自己的长处、短处在哪儿，他懂得避开某些高难度的歌曲，而找到更多适合自己的歌唱区域，这些区域正是他的迷人之处，也是他可以掌控的，外人没办法评判他唱功的地方。但有些所谓的民谣歌手不懂得这些，也就是不懂得歌唱和自己，只会拨弄几个和弦，写点小清新或草根兮兮的歌，破绽百出。

但唱功也没有固定的标准看法。我认为罗大佑、陈升都很有唱功。他们表达作品情绪、气息、音高，等等，都非常到位，但一些听众，甚至专业人士都觉得罗大佑他们没有唱功。我想也许是那些创作歌手的才华太突出了，所以人们一定要在他身上挑些刺儿。

小河、万晓利，还有我和周云蓬的唱功都是很棒的。（笑）

《文周》：你曾经说过你眼里的民谣歌者是莱昂纳德·科恩那样的，或者说王洛宾先生那样的，多情而平静。“多情”很好理解，“平静”是指什么？

钟立风：平静，照样也可以汹涌澎湃。就像大海，你有时看它海面风平浪静，但海底却是暗涌奔腾着。所以，这个平静，其实是某种含而不露的力量。它也是广阔和宽容，一如沉默的大地。说到多情，也不是男女之间的那个多情。我们生活的这个世界，是一个有情世界，我们爱这个有情世界上的种种。所以实际的意义正是佛经里所讲的：不俗即仙骨，多情乃佛心。

《文周》：2015年2月，你发行了新专辑《被追捕的旅客》，最喜欢里面哪首歌？

钟立风：《读诗远足》。几年前，乐评人李皖先生寄了一些书给我，其中有一本于坚的诗集，我随意一翻就翻到这首《读弗罗斯特》，拿起吉他几乎很自然很随意就把它谱写了出来，就有了这首歌。我觉得这就是人世间最美好的一个缘分。我也喜欢弗罗斯特，我觉得于坚把这位大诗人的形象描写得太入木三分了，充满了节奏和律动感，还有某种令人忍俊不禁的成分，活生生的。整首歌是一种流动的感觉，很朴素也很诗意，画面感极强，有一个人在途中的孤独和满足。这些东西太吸引我了！

《文周》：网络上，你这张新专辑的听众评分明显低于你的前几张专辑，你对此怎么看？你如何消化掉这些好的或者坏的评价！

钟立风：有一句话怎么说的，好像是看一部电影记住的，大概的意思是“每个艺术品都带有无尽的孤独，而批评，是最没有办法触及这种内涵的”。我知道，在一些网站我的六张专辑加一张EP，评分最高的是最早的《在路旁》，所以，通过这个我大概也知道了大众们的保守和喜好。我个人当然更喜欢后面的一些创作，因为自己的成长总是伴随着这些作品的产生。而且我越来越懂得福楼拜说的，“一个创作者最应该躲在作品的后面，不应该总是跳将出来”。其实第一张专辑，《麦田上的乌鸦》《今天是你的生日，妈妈》等，都是有一个比较清晰的创作者自己的形象。当然这不是不好，这是每个创作者都必须经历的过程。

《文周》：2012年，你谈到你在尝试写剧本，或尝试演出话剧。后来怎么样了？和我们分享一部你喜欢的话剧？

钟立风：谈到话剧，一下子想起来的是，多年前林兆华先生导演的《建筑大师》，濮存昕和陶虹主演的，好喜欢！我已经很久没有看话剧了，更别说自己写剧本了……

《文周》：你还说过，你很想当一名演员，演一部艺术片里的男一号。

钟立风：布列松、梅尔维尔导演的那些电影里的角色，我都很渴望出演。还有马塞尔·卡尔内《雾码头》里让·迦本那个角色也是我的至爱。我觉得，在那样功力深厚的导演麾下，做一个演员比较简单吧，按照这个有魔力的导演的调度，在镜头内走来走去，把台词说出来就可以了。实际上，布列松很多电影，用的都是非职业演员。因为他有着数学般的精确和无限，电影还没开始拍，他就已经在心里不知上演多少次了。

《文周》：听说你在无锡开了自己的书店？为什么是无锡？

钟立风：选址在无锡，是因为这个城市跟我有缘分，有最可靠而亲密的合作者，而这个书店又在古老的古运河边上。书店原来是民国初年的“救熄会”，就是现在所说的消防队，是一个非常古典、独特又具有历史感的建筑。这条叫“南下塘”的老街道，也不完全是商业区，旧街上还住有在此生活劳作的老居民，有着我最喜欢的人间烟火气息。

《文周》：开书店这件事，在目前电子书和网上购书越来越占主流的今天，是一个有些理想主义的行为。这样的实体书店对你来说意义是什么？

钟立风：很多时候，做一件事情是自己的需要。我可以把它当成南方之旅的一个歇脚处，一个和朋友相会的所在，一个自己的图书室。这些书都是我自己一本本选出来的，也是我往后的日子需要阅读的，而且是反复阅读的。想到这些我就很满足，很开心。

《文周》：书店的经营压力大吗？

钟立风：实际上，当人们知道我在无锡的古运河、清名桥边开书店后，还是有不少读者、爱书人前来惠顾。我还是很乐观的，网络有网络的便捷，实体书店也有实体书店的魅力。我的“行走书店”目前试营业一个多月，除了员工等其他开销，居然还有盈利！所以我觉得，不管怎么样，我会继续下去的。

《文周》：你曾经在北京后海开的野草莓咖啡馆，你曾说希望它像伯格曼的电影一样，散发着艺术与时间的芬芳。但最后因为种种原因易主了，现在又得以开了一家书店，也算是延续了你当年的梦想吧。

钟立风：当时开办野草莓咖啡馆，也是自己的一个摸索。其倒闭最大的原因，是地理位置的不便。不过那时候那种为了“获得精神的需求和心灵的慰藉”的想法，如今没有了。

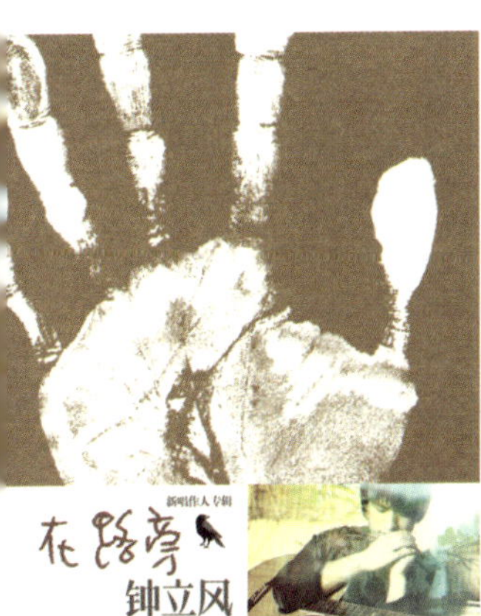

如果真是那样，也无须说出来。

《文周》：书店也会像在野草莓咖啡馆一样举办小型演出或读书会活动吗？

钟立风：跟我合作书店的朋友曹量先生在无锡，在同一条街上，还经营着咖啡馆、民宿、餐厅和 live house，演出、读书活动可以在咖啡馆或 live house。所以，我就让行走书店保持简单的感觉吧，就卖书、看书。书店楼上有个饮品区。书店里还有一个我个人的书房，我会不定期在那边待着，或者在那里完成一本书的写作。

《文周》：给自己的书店挑书，完全是按自己的喜好来吗，还是也会考虑一下经营的因素？

钟立风：完全是自己的喜好，不会考虑商业、经营因素。我说过，唯有重读才是真正的阅读。所以我挑选的每一本书，都不会是市面上读一遍就丢掉的畅销书。有时候，或许也恰恰是你的坚守和拒绝商业，反而成为某种经营上的成功。就像今年，我获得《南方人物周刊》青年领袖奖，获奖十余人，是各个行业的精英，我是代表娱乐业的，但给我的颁奖的理由恰恰是反娱乐。

《文周》：除了开书店，听说你在无锡还同时开了一家餐馆？

钟立风：书店是真正的用尽心思的投入。餐厅是当时正好有点闲钱，加上又是书店合作者曹量的“一缕炊烟”文艺餐厅系列，所以就加入了，投了一小股。我是个简单主义者，在吃的方面也是。不是吃货，但也喜欢美味。在经营餐厅方面，我基本什么都不用管，偶尔提一下放点什么音乐合适，比如电影音乐啊、古典音乐啊等等，不要总放国内的民谣，因为有的真是好屌丝啊。（笑）

《文周》：做这么多事，你忙得过来吗？会不会觉得现在的生活太“满”、太“快”了？

钟立风：其实还是蛮轻松自如的。

首先，我不是爆红歌手，没有排不完的档期；也不是那些天天搞“全国巡演”的歌手，一两天演一场，给自己累个半死。我只是在2009年做过比较密集的全国性的个人巡演，这些年一直过着自己比较宽松安逸的生活。

其次，开书店呢，我也只是负责选书、进购图书，现在一切都上手了，也比较省心；开饭馆，不用管什么，如果有盈利，就去分点钱来。（笑）

所以，我的基本生活还是阅读、偶尔演出、参加音乐节，有闲功夫就各地走走，和从前一样闲荡、采风。所以，我目前的生活其实还是“虚”和“无”。我倒是希望从虚无中生出其他别样的东西出来。就像一些艺术上的留白处，也许正蕴含着奇迹和生命的迹象无限呢！

《文周》：音乐依旧是你的主业吗？

钟立风：无主次啊，都是随心而为。我觉得

最主要的还是找到自己的生活方式、步履节奏，过完全属于自己的生活。我很喜欢家常生活，我热爱的那些大家，都是在生活中看上去极其普通的人，谦卑又自律。但人们总是说，哇，他生活得就像诗一样。其实也是对的，所谓诗歌，就是平常普通生活里闪现出来的惊奇！所以，我的主业，也许还是有的，是生活本身。

《文周》：说说这些年出的这几本书吧。哪本书你认为对你最有意义？哪本书最受欢迎？

钟立风：《像艳遇一样忧伤》是这四本书里加印最多次的，销量最好的。现在大家一见到我，总会说起艳遇啊，忧伤啊。我想这个名字真是很诱人，耐人寻味。

《没有过去的男人》是一本我喜欢却很低调的书，里面很多小短篇拍成微电影会很好看。

《在各种悲喜交集处》记录了好多身边的朋友，李健、小河、万晓利、周云蓬、逝去的小楠等，是自己过往生活的一次追忆。

《短歌集》是很特别、精致的一本书，无论在枕边还是在旅途，都会使人安心下来。

《文周》：你曾说你最大的压力就是“害怕创作的枯竭”。现在这种“怕”还在吗？

钟立风：现在不会去想枯竭不枯竭了。如果那一天真来临了，就坦然面对吧。但我想，正如卡夫卡所说“谁保持发现美的能力，谁就不会变老”，心灵的年轻，是创作的源泉，我想是这样的。所以，我不该去想那么多，好好生活，用心爱人便是了。

记者丨王竹、郑鸿琳、米拉拉

图片由钟立风提供

2010 年 10 月 23 日、2012 年 5 月 15 日

总第 19、69 期

摄影 / 匪爷

谭维维

生米总是会煮成熟饭的

内地“80后”女歌手。毕业于四川音乐学院声乐系。2006年“超级女声”亚军。至今已发行多张录音室专辑和EP。代表作品：《如果有来生》《往日时光》《谭某某》《雪落下的声音》《我是怎么了》等。

"超女"这两个字，始终是谭维维身上抹不去的一道印记。即便那个疯狂的夏天已过去多年，依然无法避免有很多人以"老超女"来称呼她。她曾经抗拒过，痛苦过，为这个标签所带来的异样目光而挣扎过。

然而，时过境迁后的2012年，她早已有了新的模样。组乐队、唱摇滚的她已经能够用微笑坦然面对过去、当下和未来。

音乐：2008年夏天，被音乐抽了一鞭

早在"超女"期间，谭维维就曾因过分自信而备受抨击。她甚至一度在空闲时间里从不听音乐，只管唱，无论谁的歌，拿起来就能唱，不把任何人放在眼里。"还有什么我不能唱的？这是天赋。有天赋的人都是目中无人的，我当时就是这样。"

的确，论唱功，谭维维无可挑剔。但没有缺点就等于没有特点，这条定律让很多人都把谭维维的声音拒诸耳外，他们批评她炫技，批评她忽视唱功背后的情感，批评她的声音毫无新意。纵是有千般不服，这样的局面已难以挽救。

2008年在家赋闲的日子里，谭维维重新拾起耳机，重新开始接触起那些很久没有用心听过的音乐。蓦然间，她终于找回了那个属于音乐的自己。"不是说你要经历一个什么巨大的变故，或者一个无比重要的人你才能感受到那种顿悟。很简单，就是音乐给了我一鞭。"

那段日子，谭维维在家里对自己的作品做了很多尝试，从未有过的尝试，然后满心期许地把作品拿到公司，却统统被否决，答案很简单——没有市场。未承想，被请来帮忙的高晓松看过她写的词后，斩钉截铁地说："你骨子里就是这样一个摇滚的人。"那一刻，"摇滚"二字重重地戳到了她的心头。于是，她半信半疑地跟着高晓松沿着这条摇滚的路走了下去，不断地听，不断地写，越发觉得这条路对自己有着某种难以言说的吸引力和归属感。

2010年3月，专辑《谭某某》破壳而出，随后的专辑《3》也像是一个水到渠成的结果。"钥匙在我的口袋里，门也是我来打开的。但是，是高晓松老师把钥匙从我的口袋里掏出来，让我握在手里，告诉我，要把门打开。"

摄影/匪爷

创作：在“嗨悲伤”的时候写歌

那时的谭维维，无论出席什么场合，参加什么演出，都会尽量带上自己的乐队。有别于其他歌手，她盼望着“有朝一日，能和乐队以整体形式亮相”。但是由于商业上的考虑，这个想法总是受到阻挠。对于这份坚持，自称很“鸡贼”的谭维维说：“之所以这样，是因为我在和乐队演出的过程中尝到了甜头，想到他们在我后面撑着，我就会多一点自信。最重要的是，在我创作的时候，他们可以给我很多新的想法。”

在2011秋天的《3》里，谭维维的创作欲完全展露了出来。包办了这张专辑里多数歌曲的词曲创作的她谈起“唱作人”这个称号时，一脸严肃地连说“没有”，“不是说你能哼一个旋律你就是一个作曲家，也不能说你写下你的感受你就是一个作词人。要有方法和技巧，也要感受生活留下来的一些细碎的片段，才能真正地称其为一个唱作人。我？我在奔那儿去！”

有着喷涌的创作欲的谭维维并不强迫自己写歌。“一定得是灵感来的时候才会动笔，而灵感来的时候，就是“嗨悲伤”的时候。”她这样解释，“比如说，我们有时候遇见一个悲伤的事情，会过于放大一种情绪，那就是自嗨了嘛！人总是容易认为自己已经很悲伤了，其实哪有这么多悲伤！但我也没法避免，那个时候我就觉得，唉，只有写下这种零零碎碎，才可以祭奠和告慰这种悲伤！”

如今，谭维维的重心已经完全从工作转换到生活上。“有了生活，有了感受，才能释放到工作里面去。”哪怕只是坐在咖啡馆的角落里发呆一天，对她来说也是美满的事情。

“生活的每个细节都应当得到瞩目，生活的细枝末节往往最能延伸出动人的篇章，从而帮助到我的创作。”

爱情：“我依然有公主梦”

谈到爱情，谭维维在采访中说得最多的一句便是，“爱情对我很重要”。

把爱情看得高于一切的人，会收获更多的美好，自然也会留下更多的伤痕。谭维维毫不遮掩，她就是这样一个爱情主义者，“当然，必须”。

如今，已过而立之年的谭维维在爱情面前依然是个小女孩。“我想要个白马王子，要有浪漫的礼物，要有甜蜜的情话，要天天腻在一起，要他无论什么时候都哄着我，宠着我……”——

这样彻头彻尾的公主梦，仿佛是懵懂的少女在童话书中读到的场景，却竟是一向大大咧咧的谭维维的梦想。"我没读过什么童话故事，也没有抱过洋娃娃，但是我真的向往这个。买床的时候，我就是想买个公主床，带纱幔的那种。也许是因为小时候没有经历过小女孩的童年吧。"

说起理想中的爱情，谭维维的答案虽然是"天天在一起，每时每刻每分每秒都在一起"，但没人给过她一个机会让她能和他"天天在一起"，她不知道如果理想成真会怎样，会不会产生裂隙，会不会彼此厌倦。

她坦言，她同时是个恐婚的人。"父亲在我很小的时候就离开了人世，这为我留下了很大的阴影，我总是在想，如果不经营家庭也许就不会有这种痛苦了。"即便到了今天，这种想法依然会时不时跑出来作祟。"我总是太想要圆满。我害怕结了婚又离，所以还不如不结。"

成熟：读懂自己的光彩

从"超女"舞台走出来的时候，谭维维的身上背负着的是主流的旗帜，每一步都沿着流行乐坛中规中矩的道路前行，发了一张不痛不痒的唱片，跑着大大小小的商演，成为了无数女歌手中并不算亮眼的一位，充当着可有可无的绿叶。

那时的她，把谭维维这个名字和背后的光环看得过分重要，努力为自己找寻存在感，结果却在处处碰壁之下落得一身伤痕。当自己没有安全感的时候，对任何东西都很害怕，"甚至喝一杯咖啡都会觉得是对身体的威胁"。

"那时的我总是不由自主地要和别人比较，他有的我为什么不能有？其实你都没有把自己百分之百地交出来过，你怎么去比较？总是拒之门外，我要这样，我要那样，最后发现自己根本没有这个能力。你不是这根葱，又为什么要为之折腾自己，从而放弃了认识更多葱和葱花的机会？每个人都有一个理想的状态，但是还是要清楚知道自己当下是什么样。现实一点真的没有错，一直活在虚无缥缈的状态下是不行的。"

现在的谭维维开始感激起"超女"的日子，正是那段经历和它留下的印记，让她逐渐地看清了自己的真实模样。"人越长越大，就会越了解自己。我现在已经不会有那么多不安了。"

"从学会反观内心的那一刻起，你就已经在走向成熟了吧？"

"成熟？不熟不熟，半生不熟吧。但是，生米总会煮成熟饭的。总会。"

摄影 / 王子川

《文周》：参加第三季的《我是歌手》让你收获了什么？

谭维维：《我是歌手》让我清醒地认识到，除了做好音乐、唱好歌，其他都是浮云！这个舞台也给予我更多新的机会和机遇，让更多人重新认识到我的音乐！

《文周》：在《我是歌手》上最满意自己哪首作品？

谭维维：最满意《乌兰巴托的夜》。这首歌也让我明白，做音乐没有捷径也不能投机取巧，必须真诚，必须掏空自己！

《文周》：在《我是歌手》之后，你做了巡回演唱会，感受如何？

谭维维：巡回演唱会的北京站和深圳站已经结束了。在我看来，很疯狂！毕竟在这之前我早已放弃开演唱会的想法。我是一个务实的人，我总是不喜欢拔苗助长之事，并一直保持很清醒的自知，也不愿意把合作伙伴放置在一个尴尬的境地。所以，对我来说，巡演这件事是疯狂的，同时也证明《我是歌手》的辐射力是强大的！

《文周》：演出前还会紧张吗？会有自己特别的仪式让自己平静吗？

谭维维：会的，演唱会前还是会习惯性地紧张。我会选择和自己相处一会儿，会去舞台上打坐，让自己接受一些舞台上的能量，这样能让自己平静下来。

《文周》：工作更忙了以后，你怎么平衡工作和生活的关系？会让你的“创作欲”打折吗？

谭维维：人的精神无限，精力却是有限的，留给生活的时间少了，当然会对创作有些影响。但正因为知道这个道理，我会不断提醒自己要更细心一些，更多地去关注生活中的细节。我也会借助我们乐队的力量，共同去创作，让创作继续发生，让创作本身不断地提醒我自己。

《文周》：你现在有勇气卸掉防御，“完完全全把自己交出来”吗？客观地自我审视，你认为自己在音乐这条路上的优势和不足都有哪些？

谭维维：在音乐里，我当然会竭尽全力地投入和完全交出自己。毕竟我已够幸运，可以选择自己最爱的事情去做，去享受，去冒险！在音乐上我认为我的优、缺点都是一个——清醒。清醒可以让我充分地判断出我想要什么、不想要什么，清醒会让我自知、会量体裁衣，清醒会让我不断认识到我的错误并要求自己去改正；但清醒也会让我对自己太苛刻，要求太严谨，有时会让身边的人不知所措。而且其实我也认为，做音乐有时可以糊涂一点，轻松一点。

《文周》：和《谭某某》那段时期相比，现在的你对“摇滚”的理解有变化吗？

谭维维：会有些偏差和重新的认识。“摇滚”

摄影 / 匪爷

本不是用音乐表现形式可以概括的，它对于我而言是一种生活方式，是一种自我救赎。它是最真实的，它可以化解一切仇恨和虚伪！当然，从女性的角度来创作的话，我会让我的音乐更柔软些。

《文周》：你做好更加“走红”的准备了吗？

谭维维：走红是什么样子？会让人没有烦恼、长生不老吗？所以，做好当下的自己、当下的事情和工作就好。其他的，顺其自然吧！

《文周》：在镜头前，你的眼神常常很坚定，你也敢于在镜头前反省过去不成熟的自己。你在生活中是一个怎样的人，或者你希望成为一个怎样的人？

谭维维：我每天都在告诫自己要更善良一点，更真诚一点，每天都要更好那么一点点，因为这些东西越来越缺失。

《文周》：在三年前的采访里你说，你理想中的爱情是“天天在一起”，现在依旧是这样吗？

谭维维：是。我依然认为最好的爱情是陪伴，是我们在一起！

《文周》：看到你在《最美和声》节目里收到了婚纱，你当时就哭了。你现在做好结婚的准备了吗？

谭维维：我现在做好了接受一切美好事物的准备。

记者｜池旭、米拉拉

图片由谭维维团队提供

2012 年 5 月 1 日　总第 68 期

PHOTOGRAP

Y
摄影
HERO2

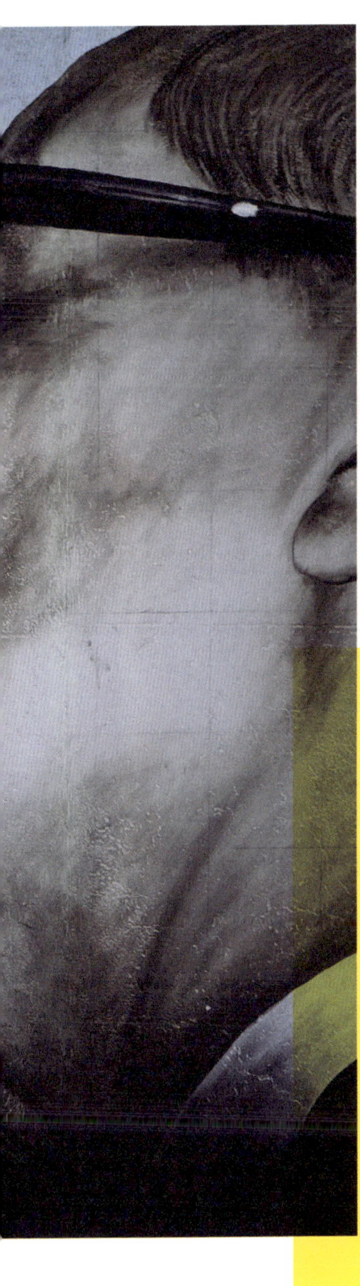

孙一冰 Oneice

旅行中的光影

现就职于一家国际运动服装公司，负责创意策划与色彩整合的工作。几乎所有的假期都在旅行。现居北京。

“我曾在六年里走过十七个国家，近三十个城市。现在的我，如果一年不能出去旅行两到三次，就会完全丧失生活的动力。旅行有太多的不可思议发生，这种不可思议对于我来说就是一种魔力。”

“最早我只是以拍摄风景为主，后来开始尝试人文风格摄影，因为人文摄影看起来虽不惊艳，但却考验摄影师的‘发现’能力。一张好的人文照片，既可以体现当地的特色，又可以传达人的生活状态与生活方式，信息量很大并且耐人寻味。”

“由于确立了这种风格，我开始只用 35mm 焦段的镜头拍摄，摒弃了其他多余的焦点，因为这个焦段正是人双眼的视宽，也就是所见即所得。它没有长焦的专注，也没有广角的宏伟，但它的真实可以撼动人心。”

摄影师｜孙一冰 Oneice

Gonzalez TORTILLERIAS
NOVEDADES Y REGALOS FLOR ALE ANDRA
INFORMACION-TURISTICA-GR TUITA

如何用更深入独到的视角组合出属于自己的色彩与光影，展现出不同国家和社会在表面之下的人文积淀？ Oneice 用他的作品给出了有力的参考。

编辑 | 鱼子

2014 年 6 月 1 日　总第 113 期

刘辰 COCU

方寸之中

手机摄影师，设计师。擅长正方构图的黑白 iPhone 摄影，关注人与建筑空间、城市和自然环境的关系。北京人，现居美国芝加哥。

“我喜欢的摄影都不是给出答案的，反而是提问式的，并留给观者足够的臆想空间。一张好照片呈现给我的是不常看到的世界，也许某个有意思的视角或新颖的构图就足以打动我。”

摄影师｜刘辰 COCU

隐喻或直白，欢乐或悲伤，无数生活中的美，在光影交错的刹那被定格。这组作品，不仅仅是刘辰习惯性的方形构图，更是生硬冰冷的大都会里，每一个小个体在自身“方寸”的生活里，由影像带来的生活感悟。

编辑 | 鱼子
2014 年 5 月 1 日　总第 111 期

一个好人

沉醉

本名邢磊。自由职业。现居南京。

“随着时间的消逝，所有的一切都会消失，
那索性就用照片代替逝去的时光吧，
虽然是一种自我欺骗，
但我已经深陷其中而无法自拔了。”

摄影师 | 一个好人

第一次看到“一个好人”的片子，就被他作品中独特的带有暴戾气息的孤独和沉醉所惊艳。这些年，国内摄影爱好者模仿森山大道或荒木经惟的重口味风格的作品层出不穷，但绝大部分只流于表面，在看似“重”的画面之外，找不到更多属于拍摄者的个人情感，最终陷入了形式大于内容的死胡同。“一个好人”用自己的照片给人们的困惑做出了最好的解答——只有回归内心，才可以真正找到属于自己的“眼睛”。

编辑｜鱼子

2013 年 12 月 1 日 总第 102 期

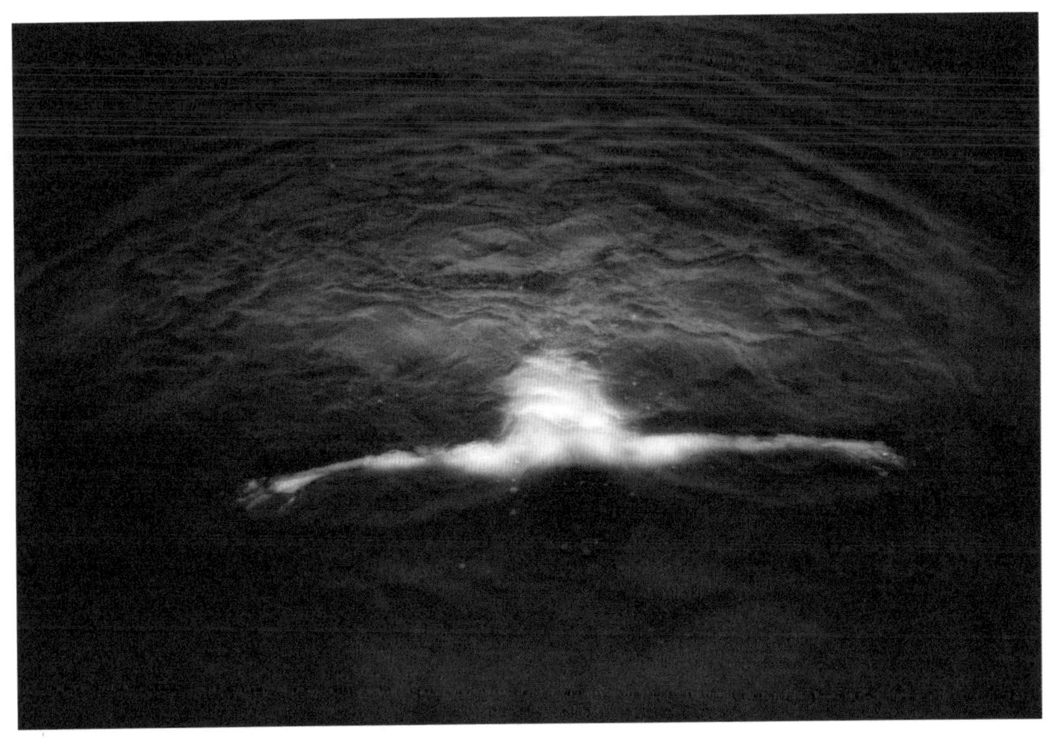

许炀

老厝

画家，广东澄海人。任教于广州美术学院。摄影作品曾在法国阿尔勒 VERS LA CHINE DES CONFINS 图像艺术展展出。

“摄影不是我的专业只是我看世界的另一种方式，有时候我觉得眼睛的视域过宽，使脑子里的信息杂乱无章，以致难以分辨虚实，而相机给了人一个‘看’的框框，‘看’的范围得到了限制。这种限制迫使摄影者选择角度、调整距离、思考技巧，繁杂的表象得到了梳理，从而产生出创造的愉悦。”

摄影师｜许炀

“厝”，在潮汕方言中表示具体的居住地，指代房子、家。这组作品所拍摄的，是许炀位于澄海樟树下村的老家，是陪伴少年时期的他的老屋所在。如今，老屋随时间从角落开始残破，废弃的屋墙、落满灰尘的日常用品，它们安静得悲伤。画家身份使得许炀在摄影时自然而然地散发出他对于构图、光影、色彩把握上的美学经验。他热爱塞尚、克利和莫兰迪所绘的静物，这种审美似乎也在他的镜头中潜移默化地诱露出来。

编辑 | 刘妍

2013 年 9 月 15 日 总第 97 期

千秋吉祥贺新春

两只滚烫的肾 TOM

浮象庙会

本名汤凌霄，2003 年毕业于南京师范大学美术学院视觉传达设计系，多年来从事平面设计和广告设计工作。江苏吴江盛泽人，现居南京。

“庙会，对于生长在江南工业小镇的我来说，犹如梦境般不可及，我从小只能从电视或他人口中了解这个看似神秘的活动。长大后，亲身经历了一些庙会，有了具体的认识。庙会源于生活，若不能成为当地文化和历史的体现和传承，也只能是一个赤讨场的演出而已，演员们粉墨登场后，留下现场的狼藉。”

“河南滑县共有‘三关六铺’九大会社，分文会、武会两种，每年的火神庙会期间，各个会社都要操起锣鼓家什，拿出踩高跷、舞狮子、跑旱船、背阁、抬阁、扭秧歌、武术表演等看家本领上街‘讨招’，方圆上百里的百姓都会

前来助兴。滑县当地人个个都是演员，男女老少齐上阵。这种完全源于生活的表演和仪式现在看来既遥远又荒诞，让我一个外乡人好像游走在梦境和现实之间。遇到这样的庙会，我想完全融入他们的生活里，带走他们的故事。”

摄影师｜两只滚烫的肾 TOM

“两只滚烫的肾 TOM”这个奇葩 ID，起先是在风光摄影圈里名声鹊起的，2012 年 Gatty Images 中国的“东方印象”摄影大赛的金奖得主就是他。这组作品不知为何，总觉得像是摄影版的《厨子、戏子、痞子》或是《太阳照常升起》，现实与荒诞交织成了一个美好的梦。而问到作者，他却又说这些都是在河南乡村的实拍，并不是故弄玄虚的摆设。所以，能从现实捕捉到普通人物心中玄幻的梦，是这组作品最大的亮点。

编辑 | 何脑斯

2013 年 7 月 15 日 总第 94 期

李红强

水经图志

1986 年生人，毕业于中央美术学院摄影系。这是他的毕业作品，拍摄历时一年。现居北京。

“2012年5月至2013年5月，我沿着长江、黄河，往返于上海、云南、山东、青海之间。两万多公里的行程，看到的景，遇到的人，经历的事，留下无数个鲜活的记忆和故事。”

"虽然摄影作品记录的只是这个世界的一瞬间或是一个角落，但我这次希望表达爱与哀、生与死相关的经历，表达特定地域的文化秉性和气质，这是一种介于纪录片与'私影像'之间的影像状态，超越风景的普遍欣赏趣味是我的诉求。"

摄影师 | 李红强

这组作品在现今的纪实摄影图海里是一个异端。它们不优雅也不粗俗，不晦涩也不直白。明明是对长江黄河流域残忍的写真，却又不像有些同类作品那样揭开皮露出肉那么让人疼痛。片子里很多元素的出现让人一边无法理解一边又暗暗叫爽。而这些残酷而幽默的巧合，是李红强在长达一年时间里骑着自行车载着一台6英寸×7英寸大画幅相机往来于长江与黄河流域用命换来的。

编辑 | 何脑斯

2013年7月1日 总第93期

桃米水

翡冷翠

留学意大利米兰。作品曾刊于《影像基因》《摄影旅游》《咔啪》等杂志。

Sardegna
DIANA

"赴意的第一年，从北向南走了很多曾经觉得遥不可及的地方，米兰、都灵、威尼斯、博洛尼亚、佛罗伦萨、罗马、那不勒斯还有西西里岛。如果说一定要选一座最有爱的城市，我的唯一选择就是佛罗伦萨。

"佛罗伦萨就像是意大利南方与北方的交汇点。佛罗伦萨的人比北方人热情，比南方人富有，而城市则同时拥有罗马的古典和米兰的富丽。美丽的阿诺河像一条动脉卧于山脚、横穿市区，再加上文艺复兴起源地之名，这座城市获得了太多的偏爱。很多时候，在这里拍照仅仅是为了留下眼前不舍放弃的美和爱。"

摄影师 | 桃米水

我曾一度好奇桃米水的性别，因为他的作品里有准确的构图和大气的景别，又兼具精妙得不得了的光线与色彩。这组作品里的佛罗伦萨的确是至冷至翠。

编辑｜刘妍

2013年5月15日 总第90期

Lara Shipley

Coming, going and staying

艺术家、自由摄影师。来自密苏里州的农村，其作品多关于生活在偏远地区的人和事。曾为《国家地理》杂志摄影。现居美国亚利桑那州凤凰城。

“我们称作‘家园’的那片土地是我们身份的一部分。它是可塑性极强的，并且充满了矛盾。尽管边远地区形势动荡，但很多城镇仍保持着强烈的社区感。过去两年我一直在这些孤立的前线旅行，深入索诺兰沙漠。那里，每个人都在以不同的方式定义着自己的家乡。”

摄影师 | Lara Shipley

这组作品带来了一个全新的世界——脱离了都市繁华的美国边疆。它们展现出美国西部大地金色的光泽，像每个人物的眼神一样，柔软中带着忧伤。

编辑 | 刘妍

2013 年 5 月 1 日 总第 89 期

Martax

自由的颜色

1978 年生人，狂热的人文摄影爱好者，同时也是知名国际广告公司创意群总监。

“即便我已在想象中多次构建这个曾经距离千山万水的自由国度，可当我真正站在他们面前时，我才知道，美国就像晚会上所有人都关注的那个巨大蛋糕，而我永远只能挖下那么一小块放在口里吮吸。所有看到的都只不过是片段和偏见，如果一定要我描述自由的颜色，那我想它必然映照着欲望的光芒。”

LEATHER GOODS
MITSOSA

“平静到让人无法平静的‘十七里海滩’实为私人土地；再豪华的汽车在全手工打造的摩托面前也无法保持高傲；大屁股的黑人肥妞与窈窕的金发美女一样笑得放浪形骸……每个美国人都在用欲望诠释着对自由的理解。

“坚持用胶片相机拍摄是件很艰苦的事情，但它对我而言充满着乐趣，胶片的神奇之处在于，你和那个瞬间发生了一次结果暂不可知的化学反应。”

摄影师 | Martax

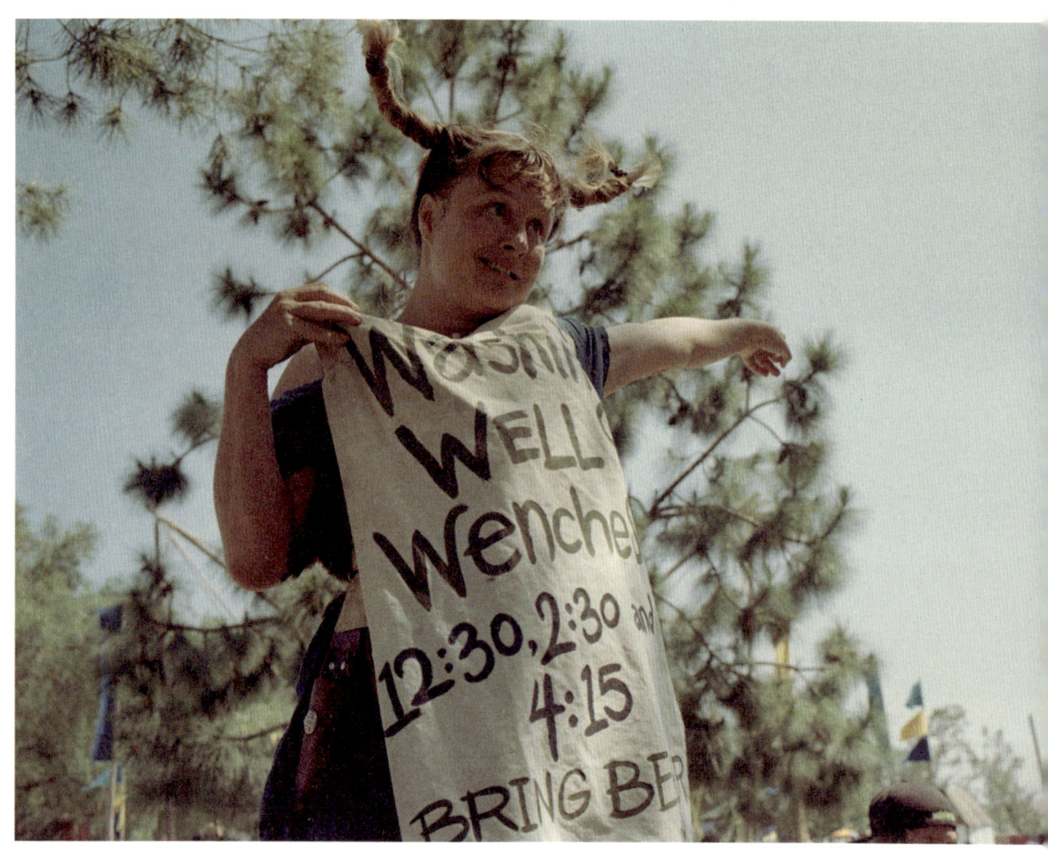

这组作品像是电影画面，色彩浓重、构图精致、人物传神，张张都藏着剧情。岸旁扔石子的少年、地下道里的男子、失意的卖艺者、神秘的黑衣人……经典电影里绝对能找到他们的身影。

编辑 | 刘妍
2013年1月1日 总第83期

SANTAND

肉腾腾

童年时

独立摄影师。现居广西南宁。

Good
Lucky!

“生于童年，死于少年。”

摄影师 | 肉腾腾

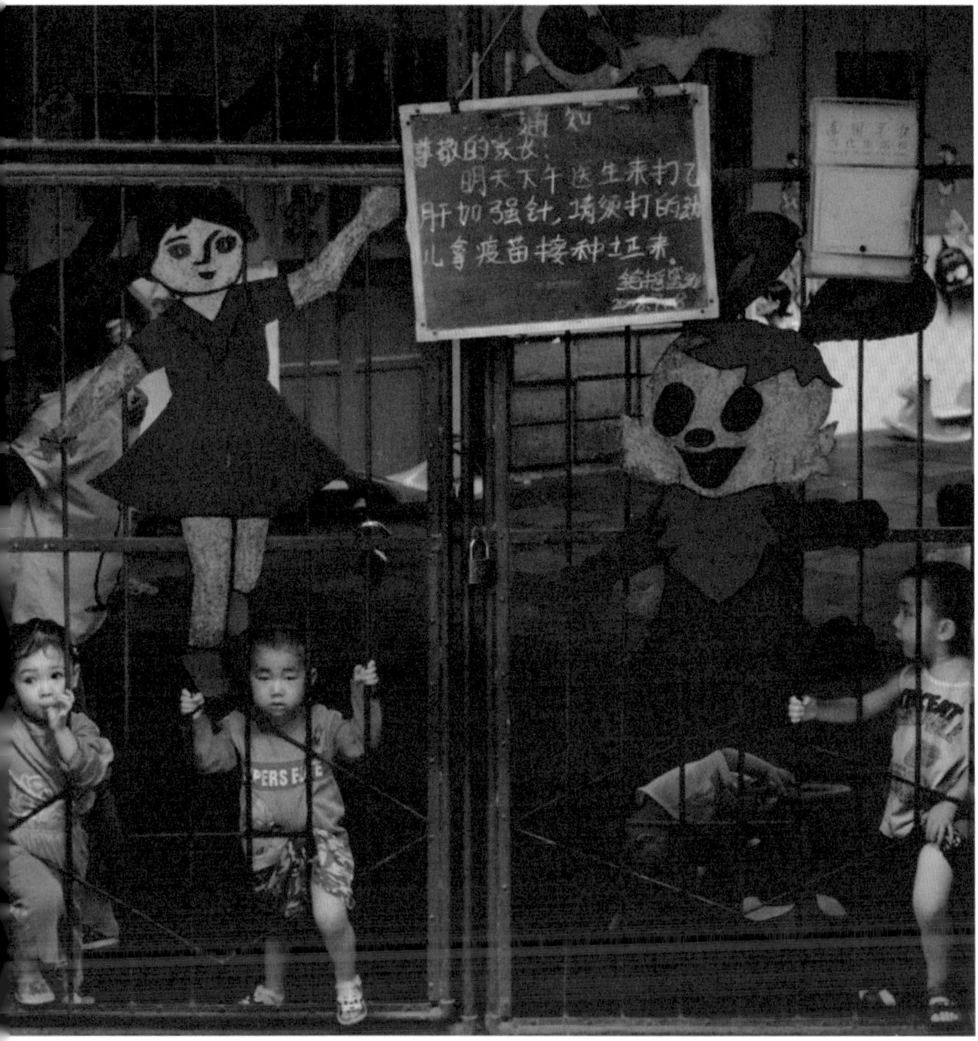
通知
尊敬的家长：
明天下午医生来打乙
肝加强针，请须打的幼
儿拿疫苗接种证来。

NIKE

肉腾腾给人感觉总是很低调，他不以拍照为生也不混圈子，甚至不肯称自己为摄影师。他很少接受采访，“拍照只是本能，我无法解释和阐述它们”。事实上，他的作品本身已经讲了太多故事。

编辑 | 刘妍

2012 年 12 月 15 日 总第 82 期

LIVE

现场

丢火车乐队（摄影 / 何脑斯）

“两岸三地首届华人摇滚展”纪念演出

2014年12月10日
北京·雍和宫
糖果三层

演出分为致敬香港、台客摇滚、本土力量三个单元。
邀请乐队：火铃铛乐队、丢火车乐队、南无乐队、脑浊乐队、四分卫（台湾）、脱拉库乐队（台湾）、手玫瑰乐队、不倒翁乐队。

南无乐队（摄影 / 何脑斯）

和每次看完演出的感受一样，午夜十二点，"为摇滚服务"纪念演唱会散场后，走在凛冽而寂寥的大街上打车回家，总不禁感慨"又回到人间了啊"。

不过这次有点不一样。一连听完九个摇滚乐队五个小时的演唱后，并非是一种从云中跌落尘世的错觉，更贴切的感觉是，从一个人间到了另一个人间——里面是燥热的、直接的、自由的、摆脱装腔作势和生活挤压的人间，周身都是同类，每个人都真实地作为自己而存在；而外面的世界则是初雪过后的午夜，冰冷而疏离。

前者一如脑浊永不厌倦的呐喊——那是永远的乌托邦。

遗憾的是，我们终究要回到后面这个人间长久地活着。不过，就像二手玫瑰和全场乐迷一起大声问的那样——摇滚有什么用呢？虽然我很抗拒用"有用"来衡量一件事物，但如果一定要说，我会回答："摇滚能让你对这个糟糕的人间仍然保持期待、保持热情、保持勇气，在被现实击得溃不成军、筋疲力尽的时候，摇滚会给你更重的一击，然后大喊'你给我站起来懦弱什么忧郁什么这就是生活'，然后你不得不完全清醒又一次奋战于生活。"

简直痛快淋漓。

曹秦和乐队第一个登场。《路过》、《阳光洒肩头》和一曲向 Beyond 致敬的《光辉岁月》，他们用不那么激烈但同样震耳欲聋的声音，诠释了他们眼中摇滚的样子。

丢火车乐队紧跟着上场。其实我很喜欢那首唱得磕磕绊绊的《情人》。虽然对于自己的粤语发音，主唱都频频笑场，台下也跟着笑，但那有什么关系？那种忘词儿、唱错了还要勉强唱完的演唱会我们看得太多，而在这里，真实是最动人的。

场子越来越热闹，大家也渐渐放开了情绪。工作人员在乐队调音时出来提醒场内不允许吸烟，语罢人群中就忽地飘起一阵阵烟雾。

火铃铛乐队这时上场。主唱铅笔介绍自己的时候听起来还略有些腼腆，但是一曲《自由的性》之后，乐队状态越来越好。大家开始跟着这有一点迷幻风格的音乐摆动身体。Live 最大的魅力在于，无论你是否曾经听过这些歌曲，在这样的现场听到乐队精彩的诠释，你都会立刻爱上这些歌。这种魔力，是耳机无法传达的。

南无乐队出来调音的时候，大家开始整齐划一地大喊"南无牛 ×"，这可能是摇滚现场常见的口号了吧！《春来了》《好好学习，天天向上》《我是你的大猩猩》，结合了京腔等中国元素但又充满幽默的摇滚乐，每一首都躁翻了全场。正如南无的自我介绍："请相信，我们会用我们的声音，将你推向光明。南无为所有尘世中挣扎和欣喜的你们而歌唱。"让人欢乐又着迷。

在全场一起合唱"么么么么"，以及不可缺少的"跳水"环节之后，多数人都已经在这个温度几近零下的冬夜里大汗淋漓。

接下来出场的台湾摇滚乐队脱拉库和四分卫的演出就显得非常特别了。

脱拉库的国玺一上场就先调侃自己的乐队是"台湾最娘炮的乐队"，介绍完成员之后大家还没反应过来，他们就在一声清亮的吼声后开始了表演。唱罢，大家都不禁大声欢呼，肯定了他们颇有爆发力的演出。印象最深的是最后一首闽南语歌曲，那是一首送给过世亲人的歌，他们用激烈的摇滚乐唱出来，居然比幽怨的抒情曲更令人动容，且充满力量。

而四分卫乐队是整晚所有乐队里给我感觉最"清新"的一支。主唱阿山着一件衬衣，消瘦高挑，非常"偶像"。他们话不多，几乎一口气就唱完了四首歌，我虽然听过非原唱版本，但是今天晚上完全忘记了之前的感觉，只听到了纯粹。

最后的三支乐队又一次将演出推上了高潮：三个人的脑浊在大家的欢呼声中登场，最后一首《永远的乌托邦》唱得淋漓尽致；而作为中国早期摇滚乐队，不倒翁乐队带来了好几首很"八十年代"的摇滚乐，台上的他们已经不再年轻，但依然充满力量和精神头儿；最后登场的二手玫瑰将气氛推向顶点，唱到《青春啊青春》的时候，梁龙说："这首歌献给你们那残酷而美好而操蛋的青春啊！"这一刻，我似乎隐约看到了摇滚的样子，它站在光里，站在人群里，看我们戏谑着，释放着，把身体里累积的情绪完整地抽离，抛在这个无所约束的夜里。

两天前的 12 月 8 日正是列侬去世的纪念日，我不知道现在还有多少人依旧视披头士的音乐为摇滚神话，依旧能被列侬的"我不相信耶稣，我只相信自己"感染，依旧愿在大时代发出自己的声音。不过让人庆幸的是，今晚以摇滚为名的现场，依旧热血沸腾，依旧激励人心。

"为摇滚服务"，其实是用摇滚乐为每一个人，为这个尚不太好的世界服务。就像台湾作者陈德政描述的那样——摇滚是一道墙，墙后有光，但每个人在光里看到的东西都是不一样的。的确，可能我们并不需要明确地去定义摇滚，也不必追究摇滚有何用，因为不一样的人，总会在摇滚乐里看到不一样的光亮。

文 | 苇丛

2015 年 1 月 1 日 总第 125 期

脑浊乐队（摄影 / 肖潇）

不倒翁乐队与梁龙（摄影/肖潇）

脱拉库乐队（摄影/肖潇）

“少年心气”
丁可专场
音乐会

2014年8月7日
北京·9剧场

丁可：新古典音乐作曲家，歌者，音乐制作人。
嘉宾边远：原 Joyside 乐队主唱，现为浪乐队主唱。

最近几年两次看丁可都印象深刻。一次是和卡农独奏团合作的新古典音乐会，精致的古琴小馆里坐满安静的人，线条优美的竖琴，角落里被无数暖黄的烛光点亮，乐者和歌者的影子在白墙上轻轻晃动。第二次，是丁可的纯器乐唱片 *Our Home* 的发布，和现代舞者合作，演奏会成了一出曼妙的舞剧。

这一次，丁可的音乐会发生在小剧场里。经过特别的编排和准备，但依旧低调。丁可的微博几乎是唯一的宣传途径。即便如此，在距离音乐会还有一个礼拜时，所有的票已经售罄。一些坚持来现场的朋友，几乎站着看完整场演出。

剧场的后方，有古希腊式的白色石柱，附近还有几处白色残垣，白色烛台，一小束蓝色的光从高处斜斜地照射下来，静静地把尘埃照亮。当弦乐响起，光束缓缓流转，眼前的一切成了一座沉没在海底深处的欧洲城堡，被时光遗忘。我们围坐在舞台三面，像是海底静默的岩壁。

熟悉的旋律从乐者们的指尖流淌，丁可先是带来了老歌。站在舞台中央的他比之前消瘦些，不发声的时候，像从前那样习惯握着话筒架，或者微微倾首，闭上眼睛。

并不是所有的炽烈都是红色的，丁可音乐里的炽烈就有一种安静的力量，当他的歌声从

这片失落之城升起来，似乎更有一种古老的深沉。除了摄影师的快门声，台下无人说话，每个人都屏息注视着这片海洋。

每回唱自己最喜欢的 *Orange*，丁可都会轻轻说一句，"它写的是夕阳"。弦乐和钢琴声彼此交缠，像是越来越晚的天空，一层一层泼上更深的颜色。有些光被云朵藏起来了，有些光被远山吞没了，哪一道光更孤独？看落日的人孑然一身，目光成了回忆，模糊地想起很久以前，丁可说，孤独是幸福的一种……如果现在，我们还能好好地看一场落日，静静地守望稍纵即逝的心情，大概就是幸福的孤独。

接着，丁可带来了即将收录在新专辑里的作品，是一首中文歌。虽然习惯他唱英文，但中文歌听起来也非常自然。比较特别的是，他还带来了两首未来得及起名字的实验作品，像是交响诗的段落。音乐风格比从前更靠近古典（在一些地方也加入了电子乐），充满磅礴的起伏，编曲的大气和丰满使现场有一种庄严意味。丁可的高音在浩荡宽厚的暗色音墙下，反而有种独立的明亮，带着一种歌剧味道。而在海底深处的失落之城里歌唱，眼前的石柱和残垣好像被灌注了生命，往事都将要在老钟响起的时刻苏醒了。

演奏钢琴的姑娘每结束一曲就轻轻地把琴谱散落在身边的地上，仿佛一个仪式。上半场结束时，她琴凳旁躺着不规整的一摞琴谱，仿佛写满隔世的谜语。

当舞者上台，丁可坐在钢琴边。世界慢了下来，大提琴弦音沉在海底，弓与弦之间的摩擦声温暖极了。

如果音乐能带你离开，那么舞蹈同样会领你进入另外一个世界。那个世界里，你和你的灵魂相遇，你可以漂浮在空中，到处都是可以一起做梦的人……

舞台上的灯光明明灭灭，包裹着台上台下所有人一个完整的梦境。这个夜晚迷人到让人舍不得闭上眼，好像因为音乐，我们有理由在这个荒唐忙乱的世界里，容许自己做个浪漫多情的人。我们的心底都有一个失落的人海，等待有人为它歌唱，点亮星光。

边远：海洋深处的华尔兹

两年前，末世预言铺天盖地的北京冬天，茫茫雾霾穿过街头光秃的枝桠，覆盖着熟悉的安全。身边浪漫的青年们轻信并期待着谣传，一起罗列当黑暗降临的最后一刻，耳边的末世歌单里会有谁。丁可、边远，都在其中，大约也是最先被我们想起的。

因此在得知丁可的音乐会邀请了边远作为嘉宾时，心里很快出现了一个画面：暗的，美的，干净的，像是在遥远的村庄等待任何一个平凡而唯一的夜晚，温柔地落下。

中场时，边远抱着吉他走上台，皱皱的白衬衫和红裤子。前方的灯灭了，这里再度成了海洋，蓝色光束穿透了水面，在等候一支华尔兹。海洋深处是最天然的夜，而一颗颗被吊起的灯泡随着音乐次第亮起，像是漫天星光。

"我想做只抹香鲸，在海底待着，可以潜到最深，在海底吃那种特别大的大乌贼……谁得罪我我就吃他，看谁不顺眼就咬谁。"——这是一本杂志对他的采访，和这次的舞台联系在一起想想也挺有趣。边远的歌声太诚恳了，诚恳而温柔，所有的不合时宜都成了恰如其分。海王星的梦远去了，但天狼星上的舞步已经开始。

航海，远行，是一个船长的理想。边远喜欢戴船长的帽子，甚至会穿水手服，还有一支叫"浪"的乐队。看着他在台上垂着头，唱动听的歌，专注又一副不经意的样子，忽然觉得像是看到他老去的模样，他会更自由，且依然勇敢着，心怀幻想。这样的老去，和丁可所说的那种"幸福的孤独"似乎一样美妙。

文字｜骨朵

摄影｜河不止

2014 年 8 月 15 日　总第 117 期

沼泽乐队
春季巡演

2014 年 3 月 30 日

北京 · 愚公移山

沼泽乐队：中国南方最具代表性的后摇乐队，是第一个将古琴和摇滚彻底、全面融合的乐队。90 年代诞生，常驻广州。乐队成员：海亮（古琴）、细辉（吉他）、阿水（贝司）、海洲（鼓）。

李白在《春夜宴从弟桃李园序》中写："夫天地者，万物之逆旅也；光阴者，百代之过客也。而浮生若梦，为欢几何？"《浮生六记》因此得名。从苏州归来不久，窝在屋里翻阅沈复与陈芸的生平纪事，把酒言欢虽好，一昔芸姊撒手人寰，沧浪谁与复游？薄薄一本书，字字细碎清淡，在沧浪亭月下的古琴声中，用最平常的语气道尽一生悲欢离合。

在这个时候被约去看沼泽这次春季巡演在愚公移山的专场——天气已经回暖但还没有到宜人的热度，到场的人稀稀拉拉，有一些外国面孔，台下的人站得疏落，有人在后方坐靠，点一杯冰饮小口喝。沼泽的听众各型各款，但能感到某种秩序和默契。暖黄和蓝色的灯光交替中，得以看见偶尔被照亮的舞池，非常放松的状态，人群随意摇晃。

开场《打捞星星的少年》是旧碟《沧浪星》里颇受好评的一曲，听者的鼓膜随琴弦第一次震颤，就被抛进宽阔无垠的夜，四下无人，星星唾手可得。古琴在沼泽这里并不只是"无边落木萧萧下"，或者"高山流水觅知音"的古典，随着第一根琴弦拨动的涟漪，手起手落之间，古琴与吉他[illegible]一起，嘈嘈切切，虚虚实实。想哭，可是又想笑，任何一种情绪都可以在这种时空交错的乐声中铺开。像是中国画里的留白，笔墨外的意境更为辽远而耐人寻味。

方才喝的几口梅子酒上了头，穿过狭长的通道去洗手间，乐声也传到这逼仄的空间里，倍感孤独的一刻，世界好像离自己太远。而一踏回 live house 的台阶，世界又近了。也许最近读的书讲苏州旧事，乐声里又有琴，因此觉得声音和空气都湿漉漉的，坐进沙发里闭着眼听，一会儿置身在沧浪亭畔，江南梅雨绵绵，看沈三白与芸乐趣愁快，一会儿到了江城武汉，《浮城谜事》里正房与侧室联手斗情人的那天暴雨压抑且荒诞，再过一刻不知道走到哪座城市，看见灰天白日钢筋水泥。乐声起，听者被带进市井烟火，跨时代跨空间的穿梭；乐声落，已跳脱时空的束缚，对世界的概念随之变大，豁然开朗。

晚饭时和同伴聊到沼泽的音乐，实验与创新之后，相对成熟和自成一体的风格，在国内不温不火，也还没能闯到国外，多少感到不解。但他们的状态似乎并不苦大仇深，舞台上制造了许多人工烟雾，烟雾里的四个人也很怡然，一曲接一曲，不淤积，不湍急。

只有中途海亮似乎稍稍走神，停下来致歉，再从头开始。演出前一天，海亮指甲断了，只好全都剪掉，今天的弹奏让手指渗出了血。沉默少言的现场，追光移动到愚公移山红色墙上，就投射出一潭沼泽，吉他手的身影时而也映在这沼泽中，陷落进去，视觉和听觉上都让人感到晕眩，海亮致谢的声音便成为散场前唯一确凿的真实。

谢幕后，乐队又在 encore 声里返场。"那就演多一首。"海亮说，随后弹起《入梦令》，整晚唯一配唱的一首，两段短词，各有四句，其实什么都没有讲述，但声声都能进入梦里。

"夫天地者，万物之逆旅也；光阴者，百代之过客也。"沼泽的情怀像诗人，既知天地之大，白云苍狗，便不再为之所束缚，既知"浮生若梦"，就随性在现实与梦境中游走。如此写意的音乐，悲伤与欢愉皆不必承载。

【现场采访】

演出结束后，沼泽一行又紧接着进行专辑签售。采访时已到深夜，四个人脸上隐藏不住疲惫却依旧耐心谦和。

《文周》：晚上海亮的手怎么了呢？

海亮：现在还有血迹……因为我们的演出强度比较大，比起传统古琴那种缓慢的演奏方式，我们（旋律）要密集很多，有的段落更猛烈一点。巡演每天一站，有时候不小心就碰断了指甲，我就干脆剪了它，弹起来就特别痛，如果要避开它，（演出）可能会有一点点影响，但我尽量豁出去了。其实不仅仅是我，他们弹琴或者打鼓时间久了手腕也会很累……有点儿像职业病吧。

《文周》：有可能用 pick 来弹古琴避免手指受伤吗？

海亮：有试过，我想古人里应该也有人试过，但它可能不是主流。因为始终觉得指甲跟肉直接去接触琴弦会细腻一点儿，音色里的变化是古琴本身很重要的部分，所以大家会更推崇肉体和琴的接触吧。

《文周》：为什么会在三月下旬的时候突然安排了这次巡演？

海亮：我们自己平时都有其他的工作，帮一些企业搞活动，是我们自己维持生计的一种方式。这样的工作通常在这个时间段是淡季，我们就赶紧利用它来做一些演出。

《文周》：你们目前四个人在一起的时间特别长了，能感觉到演出时候你们能很快进入到状态里，这个真的是其他乐队很少能做到的。

海亮：是很自然的。其实甚至是不太远的几年前，演出前我们还需要喝喝酒才能投入，但是后来慢慢感觉到我们越来越不需要外力了，很容易就能进入到那个状态里。昨天在石家庄演出，演奏《落木》高潮的时候，忽然就觉得自己有头皮发麻的感觉——当你自己投入进去的时候，你不时会有这些回报，是一种释放……我觉得对自己的心理健康是有帮助的。

《文周》：你觉得这对你来说是一种“回报”？

海亮：对。玩音乐对我们来说不仅仅是一个事业，更像是一种生活方式。之前有一个做商业摄影的朋友问我们什么时候“退休”，很多人好像在做某件事的时候总是会想到“它什么时候可以结束，再做点儿别的”，我们不会思考这些，觉得能做音乐已经足够了。

《文周》：你们 1994 年就开始做乐队了？

海亮：1994 年是我跟阿来在学校里一起组乐队，他们（指细辉和海逊）还没有加入进来。但校园时期我们并没有什么出品，可能那个时候更迷茫，混乱，不知所措……但会怀着更多憧憬。

《文周》：现在还会有迷茫的时候么？

海亮：至少在音乐方向上，我们不会有迷茫的感觉。第一张沼泽同名专辑时的风格主要是 birt-pop 或者 alternative，跟现在的差别已经很大了；《城市》里我们做了一些比较电子的尝试；《失落的梦想》里我们又做了更实验的东西……其实一直在找方向。但从 2006 年开始，在我们做了古琴跟摇滚的结合之后，感觉就越来越坚定。我们花了五年的时间做《沧浪星》，是很长，很多问题也并没有解决，但会感觉像是在尝试了很多风格之后“终于回到了家”一样，是在游离之后重新找到了归宿。当然尝试的过程里，也学习了西方音乐的手法，这样有些东西我们才能运用得更自如，跟骨子里中国传统美学文化里的情怀才能一拍即合，才有了自信。

《文周》：说到古琴，觉得沼泽的音乐在传统三大件之外，古琴现在也算是主角了吧？

海亮：它当然是主角。我们做的音乐其实运用的更像交响乐或者古典乐的思维，而不是流行乐的思维。流行乐的思维可能会有更加清晰的 ABAB 段，然后有些很明显的延伸或者辅助——在我们看来它是一种很陈腐的格式了。传统摇滚乐在西方已经是流行乐了，它们的格式已经非常模式化。其实古典乐或者是更现代的音乐里有更自由的架构和思维，我们希望用到更自由的思维去构建我们自己的音乐。就像交响乐的各种乐器一样是此起彼伏有着各自角色的那样，它们不是纯粹的伴奏——在我们的音乐里，你把任何一个乐器去掉，它可能就不是那个作品了，每个乐句的起承转合是很重要精密的一部分。

《文周》：但在创作上加入古琴，需要考虑到它的音色还有跟原来这些乐器的调和，是不是会困难？

海亮：其实我们考虑最多的一直就是这个事情，一个是你说的音色，音色它其实是技术上的东西，还是有路可走的；还有一个是美学上的差异，这可能更麻烦，想要保持古琴自己的特色，又希望摇滚三大件不是以伴奏的身份出现，而是展现出摇滚的力度——毕竟我们不是在做传统的国乐，但这个探索的路还很长。

《文周》：之前看过小樱在乐评里写过一句话让人印象很深，他说看着海亮站在台上，有一顶“悲情英雄的光环”。

海亮：因为我们是用做严肃音乐的态度来玩音乐，所以可能听我们音乐的人更需要一些力度和思考。当然我们的一些知音不会有这种压力，尽管是要花更多的脑汁，但是乐在其中的。可大多数人听音乐的习惯的是扭开收音机或者打开一张唱片之后，开始做其他的事情，而我们的音乐可能很快就把你扯了进来去经历一种冒险的旅程。

《文周》：其实我当时的理解是小樱想表达一种关于坚持的看法，可能跟你们在广州有关，能在那里做那么长时间的音乐很不容易吧？

海亮：听你这么说，我觉得小樱可能也是有这个意思的。但我们蛮抗拒这些，有些媒体总是想挖掘一些“娱乐”的料，会问生活的情况，如果有“哇，好苦啊”，他们就有东西可写了。

当你问起我们的情况，我说出来之后可能你们还是会觉得“很辛苦”，但在我们看来，真的没有苦大仇深的感觉，我们只是很投入。我有点奇怪的是那些流行歌手，明明在唱着一首很悲伤的歌，他们怎么还可以微笑地看着乐迷？（海逊：唱着很绝望的歌词然后突然说“大家一起来”……）对啊，我觉得这太过分了，你自己都没有恰如其分地表达你的音乐啊！当然，我们的音乐确实有比较多忧伤的部分，但我觉得听忧伤的音乐反而会给你力量。听音乐跟看戏不一样，看太沉重的电影或者戏，我可能会觉得不舒服，但听忧伤的音乐之后，我会得到救赎或者一种抚慰，这是我自己真实的感受。

《文周》：其实挺多人都说，沼泽做音乐做了这么久，这样一个做了十几年的乐队在国内也并不是很多……说直白一点，觉得沼泽理应更火才是。

海亮：做完《远》的时候，我们得了华语音乐传媒大奖，跟陈奕迅并列第一名。当时一个叫朱尔摩斯的乐评人就是像你说的这样，他写我们“就像古代诗意的侠客”……好像是有一些人总说我们是“被低估的一支乐队”。我们对自己挺有自信的，但当有人肯定“很多人还没有认识到你的优秀”，这当然是很让我们开心的一种鼓励。

我们也明白之所以会有这样的一种现象，是因为大众听音乐的心态跟我们听音乐的心态是不一样的，他们可能更需要的是一些“乐了”，所以流行音乐往往比较短小，而我们的音乐这么长，确实相比之下要难消化。这点上我们也只好认命，因为曲子太短真的没有办法铺垫开来，但这肯定对我们的接受度会有影响。一些电台 DJ 朋友，他们都会抱怨沼泽的曲子太长了，不知道怎么在节目上放。

现在的音乐工业真的有点僵化，你必须要有那样的格式和长度，甚至必须要有一定的音量……工业流水线的生产已经有一个很陈腐的格式，在这种情况下去传递沼泽的音乐是有一点困难，但现在有网络了，会有一个改进。

《文周》：你们对现在的状态满意吗？

海亮：不太满意。我们还是有点困难，必须花很多时间做其他工作，搞得我们要分居两地，又缺乏固定的排练时间，这对我们来说是一个很大的困扰……

《文周》：没有考虑过完全靠音乐来生活？

海亮：考虑过 N 次了。但现在的市场跟我们有点不兼容，还需要时间来培养更多的乐迷，找到更多潜在的知音。小众音乐很需要一个累积的过程，受众是人群中的极少数，需要慢慢把他们集结在一起，因为我们也不想改变自己的音乐。

某支知名的英伦摇滚乐队到珠海演出，只有十几个人看——brit-pop 的音乐尚且如此。一些城市的死忠乐迷总是希望我们去那里演出，但他们可能没有考虑过那座城市可能除了他们几个人就再没有人听我们的音乐了。所以其实去演出很困难，一来涉及费用，二来一些小城市的设备其实完全跟不上，即使我们愿意演，也出不来效果，但乐迷的热情真的会激励我们。

《文周》：有没有考虑过去国外，古琴摇滚嘛，应该是非常有标志性的。

海亮：我们真的蛮希望的，这个要呼吁一下！我们一直没有找到这样的机会，也可能是因为在广州吧，在北京这样的机会可能相对多一些，所以有些音乐人即使再苦都不愿意离开北京。

文 | Afra

现场采访 | 骨朵

摄影 | 河不止

2014 年 8 月 15 日　总第 117 期

周云蓬
“金色大理”
弹唱会
2013年12月1日　大理
天堂的左边
音乐花园酒吧
周云蓬：民谣音乐人，盲人歌者、诗人。

THE LEFT SIDE OF HEAV

12月正午的大理古城人民路上随处都是陷落在食物热气中的人群，弹琴的卖唱小伙儿早早就坐在街边面目模糊。穿过这条路去会会老朋友，他所住的客栈好像已经换了个名字成了酒吧，叫"天堂的左边"。有修长的竹子在路上的小片天空探出来，拐角处撞见一张眼熟的海报，瞥见时间正好是两个小时之后，周云蓬的弹唱会要在这里举行。

大概没有文青不识与命运之交淡如水的老周，我却听得极少，相比时常不经意间就哼出动听音符的张玮玮，老周音乐里的大社会灰蒙蒙的，唱起诗歌来也总让人感觉苦涩而遥远。

犹豫间，听到院子里已经响起调音的动静，进门的位置正好从侧面看到被光秃秃的树干挡去半张脸的老周，抱着琴，静静地像个墨绿色的陶人儿。欢庆进进出出地围着舞台忙碌。已经有观众三三两两坐好安静等待。

昨天，坐了十五个小时的大巴一路看着漫天繁星在半夜抵达大理。几乎每一个热爱流浪的人都会在这里停留，背靠苍山，每天留恋着新生的云彩。路上有白族妈妈背篓里装满蔬菜慢慢走过，也有不动声色的艺术家在夜里推杯换盏。

一种归心似箭和近乡情怯的冲动奇妙地交汇，旅途劳顿和最近隐藏起来的情绪在我心里相互撕扯。那就去看一场音乐会吧，趁着太阳下山前天光温暖。

重新回到演出的院子里，各种颜色的衣服紧紧挨坐着，只好选择离舞台最远的位置坐下。音乐就这么自然地响起，完全看不见老周长长的黑发和舞台上的景象，索性就收回了目光。云好像聚集到我们的脑袋上，仿佛匆忙落座聆听。

在这样远远的位置听本该觉得有些委屈。天渐渐阴了，老周带着迷幻感的声音与小木的和声被风远远地吹进耳朵里，一起被吹来的，还有距离两米远的一位听众吐出的白色烟圈。每一阵风起，就感觉像是走在迎面而来的风沙里。这时候听到《关山月》，几乎再合适不过。闭上双眼，好像就能看到仓皇奔走的流云。

"长风几万里，吹度玉门关。"老周的唱腔带着古典的庄重，在文烽散落的鼓声里，一个字一个字都像是古老的安慰。彼此掩映着的竹子，规则摆放的木头桌椅，就连手边的茶杯似乎也懂了，纷纷静默如同一幅带着寓言的长卷。

但这一切还是不如老周唱杜甫来得动人。悲悯终于来做客，鼓声像是敲打着空城的旧栏杆，每一下都感觉到寒凉的震颤。在这种逐渐铺开的凝重里，忽然意识到从前偏爱李白的我越来越喜欢苦涩的杜拾遗……"白日放歌须纵酒，青春作伴好还乡！"此时老周的音色里有光流转，虽是首快诗，却仍觉悲欣交集。

不知何时，戴着圆框眼镜的张玮玮立在墙边，鹤发童颜的张佺也来了。这个院落好像成了一口井，我们都沉没在其中，听着井默默分享着这唯一的呼喊。我的情绪终于在这片水里化开，变得松软，而后可以流淌了。

身边是一对带着三岁孩子的夫妇，从他们的表情上感觉对老周并不熟悉。小小女孩留着齐耳短发，向爸爸讨着从未品尝过的啤酒。爸爸一边温柔地示意她安静，一边拿了勺子舀了一小勺递给女孩。我们的另一边也坐着带小男孩的妈妈，小男孩总坐不住，但并不吵闹。

老周的作品里有不少是唱给母亲的，为讨回公道含恨而终的母亲，将钥匙放在窗台上的母亲，死到临头让领导先走的母亲……看着眼前的孩子，他们在歌声里几乎成了一朵朵鲜艳却刺眼的鲜花，在风里迎着未知的日头。

而那些关于爱情的歌谣也没有被落下，《不会说话的爱情》、《永隔一江水》都在所有人的和声中完整了。唱到最后，不少人站了起来，场面有些惜别依依。落叶打着旋儿飘下来，云竟然不知不觉散去了。最后一个弦音消散之后，我听到身边的玮玮叹道："天地大谐和！"

忽然回忆起半场时，老周唱完《九月》，大理的蓝天也洒了几滴雨。

文字 | 骨朵

摄影 | 宋颜

2013年12月15日 总第103期

摄影 / 郑天然

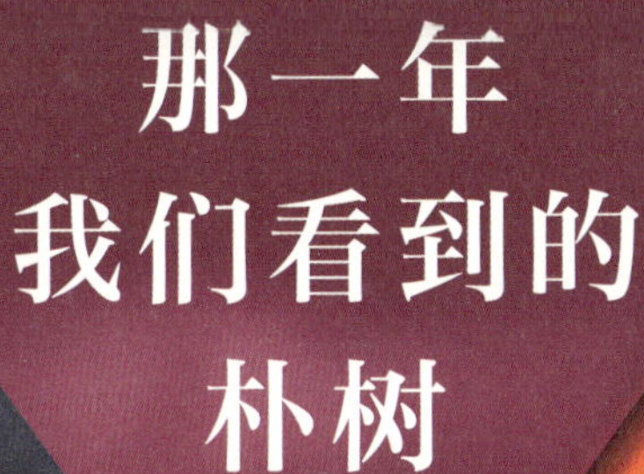

那一年 我们看到的 朴树

朴树 | 2003-2012年，从人们视线里消失的这九年，有人说他离开了“平平坦坦的大陆”，在进行自己的流浪；有人说他把自己关起来，抄抄经文采采风。人们却始终记得他的歌。

如今，我们在舞台下，他的歌声和着风传来，就在耳边一呼一吸。那个带着羞怯的忧郁少年和短发善笑的男人终于一齐向我们走来。

朴树，这次，他真的准备好了。

我从远方赶来，赴你一面之约

2012 树与花系列音乐现场：朴树 & 张悬

2012 年 10 月 27 日 | 上海·上海大舞台

这是时隔九年后，朴树的第一场正式演出。

刚开场时，朴树看起来非常紧张，唱歌时始终在左顾右盼。他说起自己前夜的失眠，"也不是因为紧张，也不是因为兴奋，就他妈睡不着"。随后，唱第一首中文歌就忘词了的朴树，索性就放松了下来，笑着说："对不起，我太不专业了……真不像个老江湖哈。" 自此，一切都对上了。无论是唱歌时认真的样子，还是依旧奇怪的英文发音。这一下，大家便知道，我们熟悉的那个朴树回来了。

朴树和张悬同台拥抱了两次：第一次是大家起哄喊"抱一个抱一个"，二人于是很礼貌地拥抱了一下；第二次则是二人合唱完后，朴树一把搂过张悬抱离地面，随后给对方鞠了九十度的躬。

朴树说表演前他想逃走，唯一支撑的念头就是：什么都会过去的，那些经历了的，更有

被记住的价值。他说："这是我活这么大最开心的表演。"

唱到中段的时候，周围有人说"朴树再也唱不出《妈妈，我……》了"。之前那个长发遮脸白衬衫牛仔裤的忧郁少年，收起了他满身的刺，也收起了他年轻的愤怒，终于成为了短发的、温和明亮的已婚大叔。而张悬也不再是之前中分长发唱着《宝贝》时的小清新少女，变成彩色短发为世事奔走疾呼的三十岁 beautiful woman。

尾声时朴树唱了《我去 2000 年》。这首歌最初唱响在 1999 年，世纪之交。如今十二年过去了，这个世界以超乎想象的速度日新月异，可好像并没有变得更好。张悬希望我们"可以去做非常喜欢自己的人"，因为"一群不喜欢自己的人，他不了解保护自己心爱的东西有多重要，所以这个世界有时候才会陷入一种混乱"。

她说："希望你们永远都可以带着听演唱会的热情去实践自己的生活，也用听演唱会的心情去聆听你的爱人、家人跟朋友，过一个非常圆满的一生。"

他说："如果全世界都丧心病狂，如果所有人都抢银行，我们也不跟他们一样。愿我们都能在这个世界有所坚持。"

散场的时候，邻座的姑娘大喊："我爱你，再见！"那么嘈杂的散场人群，朴树自然是不会听见的。可是对她来说，我想是完成了一个心愿。

年轻的时候，去听一场你喜欢的人的演唱会，从远方赶去，赴一面之约。录音室里的声音虽然精准完美，但远没有现场来得生动多情。

全情投入吧，就像谈一场恋爱那样，或者像一次预谋已久的长途旅行。你感受着疯狂的鼓点引得座椅微微震颤，等待着舞台上的射灯光线全场游移直至照进你的眼睛，品尝着混杂了灯光热度和人群气息的淡淡烟雾味道，体会着每首歌结束后耳膜犹自鼓动的感觉……散场后你随人群涌出，夜幕降临盛宴结束。你恍如隔世，不虚此行。

我爱你，再见。

文｜安语

摄影｜Jesse2375

你才不会失传

树与花系列音乐现场：朴树 & 戴佩妮

2013 年 10 月 26 日　|　北京·工人体育馆

我一次次在这个声音里扬起脸，眨眼，死盯着工人体育馆的天花板，把眼泪往眼睛里咽。我不能让它受到地心引力的影响过早地掉下来，我得攒着，不到关键时刻，不能随便哭，不能。

带着那枚跟着我三年的 70—300 的长焦镜头，有意思的是，这次拍出的照片呈现出两种不同的光影——

戴佩妮的部分，灯光是明媚的、跃动的、鲜活的，她的面容非常上镜，每一个姿态几乎都看不到瑕疵，不能再更自然一些，那是花之绽放；而朴树的部分，灯光是如此幽暗，视觉化效果（如树枝的剪影、《且听风吟》细密的字幕）是如此沉静，他的面部也棱角分明，似乎并不知道自己哪个表情、哪个角度更好看，当然，他也不关心这些。

尤其是初登台时，他唱歌的口型总以某种僵硬的形状呈现在显示屏上，我不断调整曝光、角度，可还是不满意……

唱完开场的三首，朴树开口说话，他说排练的时候，鬼使神差地把嗓子唱坏了，不过——"没事儿！" 台上台下同时喊出。接下来，就要靠我们了！

也正是从这一秒开始，工人体育馆的六千多名观众，成为了"树与花"势不可挡的伴唱团队，整个环境形成了一种默契，于是，他投入，唱摇滚时，高昂头颅，皱起眉心；他恣意，尽兴时，

他畅怀地笑。他在唱那一首首“讨厌鬼”时，不需要如履薄冰：“我不行了，你们来，有你们，原本艰难的一个夜晚，变得如此难忘。”就像结束后有人在微博上说的：这是“我们”的演唱会，大声说爱吧，再也不用欲言又止。

前些日子朴树在App【ONE·一个】上写了篇字儿，上面他说：“我从三十六岁开始那一年，真的就变成另一个人了，而且我现在远看着这个人变得越来越成熟。”

嘿，这个少年，他其实一点儿也没变。他把改编过的开场曲《别，千万别》拎出来，他说他要再唱一遍，因为里面有他最喜欢的一句话：“就算全世界都丧心病狂，就算所有人都去抢劫银行，我也不会和他们一样。”这是他的魂，二十四岁的时候他这么说，也这么干，如今他还这么说，也这么干。只不过，大概在干的过程中，他始终没有放弃学习消解和整个世界的误会。有一天，他和世界之间将不再横着一道墙，它们，都源源不断地向彼此流淌，渗入，彼此并不依赖，却共生——我似乎都能看到那一天。

就在这次演唱会前不久，竟无意间拿到了一份珍贵的1997年“麦田音乐通讯”复印件，作者据说是尹吾《每个人的一生都是一次远行》（注：即后来被认为是太合麦田老“红白蓝”系列专辑中的“红”，朴树象征“白”，叶蓓为“蓝”。）专辑的制作人付翀。像是接到某种旨意般的，我看到上面写着：“旁人都以为朴树是个少言寡语的沉默分子，其实在相对熟悉的环境、相对熟悉的朋友面前，他很可能突然变成一个滔滔不绝的倾诉狂。关于生活，他谈及的时候总有些底气不足，或许简单的经历让他更多停留在幻想与憧憬之中，在他的歌词里我能体会到他那掩饰不住的慌张，对现实，对未来的慌张。”

1997年，朴树创作了一首歌曲，名叫“失传已久的大海”。“没有人再去/仰望蓝天/没有人再梦见过/远方的大海/人们喧嚣而孤独/人们恋爱却不幸福/……不再有心灵和家园/就像那失传已久的大海。”网络盲传，听过的人都认为这是朴树最好的作品，然而这些说法已不可考，因为，这首歌真的失传了，录音无迹，朴树本人也忘记了怎么唱。

我觉得它的失传就像一个隐喻，也许这个“喧嚣而孤独”的世界，也希望获得一个自我救赎的机会，于是这首歌失传了，大海保住了。正如这些年，朴树的身影并没有彻底从我们的视线中消失，而今天，他更是大大方方地站回到了我们面前。

文、摄影 | 河不止

一夜十年

2013 西湖国际音乐节

2013 年 10 月 27 日　|　杭州·西湖太子湾公园

与音乐节相关的记忆越靠近现在似乎越是模糊，因为追随心爱的歌手或者乐队奔赴现场的热情已经渐渐转向与朋友心无旁骛地在无关紧要的音乐里赴一次约。西湖音乐节不同于铁托旗帜盛放的"迷笛"，许多杭城人携家带口去西湖度周末顺带图新鲜地看场音乐节也不在少数。

月亮升至中天，跟朋友在电子舞台已经连续蹦了近两小时，穿梭在幻觉一样的光线里，无限循环的音阶过着电。直到那个太空舱一样的舞台声音渐弱，我们开始拖着软绵绵的步子往主舞台移动。

舞台渐渐靠近，男声越发清晰起来。我们还在电音的回响中笑闹，甚至觉得主舞台的音乐也是带着明显激烈的节拍——听见的旋律似乎比记忆里朴树的音乐更年轻，丰富的配器各种音色层叠，在雀跃的光色里那么灿烂，还有点无忧无虑。直到被人潮挡住前行的路，我们

终于在嬉笑中停下来仰起头，大屏幕上的男人正微笑唱着 *Radio in My Head*，我在甜腻的酒精味道里被熟悉的歌声唤醒。

有趣的是，那时那刻与我在一起的朋友几乎都是七十年代末、八十年代初生人，当我先前提及去看朴树时，他们都以无所谓的口吻附和我，仿佛他们十年前也是这副无所谓青春的样子。

昨夜的朴树在北京与戴佩妮合作"树与花"音乐会，今天状态稍显疲惫，他一面微笑一面致歉："昨夜嗓子唱劈了，下面的歌你们帮我唱好么？"

随后，《白桦林》的手风琴响了起来，朴树背后的影像开始飘落下白色的雪花。并肩站在我左边的朋友直挺挺地望向远处的舞台，痴痴地说："好像真的下雪了。"而我右边的老男孩不知何时已经启唇加入了合唱。如今已经是饭店老板的朋友朝我们的背面走去，找了个地方缓缓坐下，目光却没有离开舞台。

——如果笃定青春过，似乎朴树从未在这岁月里缺席。

我收住了那句"刚才还笑我看朴树，你们自己……"的话，我们试着牵起手朝舞台用力挥舞，甚至都不记得是因为酣然的酒劲使然，还是在无知无觉中又被台上的歌者触动。

"小朴"，多少人还是这么唤着他。西湖的夜湿漉漉的，蒸腾着的青草气息一点点爬上我的脸，温柔洗去狂欢的痕迹。我再一次凝望着穿深色帽衫的男人，相较于从前的他，如今的朴树谦和而耐心，大方的笑容里写满感恩，眼睛也跟着笑弯。几乎在每首歌毕都要致谢，偶尔的煽情竟也不让人觉得意外。

"我爱你们，真的。"他就这么轻轻地，看似不经意却又郑重地说。

舞台下，相拥的恋人甜蜜地接吻，有无数尖叫的乐迷在《那些花儿》的歌声里掉泪。每个人脸上似乎都挂着共同的幸福表情。

因为这么一种声音，我们可以在这个"不宽容的世界"里宽容，在"从不等待的世界"里，相信着一些美丽的相遇——比如十年前的我们和朴树，比如今天的我们和朴树。

文 | 骨朵

摄影 | 郑天然

2013 年 11 月 15 日　总第 101 期

人生其实随时可以 Begin again。

／做《文周》的摄影编辑，有这样一点好，就是比任何媒体或个人更能近距离接触到最纯粹的摄影者。

／《文周》所选择的作者，或者说是选择了《文周》的作者，大都不为浮利所累，一如当初拿起相机时那样，在自我的感官世界中肆意妄为，挥洒自如。那些难以脸谱化的摄影者稿件，都标注着摄影的初衷。在当前纷繁复杂的眼球世界里，让人们能安静嗅到影像随时光发酵的香气，这何尝不是一个壮举。

—— @何脑斯 NO.110期

／2011年，我以林兆华邀请展志愿者的身份与林兆华戏剧工作室结缘，见证了仅在两三位姑娘运作下的邀请展，如何在理想主义的感召下拼死坚持，盛誉满堂。2013年，邀请展因经费不足跳票，一片惋惜声中，我想起工作室的那些故人，确信这只会是短暂的分别。2014年，邀请展果真回来了。曾倔强地赌气说『再也不做邀请展了』的大导，这次抛出的『还有戏剧吗』的疑问，也被那一张张北京观众专程奔赴天津只为好戏一场的高铁票回答。

／大导曾说，做戏就像放烟火，亮得快，去无踪。但这一点我偏不尽信。当大幕拉开，灯光亮起，演员从黑暗中向我们走来的那一刻，大导，工作室的同仁，我们，以及所有为戏痴狂的人，谁不愿豁出一切，哪怕一瞬，只为享尽我们这人生的挚爱。

—— @奚牧凉 NO.111期

／『我们活在一个叫做「生命」的巨大游戏里，2012世界其实重启了。如今那些行尸走肉都是程序设定，而有灵魂的人，冥冥中注定要交集。』这两年认识了许多有情怀的朋友，让我越发相信这个理论。一群放任自流的人，用各自的方式，投身到历史的洪流中，抗衡着滚滚袭来的虚无感，在信息过剩的时代去追求一些刻骨铭心的东西，比如艺术、自由和爱情。

—— @冥哥 NO.120期

／与《文周》一同走过的两年时光里，我所有的参与都是发生在昆明这座和北京相隔将近3000公里的城市里。于是在这两年间我没有与《文周》大家庭狂欢过，没有参与过当面的采访，好不容易等到一场戏来昆明演出，多半也是巡演过较长时间的剧目。

／《李米的猜想》镜头里的昆明全是生活的气息，但仍不失几分夹杂在世俗生活背后的独特气味。或许就像有人抛开电影、话剧、书籍，依山而居也可以文艺生活一样，文艺本该与生活共存，好比每个人的呼吸，太重太轻都不太合适。

／当然，若问我是否会为与《文周》之间远距离带来的阻隔而感到些许遗憾，其实昆明已经给了我答案。每年冬季，昆明都会迎来一大景观，数以万计的红嘴鸥为了过冬，不惜一切代价，从西伯利亚迁徙到昆明。就像身在北京的《文周》与身在昆明的我的连结一样，《文周》是我暖冬的归属。

—— @张多多 NO.116期

／周末，几位元老级《文周》老姑娘老小伙儿相约在鼓楼的夜色里小酌，酒酣耳热之际，说起2010年6月《文周》成立以来的这四年，最多的还是感叹。记得大学二年级抱着学习实践的初心加入团队，期望依靠这个平台汲取吸收，混出个一技之长，到今天，经营《文周》逐渐变成一份责任，对于它，更多的是给予的幸福。伙伴们也从一个个懵懂浮躁的大学生或从事其他行业却满腔文艺理想的局外人变成了审美眼光毒辣、在文艺世界掌握一定话语权的媒体人。

—— @刘妍 NO.115期

／30岁生日那天，我一直循环播放着赵雷的《三十岁的女人》。很不幸的，快三十岁的时候，我才开始意识到自己应该过二十岁的生活：为喜欢的事不顾一切，为好奇的事大胆冒险，不计较物质，不奢求回报。当然，这种『不幸』只是在别人眼里，在我看来，却是何等的庆幸！

／叛逆不是青春的特权。还记得那部台湾电影《不老骑士》吗？一群平均年龄81岁的老人，带着癌症、高血压、膝关节退化和助听器，骑着摩托车环岛13天，1139公里，就是为了证明自己还活着！

—— @苏阳 NO.125期

／小长假音乐节那几日，两种心情交替出现。

／第一种心情在音乐节现场驾着骤然出现的风雨雷电而来。夜幕和恶劣天气同时降临，使不少『情怀党』再无心音乐落荒而逃。舌头乐队登台的时候，身边剩下不多的乐迷，其中一位年轻妈妈坚守第一排为怀里的宝宝介绍『那是朱小龙，那是吴俊德……』尽管那时的舞台音响已经多次故障到让人心生无奈，可来到现场本就不求完美，正是能与无数人跟无数意外相遇，才能和观看DVD有所区别啊……望着千奇百怪的人群，一种大千世界交汇处的感觉实在叫人兴奋。我庆幸自己不是那个坐在马桶旁拿着手机因风雨里看演出的观众而幸灾乐祸的人。而第二种心情则出现在音乐节之后，浏览着网络上『见证真摇滚』的群口相声：女神光临导致现场失控，乐队演出被掐音响，现场打架斗殴，买了预售票却因为兑不到实体票错过现场，买了大巴票却挤不上车甚至不得不报警……看得人心里说不出的难过和沮丧。

—— @骨朵 NO.112期

／在我看来，艺术工作者是最接近上帝的一种职业。而艺术创作，类似于『与神对话』。这世上注定有一群人，用他们的良心、思辨与幻觉，搅动着这个世界，与这个世界做游戏，并带来自由与美丽。岁月不饶人，他们也未曾饶过岁月。

@岂有此女 NO.64期

／《无人区》令我印象深刻的，是余男心不在焉的艳舞。她是我很喜欢的女演员，她演大漠玫瑰，好过一万张锥子脸。跟人聊起余男，总被问，余男谁啊？——如巩俐之于张艺谋，郝蕾之于娄烨，余男，之于王全安。余男和王全安不生僻，一般电影爱好者都能如数家珍。可『文艺青年』这张标签，贴上的都是穷小清新大卢瑟，是每个普通青年没事儿掏家伙射两枪的对象。偶然说到非大众却绝不小众的名词，鼻腔里哼一句『你们文青』，对话终结。

／何谓文艺？文学和艺术。爱好文艺，本该和爱好足球和AV一样平常，没见过谁爱好足球和苍老师，别人就说『你好足球』、『你真AV啊』，为什么我爱好文学和艺术就要被感叹『你好文艺啊』。敝姓董，当文艺跟董小姐都成为骂人的词，不假装不爱文艺都不行。

／谁说文艺青年都不切实际？我们刚出的厚书《乌托有个帮》都可以砸死一个普通青年了。嘿！说的就是你呢，我都不装高逼格扯艺术修养了，你就试着尊重一下不同青年的兴趣爱好怎么样？

@Afra NO.103期

／《文周》大幅度改版之后，线上宣传站点还没来得及彻底跟进，我常常伫立在旧时的版式那里，体味左手是昨天，右手是今天的迥异心情。越来越多的同伴加入到这个队伍中，虽然『面向全国』是我们的第一次尝试，却真切感受到了天道酬勤的滋味。如果每个人都可以在这个平台上展现自己的才华，众多的小幸福必将汇聚成一种不可小觑的力量。

@曹真 NO.46期

／在已被翻过去的末日年里，我这个路痴从开始跟着导航费力找到京城的各个剧场，到看戏、采访做话剧的人，度过大把在剧院的时光。每次采访，我都很忐忑，戏剧圈里经历如此浅薄的我，要怎么提问？戏，在来到北京前，对于我这个出生在内蒙古大西北的人来说，是小时候夏天街边的二人台，人声戏声混在一起，观众和演戏的人同样大汗淋漓，但这样的戏后来也变得奢侈难觅。

／看戏一年之后，我把厚厚的戏票们，作为生日礼物送给老爸，把这些好时光的凭证交给他保管。整理票根的过程，也是记忆筛选的过程。平庸的戏都被略过，可能无法说那些深深被记得的好戏为什么好，但至少庆幸没有错过它们。

@郝思嘉 NO.91期

／上周末，在张铁志、张晓舟、张玮玮挤在库布里克讲『我们为什么还要听鲍勃·迪伦』的同时，星光现场门口等待入场听『痛仰』的队伍已经排到了二环；而同一天在国贸开业的Page One并未如想象中的火爆，在传统书店因网络书店的冲击而举步维艰的今天，一些媒体在报道其进军大陆市场时会用『勇敢的决定』来形容。但从本刊之前对单向街的专访到『书·途』版对全球独立书店的介绍中，我们不难发现传统书店所给予读者的微妙感受仍是无法被取代的……

@王竹 NO.41期

／从我来到《文周》的第一天，就有人抢键般跳起提问：『有费用么？』『朝七晚十做老师，你哪有工夫写稿？』对，即使周末只休息一天，半天我仍然跑在采访的路上。那些写在不可重来的纸上，全是痴妄又坚定的回答。今天为了多拿二十块钱绩效追公交上班的我，与去年夏天盯着电脑读孟京辉专访浑身汗毛倒竖的我相比，只是不可避免的，多了一两柴米油盐酱醋茶，多了一些绕不过去的环形山而已。

／有人叫它，悲伤。我笑他们，恐惧。

／这一期，林怀民来了，带着他云门舞集的作品《流浪者之歌》。舞者在那些充满自然主义和神秘主义的布景里或耐心打坐，或僵直站立，或将一个画同心圆的动作机械般地重复到观众彻底飚泪，禅意自此油然而生：要体味可贵的静谧，为每一个简单的肢体语言而感动，生命的真谛正在它们中间闪闪发光。我们一个人来到世间，一个人挥手作别，孤独不过是生命的本真。而我们最可悲的，恰恰是在谜一样的双眼里，看不清自己，最好是，紧紧抓住那弱不禁风的遮羞布。而林怀民所做的，不过是轻轻将它们剥掉，于是，我们开始嚎啕大哭。

@阿占 NO.40期

他们说

/2010年6月—2015年7月。在独立杂志这条艰险的路上深一脚浅一脚地走了五年的《文艺生活周刊》终于结束了它的旅程。我们不想面如僵尸般宣布这个消息，如世间万物，来去都不一定做好了准备，不一定都要有华丽的开场和沉重的道别。我们更愿意用一本实实在在的书，将这些年华里的精彩与感动记录下来，与你们分享，与前赴后继的同类们分享。

/以下这些话，摘自各期杂志的卷首语，『他们』和他们真诚的表达，是这本杂志和所有『文周ers』所共同经历的生活的一个重要缩影。

始终相信，遵从自己的内心，化繁为简，人生其实随时可以Begin again。

——@米拉拉

/生命中会有一些阶段，觉得自己好像漂在河上，被水带着走。很多时候会着急，着急去选逆流而上还是顺流而下，着急去选该做什么样的事情才可能实现人生的价值，可是，为什么从来没有觉得，慢慢漂着，也挺好。

/也差不多是在这个浑浑噩噩的时候，去跟严歌苓老师见面。那个下午我在阳光下听着这个五十多岁的女人聊起生命中的许多片段，突然有那么一刻，心里的某个壳被打破了，裂纹不断延伸，慢慢长成一棵树，这大概就是心理学上讲的『顿悟』时刻。

——@薛飞 NO.133期

/网络让传统习俗消失，世界文化趋同。我们想留下纸质书，想留下大荧幕，然而这到底有多大意义？我们有感性的情怀和理性的认识，但我们甚至都不敢相信自己心中的标准。因为有朝一日，我们也会成为『在劫难逃的老人』。那么『新路』在哪儿呢？我们比国外、比过去，站在不同视角上比出不同的差距，但方向究竟是什么？现代的创作到底是什么？我们迫切需要解决这些问题。

/独处的时候，我们都不是『文青』，我们是欲望强烈的人。我们脚下没有坚实的土地，无所依赖，不能在此停留。

——@一颗流 NO.131期

/北京时间零点一刻，敲定下本期李志专访的标题，《文周》群里的各位道过晚安散去了，我把李志相关的十几个文件从桌面上收走，交卷。从现在开始到发刊，我知道我会很没气度地把逼粉赞我们骂我们的姿态意淫一万遍。

/在独立音乐圈谈李志，像手握一枚炸弹，说得好尚且不见得平安无事，说得一字之差，便要被炸个血肉横飞，要是李志本人想和你计较，说不定还要补一把火，烧得你片甲不留。与同好者聊音乐，也千万不能轻易先说喜欢李志，李志是一个标签，谁往自己脑门上一贴，谁就要被划分派别，谁就要陷入阶级斗争。

——@Afra NO.132期

/港乐近十年载浮载沉，乐坛小小却依旧让多少人寸断肝肠。看似徒劳的唱衰者在某种程度上来说，大概也是生动的警醒。因此，尽管口舌之争休战无期，有心的港人也未曾放弃行动：拥挤的街头巷尾随处可见广告牌亮起了句句稔熟于心的歌词；年过花甲的金牌词作人重返校园攻读博士；白手起家的独立唱片厂牌如雨后春笋林立葱茏；借助公众影响成立致力平权的非营利组织一次次公开支持社会游行……这其中的很大一部分行动低调却未知明日，却在这片被戏称为文化沙漠的地方悄悄落地生根。

——@骨朵 NO.104期

/20岁，我一个人拖着20多公斤重的行李，拿着只有一个签证的护照，飞过了大半个亚欧大陆，来到了一个新闻上说会成为『恐怖分子基地』的北非国家——突尼斯。『你疯了么？』我不知道啊。如果人生应该有一次说走就走的旅行，那么在20岁我也许做到了，虽然这只是一次志愿活动。也许这『疯狂』的决定就在按下『申请键』的那一刹那，就像高考结束的一个月后，我神经兮兮地发了一封邮件，成为了『文周er』一样。

/我恐惧着和不同文化的人相处，我不喜欢吃硬到可以用来防身的法棍，我会在异国他乡的街上感到孤独，然后，我非常想家。用一句很矫情的话说，就是『你只看到我驰骋在撒哈拉，却忘记打在我脸上肆虐的风沙』。但是『疯狂』像一个盾牌，在背后牢牢地顶着我，它说：『嘿，这不就是你想要的疯狂！』于是，听着阿拉伯歌曲，奔驰在荒芜的土地上，看着清澈的天空，一切都像梦一样。这里不是天堂，是我心中的一个乌托邦，很庆幸，我可以活在这里一小会儿，哪怕是一小会儿，也足以让我陶醉一生。

——@桂子 NO.128期

/刚结束一项工作，有很多失落尴尬，正懊恼自己做得不够好，但坐在剧场，听讲座看戏剧录影，神经慢慢放松时，亦看清还有前路可行。这样的体会已经不止一两次。所以有时候，我会觉得这样的参与，也像一场与自己心魔的搏斗。或者说，这也是一场不给自己设限的游戏。我试过找朋友一起去小型音乐会，他说不懂，所以不去。这里并非宣扬一切的现场及参与都是所谓好的、正确的，但假若情况允许，何不将自己推出一步？

——@叶晓婵 NO.130期

/总有人不屑，总有人鄙夷你的文艺梦想，只是，想起了春树说的那句：『一直向西就是东方。』再怎么样，永远热泪盈眶依然是存在于心中那金光闪闪的不灭的梦想，能够感怀于细枝末节便是最伟大的存在。

/于是我们听雷光夏，看娄烨的电影，听史航的讲座，这些是我们于考试工作结婚之外的精神城堡。在文艺的字里行间划过，思索着现实生活中的种种，爱那些淳朴善良，也爱那些阴暗奸诈，爱那些深邃的沉默，也爱那些虚张的喧。

——@吕伟 NO.67期

/2013，高深莫测或者娇柔清新一定不是文艺的代名词，走进影院看《一代宗师》，哪怕你在意的不是什么捉摸不着的光和影，不是『念念不忘，必有回响』，不是王家卫和徐皓峰，而是张震的发际线，是章子怡眼中的红痣，是赵本山那句『有多大屁股穿多大裤衩』……那又如何？——@王竹 NO.84期

/这个即将到来的冬天看来有些寒冷了：光合作用书房资金链断裂，宣布停业，画上了16年的终点；文化杂志《大方》被停刊；幸福大街的庆生演出在演出前一天被取消……然而也依然有温暖和坚持：三联书店为楼梯上坐着看书的读者准备了棉垫，贴出告示：『天冷地寒，棉垫自取』；万圣书园刚刚迎来了它的18岁生日，当天群贤毕至，与读者交流签书，往来皆是爱书人……

/我喜欢不期而遇的惊喜，遇见一本好书，一个同样爱书的知己，一家渊博的书店，一座文化着的城市……都是幸事。让我们共同呵护这美好『我想象的天堂，应该是图书馆的模样。』——@吴梦圆 NO.58期

/2011年12月21日，距离传说中的世界末日还有366天。

/在未知的末日来临之前，碰上喜欢的乐队演出就去现场，在书店见到喜欢的书就比网购多花上十块钱把它捧回家，在作家沙龙里对戴棒球帽的年轻小哥一见钟情，就一定记得对他微笑。大不了过把瘾就死！如果2012年12月22日一早起来鸟语花香四野满布，世界末日就这么悄无声息地跳票了，那就洋洋得意当做自己赚了一次重生，多好。——@丸子 NO.6期

/黑刀在快男爆出董小姐的当晚就发微博表示：『对于一些文艺青年来讲，他们所挚爱的宋冬野、万青、痛仰、周云蓬、万晓利的歌曲被选秀歌手给唱了，那种难受不亚于自己对象的贞操被不相干的人给摸了个够一般。』这句话打在了每位文艺青年的心田。于是文青们痛斥、叫嚣，不惜一夜之间把月亮组变成『我们代表董小姐消灭居心不良的宋东野小组』，并且高举郭德纲老师的大旗声称：『我们爱文艺，我们怕它完了』。

/『完了』是个什么概念？陈绮贞开万人演唱会了，陈绮贞完了；五月天让全场歌迷摇手机装星空，五月天完了；张悬代言洗发水广告，张悬完了；文艺青年往往形成一个思维定式——我喜欢的被你们喜欢了，那我就不喜欢了。

/而日夜守在电视机前看各种卫视的普通民众是有多可怜，一首被文艺青年们比比了一年多玩剩下的歌被选秀歌手偶然泄露出去就把他们感动得屁滚尿流，他们对文艺的饥渴真的远超文艺青年的想象，所以他们，都是草原。

/在一个高速发展的国度里，民众终究会接受文艺，正如野马终归要回到草原上去，因为文艺和野马都饱含激情和生命力，这个趋势不可逆转。涅槃、性手枪要不是在母国呼风唤雨，也流落不到被社会主义文艺青年们做摇滚启蒙的境地。所以普通青年们走进剧场、Live house 和音乐节不是坏事，他们也需要阳光雨露，而且他们又是那么萌萌地容易满足，你带他们举个金属礼吼个『一柱南方开』他们就摇滚了，多简单的事儿。——@何脑斯 No.94期

/2011年，轰轰烈烈的马勒年落下帷幕，我也重新找到了自己。你也许不知道马勒是何许人也，他和隔壁是什么关系，但这样一阕包罗万象的音乐集成，却是你必须了解的人生哲学。马勒甚至说：『那已不是人类的声音，是宇宙在轰鸣，是行星运行的声音……』可是如果不是那般对于人间和人的大爱，这些又都有什么意义？最终扶起我的不是柏格森派的人生观，也不是贝多芬的『从黑暗走向光明』，而是马勒式的广博和大爱，终归是爱。——@高屹 NO.63期

/北京的地下室里堆积了多少有着或者曾经有着牛逼闪闪的梦想的人？想当演员、歌手、画家、作家……辗转多年，这些耀眼的字眼最终被打磨得黯淡粗糙。习惯了这座城市的节奏，依赖上它的气息，家乡就成了再也回不去的地方。——@秦琴 NO.29期

图书在版编目(CIP)数据

乌托有个帮. 2, 我们终将抵达 / 米拉拉编著. -- 长沙 : 湖南文艺出版社, 2016.1
ISBN 978-7-5404-7450-8
Ⅰ. ①乌… Ⅱ. ①米… Ⅲ. ①文艺评论-中国-文集 Ⅳ. ①I206-53
中国版本图书馆 CIP 数据核字 (2015) 第 313721 号

乌托有个帮. 2, 我们终将抵达
WUTUOYOUGEBANG. 2, WOMEN ZHONGJIANG DIDA

米拉拉 编著

出 版 人　刘清华
出 品 人　陈 垦
出 品 方　中南出版传媒集团股份有限公司
　　　　　上海浦睿文化传播有限公司
　　　　　上海市巨鹿路 417 号 705 室(200020)
责任编辑　耿会芬
装帧设计　梁海平
美术编辑　土瞻远
封面摄影　刘辰 COCU
责任印制　王 磊
出版发行　湖南文艺出版社
　　　　　长沙市雨花区东二环一段 508 号(410014)
网　　址　www.hnwy.net
经　　销　湖南省新华书店
印　　刷　恒美印务(广州)有限公司

开本: 880mm× 1230mm 1/16　印张: 31　字数: 350 千字
版次: 2016 年 1 月第 1 版　印次: 2016 年 3 月第 1 次印刷
书号: ISBN 978-7-5404-7450-8　定价: 85.00 元

文艺生活周刊

主　　编：米拉拉
美术顾问：袁野
助理编辑：骨朵　曹真　河不止　小粉　郝永慧

出 品 人：陈　垦
策　　划：张雪松　　监　　制：蔡　蕾
出版统筹：戴　涛　　编　　辑：杨　萍
装帧设计：梁海平　　美术编辑：王瞻远
封面摄影：刘辰 COCU

浦睿文化 Insight Media
投稿邮箱：insightbook@126.com
新浪微博 @浦睿文化